LAS NIEBLAS DE AVALON

LAS NIEBLAS DE AVALON

EXPERTA EN MAGIA – Libro I
LA REINA SUPREMA – Libro II
EL REY CIERVO – Libro III
EL PRISIONERO EN EL ROBLE – Libro IV

Marion Zimmer Bradley

LAS NIEBLAS DE AVALON

Libro IV

El Prisionero en el Roble

EDITORIAL ACERVO
Barcelona

Título original de la obra: THE MISTS OF AVALON
Book four: THE PRISIONER IN THE OAK

Traducción de: FRANCISCO JIMÉNEZ ARDANA
Revisión y adaptación: ANA PERALES HERRERO

Cubierta: GUSTAVE DORÉ
Dibujo realizado para «ldylls of the King»
de Alfred Tennyson.

Diseño cubierta:
J. A. LLORENS PERALES

© *1982 by Marion Zimmer Bradley*
Derechos exclusivos de edición en castellano reservados para todo el
mundo y propiedad de la traducción
© *Editorial Acervo, S. L., 1986*

1.ª edición: Febrero 1987 2.ª edición: Octubre 1989 3.ª edición: No-
viembre 1991 4.ª edición: Diciembre 1994 5.ª edición: Diciembre
1998

I.S.B.N. 978-84-7002-392-7

«El hada Morgana no estaba desposada, mas fue a instruirse a un monasterio, donde se hizo una gran experta en magia»

Malory, Morte d'Arthur.

Agradecimientos

CUALQUIER LIBRO de esta complejidad conduce al autor a demasiadas fuentes como para ser enumeradas en su totalidad. Probablemente debiera citar en primer lugar a mi difunto abuelo, John Roscoe Conklin, quien me facilitó por primera vez un viejo y estropeado ejemplar de la edición Sidney Lanier de Los cuentos del Rey Arturo, el cual leí tan repetidas veces que virtualmente lo memoricé antes de llegar a los diez años de edad. También alentaron mi imaginación fuentes varias tales como el semanario ilustrado Cuentos del Príncipe Valiente. A los quince años me escabullía de la escuela con mayor frecuencia de lo que nadie sospechaba para esconderme en la biblioteca del Departamento de Educación de Albany, Nueva York, donde leí una edición de diez volúmenes de La Rama Dorada, de James Frazer, y una colección de quince volúmenes sobre religiones comparadas, incluyendo uno enorme sobre los druidas y las religiones célticas.

En atención directa al presente volumen, debo dar las gracias a Geoffrey Ashe, cuyos trabajos me sugirieron varias direcciones para investigaciones ulteriores, y a Jamie George, de la librería Gothic Image, de Glastonbury, quien, además de mostrarme la geografía de Somerset, el emplazamiento de Camelot y del reino de Ginebra (a los propósitos del presente libro, acepto la teoría corriente de que Camelot era el castillo de Cadbury, sito en Somerset), me guió en el peregrinar por Glastonbury. También atrajo mi atención sobre las persistentes tradiciones en torno al Chalice Well en Glastonbury y la perdurable creencia en que José de Arimatea plantó la Santa Espina en Wearyall Hill. Asimismo, allí encontré muchos materiales que exploraban la leyenda céltica de que Jesucristo fue iniciado en la religión de la sabiduría en el templo que una vez se halló en Glastonbury Tor.

En cuanto a los materiales de la cristiandad preagustiniana, he utilizado, previo permiso, un manuscrito de circulación restringida titulado «The Preconstantine Mass: A Conjecture», del padre Randall Garret. También consulté materiales de las liturgias siriocaldeas, incluyendo el Holy Orbana de San Serapio, junto con materiales litúrgicos de grupos locales de cristianos de Santo Tomás y católicos anteriores al Concilio de Nicea. Los extractos de las Escrituras, especialmente el episodio del Pentecostés y el Magnificat, me fueron traducidos de los Testamentos Griegos por Walter Breen. También debo citar La Tradición del misterio en occidente, de Christiane Hartley, y Avalon del Corazón, de Dion Fortune.

Todo intento de recuperar la religión precristiana en las Islas Británicas se tornó conjetural, debido a los obstinados esfuerzos de sus sucesores por extinguir todo vestigio. Es tanto lo que difieren los eruditos que no me excuso por seleccionar, de entre las distintas fuentes, aquellas que mejor cumplen las necesidades de la ficción. He leído, aunque no seguido sumisamente, los trabajos de Margaret Murray y varios libros sobre Garderian Wicca. Siguiendo con el ceremonial, me gustaría expresar mi más sincero agradecimiento a los grupos neopaganos locales; a Alison Harley y el Pacto de la Diosa; a Otter y al Morning Glory Zell; a Isaac Bonewits y a los Nuevos Druidas Reformados; a Robín Goodfellow y a Gaia Willwoode; a Philip Wayne y al Manantial Cristalino; a Starhawk, cuyo libro La Danza Espiral logró serme de inestimable ayuda para deducir mucho sobre la preparación de una sacerdotisa; y, por su sustento personal y afectivo (incluyendo consuelos y alientos) mientras escribía el presente libro, a Diana Paxson, Tracy Blackstone, Elisabeth Water y Anadea Judith, del Círculo de la Luna Oscura.

Finalmente, debo expresar amorosa gratitud a mi marido, Walter Breen, quien dijo, en un momento crucial de mi carrera, que había llegado la hora de dejar de jugar a lo seguro escribiendo a destajo por dinero y me proporcionó el apoyo financiero para que pudiera hacerlo. También a Don Wollheim, que siempre creyó en mí, y su esposa Elsie. Sobre todo, y siempre, a Lester y Judy-Lynn del Rey, quienes me ayudaron a mejorar la calidad de mi escritura, asunto siempre temible, con agradecido amor y reconocimiento. Y por último, aunque no menos importante, a mi hijo mayor, David, por su cuidadosa preparación del manuscrito final.

Prólogo

En mis tiempos me llamaron muchas cosas: hermana, amante, sacerdotisa, hechicera, reina. Ahora, ciertamente, me he tornado en hechicera y acaso llegue el momento en el que sea necesario que estas cosas se conozcan. Pero, bien mirado, creo que serán los cristianos quienes digan la última palabra. Perpetuamente se separa el mundo de las Hadas de aquel en el que Cristo gobierna. Nada tengo contra Cristo sino contra sus sacerdotes, que consideran a la Gran Diosa como a un demonio y niegan que alguna vez tuviera poder sobre este mundo. Cuando más, declaran que su poder proviene de Satán.

Y ahora que el mundo ha cambiado y Arturo —mi hermano, mi amante, que fue rey y rey será— yace muerto (la gente dice que duerme) en la Sagrada Isla de Avalon, el relato ha de ser narrado como lo fue antes de que los sacerdotes del Cristo Blanco llegaran cubriéndolo todo con sus santos.

Porque, como ya digo, el mundo mismo ha cambiado. Hubo un tiempo en el que un viajero, teniendo voluntad y conociendo sólo algunos de los secretos, podía adentrar su barca en el Mar Estival y arribar, no al Glastonbury de los monjes, sino a la Sagrada Isla de Avalon. Porque en aquel tiempo las puertas de los mundos se difuminaban entre las nieblas y se abrían, una a otra, cuando el viajero poseía la intención y la voluntad. Pues éste es el gran secreto, que era conocido por todos los hombres cultos de nuestra época: basándonos en el pensamiento de los hombres, creamos el mundo que nos rodea, diariamente renovado.

Y ahora los sacerdotes, creyendo que esto infringe el mandato de su Días, que creó el mundo de una vez y para siempre, han cerrado tales puertas (las cuales nunca existieron excepto en la mente de los hombres) y el camino no conduce más que a la Isla de los Sacerdotes, que la han protegido con el sonido de las campanas de sus iglesias, alejando toda idea del otro mundo que yace en la oscuridad. Realmente, dicen que tal mundo, en caso de existir, pertenece a Satán y es la puerta de entrada al Averno, si no el Averno mismo.

No sé lo que su Dios pueda o no haber creado. A pesar de los relatos que se narran, nunca supe mucho de los sacerdotes y nunca me atavié con la negrura de una de sus monjas de clausura. Si los de la corte de Arturo, en Camelot, decidieron así considerarme cuando llegué hasta allí (dado que siempre ostento los oscuros ropajes de la Gran Madre en su función de hechicera), no les saqué de su engaño. Y, ciertamente, hacia el final del reinado de Arturo habría sido peligroso hacerlo y humillé la cabeza ante lo conveniente, cosa que mi señora nunca hubiera hecho. Viviane, la Señora del Lago, en tiempos fue la mejor amiga de Arturo, exceptuándome a mí, y luego su más siniestra enemiga, de nuevo con mi excepción.

Mas la contienda ha terminado. Por fin pude saludar a Arturo, cuando yacía moribundo, no como a mi enemigo y enemigo de mi Diosa, sino simplemente como a mi hermano y como a un hombre agonizante con necesidad de la ayuda de la Madre, adonde todos los hombres van a dar finalmente. Incluso los sacerdotes saben esto, ya su Virgen se torna en Madre del Mundo a la hora de la muerte. Y así yace al fin Arturo con la cabeza en mi regazo, sin verme como a una hermana, amante o rival, sino tan sólo como a una hechicera, sacerdotisa, Señora del Lago; y así descansó en el seno de la Gran Madre, de la que vino a nacer y en la que, al igual que todos los hombres, tendrá su fin. Y acaso, cuando conduje la barca que se lo llevó, esta vez no a la Isla de los Sacerdotes, sino a la Verdadera Isla Sagrada del mundo en tinieblas más allá del nuestro, esa Isla de Avalon a la que ahora pocos además de mí pueden ir, se arrepintió de la enemistad que había entre ambos.

SEGÚN VAYA RELATANDO ESTA HISTORIA, hablaré a veces de cosas acaecidas cuando era demasiado joven para comprenderlas, o de cosas acaecidas sin estar yo presente, Y el oyente quizá se distraerá, pensando: Esta es su magia. Pero siempre he tenido el don de la Visión y de escrutar en el interior de la mente de hombres y mujeres. Y en todo este tiempo he estado cerca de ellos. De tal modo que, en ocasiones, todo cuanto pensaban me era conocido de una u otra forma. Y así relataré esta historia. Ya que un día también los sacerdotes la contarán, tal como ellos la conocían. Acaso entre ambas versiones, algún destello de la verdad pueda vislumbrarse.

Porque es esto lo que los sacerdotes no saben: que no hay nada semejante a una historia cierta. La verdad tiene múltiples facetas, como el viejo camino hasta Avalon; depende de tu propia voluntad intenciones, adónde el camino te lleve y adónde por último arribes, si a la Sagrada Isla de la Eternidad o entre los sacerdotes con sus campanas, muerte, Satán, Averno y condenación... Mas tal vez esté siendo injusta con ellos. Incluso la Señora del Lago, que odiaba la túnica de los sacerdotes tanto como a una serpiente venenosa, y con buenos motivos además, me reprendió una vez por hablar mal de su Dios.

«Ya que todos los Dioses son un solo Dios», me dijo entonces, como lo hizo muchas veces anteriormente y como yo les he dicho a mis novicias tantas veces, como toda sacerdotisa que venga después de mí volverá a decir, «y todas las Diosas son una Diosa, habiendo un único iniciador. Para cada hombre su propia verdad y el Dios que hay en el interior de ésta».

Y así, tal vez, la verdad flote en alguna parte entre el camino a Glastonbury, la Isla de los Sacerdotes, y el camino a Avalon, perdida siempre en las nieblas del Mar Estival.

Pero ésta es mi verdad. Yo, Morgana, te digo estas cosas; Morgana, que en los últimos tiempos fue llamada el Hada Morgana.

Lo que ya ha sucedido

En el castillo de Tintagel habita Igraine, hermana de Viviane, Señora del Lago de Avalon, e hija de Merlín, casada con Gorlois Duque de Cornwall y madre de la pequeña Morgana.

El Duque de Cornwall, que ya ha sobrepasado los cuarenta y cinco años cuando su mujer sólo cuenta diecinueve de edad, pasa la mayor parte de su tiempo fuera del castillo ocupado en continuas luchas contra los sajones en apoyo de Ambrosius, Rey Supremo de Bretaña.

Una tarde, Viviane y Merlín aparecen en Tintagel para comunicar a Igraine que Ambrosius está agonizando en Londinium, y que ella irá allí con Gorlois, conocerá a Uther, que será el próximo Rey Supremo, y concebirá de él un hijo que con el tiempo también se convertirá en Rey Supremo, obtendrá el apoyo de las Tribus y de los romanizados, y logrará la pacificación de Bretaña. Igraine se niega a ser infiel a su marido, a quien está agradecida por haberle permitido amamantar a Morgana durante el tiempo suficiente, a pesar del impedimento que esto suponía para la concepción del hijo que él tanto desea. Pero le aseguran que Gorlois morirá.

Se cumplen las predicciones e Igraine termina desposándose con Uther Pendragón, ya Rey Supremo, y tiene un hijo a quien llaman Arturo.

El niño sufre varios accidentes al parecer provocados, y Viviane le aconseja a Uther que lo envíe secretamente a educarse con uno de sus caballeros. También le pide que le dejen llevarse a Morgana para hacer de ella una sacerdotisa de la Diosa Ceridwen en Avalon.

Tras el paso de los años, Morgana ha de ir a los juegos de Beltane, como encarnación de la Diosa y yacer con el hombre que venza al Astado, convirtiéndose en el Rey Ciervo. El joven vencedor es alto y rubio; y a la mañana siguiente, Morgana reconoce en él a su hermano Arturo. Ambos se horrorizan de la situación a que han sido llevados, y Morgana intenta enfrentarse con Viviane. Mientras tanto, muere Uther Pendragón y Arturo es aclamado Rey Supremo.

En las fiestas de la coronación, Morgana se da cuenta de que está embarazada y lo oculta, para que Arturo, que ha sido educado como cristiano, no sienta remordimientos.

Vuelve a Avalon con propósitos de abortar, pero se pierde en los bosques y tiene una extraña visión que la hace desistir.

Huye de Avalon para ir a refugiarse en casa de Morgause, la hermana menor de su madre, que está desposada con un rey del norte llamado Orkney.

Morgana permanece en la corte de Orkney hasta dar a luz a un niño, a quien da el nombre de Gwydion, en un parto difícil que la imposibilita para tener otros hijos. Durante el mismo, descubre a Morgause la identidad del padre. Una vez repuesta, deja a Gwydion bajo la tutoría de su tía y parte para Avalon; mas al llegar a orillas del Lago, no consigue convocar a la barca, trata de llegar por los senderos ocultos y se extravía, arribando al fin al país de las hadas donde pierde la noción del tiempo.

Mientras tanto, Ginebra, enamorada de Lancelot desde su primer encuentro, se ve obligada a desposarse con Arturo, aportando a su matrimonio, como regalo de bodas de su padre, el Rey Leodegranz, una gran mesa redonda. Los embarazos de Ginebra se frustran uno tras otro, haciendo que se inicie en ella el temor de ser incapaz de dar a luz un heredero.

Los sajones se reúnen para atacar y son vencidos por Arturo y sus Caballeros en la gran batalla de Monte Badon, a la que concurren sin portar el estandarte del Pendragón. Tras el gran triunfo, la paz se extiende por toda Bretaña.

Pero Ginebra sigue sin descendencia y Arturo, que no sabe que es padre, piensa en la posibilidad de ser la causa, y le proporciona a la Reina, después de que los tres han bebido mucho en una fiesta que coincide con los fuegos de Beltane, que yazca con Lancelot.

El reino de Lothian es regido por Morgause, ya viuda, con la ayuda de su hijo Agravaine, Gwydion permanece allí como adoptado y, según va creciendo, se acentúa su parecido con Lancelot. Un día Viviane y Kevin, que dada la avanzada edad de Taliesin es el nuevo Merlín de Bretaña, visitan el castillo. Les acompaña una joven sacerdotisa llamada Niniane, y les lleva el propósito de conducir a Gwydion a Avalon, para que se eduque como un druida con el propósito de prepararlo para que pueda suceder a Arturo, a quien consideran traidor a Avalon.

Mientras tanto, Morgana habita en Camelot donde va a celebrarse la gran fiesta de Pentecostés. En la víspera, llega Kevin, que ahora es su amante, de vuelta del viaje a Lothian, con la misión de pedirle a Arturo que respete el juramento hecho a Avalon o devuelva la espada Excalibur. Al negarse Arturo, Viviane decide presentarse en la fiesta de Pentecostés para, según el uso de reciente implantación, exponer el caso y pedir al propio Rey Supremo que imparta justicia. Antes de que logre hablar, Balin, que está resentido con ella porque cree que ha asesinado a su madre, le da muerte arrojándole un hacha que se clava en su cabeza y, con la aquiescencia de Kevin y aunque Morgana se opone, es enterrada en tierra cristiana. Niniane, por la ausencia de Morgana y a pesar de que no es adecuada para ello, se convierte en la Señora de Avalon.

En Camelot, Elaine, prima de Ginebra, confiesa a Morgana su amor por Lancelot, y ella promete ayudarle a que se despose con él, poniéndole como condición, que, de tener una hija, ha de entregársela para que sea destinada al servicio de la Diosa en Avalon.

Libro cuatro

EL PRISIONERO EN EL ROBLE

I

€n las lejanas colinas de Gales del Norte, la lluvia había estado cayendo día tras día, y el castillo del Rey Uriens parecía sumido en nieblas y humedad. Los caminos estaban cubiertos de barro hasta la altura de los tobillos de un hombre; los arroyos, crecidos hasta parecer ríos, descendían en rápidos desde las montañas, y una gélida humedad atenazaba la campiña. Morgana, abrigada con una capa y un grueso chal, sentía los dedos rígidos sobre la lanzadera mientras la hacía pasar por el telar. De súbito se sobresaltó, dejando caer la lanzadera de sus frías manos.

—¿Qué sucede, madre? —preguntó Maline, parpadeando a causa del agudo ruido que resonó en el silencioso salón.

—Hay un jinete en el camino —dijo Morgana—. Hemos de aprestarnos para recibirlo. —Y entonces, observando la inquieta mirada de su nuera, se maldijo; de nuevo se había permitido caer en el semitrance que la labor de las mujeres le producía siempre. Había dejado de hilar hacía mucho tiempo, pero tejer, traba-

jo con el que disfrutaba, no le había parecido peligroso si conservaba el control de sus sentidos y no se dejaba llevar a la somnolienta monotonía semejante al
trance.

Maline la estaba mirando de aquel modo entre cauto
y exasperado que las inusitadas visiones de Morgana
provocaba siempre. No era que Maline creyese que
hubiera nada perverso, ni aun mágico, en ellas, se trataba simplemente de extrañeza ante el proceder de su
suegra. Pero lo comentaría con el sacerdote y éste
vendría nuevamente procurando preguntarle con su-
tileza cuándo le sobrevenían, y ella tendría que poner
expresión de mujer sumisa y pretender que no sabía
de qué le estaba hablando. Algún día se encontraría
demasiado fatigada o desprevenida para precaverse y
abriría su corazón al sacerdote. Este tendría entonces
realmente algo de qué hablar...

Bueno, lo hecho, hecho está, y ya no podía reme-
diarse. Se las componía bastante bien con el Padre
Eian, quien fuera tutor de Uwaine. Se trataba de un
hombre educado para ser sólo un clérigo.

—Dile al Padre que su pupilo estará aquí a la hora de
cenar —anunció Morgana y una vez más se dio cuenta
de que había dicho más de lo que debiera; había sabido que Maline estaba pensando en el sacerdote y respondió a sus pensamientos, no a sus palabras. Salió de
la estancia dejando perpleja a la joven.

Durante todo el invierno, que había sido riguroso y
abundante en lluvias, nieve y tormentas, no había llegado ni un solo viajero. No se atrevía a hilar; le abría
las puertas al trance con excesiva rapidez. Ahora ya,
tejer tenía casi los mismos efectos. Cosía laboriosa-
mente para hacer vestidos a todos los de la casa, desde
Uriens hasta el último hijo de Maline; pero resultaba
duro para su vista hacer finas hilaturas ya que en invierno no tenía acceso a frescas hierbas y plantas, y
poco podía hacer mezclando raíces y medicinas. Se

sentía sola, sus doncellas de compañía eran las esposas de los guardianes de Uriens y le parecían aún más aburridas que Maline; ninguna de ellas era capaz de citar un versículo de la Biblia y se escandalizaban porque Morgana sabía leer, escribir y un poco de latín y griego. Y no siempre podía sentarse a tañer el arpa. Así pues, se había pasado el invierno en un túnel de aburrimiento e impaciencia...

...Y eso no era bueno, pensó, porque continuamente la acechaba la tentación de ponerse a hilar y soñar, permitiendo que su mente se deslizara hacia Camelot, en pos de Arturo, o en busca de Accolon. Hacía tres años que Accolon pasaba gran parte del tiempo en la corte, pues había considerado conveniente que Arturo le conociese y confiase en él. Accolon llevaba las serpientes de Avalon y eso podía revelarse como un valioso vínculo con Arturo. Sentía su ausencia como un dolor constante; en su presencia ella era como él siempre la había visto, una gran sacerdotisa, segura de sus propósitos y de sí misma. Pero eso era un secreto entre ellos. En las largas y solitarias temporadas, a Morgana la asaltaban periódicamente dudas y temores; ¿no sería realmente lo que Uriens creía que era, una solitaria reina que se hacía vieja, con el cuerpo, el alma y la mente secándose y marchitándose?

Empero, llevaba con mano firme esta hacienda, tanto a las gentes del campo como a las del castillo, para que todos se volviesen a ella en busca de consejo y sabiduría. Se decía en los alrededores: La reina es sabia. Ni siquiera el rey hace nada sin su consentimiento. Los hombres de las Tribus y los Arcanos, lo sabía, casi la adoraban; aunque no se atrevía a aparecer con demasiada frecuencia en actos del antiguo culto.

Ahora, en la cocina de la casa, daba órdenes para la preparación de una cena festiva, en la medida en que esto era posible al final de un prolongado invierno en el que todos los caminos estuvieron cerrados. Morgana sacó de las despensas algunos frutos secos y uvas pasas almacenadas y algunas especias para cocinar lo que quedaba de lacón. Maline informaría al Padre Eian de que esperaban a Uwaine en el salón para la cena. Ella misma se ocuparía de asear a Uriens.

Subió a su cámara, donde éste se hallaba jugando a los dados perezosamente con uno de sus soldados; la estancia olía a ranciedad y a cerrado, a gastado y a viejo. Al menos, la larga duración de la fiebre pulmonar de este invierno ha significado para mí no tener que compartir su lecho. Y también ha sido bueno, pensó Morgana desapasionadamente, que Accolon lo haya pasado con Arturo en Camelot, podíamos haber corrido peligrosos riesgos y ser descubiertos.

Uriens soltó el cubilete de los dados y la miró. Estaba más delgado, demacrado por la dura lucha contra la fiebre. Hubo días en los cuales ella creyó que no sobreviviría, pero se esforzó por conservar su vida; en parte porque, a pesar de todo, le tenía estima y no quería verlo morir, en parte porque Avalloch le habría sucedido en el trono en cuanto muriese.

—No te he visto en todo el día. He estado muy solo, Morgana —dijo Uriens, en tono de reproche—. Hum, contemplar a éste no es ni la mitad de agradable.

—Pues —repuso Morgana, dando a su voz el desenfadado tono burlón que gustaba a Uriens—, te he dejado solo a sabiendas, pensando que a tu avanzada edad los jóvenes apuestos te serían gratos... si no lo quieres, marido, ¿significa eso que yo puedo tenerlo?

Uriens rió entre dientes.

—Estás haciendo que el pobre hombre se ruborice —dijo, sonriendo de buena gana—. Si me dejas solo todo el día, ¿qué he de hacer sino entristecerme y mirarle con ojos de cordero?

—Bien; he venido a traerte buenas noticias. Esta noche te bajarán al salón para la cena. Uwaine cabalga hacia aquí y llegará antes de la hora de cenar.

—Demos gracias a Dios —dijo Uriens—. Este invierno pensaba que moriría sin ver de nuevo a ninguno de mis hijos.

—Supongo que Accolon retornará para los festejos del solsticio de Verano. —Morgana sintió en su cuerpo un anhelo tan grande que se convirtió en dolor al pensar en los fuegos de Beltane, para los que sólo faltaban dos meses.

—El Padre Eian ha venido a mí de nuevo para que prohíba los ritos —dijo Uriens descontento—. Estoy cansado de oír sus quejas. Considera que si talamos la arboleda, el pueblo quedará satisfecho con su bendición de los campos y dejará de celebrar los fuegos de Beltane. Cierto es que parece que el viejo culto crece más y más con los años; yo había creído que, según fueran muriendo los del arcano pueblo, año tras año, disminuiría. Gustosamente lo habría dejado perecer con el Viejo Pueblo que no consigue hacerse a las nuevas costumbres. Pero, si los jóvenes están volviendo al proceder pagano, debemos hacer algo. Tal vez, incluso, talar la arboleda.

Si lo haces, cometeré un asesinato, pensó Morgana, mas disciplinó su voz para que sonara gentil y razonable.

—Eso sería un error. Los robles producen comida para los cerdos y alimentos para los labriegos, incluso nosotros tenemos que usar harina de bellotas en las malas estaciones. Y la arboleda ha estado ahí desde hace cientos de años. Los árboles son sagrados.

—También tú resultas demasiado pagana, Morgana.

—¿Podrás afirmar que el robledal no es obra de Dios? —replicó Morgana—. ¿Por qué habríamos de castigar a los indefensos árboles debido a que los necios hagan un uso de ellos que no es del agrado del Padre Eian? Creía que amabas a tu tierra.

—Y así es —repuso Uriens malhumorado—, pero también Avalloch afirma que debería talarlos para que los paganos no tengan lugar al que recurrir. Allí podríamos construir una iglesia o una capilla.

—Los Arcanos son asimismo súbditos tuyos —dijo Morgana—, y de joven contrajiste el Gran Matrimonio con la tierra. ¿Los vas a privar de la arboleda que es su alimento y refugio, y su capilla construida por Dios con sus propias manos y no por el hombre? ¿Los condenarás a morir o a pasar hambre como han hecho en algunas de las tierras esquilmadas?

Uriens se miró las nudosas y viejas muñecas. Los azules tatuajes casi no se veían, ya no eran más que pálidas manchas.

—Te llaman Hada Morgana, el Viejo Pueblo no podría tener mejor abogada. Puesto que los reclamas como refugio, señora mía, los conservaré mientras viva; pero después de mí, Avalloch deberá hacer su voluntad. ¿Quieres traerme mis zapatos y ropajes, para que pueda cenar en el salón como un rey, y no un viejo chocho en camisón de dormir y pantuflas?

—Por supuesto —dijo Morgana—, pero no puedo levantarte ahora. Huw tendrá que vestirte.

Sin embargo, cuando el sirviente hubo terminado su tarea, le peinó a Uriens el pelo y convocó a los restantes soldados que aguardaban la llamada del rey. Los dos hombres le levantaron, formando un asiento con los brazos, y le llevaron al salón, donde Morgana colocó cojines en su gran silla y vigiló mientras el anciano y delgado cuerpo era depositado allí.

En ese momento pudo oír a los sirvientes apresurándose, y jinetes en el patio... Uwaine, pensó, sin apenas levantar la mirada cuando el joven entró escoltado en el salón.

Era duro saber que este joven y alto caballero, de anchos hombros y una cicatriz de guerra en la mejilla, era el escuálido chiquillo que acudió a ella, cual animal salvaje, en su primer año de soledad y desesperación en la corte de Uriens. Uwaine besó la mano a su padre y se inclinó ante Morgana.

—Padre mío. Querida madre.

—Es un placer verte en casa otra vez, muchacho —dijo Uriens, mas Morgana tenía puestos los ojos en el otro hombre que lo había seguido hasta el salón. Durante un instante no lo pudo creer, era como ver a un espíritu, si en verdad estuviese aquí lo habría percibido con la Visión... y luego comprendió. He estado esforzándome tanto en no pensar en Accolon, para no enloquecer...

Accolon era más esbelto que su hermano, y no tan alto. Sus ojos estaban puestos en ella, una furtiva y fugaz mirada mientras se arrodillaba ante su padre, pero su voz fue la adecuada cuando dijo:

—Es un placer estar de nuevo en casa, señora.

—Es un placer tenerte aquí —respondió Morgana con rigidez—, a ambos. Uwaine, cuéntanos cómo adquiriste esa espantosa cicatriz en la mejilla. ¡Tras la derrota del Emperador Lucius, creía que todos los hombres le habían prometido a Arturo no causar más problemas!

—Lo acostumbrado —respondió Uwaine con ligereza—. Un bandido que ocupó una fortaleza abandonada para entretenerse dedicándose al pillaje en los alrededores y autodenominarse rey. El hijo de Lot, Gawaine, fue conmigo y dimos buena cuenta de él; Gawaine ha obtenido una esposa de todo ello. La dama es una viuda con ricas tierras. En cuanto a esto —se tocó la cicatriz levemente—, mientras Gawaine combatía con el amo yo peleé con el criado, un feo bastardo que se batía con la mano izquierda y atravesó mi guardia. Era torpe, además. ¡Sin lugar a dudas prefiero luchar contra un buen espadachín que contra uno malo! Si hubieses estado allí, madre, no tendría semejante cicatriz, ¡el físico que la cosió tenía manos muy torpes! ¿Ha afeado mucho mi apariencia?

Morgana palpó cariñosamente el corte en la mejilla de su hijastro.

—Para mí siempre serás apuesto, hijo mío. Quizá pueda hacer algo todavía, está un poco infectada e hinchada; antes de irme a dormir prepararé un emplasto para que pueda sanar mejor. Debe dolerte.

—Así es —admitió Uwaine—, aunque me creo afortunado por no haber cogido el tétanos, como le ocurrió a uno de mis hombres. ¡Ah, qué muerte! —Se estremeció—. Cuando la herida se hinchó, pensé que lo padecería yo también, y mi buen amigo Gawaine me dijo que en tanto pudiera beber vino no me hallaba en peligro, y me tuvo bien aprovisionado. ¡Juro que estuve ebrio durante quince días, madre! —Se ufanó—. Habría dado todo el botín del castillo de ese villano por un poco de tu sopa, no podía masticar pan ni carne seca, y casi me muero de hambre. Perdí tres dientes...

Ella se puso en pie y examinó la herida.

—Abre la boca. Sí —dijo e hizo señas a uno de los sirvientes—. Trae un poco de estofado para sir Uwaine, y también fruta confitada —dijo—. No debes intentar comer alimentos duros durante algún tiempo. Después de la cena me ocuparé de ello.

—No voy a negarme, madre. Todavía me duele condenadamente, y además, hay una muchacha en la corte de Arturo... No quiero que huya de mí como si fuese el diablo —dijo riendo.

Empero, a pesar de todo el dolor de la herida, comió vorazmente, contando historias de la corte hasta que hizo reír a todos. Morgana no se atrevió a apartar la mirada de su hijastro, pero durante toda la comida pudo sentir los ojos de Accolon puestos en ella, produciéndole calor como si se hallase a la luz del sol tras el frío del invierno. Fue una alegre comida, pero, finalmente, Uriens comenzó a mostrarse fatigado y Morgana llamó a sus sirvientes de cámara.

—Este es el primer día que abandonas el lecho, esposo mío, no debes cansarte demasiado.

Uwaine se levantó.

—Déjame llevarte, padre —dijo, y se inclinó alzando al enfermo como si se tratara de un niño. Morgana, siguiéndolo, se volvió antes de abandonar el comedor.

—Ocúpate de todo, Maline. Vendaré la herida de Uwaine antes de irme a descansar —le indicó.

Poco después, Uriens estaba en el lecho de su cámara, Uwaine permaneció junto a él mientras Morgana fue a las cocinas a preparar un emplasto para su mejilla. Hubo de despertar al cocinero para que calentara más agua en el fuego de la cocina... Debería tener un caldero y un brasero en sus aposentos para realizar esta clase de trabajos, ¿por qué no lo había pensado antes? Subió e hizo que Uwaine se sentara para poder bizmar su mejilla con paños calientes empapados en la infusión de hierbas, y el joven suspiró aliviado cuando el apósito empezó a calmar el dolor de la herida infectada.

—Oh, qué bien, madre, la doncella de la corte de Arturo no sabría hacer esto. Cuando me despose con ella, ¿le enseñarás algunas de tus artes? Se llama Shana, y es de Cornwall. Era una de las damas de la Reina Isotta, ¿cómo es que Marcus se considera rey de Cornwall, madre? Creía que Tintagel te pertenecía a ti.

—Así es, hijo mío, por Igraine y el Duque Gorlois. No sabía que Marcus creía que reinaba allí —dijo Morgana—. ¿Se atreve a reclamar Tintagel como propia?

—No, pues lo último que he oído es que no tiene adalid allí —contestó Uwaine—. Sir Drustan está exiliado en Britania.

—¿Por qué? ¿Era uno de los hombres del Emperador Lucius? —inquirió Morgana.

Esta plática sobre la corte era un aliento de vida en el tedio de aquel aislado lugar.

Uwaine negó con la cabeza.

—No... Se comentó que la Reina Isotta y él se adoraban —contestó—. Difícilmente se puede culpar a la pobre dama... Cornwall está en el fin del mundo, y el Duque Marcus es viejo e irascible, y sus camarlengos afirman que es impotente, además. Dura vida para la pobre dama, pues Drustan es apuesto, y arpista; y ella ama la música.

—¿No conoces chismes de la corte que no versen sobre iniquidades y esposas de otros hombres? —preguntó Uriens ceñudo, y Uwaine se echó a reír—. Bien, le dije a la dama Shana que su padre podía enviarte un emisario y espero, querido padre, que cuando llegue no lo rechaces. Shana no es rica, pero yo no tengo gran necesidad de una dote, ya que gané bastantes bienes en Britania. Te mostraré parte de mi botín, y también los presentes que traigo para mi madre. —Alzó la mano para acariciar la mejilla de Morgana cuando ésta se inclinó sobre él para cambiarle el apósito por otro—. Sé que tú no eres una mujer como la dama Isotta, para volver la espalda a mi viejo y buen padre al objeto de jugar a meretriz.

Ella sintió una oleada de calor en el rostro; se dobló sobre el cuenco de hierbas humeantes, frunciendo la nariz ante el amargo olor. Uwaine la tomaba por la mejor de las mujeres y su confianza le resultaba muy dulce, pero contenía la amargura de saber que no la merecía.

Al menos nunca he puesto en ridículo a Uriens, ni he hecho ostentación de otros amantes ante él....

—Deberías ir a Cornwall cuando mi padre se encuentre lo bastante bien para viajar —dijo Uwaine seriamente, crispándose un poco cuando el calor del emplasto tocó una nueva zona de la mejilla enconada—. Ha de quedar claro, madre, que Marcus no puede reclamar lo que es tuyo. Hace tanto tiempo que no te dejas ver por Cornwall que el pueblo puede haber olvidado que tiene una reina.

—Estoy seguro de que no llegará a eso —declaró Uriens—. Mas, si vuelvo a estar bien este verano como para poder cabalgar por Pentecostés, le preguntaré a Arturo sobre la situación en las tierras de Morgana.

—Y si Uwaine se desposa en Cornwall —dijo ella—, custodiará Tintagel por mí, ¿te gustaría ser mi castellano, Uwaine?

—Nada me gustaría más —respondió éste—, excepto, tal vez, dormir esta noche sin cuarenta dolores distintos martirizando mi mandíbula.

—Bébete esto —indicó Morgana, vertiendo en el vino una de sus medicinas, contenida en un pequeño frasco—, y puedo prometerte que dormirás.

—Creo que dormiré aun sin eso, señora, estoy tan contento de hallarme en mi hogar, en mi lecho, y al cuidado de mi madre. —Uwaine se inclinó y abrazó a su padre, besando a Morgana en la mano—. Pero me tomaré tus medicinas gustosamente. —Tragó el vino y le hizo señas a uno de los guardianes de Uriens para que le iluminara hasta su estancia. Accolon fue a abrazar a su padre.

—También yo me voy a dormir —dijo—. Señora, ¿hay ropa de cama allí, o está la habitación vacía y desnuda? Hace tanto que no vengo a casa, que espero encontrar palomas ocupando esa vieja habitación en la que solía dormir y el Padre Eian trataba de hacerme entrar el latín en la cabeza.

—Le dije a Maline que se asegurase de que tuvieras cuanto puedas necesitar —repuso Morgana—, pero iré a ver. ¿Precisarás de mí esta noche nuevamente, mi señor —inquirió volviéndose a Uriens—, o puedo irme yo también a descansar?

Sólo obtuvo por respuesta un leve ronquido. Su lacayo, Huw, que estaba acomodando al anciano sobre los cojines, se encargó de responder.

—Marchad, dama Morgana. Si se despierta durante la noche yo le cuidaré.

—¿Qué aqueja a mi padre?

—Padeció fiebre pulmonar este invierno —dijo Morgana—, y ya no es joven.

—Y tú has soportado la tarea de atenderle —comentó Accolon—. Pobre Morgana —y le acarició la mano.

Ella procuró controlar la expresión ante la ternura de su voz. Algo duro y frío en su interior, congelado allí desde el invierno, estaba fundiéndose, y tuvo miedo de prorrumpir en sollozos. Agachó la cabeza, procurando no mirarlo.

—Y tú, Morgana, ¿ni una palabra o una mirada para mí? —Extendió la mano y la tocó.

—Espera —dijo ella, con los dientes apretados.

Llamó a un sirviente para que le trajese almohadas limpias y una o dos mantas del ropero.

—De haber sabido que venías, habría dispuesto los mejores linos y mantas, y un colchón de paja fresca.

—No es paja fresca lo que quiero en mi lecho —dijo él, en un murmullo, pero ella rehusó mirarle mientras las sirvientas hacían la cama, llevaban agua caliente y luz, y colgaban su armadura y prendas exteriores.

En un momento en que todas salieron, preguntó él en voz baja:

—¿Puedo ir más tarde a tu alcoba, Morgana?

Ella negó con la cabeza.

—Yo vendré a ti. Puedo encontrar alguna excusa para ausentarme de mi cámara a mitad de la noche; pero, como tu padre ha estado enfermo, van con frecuencia a buscarme. No deben descubrirte allí. —Y le apretó fugazmente la mano.

Fue como si se hubiese quemado. Luego se alejó con el camarlengo para hacer la última ronda en el castillo y cerciorarse de que todo estaba cerrado y seguro.

—Dios os procure una buena noche, señora —dijo éste y se marchó.

Morgana atravesó el salón donde dormían los guardianes con pasos sigilosos; subió las escaleras, pasó la estancia donde dormía Avalloch con Maline y los niños más pequeños, la habitación en la cual el joven Conn había dormido con su tutor y sus hermanastros antes de que el pobre muchacho sucumbiera a las fiebres pulmonares. En el ala más alejada se hallaba la cámara de Uriens, una que se había destinado a sí misma, otra normalmente destinada a los invitados importantes, y, al final de todas, la que había dejado para Accolon. Allí se dirigió con sigilo, con la boca seca, esperando que él hubiese tenido la precaución de dejarla entornada... los muros eran viejos y gruesos, y de ninguna forma podría apercibirse de su presencia en el umbral de la puerta.

Entró en su propio dormitorio; entró rápidamente, y desordenó las ropas del lecho. La doncella de compañía, Ruach, era vieja y sorda, y el pasado invierno Morgana la había maldecido por su sordera y estupidez; ahora eso mismo era una ventaja para ella... aun así, no debía despertar por la mañana encontrándose el lecho de Morgana intacto. Incluso la anciana Ruach sabía que el Rey Uriens no disponía de bastante buena salud para compartir su lecho con la reina.

Con cuánta frecuencia me he dicho que no me avergüenzo de lo que hago... Pero no debía atraer el escándalo sobre su nombre, o nada conseguiría realizar allí. Sin embargo, detestaba la necesidad de moverse furtivamente y en secreto.

Había dejado la puerta entornada. Se deslizó en el interior, con el corazón palpitante, y cerró la puerta; se sintió estrechada en un anhelante abrazo que despertó su cuerpo violentamente a la vida. Él posó la boca sobre la suya... fue como si todo el aislamiento y el dolor del invierno se desvanecieran y se estuviese fundiendo como el hielo, pudiendo fluir y desbordarse... Oprimió su cuerpo contra el de Accolon, esforzándose en no llorar.

Se había forzado a creer que Accolon no era para ella más que un sacerdote de la Diosa, que no permitiría ninguna atadura personal entre ambos, y todo se esfumó ante el salvaje deseo que sentía. Había despreciado a Ginebra por escandalizar la corte y escarnecer al Rey. Pero ahora, en brazos de Accolon, todos sus propósitos se rompieron. Se perdió en su abrazo y dejó que la llevara al lecho.

II

Estaba muy avanzada la noche cuando Morgana se apartó de Accolon. Yacía éste profundamente dormido; le pasó los dedos por el pelo, lo besó levemente y salió de la estancia. No había dormido, temía hacerlo profundamente y permanecer allí al iniciarse el día. Se restregó los ardientes ojos. Un perro ladró en el exterior, un niño gimió y fue acallado, los pájaros trinaban en el jardín. Morgana pensó, mirando por una estrecha abertura en el muro de piedra: Dentro de otra luna será completamente de día a esta hora. Se apoyó por un instante en el muro, sobrecogida por recuerdos de la noche pasada.

Nunca supe, meditó, nunca he sabido lo que es ser sólo una mujer. He alumbrado un hijo, he estado casada catorce años y he tenido amantes... pero nada sabía, nada ...

Súbitamente sintió una ruda mano sobre su hombro.

—¿Qué estás haciendo por la casa a estas horas, muchacha? —preguntó Avalloch, con su ronca voz.

Evidentemente, la había confundido con una de las sirvientas; algunas eran pequeñas y morenas, de la raza del Viejo Pueblo.

—Déjame en paz, Avalloch —dijo, mirando la cara sombría de su hijastro mayor.

Tenía un aspecto pesado y seboso, con gruesos carrillos, los ojos pequeños y muy juntos. Accolon y Uwaine eran hombres apuestos, y se podía ver que Uriens había sido atractivo a su manera. Pero no Avalloch.

—¡Si es mi señora madre! —exclamó, retrocediendo para hacer una exagerada reverencia—. Repito, ¿qué estás haciendo a estas horas?

Mantenía la mano en su hombro; la apartó como si fuera una sabandija.

—¿Debo darte cuenta de mis movimientos? Esta es mi casa y ando por ella según me place, ésa es mi sola respuesta. —Le desagrado, pensó, casi tanto como él me desagrada a mí.

—No juegues conmigo, señora —dijo Avalloch—. ¿Crees que no sé en qué brazos has pasado la noche?

—¿Eres tú entonces quien juega con la hechicería y la Visión? —preguntó ella, con desdén. Su tono de voz bajó hasta convertirse en un susurro hipócrita.

—Ciertamente, debe ser aburrido para ti estar desposada con un hombre tan viejo, pero no heriré los sentimientos de mi padre contándole dónde ha pasado su esposa la noche, con tal que —la rodeó con el brazo y la atrajo hacia sí por la fuerza—, con tal que vengas a pasar algunas conmigo.

Se apartó de él y procuró que su voz sonara jocosa.

—Vamos, Avalloch, ¿por qué habrías de perseguir a tu vieja madrastra siendo tuya la Doncella de la Primavera y todas las jóvenes y bonitas mancebas de la aldea?

—Pero siempre me has parecido una mujer hermosa —repuso él, y adelantó la mano para acariciarle el hombro. Volvió a apartarse y la cara de él se crispó.

—¿Por qué te haces la recatada conmigo? ¿Ha sido con Accolon o con Uwaine, o con ambos a la vez?

Le miró fijamente.

—¡Uwaine es mi hijo! ¡Soy la única madre que puede recordar!

—¿He de pensar que eso te detendría, dama Morgana? Era de todos sabido que en la corte de Arturo fuiste amante de Lancelot y trataste de alejarle de la Reina, que compartiste el lecho de Merlín, que no eludiste el tener trato ilegítimo con tu propio hermano y que por ese motivo el Rey te echó de la corte, que ya no puedes tentarle para que abandone las costumbres cristianas, ¿por qué habrías de detenerte ante tu hijastro? ¿Sabe Uriens con qué clase de incestuosa ramera está desposado, señora?

—Uriens sabe sobre mí cuanto precisa saber —contestó Morgana, sorprendida de que su tono fuera tan firme—. En cuanto a Merlín, ambos estábamos solteros y a ninguno de los dos nos importan las leyes de una corte cristiana. Tu padre lo sabía y me absolvió de ello. Nadie más que él tiene derecho a quejarse de mi conducta desde entonces; y cuando lo haga, le responderé; pero a ti no necesito responderte, sir Avalloch. Y ahora me voy a mi estancia, y te ruego que hagas lo mismo.

—Así pues, te proclamas seguidora de las paganas leyes de Avalon ante mí —dijo Avalloch con desprecio—. ¡Ramera, cómo te atreves a proclamar que eres tan buena!

La agarró, aplastando la boca contra la suya. Morgana le clavó los rígidos dedos en el estómago; el profirió un gruñido y la soltó maldiciendo.

—Nada proclamo —respondió ella, colérica—. No necesito responder ante ti de mi conducta y, si hablas con Uriens, le diré que me has puesto las manos encima de forma impúdica, siendo como soy la esposa de tu padre. Veremos a quién cree.

—Déjame decirte, señora, que puedes engañar a mi padre a tu voluntad, pero es viejo y, cuando me hagan rey de esta tierra, ten por seguro que no proseguirá la gracia para aquellos que han seguido viviendo porque mi padre no puede olvidar que una vez llevó las serpientes.

—Oh, qué extraño —repuso Morgana desdeñosamente—. ¡Primero tratas de conseguir a la mujer de tu padre y luego te jactas de cuán buen cristiano serás cuando sus tierras pasen a ti!

—¡Antes me has hechizado, ramera!

Morgana no pudo contener una carcajada.

—¿Hechizarte a ti? ¿Para qué? ¡Avalloch, si todos los hombres desaparecieran de la tierra menos tú, preferiría antes compartir mi lecho con un perro. Tu padre puede ser lo bastante viejo para ser mi abuelo, pero prefiero yacer con él que contigo. ¿Crees que envidio a Maline, cuando ella canta alborozada cada vez que bajas a la aldea en los festejos de la cosecha o de la siembra primaveral? Si hiciera tal encantamiento, no sería para disfrutar de tu virilidad sino para marchitarla. ¡Ahora aparta tus manos de mí y vuelve con quien te soporta, porque si vuelves a tocarme con un solo dedo te juro que maldeciré tu virilidad!

El creyó que podía hacerlo; eso quedó claro por la manera en la cual se alejó de ella. Pero el Padre Eian se enteraría de esto e interrogaría a los sirvientes, a Accolon, e iría ante Uriens nuevamente para que talase la sagrada arboleda y aboliese el viejo culto. Avalloch no se detendría hasta que aquello llegara a oídos de la corte.

¡Detesto a Avalloch! Morgana se vio sorprendida porque su furia era algo físico, un ardiente dolor en el pecho, un estremecimiento de todo el cuerpo. *Una vez fui orgullosa; una sacerdotisa de Avalon no miente. Y ahora hay algo por lo que debo eludir la verdad. Incluso Uriens me vería como una esposa traidora, que se escabulle en secreto al lecho de Accolon en aras de la lujuria...* Estaba llorando de rabia, sintiendo las calientes manos de Avalloch en su hombro. *Tarde o temprano, sería acusada y aunque Uriens confiaba en ella, la vigilarían. Ah, era feliz por vez primera en muchos años y ahora todo se ha torcido...*

El sol se estaba levantando, pronto los de la casa despertarían y debía hacer disposiciones para el trabajo del día. ¿Se había dejado llevar de su imaginación? Uriens tenía que guardar cama, de seguro Avalloch no molestaría a su padre en el día que comenzaba. Tenía que preparar más hierbas medicinales para la herida de Uwaine y, asimismo, había que extraerle la raíz de uno de los dientes rotos.

Uwaine la quería, probablemente no prestaría oídos a ninguna acusación que Avalloch pudiera hacer. Y ante aquello, volvió a experimentar la abrumadora e hirviente furia, recordando las palabras de Avalloch: «¿Fue con Accolon o con Uwaine, o con ambos a la vez?». ¡Soy madre de Uwaine tanto como si lo hubiese alumbrado! ¿Qué clase de mujer me considera? Empero, ¿corría verdaderamente en la corte de Arturo el rumor de que había cometido incesto con su hermano? ¿Cómo pues, ante eso, puedo hacer que Arturo reconozca a Gwydion? Galahad es su heredero, y pertenece al linaje real de Avalon. No deben caer más escándalos sobre mí; ciertamente nada que indique que he cometido incesto con mi hijastro...

Y se maravilló un poco de sí misma. La invadió una desesperada rabia cuando supo que iba a tener al hijo de Arturo, y ahora le parecía trivial; después de todo, Arturo y ella no sabían siquiera que eran hermano y hermana. Pero Uwaine, sin ser de su sangre, era mucho más hijo suyo que Gwydion; le había servido de madre...

Bueno, nada podía hacerse ahora a tal respecto. Morgana fue a la cocina y escuchó las quejas del cocinero porque todo el lacón se había acabado y las despensas estaban tan vacías que iba a resultar difícil alimentar a los recién llegados.

—Debemos, pues, enviar hoy de cacería a Avalloch —dijo Morgana, y detuvo a Maline en las escaleras cuando le subía a su marido su bebida matutina: vino caliente.

—Te vi hablando con Avalloch, ¿qué tenía que decirte? —dijo Maline, frunciendo levemente el ceño.

Morgana, leyéndole los pensamientos como era fácil hacer con una mujer tan necia como Maline, se apercibió de que su nuera la temía y estaba resentida con ella; creía injusto que Morgana estuviese delgada y fuerte, cuando ella, Maline, estaba gorda y ajada de tener niños, que Morgana tuviese el cabello negro y brillante, mientras ella, siempre ocupada con los niños, nunca contaba con tiempo para peinarse, hacerse trenzas y darle brillo.

Morgana respondió la verdad, aunque con deseos de mitigar los resentimientos de su nuera.

—Hablamos de Accolon y de Uwaine. Pero las despensas están casi vacías y Avalloch debe ir a cazar un jabalí. —Y en aquel momento sintió una especie de relámpago dentro de su cabeza, que la paralizó por un instante, y fue como si oyera decir a Niniane: Accolon debe suceder a su padre, y su propia voz dando una réplica... Maline la estaba mirando, aguardaba a que diera término a sus palabras, y Morgana se rehízo prestamente—. Dile que debe rastrear al jabalí, hoy si le es posible, mañana como mucho, o nos tendremos que comer la harina que queda demasiado pronto.

—Se lo diré, madre. Se alegrará de tener una excusa para marchar. —Por debajo del quejumbroso tono de Maline, Morgana supo que la joven sentía alivio porque no se había tratado de algo peor.

Pobre mujer, desposada con un cerdo. Recordó con exactitud, turbada, cuanto Avalloch había dicho: El día en que me hagan rey de esta tierra, ten por seguro que no proseguirá la gracia para aquellos que han seguido viviendo porque mi padre no puede olvidar que una vez llevó las serpientes.

Esta, pues, era su empresa: cerciorarse de que Accolon sucediera a su padre, no por su propio bien o por venganza, sino por el bien del viejo culto que Accolon y ella habían devuelto a esta tierra. Si dispongo de media hora para contárselo a Accolon, irá de caza con Avalloch y, a no dudar, lo resolverá todo. Meditó, con frío cálculo ¿Debo mantener las manos limpias en todo esto y dejárselo a él?

Uriens era viejo, pero podía vivir otro año, u otros cinco años. Ahora que Avalloch lo sabía todo, obraría con el Padre Eian para socavar cuanta influencia Accolon y ella pudieran tener, y todo lo que había hecho tornaría a deshacerse.

Si Accolon quiere este reino, quizá deba ser él quien se lo procure. De morir Avalloch envenenado, sería yo quien perecería por hechicera. Empero, si se lo dejaba a Accolon, aquello se parecería demasiado a la vieja balada que comenzaba diciendo: Dos hermanos salieron a cazar ...

¿Debo explicárselo a Accolon y dejarle actuar presa de la ira? Inquieta, sin estar segura aún de lo que debía hacer, subió para encontrar a Accolon en la estancia de su padre y, al entrar, le oyó decir:

—Avalloch sale hoy a cazar un jabalí, ya que la despensa está casi vacía. Y yo cabalgaré con él. Hace demasiado tiempo que no he cazado en mis colinas.

—No —repuso Morgana secamente—. Permanece hoy con tu padre. Te necesitará, y Avalloch cuenta con la ayuda de todos sus cazadores.

Pensó: De alguna forma he de comunicarle lo que me propongo hacer, y entonces se frenó a sí misma. Si él sabía lo que ella planeaba, aunque todavía no estaba segura en qué forma debía actuar, jamás accedería, salvo, quizás, en un primer arranque de ira cuando le refiriera lo que Avalloch le había dicho.

Y si lo hiciera, consideró, aunque creo conocerle bastante bien, el deseo que siento por su cuerpo puede haberme engañado, y quizá sea menos honorable de lo que pienso. Si consintiese en tomar parte en esto, daría muerte a uno de su sangre y, bajo tamaña maldición, no podría confiar en él para cuanto nos queda por delante. Avalloch únicamente está emparentado conmigo mediante matrimonio, no hay ningún lazo de sangre para el deshonor. Sólo si le diese un hijo a Uriens caería sobre mí la culpa de la sangre. Se alegraba ahora de no haberle dado hijo alguno.

—Que Uwaine se quede con padre —dijo Accolon—. Si hay que volver a ponerle un emplasto en la mejilla, es él quien debe permanecer en casa junto al fuego.

¿Cómo puedo hacerle comprender? Sus manos deben estar limpias; debe hallarse aquí cuando lleguen las noticias... ¿qué puedo decir para hacerle comprender que esto es importante, acaso lo más importante que nunca le haya pedido? La urgencia y la imposibilidad de expresar sus pensamientos en voz alta, hicieron que su voz resonara con estridencias.

—¿Quieres hacer lo que te pido sin discutir, Accolon? Si he de atender también la herida de Uwaine, no me sobrará tiempo para cuidar de tu padre, y se ha visto abandonado a los sirvientes con demasiada frecuencia. Y tu padre, de estar la Diosa conmigo, te necesitará a su lado más que nunca, antes de que este día concluya...

Trató de enmascarar sus palabras, esperando que Uriens no entendiese lo que iba a decir.

—Te lo pido como madre —declaró, pero lo que estaba diciendo a Accolon, con toda la fuerza de sus pensamientos, era: —Te lo ordeno por la Madre...—. Obedéceme —añadió.

Apartándose un poco de Uriens para que únicamente Accolon pudiera verla, se tocó la descolorida media luna azul de la frente. Accolon la miraba perplejo, inquisitivo, pero ella se dio vuelta, sacudiendo la cabeza levemente, esperando que comprendiera por qué no hablaba con mayor libertad.

—Ciertamente, si tanto lo deseas. Para mí no es ninguna molestia permanecer con mi padre —dijo él, aunque sin comprender del todo.

Morgana vio partir a Avalloch a media mañana con cuatro cazadores y, mientras Maline se encontraba en el salón exterior, entró en su alcoba, buscando en la desordenada estancia, por entre las tiradas prendas del niño y entre los pañales sucios del más pequeño. Finalmente encontró un brazalete de bronce que le había visto llevar a Avalloch. Había también algunos objetos de oro en el cofre de Maline, pero no se atrevió a coger nada de valor que pudiera ser echado en falta cuando la sirvienta de Maline viniera a arreglar la cámara. En esto, la sirvienta la encontró allí.

—¿Qué queréis, señora? —le preguntó. Morgana fingió ira. —¡No quiero vivir en una casa que parece una pocilga!

¡Mira todos los pañales sin lavar, huelen a caca de niño! Bájalos de inmediato y dáselos a la lavandera, luego barre y orea esta cámara, ¿he de ponerme un delantal para barrer yo misma?

—No, señora —contestó la sirvienta acobardada, y cogió la ropa sucia que Morgana tenía en las manos.

Se metió el brazalete de bronce en el corpiño y bajó a pedir al cocinero que calentara agua para la herida de Uwaine; aquello debía hacerse primero y, de alguna forma, debía organizar las cosas de la casa para poder estar desocupada y sola aquella tarde... Mandó llamar al mejor físico para que le ayudara con sus instrumentos a encontrar la raíz rota del diente. Uwaine, sentado, soportó los sondeos y los tirones estoicamente (a pesar de que el diente se rompió en la mandíbula y de nuevo hubo que ahondar; afortunadamente estaba entumecido e hinchado), y finalmente, cuando todo el diente estuvo fuera, puso una poderosa medicina adormecedora en la herida y colocó un emplasto sobre la mejilla. Todo terminó y Uwaine fue enviado al lecho con una buena cantidad de licor dentro; protestó, arguyendo que había cabalgado e incluso luchado estando en peores condiciones, pero ella le conminó con firmeza a irse a descansar para que las medicinas hicieran pleno efecto. Así pues, también Uwaine estaba a resguardo y más allá de toda sospecha. Y, puesto que había mandado a los sirvientes a lavar la ropa, sin dejar ninguno allí, Maline empezó a lamentarse.

—Si hemos de tener vestidos nuevos para Pentecostés, y la capa de Avalloch ha de estar terminada... A ti no te gusta hilar, madre, pero yo debo tejer la capa y todas las mujeres están calentando agua para lavar y preparando las paletas para la colada...

—Oh, querida, me había olvidado de eso —repuso Morgana—. Bueno, si no queda otro remedio, tendré que tejer, a menos que quieras que me ponga a hilar.

—Resultará más eficaz incluso, pensó, una capa hecha a la medida por su esposa que el brazalete.

—¿Vas a hacer eso entonces, madre? Pero tienes la nueva capa del rey montada en el otro telar.

—Uriens no la necesita tanto como Avalloch —dijo Morgana—. Tejeré la capa de Avalloch. Y cuando haya acabado, pensó, dándole un vuelco el corazón, él nunca más necesitará una capa...

—Entonces, yo hilaré —dijo Maline—, y te quedaré agradecida, madre, porque tú tejes mejor. —Fue a dar un beso a su suegra—. Siempre eres buena conmigo, dama Morgana.

Pero no sabes lo que voy a tejer hoy, pequeña.

Maline se sentó y cogió la rueca. Se detuvo un momento, llevándose las manos a la espalda.

—¿No te encuentras bien, nuera?

—No es nada, mi ciclo se ha retrasado cuatro días. Me temo que estoy encinta de nuevo, y esperaba poder amamantar al pequeño durante otro año —suspiró—. Avalloch tiene bastantes mujeres en la aldea, pero creo que nunca pierde la esperanza de que le dé otro hijo que ocupe el lugar de Conn. Nada le importan las niñas, ni siquiera lloró por ellas. Maeva murió el año pasado, justo antes de que me llevaran al lecho para el parto y, como resultó ser otra niña, se enfadó conmigo. Morgana, si de verdad sabes de conjuros, ¿podrás darme uno para que la próxima vez que me lleven al lecho de parto sea un niño?

Morgana sonrió, empujando la lanzadera hasta las hebras.

—Al Padre Eian no le agradaría saber que me pides conjuros, preferiría que rezaras.

—Bueno, estoy empezando a creer que necesito un milagro para tener otro hijo varón —repuso Maline.

—Voy a prepararte un poco de infusión para eso —dijo Morgana—. Si de verdad estás encinta, te juro que no te perjudicará, pero si es únicamente un retraso debido al frío, te traerá el ciclo.

—¿Es uno de tus mágicos hechizos de Avalon, madre? Morgana negó con la cabeza.

—Es el saber popular sobre las hierbas, nada más —contestó, bajó a la cocina y elaboró la mezcla al fuego. Se la llevó a Maline y le dijo—: Bébetela tan caliente como puedas y cíñete el chal mientras hilas, para mantener el calor.

Maline se tomó la infusión, vaciando el pequeño recipiente de barro, e hizo una mueca debido al sabor.

—¡Ugh, qué asco!

—Debiera haberle puesto miel, como hago con los jarabes que elaboro para los niños cuando tienen fiebre —dijo Morgana sonriendo.

Maline suspiró, y volvió a coger el huso y la rueca.

—Gwyneth es lo bastante mayor para hilar. Yo sabía hacerlo ya con cinco años.

—También yo —declaró Morgana—, pero, te lo ruego, deja la lección para otro día; si he de hilar aquí, no quiero ruido y confusión.

—Bien, pues, le indicaré a la niñera que mantenga a los niños en la galería —dijo Maline.

Morgana la excluyó de su mente, y empezó a hacer correr la lanzadera lentamente por la trama siguiendo el diseño. Se trataba de un dibujo de cuadros verdes y marrones, no muy difícil para una buena tejedora; en tanto contara las hebras automáticamente, no necesitaba poner en él su atención... Hilar habría sido mejor. Pero había dicho tantas veces que le desagradaba hilar que se extrañarían si aquel día se ofrecía para hacerlo.

La lanzadera se deslizaba por el paño: verde, marrón, verde, marrón, recogiendo la otra lanzadera cada diez hilas, cambiando el color. Había enseñado a Maline a conseguir, mediante tintes, aquel color verde. Ella lo había aprendido en Avalon... era el verde de las hojas nuevas brotando en la primavera, el marrón de la tierra y las hojas caídas donde el jabalí hocica en la floresta en busca de bellotas... la lanzadera deslizándose por el paño, peinar para atirantar cada hilera de hebras, sus manos moviéndose automáticamente, dentro, fuera y a través, baja el batán, recoge la lanzadera del otro lado... Ojalá la montura de Avalloch tropezara y cayese, y él se rompiese el cuello ahorrándome lo que debo hacer... Sintió frío y tembló. Se propuso ignorarlo, concentrándose en la lanzadera que se deslizaba dentro y fuera de las hebras, dentro y fuera, dejando que las imágenes aparecieran y se fuesen a voluntad, viendo a Accolon en la cámara de Uriens jugando con su padre a las damas, Uwaine dormido, inquietándose y revolviéndose por el dolor de la mejilla aun en el sueño, mas ahora sanaría limpiamente... Ojalá que un jabalí se le enfrentara y los cazadores de Avalloch fueran demasiado lentos para ir en su auxilio...

Le dije a Niniane que no daría muerte. Nunca digas de esta agua no beberé... La imagen del Manantial Sagrado de Avalon afloró en su mente, el agua que brotaba en su nacimiento, que fluía hacia la fuente. La lanzadera reverberó dentro y fuera, verde y marrón, como la luz del sol cayendo a través de las verdes hojas hacia el marrón de la tierra, donde las mareas primaverales se alzaban en el bosque y corrían con la vida, la savia fluyendo en la madera marrón... destellando ahora la lanzadera, más y más rápidamente, difuminando el mundo ante sus ojos... ¡Diosa! Cuando tú corres en el bosque la carrera de los ciervos... todos los hombres están en tus manos, y todas las bestias...

Años atrás ella había sido la Virgen Cazadora, bendiciendo al Astado y enviándolo a correr con los ciervos, a vencer o morir según decretase la Diosa. Retornó a ella... Ahora ya no era la Virgen, ostentando todo el poder de la Cazadora. Siendo la Madre, con todo el poder de la fertilidad, había forjado conjuros para llevar a Lancelot al lecho de Elaine. Pero la maternidad había terminado para ella en la sangre del nacimiento de Gwydion. Se encontraba ahora aquí con la lanzadera en la mano tejiendo muerte, cual la sombra de la Vieja y corva Muerte. Todos los hombres están en tus manos para vivir o morir, Madre ...

La lanzadera centelleó, entrando y saliendo de su vista, verde, marrón, verde como las hojas y la fronda entrelazada, donde ellas corrían, las bestias... el jabalí salvaje olfateando, gruñendo, hocicando con sus largos colmillos, su hembra con las crías en pos de sí, dentro y fuera de un matorral... la lanzadera se precipitaba en sus manos y nada percibía, únicamente el olfatear y gruñir del jabalí en el bosque.

Ceridwen, Diosa, Madre, corva Muerte, Gran Cuervo... Señora de la vida y la muerte... Gran Jabalina, devoradora de tus crías... Te llamo, te invoco... si es esto lo que en verdad has decretado, eres tú quien ha de realizarlo... El tiempo se deslizaba y giraba a su alrededor, yacía en un claro con el sol calentándole la espalda mientras corría con el Rey Ciervo, atravesaba la floresta sigilosamente, olfateando... sentía la vida, los cazadores dando pisotones y gritando... ¡Diosa! Gran Jabalina...

Morgana sabía con una pequeña parte de su mente que continuaba moviendo las manos, con tenacidad, verde y marrón, marrón y verde, pero bajo los párpados entrecerrados nada veía de la estancia, ni aun las hebras, tan sólo el verde renovado brotando de los árboles, el barro y las marrones hojas muertas del invierno, como si estuviera enraizada en el fragante barro... La vida de la Madre bajo los árboles... A sus espaldas los débiles gruñidos y chillidos de las crías del jabalí, cavando en el suelo en busca de raíces y bellotas... marrón y verde, verde y marrón...

Como un golpe en sus nervios, sintió el ruido de las pisadas en el bosque, los gritos distantes... Su cuerpo se hallaba inmóvil ante el telar, tejiendo hebras marrones y cambiándolas por verdes, lanzada tras lanzada. Únicamente sus dedos estaban vivos, con un estremecimiento de espanto y el ímpetu del furor, atacó, permitiendo que la vida de la jabalina se precipitase a través de ella...

¡Diosa! Que no sufran los inocentes... los cazadores nada significan para ti... Era impotente para obrar, sólo podía observar, con miedo, temblando, estremeciéndose por el olor de la sangre, el olor de la sangre de su macho... la sangre derramada del Gran Jabalí, pero esto no significaba nada para ella, como el Rey Ciervo, debía morir... cuando su momento hubiera llegado, su sangre había de verterse sobre la tierra... tras ella oyó los chillidos de las atemorizadas crías y repentinamente la vida de la Gran Diosa la invadió, sin saber si era Morgana o la Gran Jabalina, oyó sus propios gruñidos frenéticos; como cuando, en Avalon, levantaba las manos y hacía descender sobre ella las nieblas de la Diosa, echó hacia atrás la cabeza, temblando, gruñendo, sintiendo el terror de sus crías, haciendo débiles y cortas acometidas, alzando la cabeza, corriendo en círculos... verde y marrón bajo sus ojos, una irrelevante lanzadera en unos dedos automáticos, independientes... entonces, enloquecida por los desacostumbrados olores, sangre, hierro, extrañeza, el enemigo irguiéndose sobre dos piernas, acero, sangre y muerte, ella sintió que atacaba, oyó gritos, percibió el caliente puñal de metal y una niebla roja en sus ojos que se interponía entre el marrón y el verde del bosque, sintió sus colmillos desgarrando, sintió la caliente sangre manar y derramarse mientras la vida salía de ella cauterizando el dolor, y cayó y nada más supo... y la lanzadera continuaba, insensible, tejiendo el marrón y el verde y el marrón sobre la agonía de su vientre y la roja nube de sus ojos y su palpitante corazón, los gritos todavía dentro de sus oídos en la silenciosa estancia donde no había más ruido que el murmullo de la lanzadera, la urdimbre, el huso y la rueca... se balanceó, en su trance, exhausta... cayó hacia adelante sobre el telar y allí permaneció, inmóvil. Poco después oyó hablar a Maline, pero no se movió ni contestó.

—¡Ah, Gwyneth, Morag! ¿Madre, estás enferma? ¡Ah, cielos, quería tejer, y siempre le produce estos ataques! ¡Uwaine, Accolon, venid! ¡Madre ha caído sobre el telar!

Percibió a la mujer frotándose las manos con nerviosismo, pronunciando su nombre, oyó la voz de Accolon, sintió que la levantaba y la transportaba. No se movió ni habló, no podía. Dejó que la tendiesen en el lecho y le diesen vino para revivirla, sintió que le chorreaba por el cuello y quiso decir, «estoy bien, dejadme», mas se oyó proferir un débil gruñido y quedó rígida, desgarrada por la agonía, sabiendo que cuando muriera la jabalina se aliviaría, pero antes debía sufrir los estertores de la agonía... E incluso mientras yacía allí, ciega, en trance, angustiada, oyó el resonar del cuerno de caza y entendió que estaban trayendo a

Avalloch a casa, muerto sobre el caballo, abatido por la jabalina que le atacó momentos después de que hubiese dado muerte al jabalí... él, a cambio, acabó con ella... Muerte, sangre, renacer y el flujo de la vida dentro y fuera del bosque, como el entrar y salir de la lanzadera...

OCURRIÓ HORAS más tarde. Aún no podía mover ni un músculo sin sentir un terrible dolor, pero casi le daba la bienvenida. Yo no saldré indemne de esta muerte, pero las manos de Accolon están limpias... Le miró a los ojos. Se estaba inclinando sobre ella con preocupación y miedo, y estuvieron a solas por un momento.

—¿Puedes hablar ahora, mi amor? —susurró—. ¿Qué ha ocurrido?

Ella sacudió la cabeza y no consiguió hablar. Las manos de él sobre las suyas eran tiernas, gratas. ¿Sabes lo que he hecho por ti, querido amor?

Él se reclinó y la besó. Jamás sabría cuán cerca habían estado de quedar descubiertos y derrotados.

—Debo volver con padre —dijo gentilmente, turbado—. Está llorando y afirma que, de haber ido yo, mi hermano no hubiera muerto. Me culpará siempre. —Sus negros ojos la miraban con una sombra de inquietud—. Fuiste tú quien me ordenaste quedarme —dijo—. ¿Sabías esto gracias a tu magia, amada mía?

Ella encontró un resto de voz a pesar del dolor en la garganta.

—Fue el designio de la Diosa —articuló—, que Avalloch no destruyera cuanto hemos realizado aquí.

Consiguió, con gran esfuerzo, mover un dedo, siguiendo la línea de la serpiente que estaba tatuada en la muñeca de la mano que le acariciaba el rostro.

Su expresión cambió, tornándose de súbito temerosa.

—¡Morgana! ¿Has tomado parte en esto?

Ah, yo debía haber sabido cuál sería su reacción, en caso de enterarse.

—¿Qué dices? —susurró—. Yo he estado tejiendo en el salón durante todo el día a la vista de Maline, de los sirvientes y los niños... Fue su voluntad y su obra, no la mía.

—Pero, ¿lo sabías? ¿Lo sabías?

Lentamente, con los ojos inundados de lágrimas, asintió. Él se inclinó besándole los labios.

—Así sea. Fue voluntad de la Diosa —dijo él, y se marchó.

III

Había un paraje en los bosques donde la corriente se ensanchaba entre las rocas formando un profundo estanque; Morgana se sentó en una piedra plana que dominaba las aguas e hizo que Accolon tomara asiento junto a ella. Nadie los vería allí, excepto los del pequeño y arcano pueblo, y ellos jamás traicionarían a su reina.

—Querido mío, durante todos estos años hemos trabajado juntos. Dime, Accolon, ¿qué creías que estábamos haciendo?

—Señora, me he contentado con saber que tenías un propósito —respondió—, y no te he hecho preguntas. Si sólo hubieses pretendido un amante —levantó la mirada hacia ella y le cogió la mano—, otros hay más apropiados que yo para tales divertimentos... Te quiero bien, Morgana, y me he sentido jubiloso y honrado de que te hayas tornado hacia mí, aunque fuese por la compañía y la ternura; pero no era eso lo que me llevó a ti, sacerdote y sacerdotisa. —Titubeó, revolviendo la arena con el pie. Finalmente, añadió—: He entendido, también, que había un propósito de mayor importancia que el deseo de una sacerdotisa de restaurar los ritos en este país, o que la necesidad de devolvernos los influjos lunares. He sentido júbilo al ayudarte en eso y al compartir el culto contigo. Señora de esta tierra has sido, ciertamente, en especial de las personas ancianas que ven en ti la faz de la Diosa. Durante un tiempo creí que únicamente habíamos sido llamados para restaurar el viejo culto. Pero ahora estoy convencido, sin saber por qué —tocó las serpientes que se enroscaban en sus muñecas—, que por ellas estoy ligado a esta tierra, para sufrir y quizá para morir si es necesario.

Le he utilizado, pensó Morgana, tan despiadadamente como Viviane me utilizara a mí...

—Bien sé —continuó— que sólo una vez cada cien años es exigido este antiguo sacrificio. Pero cuando ellas —de nuevo tocó, con la yema del dedo, las serpientes que rodeaban sus muñecas— fueron puestas aquí, consideré que tal vez fuera el escogido por la Dama para el antiguo sacrificio. En los años que mediaron, llegué a pensar que esa idea sólo era la fantasía de un neófito. Mas, si he de morir... —su voz se diluyó, cual las ondas en el calmo estanque.

Había gran quietud; podían oír a un insecto emitiendo un seco ruido en la hierba. Morgana no pronunció palabra, a pesar de percibir el miedo de él. Debía atravesar las barreras del miedo sin ayuda, como hiciera ella... o Arturo, o Merlín o cualquier otro que debiese enfrentarse a la prueba final. Y si tenía que arrostrar la prueba final, era preciso que fuese a ella con plena conciencia.

—¿Qué es lo que se exige de mí, señora? ¿Que muera? —preguntó por último—. Creí que de ser necesaria la sangre del sacrificio, cuando Avalloch fue atacado por ella...

Observó que los músculos de su cara se tensaban; apretó la mandíbula y tragó saliva. Pero ella siguió sin pronunciar palabra, aun sintiendo dolor y angustia en el corazón. Por algún motivo escuchó la voz de Viviane en su mente: Llegará un tiempo en el cual me odiarás tanto como ahora me amas... y tornó a sentirse embargada por el amor y el dolor. Empero, endureció su corazón; Accolon era mayor que Arturo cuando hubo de hacer frente a su entronización. Y aunque el sacrificio de Avalloch había sido en verdad de sangre, derramada por la Diosa, una sangre no podía rescatar a otra, ni la muerte de Avalloch podía liberar a su hermano de la obligación de afrontar la suya.

Por último, él suspiró profundamente.

—Así sea. Me he enfrentado a la muerte en la batalla con frecuencia. He jurado someterme a la Diosa, hasta la muerte, y no incumpliré mi juramento. Dime cuál es su voluntad.

Morgana alargó la mano para coger la de él.

—No creo que sea la muerte lo que se exige de ti, y ciertamente no en el altar del sacrificio. Sin embargo, la prueba es necesaria y la muerte siempre se halla a las puertas de tal prueba. ¿Te consolaría saber que también yo he arrostrado la muerte de este modo? Estoy de tu lado. ¿Estás juramentado, de hombre a hombre, con Arturo?

—No soy uno de sus Caballeros —contestó Accolon—. A Uwaine le has visto empeñar su palabra; pero yo no lo he hecho, aunque he luchado gustosamente junto a sus hombres.

Morgana se alegró, a pesar de saber que incluso hubiera llegado a utilizar el juramento de un Caballero contra Arturo.

—Escúchame, querido mío —dijo—, Arturo ha traicionado a Avalon por dos veces; y únicamente desde Avalon puede un rey gobernar todos estos territorios. He intentado, una y otra vez, hacer que Arturo recuerde la palabra que empeñó. Pero no quiso escucharme, y continúa portando, para su orgullo, la espada Excalibur, la espada de la Sagrada Regalía, con la vaina mágica que elaboré para él.

Ella vio que su cara palidecía.

—¿Te propones, en verdad, derrocar a Arturo?

—No, a menos que siga negándose a cumplir su juramento —respondió Morgana—. Aún le daré la oportunidad de llegar a ser lo que juró que sería. Y el hijo de Arturo todavía no ha madurado para el desafío. Tú ya no eres un muchacho, Accolon, y has sido educado para realizar la tarea de un rey, no de un druida, a pesar de éstas —posó un delgado dedo en las serpientes que se enroscaban en sus muñecas—. Dime, pues, Accolon de Gales, si todos los demás planes fracasan, ¿serás el paladín de Avalon y desafiarás al traidor por la espada que porta mediante traición?

Accolon suspiró profundamente.

—¿Desafiar a Arturo? Grande es lo que me pides, Morgana, si estoy dispuesto a morir —repuso él—. Me estás hablando de forma enigmática. No sabía que Arturo tuviera un hijo.

—Su hijo es hijo de Avalon y de los fuegos primaverales —dijo Morgana. Creía que hacía tiempo que había dejado de avergonzarse por aquello, Soy una sacerdotisa, no necesito rendir cuentas a ningún hombre por lo que debo hacer, mas no consiguió sostener la mirada de Accolon—. Presta atención y te lo contaré todo.

Permaneció en silencio mientras ella relató los sucesos acaecidos en la Isla del Dragón y los que siguieron a éstos; pero cuando llegó a su huida de Avalon y al nacimiento de Gwydion, él extendió la mano para tomar la de Morgana.

—Ha pasado su prueba —continuó ella—, pero es joven e inexperto. Nadie creía que Arturo fuera a traicionar su juramento. Arturo también era joven, pero había llegado al poder cuando Uther estaba avejentado y a punto de morir, y sus hombres buscaban a alguien perteneciente al linaje de Avalon para sustituirlo. Ahora la estrella de Arturo se halla muy alta y su fama es grande e, incluso respaldado por todos los poderes de Avalon, Gwydion nunca podría desafiar a Arturo por el trono.

—¿Cómo estimas que yo puedo desafiar a Arturo y quitarle la espada Excalibur sin ser muerto de inmediato por sus hombres? —inquirió Accolon—. En parte alguna de este mundo podría retarlo sin que se halle bien custodiado.

—Eso es cierto —dijo Morgana—, pero no necesitas retarle en este mundo. Hay otros reinos que no están en este mundo, y en uno de ellos puedes arrebatarle la espada Excalibur, por la cual ha traicionado toda sombra de rectitud, y la vaina mágica que le protege de todo daño. Una vez desarmado, no es superior a cualquier otro hombre. He visto a sus Caballeros, Lancelot, Gawaine, Gareth, desarmarle en las batallas simuladas. Sin su espada, Arturo es presa fácil. No es el mejor de los guerreros, ni aun con esa espada y esa vaina. Ni con ellas precisa serlo. Y una vez muerto Arturo...

Hubo de interrumpirse y dar firmeza a su voz, sabiendo que incurriría en la maldición de la muerte del rey, la misma maldición que no había querido atraer sobre Accolon cuando murió Avalloch.

—Una vez muerto Arturo —logró repetir con firmeza—, yo seré la más cercana al trono, y su hermana. Gobernaré como la Señora de Avalon, y tú como mi esposo y duque de la guerra. Cierto es que llegará un momento en que serás desafiado y abatido como Rey Ciervo... pero antes de que ese día llegue, habrás tenido tu hora como Rey a mi lado.

Accolon suspiró.

—Nunca había pensado llegar a ser Rey. Pero si tú lo ordenas, señora, debo acatar tu voluntad. Aunque retar a Arturo por la espada...

—No estoy diciendo que lo hagas sin ayuda; tendrás toda la que yo pueda prestarte. ¿Para qué si no he estado recordando y entrenándome durante todos estos fatigosos años en la magia, y para qué te he hecho mi sacerdote? Y hay alguien más poderoso que yo que nos ayudará a ambos en tu prueba.

—¿Te refieres a esos reinos mágicos? —preguntóle Accolon, casi en un susurro—. No te comprendo.

Eso no me sorprende; yo misma no sé lo que me propongo hacer, ni lo que digo, pensó Morgana, pero reconoció la extraña niebla que se alzaba en su mente, empañando el pensamiento, el estado en el cual se hacía patente el poder de la magia. Debo confiar en la Diosa, y dejar que me guíe. No sólo a mí, sino también a quien se encuentra a mi lado y ha de arrebatar la espada de manos de Arturo.

—Confía en mí y obedece. —Ella se puso en pie, caminando a través de los bosques con pasos silenciosos, en busca de... ¿qué estaba buscando? Luego oyó su propia voz distante y extraña—. ¿Crecen avellanos en esta zona, Accolon?

El asintió, y Morgana le siguió hasta la arboleda, que en aquella época del año retoñaba de hojas y flores. Los jabalíes se habían comido las últimas avellanas, había trozos de cáscaras diseminados sobre el espeso musgo del suelo de los bosques. Pero los nuevos brotes estaban creciendo, hacia la luz, donde se convertirían en árboles para que la vida del bosque permaneciera intacta.

Flores, frutos y semillas. Todas las cosas retornan, crecen y se hacen visibles, para finalmente entregar sus cuerpos a la Señora. Mas ella, que obra en silencio y sola en el corazón de la naturaleza, no puede realizar su magia sin la fuerza de Él, que corre con los ciervos y con el sol estival extrae la riqueza de su vientre. Bajo el avellano miró directamente a Accolon, y mientras que parte de su mente tenía en cuenta que aquel hombre era su amante, su sacerdote elegido, supo que él había aceptado una prueba que estaba más allá de cuanto ella sola pudiera otorgar. Antes incluso de que los romanos llegaran a aquellas colinas en busca de estaño y plomo, la arboleda de avellanos había sido un lugar sagrado. En la linde de ésta había un estanque, bajo tres de los árboles sagrados, avellano, sauce y aliso, una magia más antigua que la del roble.

La superficie del estanque se hallaba cubierta por varas secas y hojas, pero las aguas eran limpias, aunque del claro marrón de la floresta, y vio su rostro reflejado según se inclinaba a coger agua con la mano, para humedecerse la frente y los labios. Ante ella, el rostro reflejado se transformó y cambió, y vio los extraños y profundos ojos de la mujer perteneciente a un mundo más antiguo que éste. Y sintió que el terror la invadía por lo que viera en aquellos ojos.

El mundo había cambiado sutilmente alrededor de ellos. Siempre había creído que aquella extraña y antigua tierra se hallaba en los límites de Avalon, no en la remota fortaleza de Gales del Norte. Pero una voz silenciosa dijo en su mente, Estoy en todas partes; y donde el avellano se refleja en el estanque sagrado, allí estoy yo. Oyó a Accolon respirar aceleradamente a causa del asombro y el pavor, y se volvió para ver que la señora del reino de las hadas estaba con ellos, erguida y silenciosa, vestida con brillante atuendo, y con la sencilla corona de juncos sobre la frente.

¿Era ella quien había hablado, o la Dama?

Hay otra prueba que la carrera de los ciervos... y súbitamente fue como si resonara un cuerno, lejano y espectral, por la arboleda de avellanos... ¿o era un ruido de la arboleda? Entonces las hojas se levantaron y agitaron, y se produjo el soplar de repentinos vientos, haciendo que las ramas crujieran y se cimbrearan, y un gélido temor recorrió el cuerpo y la sangre de Morgana.

Él se acerca...

Lentamente, con renuencia, se giró para ver que no estaban solos en la arboleda. Allí, en la linde entre los mundos, se encontraba él...

Nunca le preguntó a Accolon qué fue lo que vio... Únicamente percibió la sombra de la cornamenta, las hojas áureas y carmesíes de un bosque dorado con los primeros brotes de la primavera, los oscuros ojos... En una ocasión yació con él en el suelo de un bosque como aquél, pero esta vez no venía por ella, y lo supo. Ahora ella, e incluso la Señora, debían hacerse a un lado. Sus pasos, ligeros sobre las hojas, seguían de alguna forma levantando el viento que lanzaba corrientes de aire por la arboleda, haciendo que su cabello se meciera y revoloteara su capa. Era alto y moreno, su atavío parecía hecho de las más ricas telas y hojas de árboles, y ella habría jurado que igualmente su carne refulgía tersa y desnuda ante ellos. Hizo un ademán, alzando una delgada mano y, como compelido, Accolon avanzó lentamente, paso a paso... También veía a Accolon coronado por la cornamenta y vestido con hojas, resplandeciendo en la extraña e inmóvil luz de las hadas. Morgana se sintió golpeada, azotada y sacudida por el viento; en la arboleda había siluetas y rostros que no podía distinguir con claridad. Esta prueba no era para ella, sino para el hombre que estaba a su lado. Parecieron producirse gritos y llamadas del cuerno; ¿estaban los jinetes en el aire, o era el batir de sus cascos en el suelo del bosque lo que producía el gran estruendo que impedía pensar? Supo que Accolon ya no estaba a su lado. Se aferró a la corteza del avellano, ocultando el rostro; no sabía, jamás lo sabría, qué forma de entronización sería la de Accolon... no era su facultad dar o conocer. Había invocado los poderes del Astado mediante la Señora, y él había ido adonde no podía seguirlo.

Nunca supo cuánto tiempo permaneció allí, asiéndose a la corteza del avellano, con la frente dolorosamente oprimida contra el tronco del árbol... El viento amainó y Accolon apareció junto a ella. Quedaron allí, solos en el avellanal, escuchando únicamente el ruido del trueno en un cielo oscuro y sin nubes donde el cerco del sol refulgía cual metal incandescente eclipsado por la esfera de la negra luna, y las estrellas brillaban contra la noche que aún no había llegado. Accolon la rodeaba con el brazo.

—¿Qué es esto? ¿Qué es esto? —preguntó, en un susurro.

—Es el eclipse. —Su voz sonó más firme de lo que podía haber esperado. Sintió que los latidos de su corazón se hacían más lentos ante el tacto de sus brazos, cálidos y vivos, rodeándola. El suelo volvió a ser firme bajo los pies, la sólida tierra del avellanal, y cuando bajó la vista hacia el estanque vio trozos de ramas rotas por el terrible viento que había azotado a la arboleda. En alguna parte un pájaro trinó doliente por el súbito anochecer, y a sus pies una rosada cría de cerdo hocicó en el oscuro musgo. Entonces la luz comenzó a filtrarse con tal brillantez que vio la sombra alejándose del sol. Observó que Accolon miraba hacia la luminosidad.

—Aparta la mirada, ¡puedes quedar cegado ahora que las tinieblas se han ido! —le dijo.

El tragó saliva y volvió la cara hacia ella. Un viento que no era de este mundo alborotaba su pelo, y adherido a éste había una hoja carmesí que hizo estremecerse a Morgana mientras permanecían bajo los brotes del avellano.

—Él se ha ido... y ella... ¿o eras tú? Morgana, ¿ha sucedido, ha sido algo real? —preguntó.

Morgana, mirando su turbado semblante, percibió algo en sus ojos, algo que nunca antes había visto allí: un hálito que no era humano. Extendió la mano, le quitó la hoja carmesí del pelo y se la mostró.

—Tú que llevas las serpientes... ¿Necesitas preguntarlo?

—¡Ah! —Ella vio el horror que se precipitaba sobre él. Le arrebató la hoja de la mano con gesto salvaje, dejándola caer al suelo del bosque.

—Era como si cabalgara muy por encima del mundo y viera cosas que ningún mortal puede ver —dijo entrecortadamente.

La abrazó con ciega urgencia, desgarrándole el vestido y tendiéndola en el suelo. Le dejó hacer y yació aturdida sobre la humedad del bosque mientras él se estremecía impelido por una fuerza que no podía comprender. Le pareció, mientras yacía calladamente bajo aquella impetuosa fuerza, que su rostro quedaba nuevamente ensombrecido por la cornamenta o las hojas carmesíes; ella no tomaba parte, era únicamente la tierra pasiva bajo la lluvia y el viento, el trueno y el relámpago, y fue como si el relámpago pasara a través de ella para penetrar en la tierra...

Entonces las extrañas estrellas que brillaban de día desaparecieron todas, y las manos de Accolon, tiernas y arrepentidas, la ayudaron a levantarse, a arreglar el desordenado vestido. Se inclinó para besarla, para balbucear una explicación, alguna palabra de excusa, pero ella sonrió posándole la mano en los labios.

—No, no, ya es bastante.

La arboleda se hallaba en silencio nuevamente, y a su alrededor sólo se oían los ruidos de un día sosegado.

—Debemos volver, amor mío —dijo ella apaciblemente—. Nos echarán de menos, y todos estarán gritando asustados a causa del eclipse, como si se tratara de un raro prodigio de la naturaleza... —y sonrió levemente, ya que durante aquel día había visto algo mucho más extraño que el eclipse.

La mano de Accolon estaba fría y trémula.

—No sabía que tú... te parecías a ella, Morgana... —dijo mientras caminaban.

Pero yo soy ella. No pronunció tales palabras en voz alta. Él era un iniciado; debiera haber estado mejor instruido, quizá, para esta prueba. Sin embargo, la había afrontado como debía, y había sido aceptado por algo que estaba más allá de los pequeños poderes de Morgana.

Entonces el frío atenazó su corazón, y se volvió para mirar su sonriente y amado semblante. Había sido aceptado. Pero eso no significaba que fuera a triunfar; sólo significaba que podía intentar la prueba final que acababa de iniciarse.

No me sentía así cuando como Doncella de la Primavera envié a Arturo, aunque no sabía que era él, a arrostrar su prueba. Ah, Diosa, cuán joven era yo entonces, cuán jóvenes éramos los dos... tan jóvenes que no sabíamos lo que hacíamos. Y ahora soy lo bastante vieja para saber lo que hago, ¿cómo tendré valor para enviarle a enfrentarse a la muerte?

IV

En la víspera de Pentecostés, Arturo y su reina invitaron a una cena privada a quienes tenían vínculos familiares con el trono. Al día siguiente se celebraría el acostumbrado banquete para los reyes súbditos de Arturo y sus Caballeros, mas Ginebra, ataviándose esmeradamente, sentía que iba a someterse a una gran prueba. Hacía largo tiempo que había aceptado lo inevitable. Al día siguiente, su esposo y señor haría público e irrevocable lo que todos ya conocían. Galahad sería nombrado Caballero de la Mesa Redonda. Oh, lo sabía desde hacía años, sí, pero entonces Galahad era sólo un niño de pelo rubio que estaba creciendo en algún lugar de las tierras de Pellinore. Al principio, incluso se había sentido complacida; el hijo de Lancelot y de su prima Elaine, ahora muerta a consecuencia de un parto, era un adecuado heredero para el Rey. Pero después lo consideró un reproche viviente a una avejentada reina cuya vida no había dado fruto.

—Estás afligida —dijo Arturo, observando su expresión mientras se ponía la diadema sobre el cabello—. Lo lamento, Ginebra, pensé que éste era el mejor modo de conocer al muchacho, como es mi deber si va a acceder al trono. ¿Les digo que estás enferma? No tienes por qué hacer acto de presencia, puedes reunirte con él en cualquier otro momento.

Ginebra apretó los dientes.

—Tanto da ahora que más tarde. Él le tomó la mano.

—Ya no veo a Lancelot con mucha frecuencia. Bueno será hablar con él de nuevo.

Ella movió los labios y supo que no había conseguido la sonrisa que pretendía.

—Me asombra que lo desees, ¿no le odias? Arturo sonrió inquieto.

—Éramos tan jóvenes entonces. Me parece como si todo hubiera sucedido en otro mundo, y Lance sólo fuera mi más querido y viejo amigo, casi mi hermano, tanto como Cai.

—Cai también es tu hermano —repuso Ginebra— y su hijo Arturo resulta ser uno de tus más leales guerreros. Me parece que sería mejor heredero que Galahad.

—El joven Arturo es un hombre gentil y un leal Caballero. Pero Cai no es de sangre real. Sabe Dios que todos estos años he deseado que Ectorius hubiera sido en verdad mi padre... Pero no lo fue, y no tiene remedio, Gin. —Se quedó pensativo durante un momento; nunca había hablado de esto desde aquel espantoso día de Pentecostés.

—He oído que el otro muchacho, el hijo de Morgana, está en Avalon.

Ginebra extendió la mano como si tratara de evitar un golpe.

—¡No...!

—Lo arreglaré para que nunca tengas que encontrarte con él —dijo, sin mirarla—, mas la sangre real es sangre real y algo debe hacerse por él. No puede tener mi trono, los sacerdotes no lo consentirían.

—Oh —repuso Ginebra—, y si los sacerdotes lo consintieran, supongo que nombrarías heredero al hijo de Morgana.

—Algunos se asombrarán de que no lo sea —declaró Arturo—. ¿Querrías que tratara de darles una explicación?

—Entonces debieras mantenerle alejado de la corte —dijo Ginebra, y pensó: No sabía que mi voz fuera tan dura cuando estoy airada—. ¿Qué lugar le cabe en esta corte a alguien que ha sido educado en Avalon como druida?

—El Merlín de Bretaña es uno de mis consejeros y siempre lo ha sido. Aquellos que miran a Avalon son súbditos míos. Está escrito: «Otras ovejas tengo que no son de este rebaño...».

—Una chanza blasfema —observó Ginebra, haciendo que su voz pareciera más amable y apropiada para la víspera de Pentecostés.

—Antes de Pentecostés llega el solsticio de Verano, mi amor —dijo Arturo—. Al menos, ahora, ya no se encienden fuegos en el solsticio, ni siquiera en la Isla del Dragón y, por cuanto sé, en ninguna parte a tres jornadas de viaje desde Camelot, excepto en Avalon.

—Los sacerdotes han puesto vigilantes en la Isla de Glastonbury, estoy segura —declaró Ginebra—, para que no hayan idas y venidas en aquella tierra.

—Sería triste que se perdiera por siempre —repuso Arturo—. Como es triste para los labriegos perder sus propias fiestas... las gentes de los pueblos tal vez no tienen necesidad de los viejos ritos. Oh sí, lo sé, sólo hay un nombre bajo el cielo por el cual podemos salvarnos, pero acaso quienes viven tan pegados a la tierra requieran algo más que la salvación...

Ginebra hizo ademán de hablar, luego se contuvo. Kevin no era más que un viejo y deforme tullido, un druida, y la época de los druidas le parecía ahora tan remota como la de los romanos. E incluso Kevin era menos conocido en la corte como Merlín de Bretaña que como un espléndido arpista. Los clérigos no le reverenciaban por ser un hombre bueno y gentil, como una vez hicieran con Taliesin; la lengua de Kevin era pronta y poco amable en el debate. Aunque su conocimiento de todas las antiguas costumbres y de la ley común era incluso mayor que el de Arturo, y éste se había acostumbrado a recurrir a él cuando se trataba de una cuestión sobre la antigua ley y hábitos que no era posible desestimar.

—Si no fuera una fiesta tan estrictamente familiar, ordenaría que Kevin actuase para nosotros esta noche.

—Puedo hacer que le pregunten, si te place, pero su música no está sujeta a órdenes, ni siquiera a las de un rey. Puedo invitarle a cenar a nuestra mesa y rogarle que nos honre con una canción —dijo Arturo, sonriendo.

Ella sonrió a su vez.

—Así pues, ¿ha de rogarle un rey a su súbdito? —preguntó.

—Debe haber un equilibrio en todas las cosas. Es una de las lecciones que he aprendido en mi gobierno. En algunos asuntos, un rey no puede ordenar, sino solicitar. Tal vez sea ésa la razón por la que cayeron los césares, porque dieron en lo que mi tutor solía denominar soberbia, creyendo que podían mandar más allá de la legítima esfera de un rey... Bien, señora mía, nuestros invitados aguardan. ¿Estás ya lo bastante hermosa?

—Otra vez te burlas de mí. Sabes lo vieja que soy.

—No eres tan vieja como yo —repuso Arturo—, y mi camarlengo afirma que todavía soy un hombre apuesto.

—Oh, pero eso es diferente. Los hombres no envejecen como las mujeres.

Ginebra le miró a la cara, que sólo mostraba leves arrugas por los años. Era un hombre en la plenitud de su vida.

—Poco me favorecería tener a una jovencita a mi lado como reina —dijo él, cogiéndole la mano—. Tú eres apropiada para mí. —Avanzaron hacia la puerta: el camarlengo se aproximó y habló en voz baja, y Arturo se dirigió a Ginebra—. Habrá otros invitados a nuestra mesa. Gawaine ha informado de la venida de su madre, y también hemos de invitar a Lamorak, pues es su consorte y compañero de viaje. —Informó

Arturo—. No he visto a Morgause desde hace años, pero también es mi deuda. Y el Rey Uriens y Morgana con sus hijos...

—Entonces será ciertamente una fiesta familiar.

—Sí, junto con Gareth y Gawaine. Gaheris está en Cornwall y Agravaine no puede ausentarse de Lothian —dijo Arturo, y Ginebra se sintió aguijoneada por una vieja afrenta... Lot de Lothian había tenido tantos hijos—. Querida, nuestros invitados están reunidos en el salón pequeño. ¿Bajamos con ellos?

El gran salón de la Mesa Redonda era el dominio de Arturo, el lugar de un hombre, donde se reunían los guerreros y los reyes. Pero era en el pequeño salón, con los cortinajes que hizo traer de Gaul, las mesas de caballete y los bancos, donde Ginebra se sentía reina. Día a día estaba perdiendo la vista; al principio, aunque había mucha luz, únicamente vio franjas de color en lugar de los vestidos de las damas y los brillantes atuendos de gala de los hombres. Aquella enorme figura, de más de seis pies de alta, con gran cantidad de pelo dorado, era Gawaine. Fue a inclinarse ante el Rey y luego, levantándose, estrechó a su primo en un gran abrazo de oso. Gareth le siguió, con mayor modestia, y Cai se acercó para dar palmaditas a Gareth en el hombro, llamándole Apuesto según la vieja costumbre, y preguntarle por la crianza de sus hijos, demasiado jóvenes todavía para visitar la corte. La dama Lionors estaba, dijo, aún en cama por el último nacimiento y se había quedado en su castillo, situado junto a la muralla romana en el norte. ¿Hacía ocho o nueve años? Ginebra sólo había visto a la dama Lionors dos veces, pues siempre estaba encinta, de parto o amamantando al último de sus hijos. Gareth ya no era el muchacho de bello rostro, pero tenía el atractivo de siempre. Arturo, Gawaine y Gareth se parecían cada vez más con el paso del tiempo. Ahora estaba abrazando a Gareth un hombre esbelto, de pelo negro y rizado con plateados reflejos, y Ginebra se mordió el labio; Lancelot no había cambiado en todos aquellos años, salvo para tornarse más apuesto.

Uriens no poseía esa mágica inmunidad al tiempo. Su aspecto era realmente senil, aunque aún se mantenía erguido y fuerte. Tenía el cabello completamente blanco, y oyó que le decía a Arturo que se había recobrado recientemente de la fiebre pulmonar, y que aquella primavera había enterrado a su hijo, abatido por un cerdo salvaje.

—Por tanto, sir Accolon, algún día serás Rey de Gales del Norte. Bien, así sea. Dios da y Dios quita, tal dicen las Sagradas Escrituras —comentó Arturo.

Uriens se había reclinado para besar la mano a Ginebra, pero ella se adelantó para besar al anciano en la mejilla. Iba cuidadosamente ataviado de verde, con una hermosa capa verde y marrón.

—Nuestra reina está cada vez más joven —comentó, sonriendo de buen humor—. Uno creería que has morado en el país de las hadas, deuda.

Ginebra rió.

—Entonces quizá debería pintarme arrugas en el rostro, para que los obispos y clérigos no crean que he aprendido conjuros impropios en una mujer cristiana; pero esta broma no es adecuada en la víspera de un día santo. Morgana —por una vez logró recibir a su cuñada con naturalidad—, pareces más joven que yo, y sé que eres mayor. ¿Cuál es tu magia?

—No hay magia —contestó Morgana con su matizada y grave voz—. Sucede que tengo la mente tan poco ocupada en ese país del fin del mundo, que para mí es como si el tiempo no pasara, y tal vez sea ésa la razón de que no envejezca.

Ahora que la veía desde más cerca, Ginebra pudo distinguir leves señales del paso del tiempo en el rostro de Morgana; su piel seguía siendo tersa y lisa, mas se veían diminutas arrugas en torno a los ojos y los párpados algo caídos. La mano que tendió a Ginebra era delgada y huesuda, los anillos le quedaban holgados. Ginebra pensó, Morgana es al menos cinco años mayor que yo. Y repentinamente imaginó que no eran mujeres de mediana edad, sino aquellas dos jóvenes que se encontraron en Avalon.

Lancelot fue primero a saludar a Morgana. Ginebra no acertaba a creer que todavía la asaltara con furia la pasión de los celos... Elaine se ha ido ya... y el marido de Morgana es tan viejo que seguramente no podrá ver otras Navidades. Oyó a Lancelot decir algún ingenioso cumplido y la risa grave y dulce de Morgana.

Pero no mira a Lancelot como a un amante... vuelve sus ojos al Príncipe Accolon que es también un hombre agraciado... Bueno, su marido le dobla la edad con creces... Ginebra sintió que desaprobaba sus propios pensamientos.

—Deberíamos ir a la mesa —dijo, haciendo señas a Cai—. Galahad debe marcharse a medianoche para velar las armas y, quizá, como muchos jóvenes, quiera descansar antes para que el sueño no le domine.

—No tendré sueño, señora —repuso el joven, y Ginebra tornó a sentir dolor. Le habría complacido tanto tener a este rubio muchacho como hijo. Era alto, de anchos hombros, corpulento como Lancelot nunca había sido. Su cara parecía reflejar una limpia y tranquila felicidad—. Todo esto es tan bueno para mí. ¡Camelot es un lugar tan hermoso que apenas puedo creer que sea real! Y he cabalgado hasta aquí con mi padre. Mi madre siempre hablaba de él como si se tratara de un rey o un santo, por encima de los mortales.

—Oh, Lancelot es bastante mortal, Galahad; si llegas a conocerle bien, lo comprenderás.

Galahad se inclinó cortésmente ante Morgana.

—Os recuerdo. Vinisteis y nos arrebatasteis a Nimue, y mi madre lloró. ¿Se encuentra bien mi hermana, señora? —dijo.

—No la he visto desde hace años —respondió Morgana—, pero de no encontrarse bien, lo hubiera sabido.

—Sólo recuerdo que me enojé con vos porque declarasteis que estaba errado en todo. Parecíais muy segura y mi madre...

—Sin duda tu madre te dijo que soy una bruja malvada. —Sonrió (Presumida como una gata, pensó Ginebra) ante el manifiesto rubor que cubría la cara de Galahad—. Bueno, Galahad, no eres el primero que me considera así.

—Le sonrió también a Accolon, quien le devolvió la sonrisa tan abiertamente que Ginebra quedó escandalizada.

Galahad preguntó bruscamente:

—¿Sois una bruja, pues, señora?

—Bueno —dijo Morgana, volviendo a mostrar su sonrisa de gata—, sin duda tu madre tenía motivos para creerme tal. Puesto que ya no está con nosotros, puedo contártelo todo. Lancelot, ¿nunca te dijo Elaine que me rogó y suplicó un conjuro para que volvieras los ojos a ella?

Lancelot miró a Morgana, y Ginebra tuvo la impresión de que su cara se crispaba y tensaba de dolor.

—¿Por qué bromear sobre tiempos que ya pasaron, deuda?

—Oh, no estoy bromeando —replicó Morgana, y por un instante levantó la mirada para encontrarse con la de Ginebra—. Creí que había llegado el momento de que dejaras de romper corazones por todos los reinos de Bretaña y Gaul. Así pues, dispuse ese matrimonio y no lo lamento, porque ahora tienes un hermoso hijo que es heredero del reino de mi hermano. De no haberme entrometido, hubieras permanecido soltero y continuarías rompiendo todos nuestros corazones. ¿Verdad, Gin? —añadió audazmente.

Lo sabía. Pero no creía que Morgana llegara a confesarlo tan abiertamente... Mas Ginebra hizo uso de su privilegio de reina para cambiar de tema.

—¿Cómo se encuentra mi tocaya, la pequeña Ginebra?

—Está prometida en matrimonio con el hijo de Lionel —contestó Lancelot—, y será reina de la Baja Bretaña algún día. Los sacerdotes alegaron que el parentesco era demasiado cercano, aunque podía conseguirse una dispensa. Me esforcé grandemente en conseguirla, y también Lionel. La niña sólo tiene nueve años y las nupcias no serán hasta dentro de seis.

—¿Y tu hija mayor? —preguntó Arturo.

—Está en un convento, majestad.

—¿Eso es lo que Elaine te dijo? —inquirió Morgana, y nuevamente hubo un destello de malicia en sus ojos—. Se halla en el lugar de tu madre, en Avalon. ¿No lo sabías?

—Tanto da —repuso él apaciblemente—. Las sacerdotisas de la Casa de las Doncellas se asemejan mucho a las monjas de la santa iglesia, llevando una existencia de castidad y plegarias, y sirviendo a Dios a su modo.

—Se volvió rápidamente hacia la Reina Morgause, que se aproximaba—. Tía, no puedo afirmar que por ti no pase el tiempo, pero los años te han tratado gentilmente.

¡Se parece tanto a Igraine! He oído bromas respecto a ella, e incluso chanzas y me he reído, pero ahora puedo creer que el joven Lamorak esté unido a ella por amor y no por ambición. Morgause era una mujer recia y alta, el cabello todavía abundante y rojo, cayendo en sueltas trenzas sobre el traje verde, con amplios brocados de seda, bordado con perlas y hebras doradas. Una fina diadema con incrustaciones de brillantes topacios centelleaba en su cabello. Ginebra extendió los brazos y la estrechó.

—Te asemejas mucho a Igraine, Reina Morgause. Yo la quería bien, y aún sigo pensando en ella con frecuencia —le dijo.

—Cuando era joven tal comentario me habría puesto frenética de celos, Ginebra. Me sacaba de quicio que mi hermana Igraine resultara más hermosa que yo, y tuviera a tantos reyes y señores a sus pies. Ahora únicamente recuerdo que era bella y amable, y me alegra saber que todavía me parezco a ella. —Se giró para abrazar a Morgana, y Ginebra observó que ésta se perdía entre los brazos de la mujer, que Morgause la eclipsaba... ¿Por qué temo a Morgana? Sólo es una mujer menuda, después de todo, reina de un perdido territorio... El vestido de Morgana era de sencilla lana oscura, y no lucía más adorno que una gargantilla de plata y una especie de brazalete del mismo metal. Su cabello, negro y brillante como siempre, formaba una trenza en torno a su cabeza.

Arturo se había acercado para abrazar a su hermana y a su tía. Ginebra tomó de la mano a Galahad.

—Te sentarás a mi lado, sobrino. —Ah, sí, éste es el infante que yo le habría dado a Lancelot, o a Arturo...

—Y ahora que has llegado a conocer a tu padre, ¿has descubierto, como afirmara Morgana, que no es ningún santo sino únicamente un hombre muy amable? —le preguntó, cuando tomaron asiento.

—¿Y qué otra cosa es un santo? —preguntó Galahad, con ojos iluminados—. No puedo pensar en él sólo como un hombre, señora; seguro que es algo más que eso. También es hijo de un rey, y tengo por cierto que si hubieran elegido al mejor en lugar de al mayor, reinaría en la Baja Bretaña. Estimo que un hombre es feliz si puede creer que su padre es un héroe —declaró—. He tenido un poco de tiempo para hablar con Gawaine, y me ha dicho que despreciaba a su padre; ¡pero ningún hombre ha hablado nunca del mío más que con admiración!

—Espero que siempre le veas como a un héroe intachable —dijo Ginebra.

Había situado a Galahad entre Arturo y ella, como correspondía al heredero por adopción del reino; Arturo había decidido sentar a la Reina Morgause a su lado, Gawaine a continuación, y junto a éste a Uwaine, amigo y protegido de Gawaine, como Gareth lo había sido de Lancelot cuando eran más jóvenes.

En la mesa contigua se hallaban Morgana y su marido, y otros invitados; todos eran parientes, mas no lograba ver sus caras con nitidez. Levantó el cuello y bizqueó para ver, reprobándose, pues bizquear la afeaba, y se frotó una contumaz arruga entre las cejas. Se preguntó de repente si su antiguo miedo a los lugares abiertos no habría sido fruto simplemente de su corta vista. ¿Había temido la apariencia del mundo sólo porque no podía ver la realidad?

Le preguntó a Arturo, que estaba comiendo con el voraz apetito de un muchacho que todavía está creciendo:

—¿Has invitado a Kevin a cenar con nosotros?

—Sí, pero envió mensaje de que no podía venir. Dado que no puede estar en Avalon, tal vez desee guardar este santo día a su manera. Invité también al Obispo Patricius, pero guarda la vigilia de Pentecostés en la iglesia. Te verá allí a medianoche, Galahad.

—Creo que ser nombrado rey debe parecerse un poco a ser ordenado sacerdote —repuso Galahad, convencido; se produjo una interrupción en las conversaciones que hizo su joven voz audible de un extremo de la mesa a otro—. Ambos juran servir al hombre y a Dios, y hacer cuanto es justo.

—Algo semejante es lo que yo estimo, muchacho. Ruego a Dios que siempre lo veas así —dijo Gareth.

—Siempre he deseado que mis Caballeros sean hombres dedicados a lo justo —declaró Arturo—. No

exijo que sean santos, Galahad, pero siempre he esperado que sean hombres buenos.

—Tal vez estos mozalbetes vivan en un mundo en el
cual resulte más fácil ser bueno —dijo Lancelot, dirigiéndose a Arturo, y Ginebra tuvo la impresión de que
sentía tristeza.

—Tú eres bueno, padre —repuso Galahad—. A todo
lo largo y ancho de esta tierra se cuenta que eres el
mejor Caballero del Rey Arturo.

Lancelot rió azorado.

—Sí, como el héroe sajón que desgarró un brazo al
monstruo del Lago. Mis obras y hazañas han sido
puestas en romances porque la verdadera historia no
es lo bastante emocionante para contarla junto al fuego en los inviernos.

—Pero diste muerte al dragón —alegó Galahad.

—Oh, sí, y era una bestia terrible, supongo. Sin embargo, tu abuelo tuvo tanto que ver con su muerte
como yo —dijo Lancelot—. Ginebra, señora mía, nunca cenamos tan bien como en tu mesa.

—Demasiado bien —repuso Arturo cordialmente,
dándose palmaditas en el estómago—. Si los festejos
como éste se sucedieran con excesiva frecuencia, sería
tan gordo como uno de esos reyes sajones que se ati-
borran de cerveza. Mañana es Pentecostés y habrá
otro festín para más personas. ¡No sé cómo lo consigue mi dama!

Ginebra se sintió levemente henchida de orgullo.

—Este banquete se me debe a mí, el de mañana será
de la competencia de sir Cai. Las terneras ya se están
asando en los hornos. Mi señor Uriens, no estáis comiendo carne.

—Un ala de esas aves, tal vez —dijo Uriens sacudiendo la cabeza—. Desde la muerte de mi hijo, he prometido no volver a comer carne de cerdo.

—¿Y tu reina comparte ese voto? Una vez más, Morgana está ayunando. ¡No es de extrañar que seas tan menuda y delgada, hermana mía!

—No es ninguna privación para mí dejar de comer carne de cerdo.

—¿Es tu voz tan dulce como siempre, hermana? Puesto que Kevin no puede unirse a nosotros, quizá quieras cantar o tocar.

—De haberme dicho que lo deseabas, no hubiera comido tanto. No me es posible cantar ahora. Más tarde, tal vez.

—Entonces tú, Lancelot —dijo Arturo.

Lancelot se encogió de hombros e indicó a un sirviente que le proporcionara un arpa.

—Kevin cantará esto mismo mañana. No puedo compararme con él. Me he apropiado de las palabras de un poeta sajón. En una ocasión dije que podía convivir con los sajones, mas no con lo que ellos llaman música. Cuando estuve conviviendo con ellos el año pasado, escuché este romance y lloré, y he procurado verterlo a nuestra lengua con mis pobres facultades. —Abandonó el asiento y cogió el arpa—. Para ti es, mi Rey —dijo—, pues habla de mis pesares al morar lejos de la corte y de mi Rey; pero la música es sajona. Creía, antes de conocer ésta, que todas sus canciones trataban de guerras y batallas. Principió a tocar una suave, doliente melodía; sus dedos no eran tan hábiles como los de Kevin, mas la triste canción poseía poder propio, que gradualmente los aquietó. Cantó con la voz de un cantor inexperto:

¿Qué pesar es comparable al de alguien que solo se halla?
Una vez moré en compañía del rey a quien bien amaba,
Y mi brazo se vencía por el peso de los anillos que me diera,

Y mi corazón grávido era con el oro de su amor.
La faz del rey es cual el sol para quienes le rodean,
Mas ahora mi corazón vacío está,
Y solitario vago por el mundo.
Las arboledas se cubren de flores,
Los árboles y las praderas se enseñorean.
Empero el cuco, el más triste de los cantores,
entona la desolada aflicción del exilio,
Y mi corazón sigue errando,
En pos de lo que nunca más veré.
Todos los rostros me parecen iguales si no puedo
ver la faz de mi rey,
Y todos los países se parecen entre sí,
Cuando no puedo ver los bellos campos y praderas
de mi hogar.
Me erguiré y seguiré a mi corazón en su vagar.
Pues, ¿qué son las bellas praderas de mi país cuan-
do no puedo ver el rostro de mi rey?
Y el peso de mi brazo no es más que una banda de
oro, Cuando el corazón está vacío de amor.
Y así vagaré,
Por la senda de los peces,
Y la estela de la gran ballena,
Y más allá del país de las olas,
Sin nadie que me ofrezca compañía.
Sólo con el recuerdo de aquéllos a los que amé,
Y las canciones que canté con todo el corazón,
Y el canto del cuco en la memoria.

GINEBRA AGACHÓ la cabeza para disimular sus lágrimas. Arturo se cubrió los ojos con las manos. Morgana estaba mirando al frente, y a la Reina le pareció
ver lágrimas corriendo por su cara. Arturo se puso en
pie, bordeó la mesa y estrechó a Lancelot.

—Pero de nuevo estás con tu rey y amigo, Galahad
—dijo con voz no muy firme.

La antigua amargura se introdujo en el corazón de Ginebra. Canta para su rey, no para su reina y amor. Su amor por mí jamás fue más que una parte de su amor por Arturo. Cerró los ojos para no ver como se abrazaban.

—Es muy hermosa —declaró Morgause quedamente—. ¿Quién iba a pensar que un sajón pudiera componer una música como ésa? Debe haber sido Lancelot, después de todo...

Éste sacudió la cabeza.

—La música es suya. Y las palabras tan sólo un pobre eco de las suyas...

Una voz muy similar a la de Lancelot dijo gentilmente:

—Hay músicos y poetas entre los sajones, al igual que guerreros, señora mía —y Ginebra se volvió hacia la voz. Un joven con oscuro atavío, esbelto, de pelo negro, una forma confusa para su vista; pero su voz, levemente acentuada con la entonación del país del Norte, sonaba como la de Lancelot, con igual timbre y modulación.

Arturo le indicó que se adelantara.

—Ahí se sienta a mi mesa alguien a quien no conozco; y en una fiesta familiar, eso no es correcto. ¿Reina Morgause...?

Esta se levantó de su asiento.

—Pretendía presentártelo antes de que nos sentáramos a la mesa, pero estabas demasiado ocupado hablando con viejos amigos, mi rey. Es el hijo de Morgana, que fue adoptado en mi corte, Gwydion.

El joven avanzó e hizo una reverencia.

—Rey Arturo —dijo, con la cálida voz que era como un eco de la de Lancelot. Por un momento, Ginebra experimentó un júbilo turbador; éste es el hijo de Lancelot, en verdad, no el de Arturo. Luego recordó que la tía de Morgana, Viviane, era también madre de Lancelot.

Arturo abrazó al joven. Dijo, con voz demasiado trémula para ser audible a menos de tres metros de distancia:

—El hijo de mi amadísima hermana será recibido como si fuera mi hijo en mi corte, Gwydion. Ven a sentarte a mi lado, muchacho.

Ginebra miró a Morgana. El rubor se mostraba en su rostro, tan notoriamente como si hubiese sido pintado, y se mordisqueaba el labio inferior con sus pequeños y puntiagudos dientes. ¿No le había advertido Morgause, pues, de que su hijo iba a ser presentado a su padre? No, al Rey, se recordó con acritud; no había ningún motivo para pensar que el muchacho supiese quién era su padre. Si alguna vez se había mirado en un espejo, sin duda habría llegado a creer, dijeran lo que dijesen; que era hijo de Lancelot.

No era tan joven después de todo. Debía tener unos veinticinco años; ya era un hombre.

—Tu primo, Galahad —dijo Arturo, y éste extendió la mano impulsivamente.

—Eres un familiar más cercano al Rey que yo, primo —declaró con ingenua espontaneidad—. ¡Me sorprende que no me detestes!

Gwydion sonrió.

—¿Cómo sabes que no lo hago, primo? —preguntó, y Ginebra durante un instante quedó conmocionada, hasta que apareció su sonrisa.

Sí, era hijo de Morgana; tenía la felina sonrisa que ella mostraba a veces. Galahad parpadeó, luego resolvió que las palabras pretendían ser una broma. Ginebra pudo seguir los transparentes pensamientos de Galahad. ¿Es hijo de mi padre, es Gwydion mi hermano bastardo nacido de la Reina Morgana? Parecía dolido, asimismo, cual un cachorrillo cuyo travieso ofrecimiento de amistad ha sido rechazado.

—No, primo —dijo Gwydion, no es cierto lo que estás pensando.

Ginebra consideró, con un nudo en la garganta, que incluso poseía la desconcertante sonrisa de Lancelot, que transformaba un semblante oscuro y lúgubre en resplandeciente expresión, cual si le hubiese tocado un rayo de sol transfigurándolo.

Galahad repuso a la defensiva:

—No estaba... No...

—No —dijo Gwydion—, no has dicho nada, pero resultaba obvio en exceso lo que estabas pensando, y lo que todos en esta estancia deben estar pensando. —Levantó la voz levemente, una voz similar a la de Lancelot, aunque matizada con el suave acento del país del Norte—. En Avalon, primo, adoptamos la estirpe de la línea materna. Pertenezco al antiguo linaje real de Avalon, y eso es suficiente para mí. Para cualquier hombre resultaría una arrogancia proclamar ser padre del descendiente de una Suma Sacerdotisa de Avalon. Aunque ciertamente, como a la mayoría de los hombres, me gustaría saber quién me engendró, y lo que pensabas ya ha sido dicho anteriormente, que soy hijo de Lancelot. La semejanza ya ha sido detectada, especialmente por los sajones con los cuales pasé tres años aprendiendo a ser guerrero —añadió—. Tu nombradía, Lord Lancelot, es aún muy recordada entre ellos. Son incontables los hombres que me dijeron que no es ninguna desgracia ser el bastardo de hombre como tú, señor. —Su silenciosa risa fue como un eco espectral de la de quien tenía enfrente, y Lancelot también parecía inquieto—. Pero, a la postre, siempre había de decirles que lo que pensaban no era cierto. De todos los hombres de este reino que podían haberme engendrado, sé que uno no es mi padre. Así pues, debo informarles que se trata sólo de un parecido familiar; nada más. Soy tu primo, Galahad, no tu hermano. —Se recostó indolente en la silla—. ¿Te preocupa que cuantos nos vean piensen equivocadamente? Después de todo, ¡no podemos ir por ahí explicando la verdad a todo el mundo!

Galahad parecía confuso.

—No me hubiera importado si fueras de verdad mi hermano, Gwydion.

—Entonces yo habría sido hijo de tu padre y tal vez heredero del Rey —repuso Gwydion, sonriendo.

Ginebra comprendió de improviso que gustaba de incomodar a las gentes que rodeaban la mesa; era hijo de Morgana, y se le notaba aunque sólo fuese por aquel toque de malicia.

Morgana dijo, con aquella voz grave que resonaba con tanta claridad sin esforzarse:

—Tampoco para mí habría resultado desagradable que Lancelot te hubiera engendrado, Gwydion.

—No, supongo que no, señora —repuso Gwydion—. Perdóname, dama Morgana. Siempre he llamado madre a la Reina Morgause.

Ella rió.

—Si no te parezco una madre apropiada para ti, Gwydion, tú también me pareces un hijo inapropiado. Estoy agradecida por esta cena familiar, Ginebra —dijo—. Podría haber encontrado a mi hijo mañana en el gran festejo, sin previo aviso.

—Estimo que cualquier mujer se sentiría orgullosa de hijo semejante —intervino Uriens—, y en cuanto a tu padre, quienquiera que pueda ser, joven Gwydion, es una pérdida para él no reclamarte.

—Oh, no lo creo así —repuso Gwydion.

Y Ginebra pensó, viendo cómo miraba sesgadamente a Arturo. Debe tener sus motivos para decir que no sabe quién es su padre, pero está mintiendo. Aquello la angustió. Aunque, mucho más angustioso hubiera sido que se enfrentara a Arturo exigiéndole saber por qué él, su hijo, no era el heredero.

¡Avalon, aquel depravado lugar! Deseó que se hundiese en el mar como la desaparecida tierra de Ys en las viejas historias, y no tener que volver a oír hablar de él.

—Mas ésta es la noche especial de Galahad —dijo Gwydion—, y estoy apartando la atención de él. ¿Vas a velar tus armas esta noche, primo?

Galahad asintió.

—Es la costumbre de los Caballeros de Arturo.

—Yo fui el primero —manifestó Gareth—, y es una buena costumbre. Supongo que es la ocasión en que un laico puede estar más cerca de un sacerdote, haciendo voto de que siempre servirá al Rey, a su tierra y a Dios con sus armas. —Rió y añadió—: ¡Qué necio fui, mi señor Arturo! ¿Me has perdonado por rechazar tu ofrecimiento de hacerme Caballero tú mismo, con tus propias manos, para solicitar de Lancelot que me armara?

—¿Perdonarte, muchacho? Te envidié —contestó Arturo, sonriendo—. ¿Crees que no sabía que Lancelot era mejor guerrero que yo?

Cai habló por vez primera, su lúgubre cara llena de cicatrices se torcía en un intento de sonrisa.

—Entonces le dije al muchacho que era un buen luchador y que llegaría a ser un buen Caballero, pero que, ciertamente, no era un cortesano.

—Y tanto mejor —repuso Arturo cordialmente—. ¡Dios sabe que ya tengo bastantes! —Añadió inclinándose hacia adelante, para hablar directamente con Galahad—. ¿Preferirías que tu padre te armase Caballero, Galahad? Lo ha hecho con muchos de ellos...

El muchacho agachó la cabeza.

—Señor, toca a mi rey decidirlo. Aunque me parece que el ser Caballero es algo que viene de Dios y no importa quién lo otorgue. No es eso exactamente lo que quiero decir, señor. Quiero decir que el voto se os hace a vos, pero en realidad a Dios.

—Sé a lo que te refieres, muchacho. Igual ocurre con un rey. Promete gobernar a su pueblo, mas la promesa no se le hace al pueblo sino a Dios.

—O a la Diosa —intervino Morgana—, en su nombre, en representación de la tierra que el rey gobernará. —Miró directamente a Arturo mientras hablaba, y él desvió la mirada; Ginebra se mordió el labio... Ya estaba Morgana recordándole de nuevo a Arturo que había jurado ser leal a Avalon. ¡Maldita sea! Sin embargo, aquello se había superado y Arturo era un rey cristiano...

—Todos rezaremos por ti, Galahad, para que seas un buen Caballero y para que llegado el día seas un buen rey —dijo Ginebra.

—Así, cuando hagas los votos, Galahad —intervino Gwydion—, estarás consumando, de alguna manera, el Sagrado Matrimonio con la tierra que el Rey solía hacer antaño. Aunque es posible que no seas tan duramente probado.

El rubor subió a la cara del joven.

—Mi señor Arturo accedió al trono habiendo sido probado en la batalla, primo. Ahora de ninguna forma puedo yo pasar tal prueba.

—Se me ocurre una forma —repuso Morgana quedamente—; si vas a regir Avalon al igual que las tierras cristianas, algún día deberás pasar por ella también, Galahad.

El apretó los dientes con fuerza.

—Ojalá que ese día esté lejos. Ciertamente, mi señor, viviréis muchos, muchos años, y para entonces todos los del Viejo Pueblo que todavía creen que han de ser fieles al proceder pagano habrán desaparecido.

—No lo creo —declaró Accolon, hablando por vez primera con aquellos invitados—, las sagradas arboledas permanecen, y con ellas el antiguo proceder que se lleva a cabo desde la aurora de los tiempos. No provocaremos la ira de la Diosa negando su culto, para que no se vuelva contra su pueblo asolando las cosechas y oscureciendo el sol que nos da vida.

Galahad estaba atónito.

—¡Esta es una tierra cristiana! ¿No te han mostrado los sacerdotes que los antiguos y malignos Dioses a los que dominaba el Diablo ya no tienen poder? ¡El Obispo Patricius me ha dicho que todas las arboledas sagradas han sido destruidas!

—No es así —repuso Accolon—, ni lo será mientras mi padre viva, o mientras viva yo después de él.

Morgana abrió la boca para hablar, pero Ginebra vio que Accolon le ponía la mano en la cintura. Ella le sonrió y nada dijo.

—Ni en Avalon mientras la Diosa exista. Los reyes vienen y se van, pero la Diosa vivirá por siempre —añadió Gwydion.

¡Qué lástima, pensó Ginebra, que este joven tan apuesto sea pagano! Bueno, Galahad es un amable y piadoso caballero cristiano, y será un rey cristiano. Pero, mientras se tranquilizaba con tal consideración, un leve estremecimiento recorrió su cuerpo.

Cual si los pensamientos de Ginebra le turbaran, Arturo se inclinó hacia Gwydion con expresión de inquietud.

—¿Has venido a la corte para ser uno de mis Caballeros, Gwydion? No necesito decirte que el hijo de mi hermana es bienvenido entre nosotros.

—Admito que lo traje para eso —declaró Morgause—, pero no sabía que éste era el gran ceremonial de Galahad. No voy a hurtarle el esplendor de esta ocasión. Seguramente habrá otro momento propicio.

—No me importaría compartir la vigilia y los votos con mi primo —dijo Galahad generosamente.

Gwydion rió.

—Eres demasiado generoso, deudo, pero sabes poco sobre el oficio de reinar. El heredero del Rey debe ser proclamado sin que nadie comparta ese momento. Si

Arturo nos nombrara a ambos Caballeros a la vez, siendo yo el mayor y pareciéndome más a Lancelot... Ya hay bastantes habladurías sobre mi parentesco; no daría realce a tu nombramiento. Ni al mío.

Morgana se encogió de hombros.

—Rumorearán sobre el parentesco del Rey de todas formas, Gwydion. ¡Déjales que tengan algo a que hincarle el diente!

—Hay otra cosa —repuso éste de inmediato—. No es mi intención el velar las armas en una iglesia cristiana. Pertenezco a Avalon. Si Arturo me admite entre sus Caballeros por lo que soy, bien estará; si no lo hace, estará bien igualmente.

Uriens levantó sus nudosos y viejos brazos para mostrar las serpientes.

—Yo me siento a la Mesa Redonda y no he hecho votos cristianos, hijastro.

—Ni yo —dijo Gawaine—. Ganamos el ser Caballeros, como todos cuantos luchamos en aquellos días, sin precisar tal ceremonia. A algunos nos habría sido difícil serlo de haber necesitado tantos votos cortesanos como ahora.

—Incluso yo —manifestó Lancelot— me hubiera sentido remiso a hacer tal promesa, siendo un pecador como soy. Pero soy hombre de Arturo para la vida o la muerte, y él lo sabe.

—No quiera Dios que lo ponga en duda —dijo éste, sonriendo con profundo afecto a su viejo amigo—. Gawaine y tú sois los pilares de mi reino. ¡Si os perdiera a alguno de los dos, mi reino se tambalearía y caería desde la cima de Camelot!

Levantó la cabeza cuando una puerta se abrió en el extremo opuesto del salón y un sacerdote vestido de blanco, junto con dos jóvenes de alba indumentaria, entraron. Galahad se puso en pie impulsivamente.

—Con vuestra venia, mi señor.

Arturo se levantó también y abrazó a su heredero.

—Bendito seas, Galahad. Ve a guardar la vigilia.

El muchacho hizo una reverencia y se volvió para abrazar a su padre. Ginebra no pudo oír lo que le dijo Lancelot. Tendió la mano y Galahad la besó, inclinándose.

—Dadme vuestra bendición, señora.

—Contigo irá siempre, Galahad —declaró Ginebra, y Arturo asintió.

—Te veremos en la iglesia. Debes velar solo, pero te acompañaremos durante algunos momentos.

—Me hacéis un alto honor, mi rey. ¿No velasteis al ser coronado?

—Lo hizo —respondió Morgana sonriendo—, aunque de forma muy distinta a ésta.

CUANDO TODO EL GRUPO se dirigía a la iglesia, Gwydion se rezagó hasta situarse junto a Morgana. Ella miró a su hijo. No era tan alto como Arturo, que había heredado la estatura de los Pendragones, pero a su lado lo parecía.

—No esperaba verte aquí, Gwydion.

—No esperaba hallarme aquí, señora.

—Oí decir que has estado luchando en esta guerra, junto a los aliados sajones de Arturo. No sabía que fueras un guerrero.

Él se encogió de hombros.

—Has tenido poca oportunidad de saber algo sobre mí, señora.

Abruptamente, sin saber lo que iba a decir hasta oír cómo lo pronunciaba, preguntó:

—¿Me odias por haberte abandonado, hijo? El titubeó.

—Quizá lo hice durante algún tiempo cuando era joven —repuso, por último—, pero soy hijo de la Diosa y esto me obliga seriamente, sin tener en cuenta mis padres terrenales. No te guardo rencor ahora, Señora del Lago —dijo.

Durante un momento el sendero que recorrían se le tornó turbio; era como si el joven Lancelot se hallara junto a ella... su hijo la sostuvo gentilmente por el brazo.

—Cuidado, el camino aquí no es llano.

—¿Cómo va todo por Avalon? —se interesó ella.

—Niniane está bien —respondió Gwydion—. Poco es lo que me une a los demás ahora.

—¿Has visto allí a la hermana de Galahad, la doncella llamada Nimue? —Frunció el ceño, tratando de recordar que edad tendría Nimue. Galahad contaba dieciséis años. Nimue tendría al menos catorce. Era casi una mujer.

—No la conozco —contestó Gwydion—. La vieja sacerdotisa de los oráculos, ¿no se llama Cuervo?, la ha tomado en el silencio y la reclusión. Ningún hombre puede ver su rostro.

Me pregunto por qué Cuervo ha hecho eso. Un repentino estremecimiento la recorrió.

—¿Qué es de Cuervo, pues? ¿Se encuentra bien? —preguntó.

—No he tenido noticias de lo contrario —repuso Gwydion—, aunque cuando la vi en los ritos parecía más vieja que los mismos robles. Sin embargo, su voz era dulce y joven. Nunca he hablado en privado con ella.

—Ni lo ha hecho ningún hombre viviente, Gwydion, y pocas mujeres —declaró Morgana—. Doce años pasé allí como doncella y únicamente oí su voz media docena de veces. —No deseaba hablar o pensar en Avalon y dijo, procurando mantener un tono de voz despreocupado—: Así pues, ¿has tenido experiencia en la batalla con los sajones?

—Cierto, y en Bretaña. Pasé algún tiempo en la corte de Lionel. Me consideraba hijo de Lancelot y quería

que le llamase tío; no me opuse. A Lancelot no le hará
ningún daño que le crean capaz de haber engendrado
algún bastardo. Y los sajones de Ceardig me pusieron
un apodo. Flecha élfica le llamaban a él; cualquier
hombre que lleva a cabo algo obtiene un nombre de
ese pueblo. A mí me llamaron Mordred, que en nuestra lengua significa algo así como «Consejo letal», o
incluso «Consejo maligno», y no creo que lo conside-
raran un cumplido.

—No se requieren muchas dotes de consejero para
ser más astuto que un sajón —repuso ella—. Cuéntame qué te ha impulsado a venir antes del tiempo que
yo había elegido.

Gwydion se encogió de hombros.

—Estimé que bien podía ver a mi rival. Morgana miró a su entorno con temor.

—¡No digas eso en voz alta!

—No tengo ninguna razón para temer a Galahad —manifestó con calma—. No me parece alguien que vaya a vivir lo bastante para gobernar.

—¿Es eso fruto de la Visión?

—No necesito la Visión para saber que es preciso alguien más fuerte que Galahad para sentarse en el
trono del Pendragón —contestó Gwydion—. Pero si
eso os procura sosiego, señora, os juro por el Manantial Sagrado que Galahad no morirá a mis manos. Ni
—añadió tras un instante, viéndola temblar— a las tu-
yas. Si la Diosa no le quiere en el trono de la nueva
Avalon, estimo que podemos dejárselo a ella.

Tomó de la mano a Morgana durante un momento;
aun siendo una amable caricia, ella volvió a estremecerse.

—Vamos —dijo, y Morgana tuvo la impresión de
que su voz era tan compasiva como la de un clérigo
dando la absolución—. Vamos a ver a mi primo junto
a las armas. No es justo que algo estropee este gran

momento de su vida. Puede que no tenga muchos más.

V

A pesar de haber ido con frecuencia a Camelot, Morgause de Lothian nunca dejaba de disfrutar de su lujo. Ahora, consciente de que como una de las reinas súbditas de Arturo y madre de tres de sus más importantes Caballeros tendría un lugar de privilegio en los torneos que daban carácter a la fiesta, se sentó junto a Morgana en la iglesia. Al final del oficio, Galahad sería armado Caballero, y estaba arrodillado junto a Arturo y Ginebra, pálido, serio y encendido de emoción.

El Obispo Patricius había llegado procedente de Glastonbury para celebrar la misa de Pentecostés en Camelot, se encontraba delante de ellos ataviado de blanco.

Morgause se llevó una gruesa mano a la boca, disimulando un bostezo. Por mucho que asistiera a las ceremonias cristianas, nunca se concentraba en ellas; no se sentía tan atraída como por los ritos de Avalon donde había pasado su infancia. Pero ninguno le parecía que tuviera relación con la vida real. No obstante, en Pentecostés, asistía a misa disciplinadamente para complacer a Ginebra que era su anfitriona y la Reina Suprema, después de todo, y una pariente cercana. Ahora se hallaba con el resto de la familia real. Morgana, situada a su lado, fue la única de la casa del Rey que no se aproximó a la mesa de la comunión. Morgause pensó indolente que Morgana era una gran necia. No sólo se enemistaba con el pueblo, sino que los más piadosos de la casa del Rey la llamaban bruja y hechicera, y cosas peores. A la postre, ¿qué se lo impedía? El Rey Uriens, ahora, era más sensato de lo que se podía esperar; Morgause no creía que Uriens fuese más religioso que el gato de Ginebra. Había visto las serpientes de Avalon rodeando sus brazos; mas, como su hijo Accolon, tomó parte en la ceremonia.

Sin embargo, al llegar la plegaria final, que incluía un recuerdo para los muertos, descubrió que tenía lágrimas en los ojos. Echaba en falta a Lot, su cínica alegría, su constante lealtad hacia ella; y después de todo, le había dado cuatro hermosos hijos. Gawaine y Gareth estaban arrodillados cerca, entre los de la casa de Arturo. Gawaine, como siempre, próximo a éste; Gareth al lado de su joven amigo Uwaine, hijastro de Morgana; había oído a Uwaine llamar madre a Morgana, percibiendo una nota auténticamente maternal en la voz de ella cuando le hablaba, algo de lo que nunca la había creído capaz.

Con un susurro de vestidos y el leve resonar metálico de las espadas envainadas y demás pertrechos, la casa de Arturo se levantó encaminándose al pórtico de la iglesia. Ginebra, aunque algo demacrada, seguía siendo hermosa con las largas y brillantes trenzas sobre los hombros y el lindo vestido anudado con un luminoso ceñidor de oro. Arturo también tenía un aspecto espléndido. Excalibur pendía en la vaina a su costado, la vieja vaina de rojo terciopelo que había portado desde hacía más de veinte años. Supuso que Ginebra podía haberle bordado una más hermosa en los últimos diez años.

Galahad se arrodilló ante el Rey; Arturo tomó de Gawaine una bella espada.

—Para ti, mi querido deudo e hijo adoptivo, es ésta —dijo, e hizo señas a Gawaine, quien la prendió de la esbelta cintura del muchacho. Galahad levantó su juvenil mirada.

—Os lo agradezco, mi rey —dijo claramente—. Que pueda llevarla sólo y siempre a vuestro servicio.

Arturo posó las manos en la cabeza de Galahad.

—Gustosamente te recibo en la compañía de mis Caballeros, Galahad, confiriéndote la orden de la caballería.

Sé siempre leal y justo, sirve siempre al trono y a las buenas causas. —Levantó al muchacho, le abrazó y le besó. Ginebra le besó también y el grupo real salió hacia el enorme campo, con los demás en pos suyo.

Morgause se encontró caminando entre Morgana y Gwydion, con Uriens, Accolon y Uwaine justo detrás de ellos. El campo había sido ornamentado con cintas y enseñas, y los mariscales de los juegos estaban despejando las áreas de lucha. Vio a Lancelot con Galahad, abrazándole y dándole un escudo blanco y plano.

—¿Luchará hoy Lancelot? —preguntó Morgause.

—Creo que no —respondió Accolon—. Me parece que va a ser regidor de las listas; ha ganado en el campo demasiadas veces. Entre nosotros, ya no es tan joven, y difícilmente convendría a la dignidad del campeón de la Reina ser desmontado del caballo por algún joven recién nombrado Caballero. He sabido que Gareth le ha abatido en más de una ocasión, y Lamorak en una.

—Bien está que Lamorak haya evitado jactarse de esa conquista. ¡Pocos hombres podrían resistirse a alardear de haber derrotado a Lancelot, aunque sea en un torneo! —dijo Morgause, sonriendo.

—No —repuso Morgana apaciblemente—, creo que la mayoría de los jóvenes luchadores serían desdichados al pensar que Lancelot ya no es el rey del campo. Es su héroe.

—¿Te refieres a que los jóvenes ciervos evitan desafiar al guerrero que es Rey Ciervo entre ellos? —preguntó Gwydion.

—Creo que ninguno de los antiguos guerreros lo haría —repuso Accolon—, y de los jóvenes pocos hay

que tengan fuerza o experiencia suficiente para desa-
fiarlo. De hacerlo, él les enseñaría una treta o dos.

—Yo no lo haría —dijo Uwaine sosegadamente—.
Creo que no hay ningún miembro de esta corte que
no ame a Lancelot. Gareth podría derrotarlo ahora en
cualquier momento, pero no le avergonzará en Pentecostés, y Gawaine y él siempre han estado igualados.
Una vez, en día de Pentecostés como éste, lucharon
durante más de una hora y Gawaine hizo caer la espada de su mano con un golpe. No sé si podría vencerle
en combate singular, mas considerando lo que yo voy
a hacer por desafiarle, puede seguir siendo el paladín
toda su vida.

—Desafíale algún día —dijo Accolon riendo—. ¡Yo lo
hice y me quitó toda presunción en cinco minutos!
Puede ser viejo, pero conserva toda su destreza y poderío.

Acomodó a Morgana y a su padre en los sitios reservados para ellos.

—Con vuestro permiso, me iré para entrar en las listas antes de que sea demasiado tarde.

—Y yo —dijo Uwaine, inclinándose para besar la
mano a su padre. Se volvió a Morgana—. No tengo
dama, madre. ¿Quieres darme una prenda para llevarla en las justas?

Morgana sonrió con indulgencia y le entregó una
cinta de la manga, que él se ató en el brazo.

—He desafiado a Gawaine en una prueba de fuerza
—dijo.

Gwydion intervino con su encantadora sonrisa:

—Señora, más te vale retirar tu favor. ¿Vas a exponer
tu honor con tan pocas garantías?

Morgana miró a Accolon, riendo, y Morgause, observando que su rostro cobraba vida, pensó, Uwaine es
su hijo, mucho más que Gwydion; pero Accolon es
mucho más que eso. Me pregunto si el viejo lo sabe, o
si le importa.

Lamorak se aproximaba a ellos y Morgause se sintió complacida. Había muchas damas bonitas en el campo y él podía obtener el favor de cualquiera; sin embargo, ante todos, ante todo Camelot, su joven amado venía a inclinarse ante ella.

—Mi dama, ¿puedo llevar una prenda en la batalla?

—Será un placer, querido —Morgause le dio una rosa del ramillete que lucía en el pecho. Él besó la flor, e hizo que se sintiera orgullosa ante la conciencia de que su joven caballero era uno de los más apuestos del campo.

—Lamorak parece hechizado por ti —dijo Morgana, y aunque le había otorgado su favor ante toda la corte, Morgause sintió que se sonrojaba ante el tono de su voz.

—¿Crees que preciso de conjuros o encantos, deuda? Morgana rió.

—Debería haber utilizado otra palabra. Los jóvenes en su mayoría parecen querer un rostro bonito y poco más.

—Morgana, Accolon es más joven que tú, y ciertamente lo has cautivado hasta el punto de no desear a una mujer más joven, o más hermosa. No soy quién para reprochártelo, querida. Te desposaron contra tu voluntad y tu marido podría ser tu abuelo.

Morgana se encogió de hombros.

—A veces creo que Uriens lo sabe. Quizá se alegre de que tenga un amante que no me tentará para que lo abandone.

Con cierta vacilación, ya que no le había hecho a Morgana ninguna pregunta personal desde el nacimiento de Gwydion, Morgause dijo:

—¿Estáis reñidos Uriens y tú, pues? Morgana hizo un gesto de indiferencia.

—Creo que Uriens no se preocupa lo bastante de mí para disputar por una causa u otra.

—¿Qué te parece Gwydion?

—Me atemoriza —contestó Morgana—. Aunque resulta difícil no caer presa de su encanto.

—¿Qué esperabas? Posee la prestancia de Lancelot y tu talento. Y también es ambicioso.

—Parece extraño que conozcas a mi hijo mejor que yo —repuso Morgana.

Había tanta amargura en sus palabras que Morgause, cuyo primer impulso fue replicar con acritud a la mujer que había abandonado a su hijo, apoyó la mano sobre la de Morgana.

—Oh, querida —dijo—, cuando un hijo ha crecido y deja tu regazo, cualquiera lo conoce mejor que su madre. Estoy segura de que Arturo y sus Caballeros, e incluso Uwaine, conocen mejor a Gawaine que yo, y ni siquiera es un hombre difícil de comprender. Es muy sencillo. Aunque hubieses criado a Gwydion desde que nació, no le entenderías, ¡confieso abiertamente que yo tampoco!

La única respuesta de Morgana fue una forzada sonrisa. Se volvió para mirar a los juegos, que estaban iniciándose; los bufones de Arturo danzaban parodiando grotescamente una batalla, batiendo vejigas de cerdo en lugar de armas y estandartes de trapo, ostentosamente pintados, en sustitución de los escudos, hasta que todos los espectadores estuvieron riéndose a carcajadas de sus cabriolas. Hicieron reverencias por fin y Ginebra, en exagerada parodia del gesto con que más tarde otorgaría los trofeos a los auténticos vencedores, les arrojó puñados de dulces y confites. Pelearon por ellos, provocando más risas y aplausos; luego se alejaron dando volteretas hacia la buena comida que les aguardaba en las cocinas.

Uno de los pregoneros anunció que el primer combate sería entre el paladín de la Reina, sir Lancelot del Lago, y el del Rey, Gawaine de Lothian y de las Islas. Hubo aplausos tumultuosos cuando salieron al campo. Lancelot, esbelto, moreno y tan apuesto aún, a pesar de las arrugas de su cara y las canas de su cabello, que Morgana se sintió desfallecer.

Sí, pensó Morgause, observando la expresión de su sobrina, todavía le ama, a pesar de los años. Tal vez no lo sepa, pero es así.

El combate fue como una complicada danza, dando vueltas uno alrededor del otro, con gran fragor de espadas y escudos. Morgause no pudo advertir la más mínima ventaja de uno sobre el otro; y cuando por último bajaron las espadas, se inclinaron ante el Rey y se abrazaron, fueron aclamados imparcialmente y aplaudidos sin muestras de favoritismo.

Luego llegaron los caballos y las demostraciones del fantástico dominio del arte de montar. Un hombre cabalgó sobre un corcel sin domar hasta llegar a dominarlo. Morgause recordó levemente una ocasión en que Lancelot había hecho lo mismo mucho tiempo atrás, quizás en las nupcias de Arturo. Después de aquello, hubo enfrentamientos individuales a caballo, con lanzas romas que sin embargo podían desmontar al caballero produciéndole una violenta caída. Un joven jinete se torció la pierna y lo sacaron dando gritos de dolor, con la pierna formando un ángulo inverosímil. Fue la única herida grave, pero hubo contusiones, dedos rotos, hombres que perdieron el sentido al caer al suelo y uno que escapó a duras penas de ser coceado por un caballo mal adiestrado. Al final, Ginebra entregó los trofeos, y Arturo llamó a Morgana para que distribuyera varios premios.

Accolon obtuvo uno de los trofeos de monta, y cuando fue a arrodillarse para aceptarlo de manos de Morgana, Morgause quedó atónita al escuchar un bajo aunque perceptible silbido reprobatorio procedente de las tribunas.

—¡Bruja! ¡Ramera! —susurró alguien, queda pero audiblemente.

Morgana se sonrojó, pero no le falló el pulso al entregar la copa a Accolon.

—¡Descubre quién ha sido! —dijo Arturo por lo bajo a uno de sus escuderos, y el hombre se retiró, pero Morgause estaba segura de que era imposible descubrir una voz entre tanta gente.

Morgana volvió a su asiento para presenciar desde allí la segunda mitad de los juegos, con expresión demudada y colérica. Morgause vio que sus manos temblaban y que respiraba aceleradamente

—Querida, no te preocupes por eso —le dijo—. ¿Qué crees que me llaman a mí en los años de malas cosechas, o cuando se impone justicia a alguien que preferiría seguir adelante con su villanía?

—¿Crees que me importa lo que el populacho diga? —preguntó Morgana desdeñosamente, pero Morgause supo que su actitud era fingida—. En mis dominios me quieren bien.

La segunda parte del torneo comenzó con algunos toscos sajones haciendo demostración del arte de luchar. Eran hombres enormes y peludos, con pelo no sólo en la cara sino en todo el cuerpo casi desnudo; gruñían, se esforzaban y resollaban, con hoscos gritos, pugnando y debatiéndose con gran fuerza. Morgause se inclinó hacia adelante, disfrutando sin recato con la visión de su poderío de machos; pero Morgana apartó la vista con desagrado.

—Oh, vamos, Morgana. Te estás volviendo tan mojigata como la Reina. ¡Mira! —Morgause se hizo sombra con la mano y miró hacia el campo—. Me parece que la batalla simulada está a punto de comenzar. ¿Es ese Gwydion? ¿Qué estará haciendo?

Gwydion había saltado al campo, y despidiendo al pregonero que corría hacia él, gritó con voz tan clara y patente que pudo ser oída con nitidez de un extremo a otro del campo.

—¡Rey Arturo!

Morgause vio que Morgana se había echado hacia atrás blanca como la muerte, y se estaba aferrando a la barandilla con ambas manos. ¿Qué se proponía el muchacho?

¿Iba a hacer una escena allí, ante el pueblo de Arturo, demandando el reconocimiento que le correspondía?

Arturo se puso en pie y Morgause pensó que también él parecía turbado, pero su voz resonó con firmeza.

—¿Sí, sobrino?

—He oído decir que en estos torneos se acostumbra a permitir un desafío, si place al Rey. ¡Pido que sir Lancelot se enfrente conmigo en combate!

Lancelot había afirmado una vez, recordó Morgause, que tales desafíos eran el azote de su existencia; todos los jóvenes Caballeros querían vencer al campeón de la Reina. La voz de Arturo fue grave.

—Es la costumbre, pero no puedo hablar por Lancelot. Si él accede a esa lid, no puedo negárselo; debes desafiarle directamente a él y aguardar su respuesta.

—¡Oh, condenado muchacho! No tenía ni idea de que fuera esto lo que albergaba en su mente... —dijo Morgause, aunque Morgana percibió un cierto alivio en su voz por el desarrollo de los acontecimientos.

Se había levantado viento, y el polvo del campo se esparcía, enturbiando el veraniego resplandor de la blanca arcilla del suelo. Gwydion se dirigió hacia el extremo de los barandales, donde Lancelot se hallaba sentado en un banco. Morgause no logró oír lo que dijeron, pero Gwydion se volvió airado.

—¡Señores! —gritó—. ¡Siempre he oído decir que el deber de un paladín es enfrentarse a todo aquel que lo rete! Señor, exijo que Lancelot recoja mi desafío o me ceda su alto cargo. ¿Ostenta tal lugar a causa de su habilidad con las armas, o por algún otro motivo, mi señor Arturo?

—Desearía —comentó Morgause— que tu hijo fuera un niño para darle una paliza, Morgana.

—¿Por qué culparle? —inquirió ésta—. ¿Por qué no culpar a Ginebra por haber colocado a su esposo en una posición tan vulnerable? Todos en este reino saben que favorece a Lancelot, pero nadie grita «bruja» o «ramera» cuando se presenta ante el pueblo.

Lancelot, debajo de ellas, se había levantado y se encaminaba hacia Gwydion; golpeó duramente al joven en la boca, con la mano enguantada.

—Ahora sí que me has dado razón para castigar tu maldita lengua, joven Gwydion. ¡Veremos quién hace honor al combate!

—Para eso he venido —repuso éste, impasible ante el golpe o las palabras, aunque había un pequeño reguero de sangre en su cara—. Te concedo incluso la primera sangre, sir Lancelot. Es adecuado que un hombre de tus años tenga alguna ventaja.

Lancelot habló con uno de los mariscales, que fue a ocupar su puesto como regidor de los juegos. Se produjo un notable murmullo en las tribunas cuando Lancelot y Gwydion cogieron las espadas situándose delante del Rey para hacer la ritual reverencia que iniciaba la contienda. Morgause pensó, Si hay algún hombre entre esa muchedumbre que no crea que son padre e hijo, debe tener corta vista. Los dos hombres levantaron las espadas, con el rostro oculto por un yelmo. Había únicamente una pulgada de diferencia en su estatura; sólo se distinguían porque Lancelot portaba un viejo peto y armadura, y Gwydion una coraza nueva, impoluta. Giraron lentamente, luego se acometieron y, por un momento, Morgause no pudo distinguir de quién procedía cada uno de los golpes, tan veloces que el ojo casi no podía seguirlos. Consiguió ver que Lancelot le estaba tomando la medida al joven y en breve lo acosó, asestándole un poderoso golpe. Gwydion lo paró con el costado del escudo, pero su fuerza era tal que hizo que se tambaleara, perdiera el equilibrio y terminara cayendo al suelo. Comenzó a ponerse en pie. Lancelot soltó la espada y fue a ayudar al joven a levantarse. Morgause no logró oír lo que dijo, mas hizo un ademán cordial, algo así como «¿Has tenido bastante, mozalbete?».

Gwydion señaló la marca de sangre que Lancelot tenía en la cintura a consecuencia de un leve corte que había conseguido producirle. Su voz fue claramente audible.

—Tú hiciste manar la primera sangre, señor, y yo la segunda. ¿Lo decidimos con otro envite?

Se produjo una tormenta de silbidos y reprobaciones; se suponía que la primera sangre en estas lides de demostración, puesto que los contendientes luchaban con armas afiladas, era el fin de la lucha.

El Rey Arturo se levantó de su asiento.

—¡Esto es una fiesta y un desafío cortesano, no un duelo! ¡No consentiré que se diriman resentimientos aquí, a menos que peleéis con los puños o porras! Continuad si os place, pero os lo advierto, si hay alguna herida grave, ambos me infligiréis la más grave afrenta.

Hicieron una reverencia y se apartaron, rodeándose para obtener ventaja; luego se acometieron y Morgause jadeó al ver su fiereza. ¡Parecía que en cualquier momento uno de los dos atravesaría el escudo produciendo una herida mortal! Uno de ellos había caído de rodillas, y estaba recibiendo una lluvia de golpes en el escudo, las espadas se unieron y uno fue doblegado más y más hacia el suelo...

Ginebra se levantó.

—¡No permitiré que esto prosiga! —dijo, gritando.

Arturo arrojó su bastón a los barandales; según la costumbre, la lucha había de concluir de inmediato cuando esto ocurría, pero ninguno de los hombres lo vio, y los mariscales hubieron de separarlos. Gwydion estaba incólume y erguido, sonriendo al quitarse el yelmo. El escudero de Lancelot le ayudó a ponerse en pie; respiraba pesadamente, la sangre y el sudor le corrían por el rostro. Hubo una tormenta de silbidos, procedentes incluso de los Caballeros que estaban en el campo; Gwydion no había añadido nada a su gloria avergonzando al héroe.

Pero se inclinó ante su contendiente.

—Ha sido un honor, sir Lancelot —dijo—. Vine a la corte como un desconocido, sin ser miembro siquiera de los Caballeros de Arturo, y te estoy agradecido por tu lección de espada. —Su sonrisa fue un reflejo de la de Lancelot—. Gracias, señor.

Lancelot consiguió sacar de alguna parte su antigua sonrisa. Esta exageró el parecido entre ambos casi hasta llegar a la caricatura.

—Te has conducido con gran arrojo, Gwydion.

—Entonces —dijo éste, arrodillándose en el polvoriento campo—. Te ruego, señor, que me confieras la orden de caballería.

Morgause contuvo el aliento. Morgana estaba como petrificada. Se produjo un estallido de aclamaciones en el lugar en que se hallaban los sajones.

—¡Astuto consejero en verdad! Listo, listo. ¿Cómo pueden rechazarte ahora, muchacho, cuando has resistido en combate a su propio campeón?

Lancelot miró a Arturo. El Rey estaba paralizado, como helado, pero al cabo de un momento asintió. Lancelot hizo señas a su escudero, quien le entrego una espada. La cogió prendiéndola en torno a la cintura de Gwydion.

—Lleva esto siempre en servicio de tu Rey y de causas justas —dijo.

Se hallaba totalmente serio ahora. Toda la sorna y el desafío habían desaparecido de la cara de Gwydion; tenía un aspecto grave y candoroso, los ojos puestos en Lancelot, y Morgause vio que le temblaban los labios.

Una súbita simpatía embargó a Morgause; era un bastardo, ni siquiera reconocido, más marginado de lo que Lancelot había sido. ¿Quién podía culpar a Gwydion por el ardid con el cual había obligado a sus deudos a reparar en él? Pensó: Deberíamos haberle traído a la corte de Arturo hace mucho tiempo, para que fuera reconocido privadamente aunque Arturo no pudiera hacerlo público. El hijo de un rey no debiera estar obligado a hacer esto.

Lancelot le puso las manos en la frente a Gwydion.

—Te confiero el honor de ser Caballero de la Mesa Redonda, con permiso de nuestro Rey. Sírvele siempre, y puesto que has ganado este honor por habilidad más que por la fuerza, aunque también la has mostrado en gran medida, te hago entrar en esta compañía, no como Gwydion, sino Mordred. Levántate, sir Mordred, y ocupa tu puesto entre los Caballeros de Arturo.

Gwydion, no Mordred, pues el nombramiento de un Caballero era algo no menos serio que el bautismo. Se puso en pie y devolvió el abrazo a Lancelot con sinceridad. Parecía profundamente conmovido, casi ajeno a las aclamaciones y aplausos.

—Yo he ganado el trofeo de la jornada, sea quien sea considerado vencedor en estos torneos, mi señor Lancelot —dijo, con voz quebrada por la emoción.

—No —comentó Morgana apaciblemente junto a Morgause—, no lo entiendo. Esto es lo último que hubiera esperado.

HUBO UNA LARGA pausa antes de que los Caballeros se situaran para la simulada batalla final. Algunos fueron a beber agua o a comer un apresurado trozo de pan; otros se reunieron en pequeños grupos, discutiendo sobre qué lugar ocuparían en el último juego; varios fueron a ver a sus caballos. Morgause bajó al campo donde permanecían unos cuantos jóvenes, Gareth se encontraba entre ellos; era fácil de reconocer ya que sobrepasaba en media cabeza a los demás. Creyó que estaba hablando con Lancelot, pero cuando se acercó descubrió que su vista la había engañado; se hallaba ante Gwydion y su voz sonaba airada. Sólo captó las últimas palabras.

—¿...qué daño te ha hecho? ¿Por qué tenías que ridiculizarlo ante todo el campo...?

Gwydion rió y dijo:

—Si tu primo necesita protección ante un campo repleto de amigos suyos —contestó Gwydion, riendo—, que Dios le ayude cuando caiga entre los sajones o los hombres del Norte. Vamos, hermano, no me cabe duda de que él puede proteger su reputación. ¿Es todo cuanto tienes que decirme después de tantos años, reprenderme por haber causado molestias a alguien a quien quieres bien?

Gareth rió y acogió a Gwydion en un gran abrazo.

—Eres el muchacho temerario de siempre. ¿Cómo se te ha ocurrido algo así? ¡Arturo te hubiera nombrado Caballero, si se lo hubieses pedido!

Morgause recordó que Gareth no conocía toda la verdad sobre el parentesco de Gwydion; sin duda, sólo había querido decir, porque eres hijo de su hermana.

—Estoy seguro —repuso Gwydion—, siempre es amable con sus deudos. Te hubiera nombrado Caballero también a ti, en honor de Gawaine, mas tampoco tú tomaste ese camino, hermano. —Rió entre dientes—. Y creo que Lancelot me debe algo por todos los años que he estado paseando su cara.

Gareth se encogió de hombros pesarosamente.

—Bien, parece que no te guarda rencor, supongo pues que también yo debo perdonarte. Ya has visto qué gran corazón tiene.

—Sí —dijo Gwydion quedamente—, es tan... —entonces levantó la cabeza y vio a Morgause—. Madre, ¿qué haces aquí? ¿En qué puedo servirte?

—Sólo he venido para saludar a Gareth, que no ha hablado hoy conmigo —declaró Morgause, y el nombrado se inclinó para besar la mano a su madre. Ella le preguntó—: ¿Cómo lucharás en la batalla simulada?

—Como siempre —respondió Gareth—. Lucho en el bando de Gawaine, con los hombres del Rey. Tienes caballo para pelear, ¿no, Gwydion? ¿Lucharás con los hombres del Rey, pues? Podemos hacerte sitio.

Gwydion mostró su oscura y enigmática sonrisa.

—Puesto que Lancelot me ha hecho Caballero, presumo que debería hacerlo con el ejército de sir Lancelot del Lago y al lado de Accolon, por Avalon. Pero no entraré en el campo hoy, Gareth.

—¿Por qué no? —inquirió Gareth posando la mano en su hombro, mirándolo como siempre había hecho. Morgause recordó a un Gareth más joven, sonriéndole a su hermanito—. Es de esperar de quienes han sido armados Caballero. Galahad luchará con nosotros, lo sabes.

—¿Y en qué bando lo hará? —preguntó Gwydion—. ¿En el de su padre Lancelot, o en el del Rey que le ha proclamado heredero? ¿No resulta una cruel prueba para sus lealtades?

Gareth pareció exasperarse.

—¿Cómo dividirías los ejércitos para la batalla simulada, si no lo haces por los dos mejores guerreros que hay entre nosotros? ¿Crees que Lancelot o Arturo lo consideran una prueba a la lealtad? Arturo no entrará en el campo, para que ningún hombre tenga que abatir al Rey, pero Gawaine ha sido su paladín desde que fuera coronado. ¿Vas a avivar antiguos escándalos? ¿Tú?

Gwydion se encogió de hombros.

—Dado que no pretendo unirme a ningún grupo...

—Pero, ¿qué van a pensar de ti? Que eres un cobarde que rehúyes el combate.

—He luchado tantas veces en los ejércitos de Arturo que no me importa lo que digan —repuso Gwydion—, aunque, si te place, puedes decirles que mi caballo se ha quedado cojo y no quiero arriesgarme a dañarlo más. Esa es una excusa honorable.

—Podría prestarte un corcel de Gawaine —alegó Gareth, perplejo—, pero si lo que deseas es una excusa honorable, haz lo que te plazca. ¿Por qué, Gwydion? ¿O debo llamarte Mordred?

—Tú me llamarás siempre como quieras, hermano.

—¿No me vas a contar por qué rehúyes la lucha, Gwydion?

—Ningún otro podría hablarme así sin que lo desafiara —repuso Gwydion—; pero ya que me preguntas, te diré que lo hago por tu honor.

—En nombre de Dios, ¿qué quieres decir? —preguntó Gareth.

—Yo sé poco de Dios —dijo Gwydion, y bajó la mirada—. Pero tú sabes hermano, desde hace mucho tiempo, que poseo la Visión.

—Y ¿qué tiene que ver con esto? —dijo Gareth, impaciente—. ¿Has visto en algún mal sueño que caeré bajo tu lanza?

—No, no te burles —contestó Gwydion, y Morgause sintió agua helada corriendo por sus venas cuando él elevó la vista para mirar el rostro de Gareth—. Me pareció que... —Tragó saliva como si se le cerrase la garganta ante las palabras que iba a pronunciar—. Me pareció que yacías moribundo y yo estaba de rodillas a tu lado y no me hablabas... y supe que por mi causa yacías sin hálito de vida.

Gareth se mordió los labios y musitó algo inaudible. Pero después dio unas palmaditas a su hermano en el hombro.

—No creo mucho en sueños y visiones, jovenzuelo. Y ningún hombre puede escapar al destino. ¿No te enseñaron eso en Avalon?

—Sí —respondió Gwydion, en voz baja—. Será el destino si caes en la batalla por mi mano... Pero no lo tentaré por diversión, hermano mío. La mala suerte puede hacer que mi mano golpee erradamente... Dejémoslo, Gareth. No entraré en el campo hoy, digan lo que digan.

Gareth seguía teniendo un aspecto preocupado.

—Bien, haz lo que te plazca, muchacho. Permanece con nuestra madre, ya que Lamorak estará en et campo junto a Lancelot. —Se inclinó para besar la mano a su madre y se marchó.

Morgause, ceñuda, iba a preguntar a Gwydion por lo que había visto, pero él miraba al campo con lúgubre expresión.

—Si voy a tener a un joven cortesano sentado junto a mí, ¿quieres traerme un cazo de agua antes de que vuelva a mi sitio? —se limitó a decir.

—Desde luego, madre— respondió él, y se dirigió a los toneles del agua.

Para Morgause, la reyerta final de la batalla siempre resultaba algo confusa; había empezado a dolerle la cabeza debido al sol y estaba ansiosa de que concluyera. También tenía hambre, y podía oler, en la distancia, la carne dorándose en los asadores.

Gwydion tomó asiento a su lado y le explicó lo que estaba sucediendo en el campo, aunque sabía poco de los sutiles pormenores de la lucha, y no se interesaba en ella. Observó que Galahad se defendía bien, y ya había desmontado a dos jinetes; esto le causó una cierta sorpresa, ya que parecía un mancebo de maneras suaves y gentiles; pero también Gareth le parecía gentil, y era el más temible de los guerreros. A la postre, ganó el trofeo en el bando del Rey donde Gawaine estaba a la cabeza de la lid. Sin que nadie se sorprendiera, Galahad lo ganó en el bando de Lancelot, como solía suceder cuando un joven había sido armado Caballero en aquel mismo día.

—También tú podías haber ganado un trofeo, Gwydion —dijo Morgause.

—No lo necesito, madre. ¿Por qué estropearle este día a mi primo? Y Galahad ha luchado bien. Nadie va a escatimarle el trofeo.

Hubo muchos trofeos menores y, tras ser entregados, los Caballeros fueron duchados con baldes de agua de pies a cabeza por sus escuderos, y se pusieron atuendos limpios. Morgause se dirigió, con las damas de la casa del Rey, a una estancia puesta a su disposición; donde podían arreglarse los vestidos y el cabello;

—¿Qué piensas? —inquirió Morgause, dirigiéndose a Morgana—. ¿Se ha creado Lancelot un enemigo?

—No lo creo. ¿Los viste abrazarse? —contestó ésta.

—Parecían padre e hijo —dijo Morgause—. ¡Ojalá lo fueran!

El rostro de Morgana era como de piedra.

—Demasiado tarde para hablar de eso, tía.

Morgause reflexionó: Quizás haya olvidado que sé de quién es hijo realmente. Sin embargo, ante la gélida calma de Morgana, sólo acertó a decir:

—¿Quieres que te ayude a arreglarte las trenzas por detrás? —y cogió el peine cuando ella se volvió—. Mordred —dijo mientras se afanaba—. Bueno, aquí se ha mostrado un astuto consejero, ¡Dios lo sabe! Se ha ganado un lugar con valor e imprudencia, para no tener que exigírselo a Arturo a causa de su parentesco. Los sajones le apodaron bien. Aunque no sabía que fuese tan buen guerrero. Se las ha arreglado para apropiarse la gloria de la jornada. Aun cuando Galahad ha ganado el trofeo, no se hablará más que del atrevido gesto de Mordred.

Una de las damas de la Reina se les acercó.

—Dama Morgana, ¿es sir Mordred hijo vuestro? No sabía que tuvierais un hijo...

Esta respondió con firmeza:

—Yo era muy joven cuando nació y Morgause lo adoptó. Casi he llegado a olvidarlo yo misma.

—¡Cuán orgullosa debéis estar de él! ¿No es apuesto? Tan atractivo como Lancelot —exclamó la mujer con los ojos brillantes.

—Lo es, ¿verdad? —convino Morgana, en tono tan cortés que únicamente Morgause, que la conocía bien, comprendió que estaba furiosa—. Esto ha sido embarazoso para ellos dos, me atrevería a decir. Pero Lancelot y yo somos primos hermanos, y de niña me parecía más a él que a mi propio hermano. Nuestra madre era alta y de pelo cobrizo como la Reina Morgause. La Dama Viviane, sin embargo, era del Viejo Pueblo de Avalon.

—¿Quién es su padre, pues? —preguntó la mujer, y Morgause vio que Morgana apretaba los puños. Pero respondió con plácida sonrisa:

—Es fruto de Beltane, y el Dios reclama a todos los hijos procreados en las arboledas. Sin duda recuerdas que de niña fui una de las damiselas de la Señora del Lago.

—Lo había olvidado. ¿Siguen guardando los viejos ritos allí? —preguntó la mujer, procurando ser amable.

—Aún lo hacen —repuso Morgana sosegadamente—. Y quiera la Diosa que lo hagan hasta el fin del mundo.

Como pretendía, aquello silenció a la mujer, y Morgana se volvió hacia Morgause.

—¿Estás lista, tía? Bajemos al salón —dijo y, al abandonar la estancia, suspiró con una mezcla de exasperación y alivio.

—¡Necias cotillas! ¡Escúchalas! ¿No tienen nada mejor que hacer que rumorear?

—Probablemente no —dijo Morgause—. Sus maridos y padres se cercioran de que no tengan otra cosa con que ocupar sus mentes.

Las puertas de la gran cámara de la Mesa Redonda donde se celebraría el festín de Pentecostés estaban cerradas, para que todos entraran a la vez.

—Cada año Arturo nos obsequia con mayor pompa —comentó Morgause—. Ahora un gran desfile y entrada, supongo.

—¿Qué esperabas? —preguntó Morgana—. Ya no hay guerras, debe avivar la imaginación de su pueblo de alguna forma y es lo bastante inteligente para hacerlo mediante una gran exhibición. He oído decir que fue Merlín quien se lo aconsejó. El pueblo, y también los nobles, gusta de bellos espectáculos, y los druidas lo han sabido desde que encendieran el primer fuego de Beltane. Ginebra se ha pasado muchos años haciendo de ésta la mayor fiesta de la cristiandad. —En su rostro se dibujó la primera sonrisa sincera que Morgause hubiera visto en ella aquel día—. Arturo sabe que no puede obsequiar a su pueblo tan sólo con una misa y un festín. Si no hay ningún prodigio que ver, ¡no dudo que Arturo y Merlín conseguirían crear uno! ¡Lástima que no se haya producido hoy el eclipse!

—¿Observaste el eclipse en Gales? Mi pueblo estaba atemorizado —declaró Morgause— y de seguro que esas necias damas de Ginebra chillaron y gritaron como si el mundo se estuviese acabando.

—Ginebra siente una gran inclinación a tener necias entre sus damas —dijo Morgana—. Ciertamente, ella no lo es, aunque le agrade parecerlo. Me pregunto cómo puede soportarlo.

—Tú deberías mostrar más paciencia con ellas —advirtió Morgause, y Morgana se encogió de hombros.

—No me importa lo que los necios piensen de mí.

—No acierto a comprender cómo has vivido en el reino de Uriens como su esposa durante tanto tiempo sin aprender más sobre el papel de reina —comentó Morgause. Cualquiera que sea la consideración que de ella tengan los hombres, una mujer ha de depender de la buena voluntad de otras mujeres. ¿No te lo enseñaron en Avalon?

—Las mujeres de Avalon no son tan necias. —respondió Morgana, en tono cortante.

Pero Morgause la conocía lo bastante bien para saber que su airada voz ocultaba soledad y sufrimiento.

—Morgana, ¿por qué no regresas a Avalon?

Agachó la cabeza, sabiendo que si su tía volvía a hablarle con amabilidad se desharía en sollozos.

—No ha llegado el momento todavía. Se me ha ordenado permanecer con Uriens.

—¿Y Accolon?

—Oh, sí, con Accolon —afirmó—. Debería haber sabido que ibas a reprocharme eso.

—Soy la última que podría hablar —dijo Morgause—. Pero Uriens no vivirá mucho.

—Eso creí hace años, el día que nos desposamos —dijo Morgana, con expresión tan fría como su voz—. Pero parece que vaya a vivir tanto tiempo como el mismo Taliesin, y éste contaba más de noventa años cuando murió.

Arturo y Ginebra habían llegado y se dirigían lentamente a la cabeza de la fila. Arturo esplendorosamente ataviado con blancos ropajes, Ginebra a su lado, exquisita con albas sedas y joyas. Abrieron las grandes puertas y ellos penetraron, luego Morgana como hermana del Rey con su esposo e hijos, Accolon y Uwaine; después Morgause con los de su casa, como tía del Rey; detrás Lancelot y los suyos; y luego los demás Caballeros uno por uno, circundando la Mesa Redonda para ocupar sus asientos. Algunos años atrás, los artesanos habían grabado con pintura dorada y carmesí el nombre de cada Caballero en su silla acostumbrada. Ahora, mientras entraban, Morgause observó que el asiento más próximo al Rey, reservado durante los últimos años para su heredero, había sido marcado con el nombre de Galahad. Pero sólo lo vislumbró, porque en los grandes tronos donde Arturo y Ginebra habían de sentarse estaban colgados dos blancos estandartes, similares a las ostentosas enseñas con las cuales lucharan los bufones, y sobre ellos habían pintadas unas horrendas caricaturas. En una se representaba a un caballero de pie sobre las cabezas de dos figuras coronadas, que mostraban una diabólica semejanza con Arturo y Ginebra; y en la otra una lasciva escena que hizo que incluso Morgause, quien no era excesivamente púdica, se sonrojara, pues representaba a una mujer menuda, de pelo negro, desnuda, abrazada por un enorme diablo cornudo, y a todo su alrededor, aceptando extraños y repugnantes tratos carnales, un garabateado grupo de hombres desnudos.

Ginebra emitió un grito estridente.

—¡Dios y María nos guarden!

Arturo se detuvo bruscamente, se volvió a los sirvientes y habló con voz de trueno.

—Señor —balbuceó el camarlengo—, no estaba aquí cuando terminé de arreglar el salón. Todo se hallaba en orden, incluso las flores delante del asiento de la Reina.

—¿Quién fue el último en abandonar este salón? —demandó Arturo.

Cai se adelantó cojeando.

—Mi señor y hermano, fui yo. Vine para asegurarme de que todo estaba en orden y juro ante Dios, que a todos nos ve, que se hallaba preparado en ese momento para honrar a mi rey y a su dama. Y si alguna vez encuentro al despreciable perro que entró furtivamente para poner eso aquí, haré esto con su cabeza.

—Hizo un gesto tal si estuviera torciéndole el pescuezo a una gallina.

—¡Atiende a tu señora! —exclamó Arturo abruptamente.

Las mujeres estaban rumoreando y cotilleando cuando Ginebra comenzó a caer desmayada. Morgana la sostuvo.

—Gin, no les des esta satisfacción —le dijo con voz grave y cortante—. Eres una reina, ¿qué te importa que algún majadero garabatee sobre un estandarte? ¡Contrólate!

Ginebra estaba llorando.

—¿Cómo pueden... cómo podían... cómo puede nadie odiarme así?

—Nadie hay que pueda vivir sin ofender a algún idiota u otro —declaró Morgana, y la ayudó a ir a su asiento.

Pero el obsceno de los estandartes seguía colgando sobre él, y Ginebra retrocedió cual si estuviese ante algo repugnante. Morgana lo arrancó y arrojó al suelo. Había copas de vino preparadas; Morgana hizo señas a una de las damas de compañía de Ginebra para que llenase una y se la diera a la Reina.

—No dejes que eso te preocupe. Piensa que ésa me representa a mí —dijo—. Ciertamente, se rumorea que me llevo demonios al lecho, y ¿qué me importa?

—Sacad esta porquería de aquí y quemadla, y traed maderas aromatizadas e incienso para alejar el hedor del diablo —ordenó Arturo, y los lacayos se aprestaron a obedecerle.

—Encontraremos a quien ha hecho esto —dijo Cai—. Sin duda es algún sirviente al que despedí, volviendo para avergonzarme porque he mostrado mucho interés por la decoración del salón este año. Hombres, traed el vino y la cerveza, y beberemos la primera copa por la vergüenza y la confusión de ese apestoso villano que trató de aguarnos la fiesta. ¿Vamos a dejar que lo consiga? ¡Ánimo! ¡Bebed por el Rey Arturo y su dama!

Se produjo una leve aclamación, que creció hasta tornarse un auténtico grito de reconocimiento cuando Arturo y Ginebra hicieron una reverencia para todos. Los comensales tomaron asiento.

—Traed ahora ante mí a los peticionarios —ordenó Arturo.

Morgause observaba mientras un hombre exponía una queja, que parecía estúpida, sobre una linde. Luego entró un señor lamentándose de que su vasallo le había arrebatado un ciervo de sus tierras.

Morgause estaba cerca de Ginebra; se inclinó y le susurró a la Reina:

—¿Por qué atiende Arturo estos casos? Cualquiera de sus alguaciles podría habérselas con ellos, y no desperdiciaría su tiempo.

—También yo pensaba así —contestó Ginebra—, escucha uno o dos casos como éste, cada año por Pentecostés, para que el pueblo no pueda pensar que se preocupa sólo de los grandes nobles y de sus Caballeros.

Bueno, meditó Morgause, con eso mostraba bastante sabiduría. Hubo dos o tres peticiones menores más; luego, cuando las viandas fueron servidas, los juglares y saltimbanquis entretuvieron a los comensales, y un hombre hizo un juego de manos sacando pequeñas aves y huevos de los lugares más insospechados. Morgause pensó que Ginebra parecía ya tranquila, y se preguntó si atraparían al autor de los dibujos. Uno representaba a Morgana como una ramera y eso era bastante malo; pero el otro, al parecer, era más grave, mostrando a Lancelot pisoteando al Rey y la Reina. Algo había ocurrido que tenía más transcendencia que la pública humillación del paladín de la Reina, reflexionó Morgause. Aquélla podía haber sido neutralizada por la gracia que había dispensado al joven Gwydion (no, Mordred) y la obvia carencia de rencor entre ellos después. Pero a pesar de la popularidad de Lancelot con el Rey y los Caballeros, sin duda había alguien que detestaba la evidente parcialidad de Ginebra para con su campeón.

—¿Qué está sucediendo ahora? —preguntó a Ginebra.

La Reina sonrió; fuere lo que fuere, que los cuernos sonaran fuera del salón era algo que la complacía.

Las puertas se abrieron; los cuernos bramaron de nuevo, las toscas cuernas de los sajones. Entonces, tres grandes sajones, luciendo dorados collares y brazaletes, ataviados con pieles y cueros y portando enormes espadas, yelmos con cuernos y áureas diademas en la cabeza, penetraron en el salón de la Mesa Redonda, cada uno con su séquito.

—Mi señor Arturo —manifestó uno de ellos—, soy Alderic, señor de Kent y Anglia, y éstos son mis hermanos reyes. Hemos venido a preguntaros si podemos ofrecer un tributo al más cristiano de los reyes, y para hacer un tratado permanente con vos y vuestra corte.

—Lot estará revolviéndose en su tumba —dijo Morgause—, pero Viviane estará satisfecha por este día.

Morgana no respondió.

El Obispo Patricius se puso en pie y se dirigió hacia los reyes sajones para darles la bienvenida.

—Mi señor, tras prolongadas guerras, esto me produce un gran júbilo —le dijo antes a Arturo—. Os recomiendo aceptar a estos hombres como a reyes súbditos y aceptar también su juramento, en señal de que todos los reyes cristianos serán hermanos.

Morgana estaba pálida como la muerte. Hizo ademán de levantarse y hablar, pero Uriens la miró con adusto ceño y tornó a sentarse a su lado.

—Recuerdo cuando los obispos se negaban incluso a mandar a alguien para cristianizar a estos bárbaros —dijo Morgause, con naturalidad—. Lot me contó que habían dicho que no deseaban encontrarse con los sajones ni siquiera en el Cielo, y que no les enviarían misiones. ¿Consideraban justo que todos los sajones acabaran en el Averno? ¡Aunque, bueno, eso fue hace treinta años!

—Desde que llegué al trono —intervino Arturo—, he anhelado el fin de las guerras que han asolado esta tierra. Hemos vivido en paz durante muchos años, Eminencia; y ahora puedo daros la bienvenida, señores, a mi corte y entre mis invitados.

—Es nuestra costumbre —declaró uno de los sajones, no Alderic, observó Morgause, pues el que habló llevaba una especie de capa azul, y la de Alderic era parda— hacer juramento sobre el acero. ¿Podemos hacerlo sobre la cruz de vuestra espada, Lord Arturo, en señal de que nos unimos bajo el único Dios que nos gobierna a todos?

—Así sea —repuso Arturo con calma, y bajó del estrado para plantarse ante ellos.

A la luz de las muchas antorchas y lámparas, Excalibur destelló cual relámpago cuando la sacó de su vaina. La situó enhiesta ante sí y una gran sombra oscilante, la sombra de una cruz, cayó a todo lo largo del salón, cuando los reyes se arrodillaron.

Ginebra parecía complacida; Galahad estaba sonrojado de gozo. Mas Morgana estaba blanca de ira, y Morgause le oyó susurrar a Uriens:

—¡Se ha atrevido a someter a la espada de Avalon a tales cometidos! ¡Como sacerdotisa de Avalon no seré un testigo silencioso! —Comenzó a levantarse, pero Uriens le atenazó la muñeca. Pugnó calladamente, mas Uriens aun siendo viejo era un guerrero, y ella una mujer menuda; por un momento Morgause creyó que iba a partirle los huesos de la muñeca, pero Morgana no gritó ni gimió. Apretó los dientes, y consiguió liberar su muñeca. Dijo, lo bastante alto para que Ginebla pudiera oírla—: Viviane murió con su obra inconclusa. ¡Y yo he permanecido ociosa mientras innumerables hijos se hacían hombres y eran nombrados Caballeros, y Arturo caía en manos de los sacerdotes!

—Señora —intervino Accolon, inclinándose sobre su asiento—, ni siquiera tú puedes trastornar este santo día, o te tratarán como los romanos trataron a los druidas. Habla en privado con Arturo, recrimínale allí si crees que debes hacerlo. ¡Estoy seguro de que Merlín te ayudará!

Morgana bajó la mirada. Se mordió el labio.

Arturo abrazó a los reyes sajones uno a uno, dándoles la bienvenida y conduciéndoles a asientos próximos al trono.

—Vuestros hijos, si se muestran dignos, serán recibidos entre mis Caballeros —dijo, e hizo que sus sirvientes trajeran presentes, espadas y finas dagas, y una valiosa capa para Alderic.

Morgause cogió un confite, cubierto de pegajosa miel, y lo puso entre los apretados labios de Morgana.

—Aprecias demasiado el ayuno, sobrina —dijo—. ¡Cómete esto! ¡Estás pálida y vas a desmayarte ahí donde estás!

—No es el hambre lo que me hace palidecer —contestó, pero se metió el confite en la boca. También bebió un poco de vino, y Morgause pudo apreciar que le temblaban las manos. En su muñeca había unas oscuras manchas dejadas por los dedos de Uriens.

Luego Morgana se puso en pie.

—No te apures, mi muy amado esposo. Nada diré que te ofenda a ti o tu Rey —dijo con calma a Uriens. Y entonces, volviéndose a Arturo, manifestó en voz alta—: Mi señor y hermano, ¿puedo pedirte un favor?

—Mi hermana y esposa de mi leal súbdito Uriens puede pedirme lo que desee —dijo Arturo cordialmente.

—El último de tus súbditos, señor, puede solicitarte audiencia. Te ruego que me concedas audiencia.

Arturo enarcó las cejas, y procuró adoptar el más formal de sus tonos para dirigirse a ella.

—Esta noche antes de irme a dormir, si te place. Te recibiré en mi habitación, con tu marido si lo deseas.

¡Me gustaría, pensó Morgause, poder ser una mosca posada en la pared durante esa audiencia!

VI

En la cámara que Ginebra había asignado al Rey Uriens y su familia, Morgana volvía a peinarse el cabello con lentos movimientos e hizo que su doncella de compañía le anudara un vestido limpio. Uriens se estaba lamentando de haber comido y bebido demasiado y no estar en condiciones para la audiencia.

—Vete al lecho, entonces —dijo ella—. Soy yo quien tiene algo que decirle, no es nada de tu incumbencia.

—No es así —repuso Uriens—, también yo fui educado en Avalon. ¿Crees que me complace ver las cosas sagradas puestas al servicio del Dios cristiano? No, Morgana, no eres sólo tú como sacerdotisa de Avalon quien ha de mostrarse ultrajada por esto. Es el reino de Gales del Norte, yo como regidor, y Accolon, que está comprometido a gobernar cuando yo me haya ido.

—Padre tiene razón, señora. —Accolon la miró—. Nuestro pueblo confía en que no le traicionemos, ni dejemos que las campanas de la iglesia suenen en sus arboledas —y por un instante pareció que, aunque ni Accolon ni ella se habían movido, se hallaban juntos en una de las mágicas arboledas, unidos ante la Diosa. Uriens, por supuesto, no había visto nada.

—Haz saber a Arturo, Morgana, que el reino de Gales del Norte no caerá sumisamente en el gobierno de los cristianos —dijo.

Morgana se encogió de hombros.

—Como desees.

Fui una necia, pensó. Era sacerdotisa en su entronización, di un hijo Arturo, debería haber utilizado ese dominio que tenía sobre la conciencia del Rey —convirtiéndome yo, no Ginebra, en la regidora tras el trono—. Mientras me escondía como un animal lamiéndose las heridas, perdí mi dominio sobre Arturo. Donde, en un tiempo, podía haber mandado, debo ahora rogar, careciendo incluso del apoyo de la Señora.

Ya se había vuelto hacia la puerta cuando llamaron; un sirviente fue a abrir, y Gwydion entró. Continuaba portando la espada sajona que Lancelot le había dado al hacerle Caballero, mas se había quitado la armadura y vestía un exquisito atuendo carmesí; no sabía que pudiera parecer tan hermoso.

Vio los ojos asombrados de ella puestos en él.

—Lancelot me lo dio. Estábamos bebiendo en el salón y llegó un mensajero de Arturo diciendo que deseaba verme en sus habitaciones... Manifesté que la única túnica que tenía estaba hecha jirones y manchada de sangre y él respondió que teníamos la misma talla y me prestaría algo que ponerme. Cuando me la probé, declaró que me sentaba mejor que a él y que podía quedármela, que había recibido muy pocos presentes al ser nombrado Caballero, mientras que el Rey le había donado a Galahad muchos y ricos obsequios. ¿Sabe que Arturo es mi padre?

Uriens parpadeó y pareció perplejo, pero nada dijo.

Accolon negó con la cabeza.

—No, hermano. Lancelot es el más generoso de los hombres, eso es todo. Cuando Gareth llegó por vez primera a la corte, siendo un desconocido para sus propios parientes, Lancelot le dio prendas y armas para que pudiera ataviarse de acuerdo con su condición. Y si piensas que a Lancelot le gusta ver sus regalos en el cuerpo de jóvenes atractivos, bueno, también eso se ha afirmado antes, aunque no sé de ningún hombre de esta corte, joven o viejo, que haya oído de él nunca una palabra que exceda a la más caballerosa cortesía.

—¿Es así? —preguntó Gwydion, y Morgana pudo observarle tornando esa información y guardándola cual un avaro el oro en su cofre—. Ahora recuerdo —dijo lentamente— un hecho acaecido en la corte de Lot cuando Lancelot no era más que un muchacho. Algo sobre una balada que cantó cuando le pidieron que tañera el arpa, era una canción romana o de los tiempos de Alejandro, no lo sé exactamente, sobre el amor entre los compañeros de la caballería, y se mofaron de él por ello. Desde entonces, sus canciones tratan siempre sobre la belleza de nuestra Reina, o relatos de aventuras y dragones.

Morgana sintió que no podía resistir el escarnio de su voz.

—Si has venido a reclamar un obsequio por ser armado Caballero —dijo—, hablaré contigo cuando me haya reunido con Arturo.

Gwydion se miró los zapatos. Era la primera vez que no le veía seguro de sí mismo.

—Madre, el Rey me ha mandado llamar también a mí, ¿puedo ir en tu compañía?

Le agradó que confesara su vulnerabilidad de este modo.

—Arturo no pretende ofenderte, hijo mío; pero si vienes con nosotros ante él, puede pedirte que esperes fuera, diciendo que prefiere hablar contigo separadamente.

—Vamos, pues, hermano —dijo Accolon, tornando a Gwydion del brazo de forma que éste pudiera ver las serpientes tatuadas en sus muñecas—. El rey irá primero con su dama, tú y yo les seguiremos...

Morgana, junto a Uriens, consideró que le agradaba que Accolon hiciera amistad con su hijo y le tratase como a un hermano. Al mismo tiempo sintió que se estremecía. Uriens apoyó una mano en su hombro.

—¿Tienes frío, Morgana? Coge la capa...

LA CHIMENEA ESTABA encendida en los aposentos del Rey, y Morgana percibió el sonido de un arpa. Arturo se hallaba sentado en una silla de madera, llena de cojines. Ginebra cosía una estrecha faja que destellaba por las doradas hebras. El lacayo anunció ceremoniosamente:

—El Rey y la Reina de Gales del Norte, su hijo Accolon y sir Lancelot.

Ginebra levantó la mirada al oír el nombre de Lancelot, luego rió.

—No es él, aunque la semejanza es grande. ¿No será sir Mordred; a quien hemos visto hoy ser armado Caballero? —dijo.

Gwydion se inclinó ante la Reina mas no habló. En aquella reunión familiar no iba a ser Arturo quien guardase el ceremonial.

—Sentaos todos. Pediré que traigan vino.

—Ya he tomado bastante vino hoy, Arturo, para hacer flotar un navío en la costa. Tal vez los jóvenes tengan mejor cabeza para ello —repuso Uriens.

Ginebra fue hacia Morgana, y ésta supo que si no hablaba ahora, Arturo comenzaría su parlamento con los hombres y de ella se esperaría que tomara asiento en un rincón con la Reina y guardara silencio, o hablara en susurros de cosas de mujeres, tales como bordados, sirvientes, quién estaba encinta en la corte...

Hizo señas al sirviente que estaba escanciando el vino.

—Tomaré una copa —dijo, recordando con dolor en su corazón los tiempos en que, como sacerdotisa de Avalon, se enorgulleciera de beber sólo del Manantial Sagrado. Bebió y declaró—: Estoy profundamente consternada por la bienvenida a los emisarios sajones, Arturo. No. —Le silenció al hacer ademán de hablar—. No hago uso de la palabra como una mujer que se entromete en asuntos de estado. Soy Reina de Gales del Norte y Duquesa de Cornwall, y lo que interesa al reino me incumbe también a mí.

—Entonces debieras alegrarte por la paz —dijo Arturo—. He dedicado toda mi vida, creo que desde que fui lo bastante fuerte para sostener una espada, a terminar con las guerras contra los sajones. En aquella época pensaba que la guerra podría acabarse logrando que se marcharan por los mares de donde vinieron. Pero la paz es la paz, y si llega haciendo tratados con ellos, así sea. Hay otros destinos que dar a un toro, aparte de asarlo para la cena. Es igualmente efectivo castrarlo y hacerlo tirar de tu arado.

—¿O conservarlo para la reproducción de tus vacas? ¿Pedirás a tus reyes súbditos que desposen a sus hijas con los sajones, Arturo?

—Eso también, tal vez —repuso Arturo—. Los sajones no son más que hombres, ¿recuerdas esa canción que Lancelot entonó? Tienen las mismas ansias de paz, y también ellos han vivido en tierras asoladas y quemadas una y otra vez. ¿Afirmas que debería haber luchado hasta que el último de ellos estuviera muerto o expulsado? Creía que las mujeres anhelaban la paz.

—También yo anhelo la paz, y le doy la bienvenida, incluso con los sajones —dijo Morgana—, pero, ¿les has hecho renunciar a sus Dioses y aceptar los tuyos, para llevarlos a juramentarse a ti ante la cruz?

Ginebra había estado escuchando atentamente.

—No hay otros Dioses, Morgana. Han convenido en rechazar a los demonios que adoraban y llamaban Dioses, eso es todo. Ahora rinden culto al único Dios y a Cristo enviado en su nombre para salvar a la humanidad.

—Si es eso lo que creéis, mi señora y reina, admitiréis que todos los Dioses son un solo Dios y todas las Diosas una sola Diosa. Mas, ¿os atreveríais a suponer que existe una sola forma de verdad para las gentes de todo el mundo? —dijo Gwydion.

—¿Llamas a eso suposición? Hay una única verdad —repuso Ginebra—, y ha de llegar el día en que los hombres la reconozcan en todas partes.

—Tiemblo por mi pueblo al oíros decir eso —manifestó el Rey Uriens—. He hecho promesa de proteger las sagradas arboledas, y mi hijo después de mí.

—Te creía un rey cristiano, mi señor de Gales del Norte.

—Y lo soy—repuso Uriens—, pero no hablaré mal del Dios de otro.

—No existen tales Dioses... —comenzó Ginebra.

Morgana abrió la boca para hablar, mas Arturo dijo:

—Basta de esto, basta. ¡No os he invitado para discutir de religión! Si es eso lo que queréis, hay bastantes sacerdotes que escucharán y argüirán. ¡Id a convencerlos a ellos, si os es preciso! ¿Qué has venido a decir, Morgana? ¿Únicamente que contemplas con cautela la buena fe de los sajones, juren sobre la cruz o no?

—No —respondió ésta—; y al hablar, observó que Kevin estaba en la cámara, sentado entre las sombras con su arpa. Bien; ¡Merlín de Bretaña podía ser testigo de esta protesta en nombre de Avalon! Pongo a Merlín por testigo de que les has hecho jurar sobre la cruz, y has transformado la sagrada espada de Avalon, Excalibur, la espada de la Sagrada Regalía, en la cruz para el juramento. Lord Merlín, ¿no es esto una blasfemia?

—Sólo fue un gesto, para captar la atención de todos, Morgana —dijo Arturo, prestamente—, como el gesto que hiciera Viviane cuando me instó a luchar por la paz con esa misma espada.

Merlín declaró con su grave y matizada voz:

—Morgana, querida, la cruz es un símbolo muy antiguo, venerado aun antes de que hubiera cristianos. En Avalon había sacerdotes, llevados allí por el patriarca José de Arimatea, que adoraban junto a los druidas...

—Pero aquellos sacerdotes no pretendían imponer sus creencias —repuso Morgana colérica—, y no dudo de que el Obispo Patricius los hubiera silenciado, si hubiese estado en su mano.

—El Obispo Patricius y su talante no son el objeto de nuestra discusión, Morgana —dijo Kevin—. Deja que los no iniciados piensen que los sajones juraron sobre la cruz de Cristo sacrificado y muerto. También nosotros tenemos un Dios sacrificado, aunque lo veamos ora en la cruz, ora en la gavilla de cebada, que debe morir por la tierra y levantarse nuevamente de entre los muertos.

—Vuestros Dioses sacrificados, Lord Merlín, fueron enviados sólo para que la humanidad estuviera preparada cuando Cristo viniese a morir por los pecados del hombre —dijo Ginebra.

Arturo movió la mano con impaciencia.

—¡Callaos todos! Los sajones juraron la paz en un símbolo lleno de significado para ellos.

Pero Morgana le interrumpió.

—Recibiste de Avalon la sagrada espada, e hiciste a Avalon juramento de proteger y guardar los Sagrados Misterios. Cuando Viviane vino a la corte, lo hizo para exigir que cumplieras tu juramento a Avalon. ¡Y fue asesinada! Ahora vengo yo a acabar la obra que dejara inconclusa, y a exigir que devuelvas la sagrada espada Excalibur.

—Un día vendrá en el cual todos los falsos Dioses desaparecerán y todos los símbolos paganos serán puestos al servicio del único Dios verdadero y su Cristo —dijo Ginebra.

—No estoy hablando contigo, necia hipócrita —repuso Morgana, furiosa—, ¡y ese día llegará sobre mi cadáver!

Los cristianos tenéis santos y mártires, ¿creéis que Avalon no tiene ninguno?

Mientras hablaba, se estremeció al comprender que, sin haberlo sabido con anterioridad, sus palabras eran producto de la Visión, y había el cuerpo de un caballero cubierto con un paño negro en el que había una cruz... Deseó volverse y arrojarse en brazos de Accolon, pero aquello no era conveniente ante semejante compañía.

—¡Cómo exageras las cosas, Morgana! —exclamó Arturo riendo forzadamente.

Aquella risa la enloqueció, ahuyentando el miedo y la Visión. Se irguió lo más que pudo, y supo que por primera vez en muchos años hablaba revestida de todo el poder y la autoridad de una sacerdotisa de Avalon.

—Escúchame, Arturo de Bretaña. ¡Tal como la fuerza y el poder de Avalon te llevaron al trono, la fuerza y el poder de Avalon pueden arrebatártelo! ¡Piensa bien en cómo usas la espada Excalibur! ¡Piensa en no ponerla nunca al servicio de tus propósitos, pues todo objeto de poder conlleva su propia maldición!

—¡Detente! —Arturo se había levantado de la silla y su expresión era como una tormenta—. Seas mi hermana o no, no te atrevas a dar órdenes al Rey de toda Bretaña.

—¡No hablo a mi hermano —replicó ella—, sino al Rey! Avalon te llevó al trono, Arturo, Avalon te dio esa espada que has usado equivocadamente y, en nombre de Avalon, te pido que la restituyas a la Sagrada Regalía. Si sólo deseas una espada, llama a tus herreros para que te forjen otra.

Se produjo un pavoroso silencio y, por un momento, ella tuvo la impresión de que sus palabras estaban cayendo en el eco de los grandes espacios vacíos entre los mundos, que penetraban en Avalon para que los druidas despertasen, que incluso Cuervo debería conmoverse y gritar contra la traición de Arturo. Pero el primer sonido que oyó fue una risa nerviosa.

—¡Qué sin sentido estás diciendo, Morgana! —Era Ginebra quien hablaba—. ¡Sabes que Arturo no puede hacer eso!

—No interfieras, Ginebra —replicó Morgana, con mortal amenaza—. Nada tiene que ver contigo, salvo en el caso de que fueras tú quien instó a Arturo a romper su juramento. En ese caso, ¡ten cuidado!

—Uriens —dijo Ginebra—, ¿vas a permanecer inactivo dejando que tu alocada esposa hable así al Rey Supremo?

Uriens tosió; al hablar su voz sonó tan nerviosa como la de Ginebra.

—Morgana, tal vez estás siendo poco razonable... Arturo realizó un dramático gesto por razones políticas, para impresionar a la gente. Si lo hizo con una espada de poder, bueno, tanto mejor. Los Dioses pueden cuidarse de su propia adoración, querida. ¿Crees que la Diosa requiere tu ayuda para proteger la suya?

Si en aquel momento Morgana hubiera tenido un arma, habría abatido a Uriens. La había acompañado para apoyarla, ¿por qué la abandonaba ahora de aquel modo?

—Morgana, dado que estás tan turbada, déjame decir algo para tu conocimiento: No pretendía hacer profanación alguna. Si la espada de Avalon también sirve como cruz para un juramento, ¿no significa eso que los poderes de Avalon cooperan en el servicio de esta tierra? Tal me aconsejó Kevin... —dijo Arturo.

—Oh, sí, ya me pareció que era un traidor cuando hizo que enterraran a Viviane fuera de la Isla Sagrada... —comenzó a decir Morgana.

—Sea así o de otra forma —repuso Arturo—, proporcioné a los sajones el gesto que deseaban, que juraran sobre mi espada.

—¡No es tu espada! —replicó ella, fuera de sí—. ¡Es la espada de Avalon! Y si no la llevas como has jurado, debe pasar a manos de alguien que sea leal a su juramento.

—Puede haber sido la espada de Avalon hace una generación —repuso Arturo, que ahora estaba tan airado como Morgana; aferró la empuñadura de Excalibur, como si alguien fuera a arrebatársela en aquel momento—. Una espada es de quien la utiliza, y yo me he ganado el derecho a llamarla mía expulsando a todos los enemigos de esta tierra. La porté en la batalla y gané estos dominios en Monte Badon.

—Y has tratado de someterla a los sacerdotes cristianos —replicó Morgana—. ¡En nombre de la Diosa te exijo ahora que sea devuelta al templo del Lago!

Arturo suspiró profundamente. Luego dijo, con estudiada calma:

—Me niego. Si la Diosa quiere que esta espada sea devuelta, ella misma habrá de venir a quitármela de las manos. —Su tono se suavizó después—. Mi querida hermana, no disputemos por el nombre que damos a nuestros Dioses. Tú misma me has dicho que todos los Dioses son un único Dios.

Y él nunca comprenderá por qué lo que ha dicho es errado, meditó Morgana, angustiada. Pero ha desafiado a la Diosa para que venga a tomar la espada, si ése es su deseo. Así, Señora, yo puedo ser tu mano. Agachó la cabeza por un instante y declaró:

—A la Diosa, pues, dejo el cometido de recuperar su espada.

Y cuando haya acabado contigo, Arturo, desearás haber elegido tratar conmigo... Y fue a sentarse junto a Ginebra. Arturo hizo señas a Gwydion.

—Sir Mordred —dijo—, te hubiera designado para que fueras uno de mis Caballeros en cualquier momento en que me lo hubieses pedido. Lo habría hecho por el bien de Morgana y por el mío. No era menester que lo obtuvieras mediante una treta.

—Pensé que si no me nombrabais Caballero sin una buena excusa —repuso Gwydion—, se producirían rumores que no desearíais. ¿Me perdonáis pues, señor?

—Si Lancelot te ha perdonado, no tengo razón alguna para guardarte rencor —contestó Arturo—, y puesto que te ha obsequiado tan generosamente, parece que no alberga resentimientos. Desearía que estuviera en mi poder reconocerte como hijo, Mordred. Hasta hace algunos años, no sabía que existieras. Morgana no me informó de las consecuencias de aquella entronización. Sabes, supongo, que para los sacerdotes y obispos tu existencia, dadas las circunstancias, es signo de impiedad.

—¿Eso creéis, señor?

Arturo miró a su hijo directamente a los ojos.

—Oh, en ocasiones creo una cosa, en ocasiones otra, como todos los hombres. No importa lo que yo crea. No puedo reconocerte ante todos los hombres, aunque eres un hijo como cualquiera, y aún más para un rey sin hijos que sentiría alegría y orgullo de tenerte. Pero Galahad debe heredar mi trono.

—Si vive —repuso Gwydion y, ante la escandalizada mirada de Arturo, añadió con sosiego—: No, señor, no estoy amenazando su vida. Haré el juramento que queráis, por la cruz o el roble, por el Manantial Sagrado o por estas serpientes que llevo —extendió las muñecas— y vos llevasteis antes que yo: que la Diosa envíe serpientes vivas como estas para quitarme la vida si alguna vez levanto la mano contra mi primo Galahad. Pero lo he visto. Morirá, honorablemente, por la cruz que adora.

—¡Dios nos libre del mal! —gritó Ginebra.

—Ciertamente, señora. Mas de no vivir para ascender al trono... Mi padre y mi rey, él es un guerrero y un Caballero, y un ser mortal, y vos podéis vivir más que el Rey Uriens. ¿Qué ocurrirá entonces?

—De morir Galahad antes de ocupar el trono, y ruego a Dios que le evite ese mal—dijo Arturo—, no tendré elección. La sangre real es la sangre real, y la tuya lo es por el Pendragón y por Avalon. De llegar tan funesto día, supongo que incluso los obispos querrán verte a ti en el trono antes que dejar esta tierra sumida en el caos que temieron cuando murió Uther.

Se puso en pie y permaneció con ambas manos sobre los hombros de su hijo, mirándole a los ojos.

—Ojalá pudiera decir más, hijo mío. Pero lo hecho, hecho está. Únicamente diré que desearía con todo mi corazón que hubieses sido hijo de mi reina.

—Y también yo declaró Ginebra, levantándose para abrazarle.

—Mas no te trataré como a un bastardo —dijo Arturo—. Eres hijo de Morgana. Mordred, Duque de Cornwall, Caballero de la Mesa Redonda, partirás para ser la voz de la Mesa Redonda entre los reyes sajones. Tendrás derecho a hacer la justicia del Rey, y a recoger mis tributos y erarios, guardando una adecuada porción para mantener la casa que como canciller del Rey debes tener. Y si te place, te doy licencia para desposarte con la hija de uno de los reyes sajones, que te dará un trono propio, aun cuando no accedas al mío.

Gwydion se inclinó.

—Sois generoso, señor —dijo.

Sí, meditó Morgana, y esto le mantendrá apartado, hasta y a menos que se precise de él. ¡Arturo era ducho en el arte de reinar!

—Has sido muy generoso con mi hijo, Arturo. ¿Puedo apelar otra vez a tu amabilidad? —dijo, levantando la cabeza.

Arturo se revistió de cautela.

—Pídeme cualquier cosa que pueda conceder, hermana mía, y será un placer otorgarla.

—Has nombrado a mi hijo Duque de Cornwall, pero él poco conoce de la tierra de Cornwall todavía. He oído decir que el Duque Marcus reclama ahora toda aquella región. ¿Vendrás conmigo a Tintagel para investigar sobre este asunto y su reclamación?

El rostro de Arturo se relajó; ¿había estado preparándose por si ella tornaba a sacar a colación la espada Excalibur? No, hermano mío, nunca más ante esta corte; cuando vuelva a extender la mano por Excalibur, será en mi propio país y en el lugar de la Diosa.

—No he estado en Cornwall desde hace más años de los que puedo contar —repuso Arturo—, y no puedo ausentarme de Camelot hasta pasado el solsticio de Verano. Pero quédate aquí como invitada mía e iremos juntos a Tintagel, y entonces veremos si el Duque Marcus, o cualquier otro hombre creado por Dios, disputa la reclamación de Arturo y Morgana, Duquesa de Cornwall. —Se volvió hacia Kevin—. Ya basta de asuntos serios. Lord Kevin, no te ordeno cantar para mí en presencia de toda la corte, pero en privado, en mis aposentos y en la sola compañía de mi familia, ¿puedo pedirte una canción?

—Será un placer —respondió Kevin—, si la dama Ginebra no tiene objeción.

Miró a la Reina, pero ella no pronunció palabra alguna, se apoyó el arpa en el hombro y comenzó a tañer.

Morgana permaneció en silencio al lado de Uriens, escuchando la música. Arturo, en verdad, había proporcionado un regio placer a su familia: escuchar la música de Kevin. Gwydion atendía, con las manos en las rodillas, silencioso y hechizado. En eso al menos es mi hijo, pensó Morgana. Uriens escuchaba con cortés atención. Ella levantó la mirada por un instante, encontrándose con la de Accolon, y consideró: Esta noche debemos conseguir reunirnos de alguna forma, aunque hayamos de darle a Uriens una poción adormecedora; es mucho lo que tengo que decirle... y bajó la mirada. Realmente no era mejor que Ginebra...

Uriens le estaba cogiendo la mano, acariciándole los dedos y la muñeca; sintió que tocaba las magulladuras que le produjera ese día, y experimentó aversión. Debía ir a su lecho si lo deseaba; allí, en aquella corte, era de su propiedad; como a un caballo o un perro podía acariciarla o golpearla a su voluntad.

Arturo había traicionado a Avalon y a ella. Uriens la había engañado. Kevin la había traicionado también... Pero Accolon no le fallaría. Accolon regiría por Avalon.

Era el rey que Viviane había vaticinado que vendría y, después de él, Gwydion, Rey druida, Rey de Avalon y de toda la Bretaña.

Y tras el Rey, la Reina, gobernando por la Diosa como antaño...

Kevin levantó la cabeza y sus miradas se cruzaron, Morgana se estremeció, sabiendo que debía ocultar sus pensamientos. Posee la Visión y es hombre de Arturo. ¡Es Merlín de Bretaña y, no obstante, mi enemigo!

—Puesto que esto es un grupo familiar y también yo deseo oír música, ¿puedo pedir en compensación que la dama Morgana cante? —dijo Kevin apaciblemente, y ella fue a ocupar su lugar, sintiendo el poder del arpa en las manos.

Debo encantarlos, pensó, para que no piensen que corren peligro, y apoyó las manos en las cuerdas.

VII

Uriens dijo, cuando estuvieron solos en sus aposentos:

—No sabía que tu reclamación de Tintagel estuviese siendo discutida de nuevo.

—Las cosas que tú no sabes, esposo mío, son tantas como bellotas en un prado para cerdos —repuso con impaciencia. ¿Cómo había llegado a creer que podría soportar a este necio? Amable, sí, nunca había sido descortés con ella, mas su estupidez la arañaba como una espina. Deseaba estar sola, considerar sus planes, consultar con Accolon, ¡y en vez de ello debía complacer a aquel viejo idiota!

—Debería saber lo que estás urdiendo. —La voz de Uriens era hosca—. Estoy enojado porque no me has dicho que te sentías agraviada por lo que estaba sucediendo en Tintagel. Soy tu marido y tenías que haberme informado antes de apelar a tu hermano. —La hosquedad de su voz contenía también un ápice de celos, y recordó ahora, sobrecogida, que había salido a relucir lo que ocultara durante tantos años, sobre la identidad del padre de su hijo. Aunque, ¿podía Uriens creer realmente que, al cabo de un cuarto de siglo, continuara ostentando esa clase de poder sobre su hermano? Bueno, si no tiene juicio suficiente para ver cuanto está ocurriendo ante sus ojos, ¿por qué habría de explicárselo palabra por palabra como una lección a un niño?

—Arturo está disgustado conmigo porque cree que una mujer no debiera enfrentarse a él de este modo.

Por consiguiente, le pedí ayuda, para que no piense que me rebelo contra él —dijo con impaciencia.

Era sacerdotisa de Avalon y no debía mentir, pero no era necesario contar de la verdad más de lo que deseaba. Que Uriens pensara, si le placía, que ella únicamente quería reconciliarse con Arturo, tras lo que había dicho.

—Qué lista eres, Morgana —afirmó él, dándole palmaditas en la muñeca.

Ella meditó, dolida, que ya había olvidado que fue él quien le infligió el daño. Sintió que le temblaban los labios como si fuese una niña; Quiero a Accolon, quiero yacer en sus brazos, ser mimada y consolada, pero en ese lugar, ¿cómo podemos acordar siquiera reunirnos y hablar en secreto? Contuvo las lágrimas que la furia provocaba. La fortaleza era su única salvación ahora; la fortaleza y el disimulo.

Uriens había salido para aliviarse y volvió bostezando.

—He oído el grito de medianoche del vigilante —dijo—. Debemos irnos al lecho, señora. —Empezó a despojarse de su atavío de gala—. ¿Estás muy fatigada, querida?

Ella no respondió, sabiendo que de hacerlo se echaría a llorar. Él tomó su silencio por asentimiento y la estrechó, besándola en la garganta; luego la empujó hacia el lecho. Ella lo soportó, preguntándose si lograría recordar algún encanto para poner fin a la demasiado prolongada virilidad del anciano. A su edad ya debiera haberle ocurrido, nadie lo creería el resultado de un hechizo. Yació preguntándose por qué no podía simplemente volverse a él con indiferencia, como había hecho tantas veces en aquellos largos años... ¿qué podía importarle?, ¿por qué reparaba en él más que en un animal perdido husmeándole las faldas?

Durmió convulsivamente, soñando con un niño que había encontrado en alguna parte y al que debía amamantar, aunque sus pechos estaban secos y le dolían terriblemente... Al despertar seguían doliéndole. Uriens había ido a cazar con algunos de los hombres de Arturo, como se había organizado días atrás. Sintió náuseas y mareo. Comí más, pensó, de lo que suelo hacer en tres días, no es de extrañar que esté mareada. Pero cuando fue a anudarse el vestido, seguía teniendo molestias y dolor en los pechos. Tuvo la impresión de que los pezones parecían rosados e hinchados.

Se dejó caer en el lecho como si se le hubiesen roto las rodillas. ¡Era estéril! Sabía que era estéril, le dijeron después del nacimiento de Gwydion que probablemente no volvería a concebir otro hijo, y en todo el tiempo transcurrido desde entonces nunca se había quedado embarazada de ningún hombre. Además, ya tenía casi cuarenta y nueve años, y había pasado su época de fecundidad. Sin embargo, a pesar de todo, lo cierto era que estaba encinta. Se había considerado muy lejos de tal posibilidad. Sus ciclos se habían tornado irregulares y se ausentaban durante meses seguidos, y creía que estaban llegando a su fin. Su primera reacción fue el miedo; estuvo tan cerca de la muerte cuando Gwydion nació...

Uriens de seguro estaría encantado por esta supuesta prueba de su hombría. Pero cuando este hijo fue concebido, Uriens estaba postrado con la fiebre pulmonar; era poco probable, después de todo, que fuera suyo. ¿Lo había engendrado Accolon el día del eclipse? En ese caso, sería hijo del Dios que fuera a ellos en el avellanal.

¿Qué haré con una criatura, vieja como soy? Aunque tal vez sea una sacerdotisa para Avalon, una que gobierne después de mí cuando el traidor haya sido derribado del trono donde Viviane le pusiera...

El exterior era gris y sombrío; estaba lloviznando. El campo donde el día anterior se habían celebrado los juegos estaba hollado y enfangado, con enseñas y cintas diseminadas y pisoteadas en el barro; uno o dos reyes súbditos se estaban aprestando para partir; varias cocineras, con el vestido remangado hasta los muslos desnudos y llevando paletas de lavar y canastas de ropa, bajaban dificultosamente hacia las orillas del lago.

Llamaron a la puerta; la voz del sirviente fue queda y respetuosa.

—Reina Morgana, la Reina Suprema ha pedido que la Reina de Lothian y vos vayáis a desayunar con ella, y Merlín de Bretaña ha solicitado que le recibáis aquí al mediodía.

—Iré con la Reina —dijo Morgana—. Informa a Merlín de que le recibiré. —Le espantaban ambas confrontaciones, mas no se atrevía a rechazar a ninguna, especialmente ahora.

Ginebra nunca dejaría de ser su enemiga... Era obra suya que Arturo hubiera caído en manos de los sacerdotes y traicionado a Avalon. Morgana meditó: Tal vez estoy preparando la caída de la persona equivocada; si de alguna forma consiguiese que Ginebra dejara la corte, incluso escapando con Lancelot a su castillo, ahora que él ha enviudado y puede tomarla legítimamente... Pero rechazó tal idea.

Probablemente, Arturo le ha pedido que se reconcilie conmigo, pensó con cinismo. Él sabe, también, que no puede permitirse reñir con reyes súbditos, y si Ginebra y yo estamos enfrentadas, Morgause, como siempre, se pondrá de mi parte. Una disputa familiar demasiado importante, y perdería a Uriens, y a los hijos de Morgause. No puede permitirse perder a Gawaine, a Gareth, y a los hombres del Norte...

Morgause se hallaba ya en la estancia de la Reina; el olor de la comida provocó nuevas náuseas a Morgana, pero se controló con toda su voluntad. Era bien conocido que nunca comía mucho y no les extrañaría. Ginebra se acercó y la besó. Por un momento; retornó la auténtica ternura que Morgana había sentido por aquella mujer. ¿Por qué hemos de ser enemigas? Fuimos amigas antes, hace tanto... No era a Ginebra a quien odiaba, sino a los sacerdotes que tanta influencia tenían sobre ella.

Se acercó a la mesa, y aceptó un trozo de pan reciente con miel que no comió. Las damas de Ginebra eran las amables necias de que siempre se había rodeado. Saludaron a Morgana con curiosas miradas y una gran ostentación de cordialidad y agrado.

—Vuestro hijo, sir Mordred, es un hermoso muchacho, ¡qué orgullosa debéis estar de él! —dijo una de ellas y Morgana, cortando el pan y desmigándolo, remarcó que apenas lo había visto desde que fuera destetado.

—Es a Uwaine, hijo de mi marido, a quien considero como mi verdadero hijo, y de sus logros galantes de los que me enorgullezco —repuso Morgana—, porque lo crié desde que era un niño pequeño. Pero tú estás orgullosa de Mordred como de un hijo propio, ¿verdad Morgause?

—¿No es vuestro el hijo de Uriens? —inquirió otra.

—No —respondió con paciencia—, contaba nueve años cuando me desposé con mi señor de Gales del Norte.

Una de las doncellas dijo riendo que, si ella fuese Morgana, prestaría más atención al otro apuesto hijastro, ¿no se llamaba Accolon? Morgana, apretando los dientes, pensó, ¿Habré de matar a esta necia? Pero no; las damas de la corte de Ginebra no tenían otra cosa que hacer salvo perder el tiempo en chanzas majaderas y habladurías.

—Ahora decidme —Alais, que había sido doncella de compañía cuando Morgana estaba en la corte de Ginebra, y de quien Morgana fuera dama de honor en su boda, emitió una risilla—. ¿No es hijo de Lancelot, realmente?

Morgana enarcó las cejas.

—¿Quién? ¿Accolon? La difunta esposa del Rey Uriens difícilmente te agradecería esa imputación, señora —dijo.

—Sabéis a lo que me refiero —Alais sonrió—. Lancelot es hijo de Viviane, y vos fuisteis educada por ella, ¿quién podría culparos? Contadme la verdad, Morgana, ¿quién es el padre de ese apuesto mancebo? De nadie más podría haber sido, ¿verdad?

Morgause rió, tratando de romper la tensión.

—Bueno, todas estamos enamoradas de Lancelot, por supuesto. Pobre Lancelot, qué carga ha de llevar.

—No estás comiendo nada, Morgana —comentó Ginebra—. Puedo pedir otras cosas a las cocinas, si esto no es de tu agrado. ¿Una loncha de jamón? ¿Algún vino mejor que éste?

Morgana negó con la cabeza y se llevó un trozo de pan a la boca. ¿No había ocurrido todo esto antes? O quizá lo había soñado... Sintió un nauseabundo vértigo ante los ojos, manchas grises danzando. Ciertamente les daría que hablar para entretener muchos días tediosos que la vieja Reina de Gales del Norte se desvaneciera como una mujer encinta. Se clavó las uñas en las manos y, de alguna forma, consiguió que el mareo disminuyera poco.

Bebí demasiado en la fiesta de ayer. Y hace más de veinte años que mi cabeza no soporta el vino, Ginebra.

—Ah, era un buen vino —dijo Morgause, produciendo un chasquido con los labios.

Ginebra replicó cortésmente que enviaría un tonel a Lothian con ella, cuando partiera. Pero Morgana, misericordiosamente olvidada, con el dolor atenazándole la frente cual la mano de un verdugo, sintió los inquisitivos ojos de Morgause sobre ella.

El embarazo era algo que no podía ocultarse... ¿Y por qué habría de esconderlo? Estaba legítimamente desposada; el pueblo podía reírse si el viejo Rey de Gales del Norte y su reina de mediana edad eran padres a una edad avanzada, pero la risa sería bien intencionada. No obstante, Morgana sintió que iba a estallar a causa de la furia que la dominaba. Se sentía como uno de los fuegos en la montaña de los que le había hablado Gawaine, en las regiones del norte...

Cuando las damas se hubieron ido y se halló a solas con Ginebra, la Reina le cogió la mano.

—Lo lamento, Morgana, pareces enferma. Quizá debieras volver al lecho —dijo, como disculpándose.

—Quizá lo haga —repuso Morgana, y pensó: Ginebra nunca adivinaría la causa de mi malestar; ¡de tenerlo ella, le daría la bienvenida, incluso ahora!

La Reina enrojeció bajo la colérica mirada de Morgana.

—Lo lamento, no creía que mis doncellas te molestaran hasta ese punto. Debería haberlas detenido, querida.

—¿Crees que me importa lo que digan? Son como gorriones piando y tienen tanto seso como ellos —dijo Morgana, con un desprecio tan agudo como el dolor de cabeza que tenía—. Aunque, ¿cuántas de tus damas saben realmente quién engendró a mi hijo? Hiciste que Arturo lo confesara. ¿Se lo has confiado a todas tus doncellas también?

Ginebra pareció atemorizarse.

—No creo que haya muchas que lo sepan. Las que estuvieron allí la pasada noche, cuando le reconoció, seguro. Y el Obispo Patricius. —Miró directamente a Morgana y ésta pensó, parpadeando: Cuán gentilmente le han tratado los años; se vuelve incluso más adorable, mientras que yo me marchito como una vieja zarza...

—Pareces tan cansada, Morgana —dijo Ginebra, y Morgana entendió que, a pesar de todas las antiguas enemistades, también había amor—. Ve a descansar, querida hermana.

¿O es únicamente que quedamos muy pocos de quienes fuimos jóvenes juntos?

MERLÍN HABÍA ENVEJECIDO también, y los años no habían sido tan gentiles con él como con Ginebra; estaba más encorvado, arrastraba la pierna ahora con la indispensable ayuda de un bastón, y sus brazos y muñecas, con grandes músculos fibrosos, parecían ramas de un viejo y retorcido roble. Ciertamente podría haber sido uno del pueblo de los enanos de quienes se decía que moraban bajo las montañas. Sólo los movimientos de sus manos eran todavía precisos y airosos; a pesar de los torcidos e hinchados dedos, sus gráciles gestos la hacían recordar los viejos tiempos, y su extenso estudio del arpa, el lenguaje de los gestos y el discurso de las manos.

Fue brusco, rechazando su ofrecimiento de vino o refrigerio, dejándose caer en una silla sin su permiso, por viejo hábito.

—Estimo que estás equivocada, Morgana, al apremiar a Arturo sobre Excalibur.

Supo que su propia voz resonó acre y feroz.

—No esperaba que lo aprobases, Kevin. Sin duda consideras que cualquier uso que haga de la Sagrada Regalía es bueno.

—No acierto a ver que sea errado —repuso Kevin—. Todos los Dioses son uno, como el mismo Taliesin habría afirmado, y si nos unimos al servicio del Único...

—Pero eso es con lo que disiento —dijo Morgana—. Su Dios sería el Uno, y el Único, y excluiría toda mención de la Diosa a la cual servimos. Kevin, escúchame, ¿no puedes ver cómo esto constriñe al mundo, al haber uno en vez de muchos? Creo que fue errado convertir a los sajones en cristianos. Creo que esos antiguos sacerdotes que moraron en Glastonbury estaban en lo cierto. ¿Por qué habríamos de reunirnos todos en una vida posterior? ¿Por qué no podría haber muchos caminos, los sajones siguiendo el suyo, nosotros el nuestro, los seguidores de Cristo adorándole, si tal eligen, sin restricción del culto de los demás...?

Kevin sacudió la cabeza.

—Querida, no lo sé. Parece haber un profundo cambio en el modo en que los hombres contemplan el mundo, cual si una verdad excluyera otra, como si cualquier cosa que no fuera su verdad, debiera ser falsa.

—Pero la vida no es tan simple —repuso Morgana.

—Yo lo sé, tú lo sabes; y en la plenitud del tiempo, Morgana, incluso los sacerdotes lo descubrirán.

—Empero, si han desterrado a todas las demás verdades del mundo, será demasiado tarde —declaró Morgana.

Kevin suspiró.

—Hay un destino que ningún hombre, y ninguna mujer, pueden evitar, y creo que estamos afrontando ese día.

—Extendió una de sus nudosas manos y tocó las de ella;

Morgana pensó que jamás le había oído hablar con tanta amabilidad—. No soy tu enemigo. Lo he sabido desde que eras una doncella. Y después... —Se interrumpió, y ella vio que su garganta tenía dificultades para tragar saliva—. Te quiero bien, Morgana. Sólo te deseo el bien. Hubo un tiempo... Oh, sí, fue hace mucho, pero no olvido cómo te amé y cuán privilegiado me sentí al poder hablar de amor contigo... Ningún hombre puede luchar contra las mareas, ni contra el destino. Quizá, si hubiéramos enviado antes a cristianizar a los sajones, lo hubieran hecho aquellos mismos sacerdotes que construyeron una capilla donde ellos y Taliesin podían rendir culto juntos. Nuestro propio fanatismo lo impidió, así púes la tarea quedo para los fanáticos como Patricius, quienes en su orgullo ven al Creador únicamente como el vengador Padre de los soldados, no también como a la Madre amorosa de los campos y la tierra... Te lo aseguro, Morgana, son una marea que arrasará a cuantos hombres tengan ante sí como si fueran paja.

—Lo hecho, hecho está —dijo Morgana. Pero, ¿cuál es la solución?

Kevin agachó la cabeza y Morgana comprendió que lo que realmente quería era reclinarla sobre su pecho; ahora no como hombre y mujer, sino como si ella fuese la Madre Diosa y pudiera calmar su miedo y desesperación.

—Tal vez —contestó él, con voz sofocada—, tal vez no haya ninguna solución. Acaso no exista ningún Dios ni ninguna Diosa y estemos disputando sobre necias palabras. No discutiré contigo, Morgana de Avalon. Pero tampoco permaneceré ocioso dejando que hundas este reino nuevamente en la guerra y el caos, arruinando la paz que Arturo nos ha proporcionado. Alguna sabiduría, alguna canción y alguna belleza deben preservarse para los días anteriores a la nueva caída del mundo en la oscuridad. Te lo aseguro, Morgana, he visto las tinieblas cerrándose. Quizás, en Avalon, logremos guardar la secreta sabiduría. Mas ha pasado el tiempo en el cual podíamos difundirla por el mundo. ¿Crees que temo morir para que algo de Avalon pueda persistir en la humanidad?

Morgana, lentamente, como por impulso, extendió la mano para acariciarle la cara, para enjugarle las lágrimas; pero apartó la mano con repentino espanto. Se le enturbió la vista. Había tocado una llorosa calavera, y tuvo la impresión de que su propia mano era la esquelética mano de la corva Muerte. Él también lo vio y la miró, amedrentado, durante un pavoroso instante. Luego Morgana oyó su propia voz, endurecida.

—Así pues, ¿entregarías las cosas sagradas al mundo, para que la sagrada espada de Avalon pueda ser la espada de los cristianos?

—Es la espada de los Dioses —repuso Kevin— y todos los Dioses son uno. Prefiero tener a Excalibur en un mundo donde los hombres puedan seguirla, a que se halle oculta en Avalon. En tanto la sigan, ¿qué diferencia supone el nombre que den a los Dioses al hacerlo?

—Moriré para prevenir eso —declaró Morgana firmemente—. Cuidado, Merlín de Bretaña, has contraído el Gran Matrimonio y te has comprometido a morir por la conservación de los Misterios. ¡Cuidado, no sea que se exija de ti obedecer a ese juramento!

Él la miró directamente con sus bellos ojos.

—¡Ah, mi señora y mi Diosa, te lo ruego, toma consejo de Avalon antes de actuar! En verdad, creo llegado el momento de que retornes a Avalon. —Kevin posó la mano en la de ella. Y ella no la retiró.

Se le quebró la voz debido a las lágrimas que durante todo el día le habían pesado como una losa.

—Me... me gustaría poder regresar. Lo deseo tanto que no me atrevo a ir —dijo—. No iré hasta que pueda quedarme allí para siempre.

—Volverás, porque lo he visto —repuso Kevin, cansadamente—. Pero yo no. No sé por qué, Morgana, mi amor, mas estoy seguro de que jamás volveré a beber del Manantial Sagrado.

Ella contempló el deforme y feo cuerpo, las bellas manos, los hermosos ojos, y pensó: *Una vez amé a este hombre*. A pesar de todo, seguía amándole, le amaría hasta que ambos hubiesen muerto; le conocía desde la aurora de los tiempos, y juntos habían servido a la Diosa. El tiempo se desvaneció y fue como si se hallaran fuera de él, como si ella le diera vida, como si le talara cual a un árbol, como si él tornara a brotar en la mies, como si él la matara y la volviera a la vida estrechándola entre sus brazos... el antiguo drama del sacerdocio representado antes de que los druidas o los cristianos pusieran el pie sobre la tierra.

¿Podría él acabar con esto?

—Si Arturo incumple su juramento, ¿no he de reclamar?

—Algún día la Diosa lo hará a su manera —dijo Kevin—.

Pero Arturo es Rey de Bretaña por voluntad de la Diosa. ¡Morgana de Avalon, te lo advierto, ten cuidado! ¿Te atreves a enfrentarte a los destinos que gobiernan esta tierra?

—¡Hago lo que la Diosa me ha encomendado hacer!

—¿La Diosa o tu voluntad, orgullo y ambición por quienes amas? Morgana, de nuevo te lo advierto, ten cuidado. Pues bien puede ser que el momento de Avalon haya pasado, y el tuyo.

Entonces el férreo control a que se había sometido, se quebró.

—¿Y tú te atreves a llamarte Merlín de Bretaña? —le gritó—. ¡Márchate, condenado traidor! —Cogió la rueca y se la arrojó a la cabeza—. ¡Vete! ¡Aléjate de mi vista y condénate por siempre! ¡Vete de aquí!

VIII

Diez días más tarde, el Rey Arturo con su hermana, la Reina Morgana, y su marido, el Rey Uriens de Gales, partieron a caballo para Tintagel.

Morgana había tenido tiempo para pensar lo que debía hacer y había encontrado un momento para hablar a solas con Accolon el día anterior.

—Espérame en la orilla del Lago. Cerciórate de que ni Arturo ni Uriens te vean. —Le tendió la mano en señal de despedida, pero él la estrechó besándola una y otra vez.

—¡Señora, no puedo dejarte marchar hacia el peligro de este modo!

Durante un momento se reclinó contra él. Estaba tan cansada, tan cansada, de ser siempre fuerte, de asegurarse de que todas las cosas fuesen como debían ser. ¡Pero él no debía sospechar su debilidad nunca!

—No queda más remedio, amado mío. De otra forma no habría otra respuesta que la muerte. No puedes acceder al trono con la sangre de tu padre en las manos. Y cuando te sientes en el trono de Arturo, con el poder de Avalon tras de ti y Excalibur, podrás devolver a Uriens a sus dominios, para que los rija durante tanto tiempo como los Dioses deseen.

—¿Y Arturo?

—Tampoco quiero hacerle daño a Arturo —respondió Morgana con firmeza—. No le quiero muerto. Pero morará durante tres días y tres noches en el país de las hadas, y cuando vuelva, cinco años o más después, Arturo y su trono serán sólo una historia para ser recordada, y el peligro de un gobierno influenciado por los sacerdotes habrá pasado.

—Pero si él encontrara la salida de alguna forma...

Morgana tembló. ¿Qué será del Rey Ciervo cuando el joven ciervo haya crecido?

—Será de Arturo lo que las hadas decreten. Y tú poseerás su espada.

Traición, pensó ella, y le palpitaba el corazón mientras cabalgaba en la lúgubre mañana gris. Una tenue bruma se estaba levantando del Lago. Amo a Arturo, no deseo traicionarlo, pero él traicionó primero el juramento que hiciera a Avalon.

Seguía teniendo mareos, el movimiento del caballo los aumentaba. No recordaba haberse sentido tan mal cuando esperaba a Gwydion, Mordred, se recordó. Aunque quizá cuando accediera al trono decidiese gobernar con su propio nombre, nombre que también llevara Arturo y no tenía vestigios cristianos. Cuando Kevin viese que todo se había conseguido, decidiría sin duda apoyar al nuevo Rey de Avalon.

La niebla se estaba espesando, lo que facilitaba la realización del plan de Morgana. Tiritó, ciñéndose fuertemente la capa. Debía hacerse ahora porque, cuando acabaran de bordear el Lago, se desviarían al sur, hacia Cornwall. La niebla era tan espesa ya que apenas podía distinguir a los tres soldados que cabalgaban delante de ellos; girándose en la silla, vio que los otros tres que cabalgaban detrás no eran más que siluetas borrosas. Sin embargo, el camino era visible, aunque sobre él cayera la niebla como una densa cortina blanca sin rastro del sol o luz diurna.

Extendió las manos, irguiéndose en la silla, musitando las palabras del conjuro que nunca se había atrevido a utilizar antes. Experimentó un momento de terror total, sabía que era únicamente el frío proveniente del poder que vaciaba su cuerpo, y Uriens, estremeciéndose, levantó la cabeza y dijo enojado:

—Nunca había visto antes una niebla semejante. Seguramente nos perderemos y habremos de pasar la noche en las orillas del Lago. Quizá debiéramos buscar refugio en la abadía de Glastonbury.

—No estamos perdidos —repuso Morgana; la niebla era tan densa que ya apenas podía ver el suelo bajo los cascos del caballo. ¡Oh, siendo doncella en Avalon estaba orgullosa por decir siempre la verdad! ¿Es, pues, oficio de una reina mentir, para poder servir a la Diosa?—. Conozco cada paso del camino que estamos siguiendo. Podemos refugiarnos esta noche en un lugar que conozco cerca de las orillas y continuar el viaje por la mañana.

—No podemos haber llegado muy lejos —dijo Arturo—, porque he oído las campanas de Glastonbury tocando el Angelus.

—El sonido recorre gran distancia en la niebla —repuso Morgana—, y en niebla como ésta recorre aún más. Confía en mí, Arturo.

Él le sonrió cariñosamente.

—Siempre he confiado en ti, querida hermana.

Oh, sí; siempre había confiado en ella, desde el día en que Igraine lo dejara a su cuidado. Al principio había odiado a aquella criatura berreante; luego, al saber que Igraine los había abandonado y traicionado a ambos, comprendió que debía cuidar de él, y enjugó sus lágrimas... Impaciente, Morgana endureció el corazón. Había pasado toda una vida desde aquello. Después, Arturo había contraído el Gran Matrimonio con la tierra y lo había traicionado, entregando la tierra que había jurado proteger en manos de los sacerdotes que expulsarían a los Dioses que alimentaban la tierra y la hacían fértil. Avalon le había llevado al trono, mediante su mano de sacerdotisa, y ahora... Avalon, valiéndose otra vez de su mano, le derrocaría.

No le haré daño, Madre... Sí, le quitaré la espada de la Sagrada Regalía y la pondré en manos de alguien que la llevará por la Diosa, mas jamás le dañaré...

Pero, ¿qué será del Rey Ciervo cuando el joven ciervo haya crecido?

Era ése el proceder de la naturaleza y no podía ser enmendado fueran cuales fueran sus sentimientos. Arturo se enfrentaría a su sino sin la protección de los conjuros que ella misma forjara en la vaina hecha para él después del Gran Matrimonio, cuando llevaba, sin saberlo todavía, a su hijo en el vientre. No le pondría la mano encima al hijo de su madre y padre de su hijo, pero el conjuro con que le había protegido después de perdida la virginidad podía retirárselo, y dejarlo a merced de los deseos de la Diosa.

La niebla mágica se había espesado tanto alrededor de ellos que Morgana apenas podía distinguir el caballo de Uriens. Su cara, airada y taciturna, emergió de la niebla.

—¿Estás segura de que sabes hacia dónde nos estás conduciendo? Nunca he estado aquí antes, lo juraría, no conozco la curva de esa colina...

—Te lo aseguro, conozco cada paso del camino, con niebla o sin ella. —A sus pies, Morgana pudo ver los pequeños y curiosos racimos de matojos que no habían cambiado desde aquel día en el cual buscó la entrada a Avalon, aquel día en el cual temiera convocar a la barca... Diosa, oró para sí, sin emitir ni un murmullo, que las campanas de la iglesia no tañen mientras busco la entrada, para que no se desvanezca en la bruma y nunca hallemos el camino hacia ese país...

—Por aquí —dijo, recogiendo las riendas y hundiendo los talones en la montura—. Sígueme, Arturo.

Cabalgó velozmente por la niebla, sabiendo que no podrían seguirla a aquella velocidad habiendo tan poca luz. Oyó a Uriens imprecando a sus espaldas, con voz contrariada y jadeante, y oyó a Arturo hablándole tranquilizadoramente a su caballo. Repentinamente una imagen relampagueó en la mente de Morgana, el esqueleto de un corcel que llevaba sus arneses... Bueno, sería cómo tenía que ser. La niebla había empezado a disiparse, y de súbito se hallaron cabalgando a plena luz del día por entre los árboles. Una clara luz verde los inundaba, aunque no pudieron ver el sol, y escuchó el grito de perplejidad de Arturo.

Del bosque salieron dos hombres que le gritaron a Arturo con sus claras voces.

—¡Arturo, mi señor! ¡Es un placer daros la bienvenida! Arturo refrenó a su caballo prestamente, para no arrollar a los hombres.

—¿Quiénes sois y cómo sabéis mi nombre? —preguntó—. ¿Y qué lugar es éste?

—¡Mi señor, éste es el Castillo Chariot, y nuestra reina hace mucho tiempo que desea recibiros como invitado!

Arturo parecía confuso.

—No sabía que hubiera un castillo en esta región. Debemos habernos adentrado en la niebla más de lo que pensábamos.

Uriens parecía desconfiar, pero Morgana pudo ver el familiar encanto del país de las hadas cayendo sobre Arturo, de forma que no se le ocurrió hacer preguntas; como en un sueño, cualquier cosa que sucediese simplemente sucedía, y no había necesidad de hacer preguntas. Pero ella debía mantener el dominio de sí misma...

—Reina Morgana —dijo uno de los hombres del moreno y gallardo pueblo que parecía ser ascendiente o versión soñada del pequeño y cetrino pueblo de Avalon—, nuestra reina os aguarda y os recibirá gustosamente. Y vos, mi señor Arturo, compartiréis un banquete con nosotros...

—Tras esta cabalgata en la niebla, un banquete será bienvenido —repuso Arturo de buen humor, y dejó que el hombre condujera a su caballo hacia los bosques—.

¿Conoces a la reina de estas tierras, Morgana?

—La conozco desde que era niña.

Se burló de mí... y se ofreció a criar a mi hijo en el mundo encantado...

—Es sorprendente que nunca haya venido a Camelot a ofrecer su lealtad —dijo Arturo, frunciendo el ceño—. No logro acordarme, pero me parece que oí algo sobre el Castillo Chariot hace mucho, mucho tiempo... Pero no puedo acordarme —añadió, descartándolo—. Bueno, en cualquier caso esta gente parece ser amistosa. Saluda de mi parte a la reina, Morgana; sin duda la veré en este banquete.

—Sin duda —dijo Morgana, y observó a los hombres alejarse conduciéndole.

Debo conservar el dominio de mis sentidos; usaré los latidos de mi corazón para contar el tiempo, no olvidaré el camino, o seré llevada lejos y me enredaré en mis propios hechizos... Se apresuró para encontrarse con la reina. Inmutable como era, siempre igual a sí misma, la alta mujer tenía cierta semejanza con Viviane, cual si ella y Morgana fuesen parientes de sangre. Y la abrazó y besó como a tal.

—¿Qué te trae por propia voluntad a nuestras costas, Hada Morgana? —preguntó—. Tu caballero está aquí, una de mis damas le halló... —Hizo un ademán y Accolon apareció allí—. Le encontraron errando por los cañaverales del Lago, perdido en la niebla...

Accolon apretó la mano a Morgana; la sintió sólida y real en la suya... Pero ni aun ahora sabía si estaban en el interior o fuera, si el trono de cristal de la reina se hallaba en una magnífica arboleda o dentro de un gran salón abovedado, más espléndido aún que el gran salón de la Mesa Redonda de Camelot.

Accolon se arrodilló ante el trono y la reina le puso las manos sobre la cabeza. Luego le hizo levantar una de las muñecas y las serpientes parecieron moverse y enroscarse en sus brazos, hasta llegar a la palma de la mano de la reina, que jugó distraídamente con ellas, acariciando sus pequeñas cabezas azules.

—Morgana, has hecho una buena elección —dijo—. Creo que éste nunca me traicionaría. Mira, Arturo se ha festejado bien y está descansando...

Señaló hacia un muro, que pareció abrirse, y bajo una pálida luz Morgana vio a Arturo, durmiendo con un brazo bajo la cabeza y el otro rodeando el cuerpo de una joven muchacha de pelo largo y negro, que parecía una hija de la reina... o Morgana misma.

—Por supuesto, creerá que eras tú, y que es un sueño que le ha enviado el maligno —dijo la reina sonriendo—, tanto se ha apartado de nosotros que le parecerá vergonzoso que le sea permitido realizar su mayor deseo... ¿No lo sabías, Morgana, querida mía? —Y tuvo la impresión de estar oyendo la voz de Viviane, como en un sueño, acariciándola. Mas fue la reina quien declaró—: Así duerme el Rey, en brazos de alguien a quien amará hasta la muerte... ¿qué ocurrirá cuando despierte? ¿Le arrebatarás Excalibur arrojándolo sin protección a las orillas para que te busque entre las nieblas eternamente?

Morgana volvió a recordar de súbito el esqueleto de un caballo yaciendo bajo los árboles encantados...

—Eso no —repuso, estremeciéndose.

—Entonces permanecerá aquí, pero si verdaderamente es tan piadoso como afirmas y se le ocurre pronunciar las plegarias que le apartarán de la ilusión, todo esto se desvanecerá; y reclamará su caballo y su espada. ¿Qué podremos hacer entonces, señora?

Accolon dijo sombrío:

—Yo tendré la espada, y si puede quitármela volverá a estar a su disposición.

La doncella de oscuro cabello se les acercó, llevando en la mano a Excalibur envainada.

147

—Lo despojé de ella mientras dormía —dijo—, y cuando la cogí, me llamó por vuestro nombre.

Morgana palpó la enjoyada empuñadura.

—Recapacita, pequeña —dijo la reina—. ¿No sería mejor devolver la Sagrada Regalía a Avalon de inmediato y dejar que Accolon se abra camino como Rey con la espada que pueda conseguir por sí mismo?

Morgana temblaba. El salón parecía estar en tinieblas, o quizá la arboleda, o lo que fuera, y Arturo parecía estar durmiendo a sus pies, ¿o se hallaba muy lejos? Fue Accolon quien avanzó y tomó la espada.

—Tendré a Excalibur y su vaina —declaró, y Morgana se arrodilló junto a él para ceñirla a su cintura.

—Así sea, amado. Pórtala con mayor fidelidad que aquel para quien confeccioné la vaina.

—Prohíba la Diosa que yo te sea desleal, aunque muera por ello —susurró Accolon, trémula la voz por la emoción, y puso en pie a Morgana y la besó. Pareció que se mantuvieran abrazados hasta que las sombras de la noche se disiparon y la dulce y burlona sonrisa de la reina los envolvió.

—Cuando Arturo reclame una espada la tendrá... y algo semejante a la vaina, aunque esto no evitará que derrame sangre... Dásela a los herreros —dijo a la doncella.

Morgana observaba como si se tratara de un sueño, ¿había ceñido en un sueño a Excalibur en la cintura de Accolon? La reina y la damisela se marcharon; fue como si Accolon se encontrara solo en una gran arboleda y fuese el día de los fuegos de Beltane, y él la tomara en sus brazos, sacerdote y sacerdotisa. Entonces dejaron de ser hombre y mujer, y ella tuvo la impresión de que el tiempo se detenía, que su cuerpo se deshacía en el de él tal si careciera de nervio, hueso o voluntad, y su beso fue como fuego y hielo en los labios... El Rey Ciervo lo desafiará y debo lograr que esté preparado...

¿Cómo era que yacía con él en la arboleda, con signos pintados en su cuerpo desnudo, cómo su cuerpo era joven e inexperto, cómo cuando él penetró en ella sintió un dolor desgarrador cual si estuviera volviendo a desflorar la virginidad que rindiera al Astado hacía media vida?

¿Era posible que llegara doncella a él, cual si toda su vida no hubiese transcurrido? ¿Por qué parecía haber una sombra de la cornamenta en su frente? ¿Quién era este hombre que estaba en sus brazos? Yacía jadeante sobre ella, cansado, la dulzura de su aliento era como miel para su amor; le acarició y cuando se apartó un poco de ella, apenas sabía quién era, ni si el pelo que le cosquilleaba el rostro era de esplendente oro o negro, y tuvo la impresión de que las pequeñas serpientes reptaban sobre ella.

Luego supo que, si se deseaba realmente, el tiempo volvía y giraba sobre sí mismo, y era factible que saliera de la caverna en aquella mañana con Arturo, y utilizara su poder atándole a ella para siempre como si nada hubiera ocurrido después...

Y entonces oyó a Arturo reclamar su espada, gritando contra aquellos encantamientos. Muy remoto y pequeño, como si lo estuviese contemplando desde el aire, le vio despertar y comprendió que su destino, pasado y futuro, estaba en manos de él. Si podía afrontar lo sucedido entre ellos, si podía pronunciar su nombre y rogarle que fuera hasta él, si podía admitir ante sí mismo que en todos aquellos años sólo la había amado a ella y que ninguna otra se había interpuesto...

Entonces Lancelot tendría a Ginebra y yo sería reina en Avalon... pero reina con un niño por esposo, y él caería en su momento ante el Rey Ciervo...

Esta vez Arturo no se alejaría de ella horrorizado por lo que habían hecho, ella no le apartaría con lágrimas pueriles... Por un momento, pareció que el mundo aguardaba, para ser un eco de lo que Arturo dijese...

El habló, y sus palabras parecieron resonar como un doblar de campanas de muerte por todo el mundo de las hadas, cual si la misma estructura del tiempo se desmoronara al caer sobre ella el peso de todos los años transcurridos.

—Jesús y María me defiendan de todo mal —dijo—. ¡Esto es algún perverso encantamiento de mi hermana y su brujería! —Se estremeció y gritó—: ¡Traedme mi espada!

Morgana sintió un dolor desgarrador en el corazón. Se acercó a Accolon, y de nuevo pareció que la sombra de la cornamenta estaba en su frente, y de nuevo Excalibur estaba ceñida a su cintura, ¿había estado siempre allí?, y las serpientes que paseaban por su cuerpo desnudo eran únicamente descoloridas manchas azules en las muñecas del hombre.

—Mira —dijo—, le están preparando una espada semejante a Excalibur; los duendes herreros la han hecho esta noche. Déjale ir, si puedes; Pero si no puedes... haz lo que debas hacer, amado. Y que la Diosa esté contigo. Te esperaré en Camelot cuando llegues triunfante. —Lo besó y alejó de su lado.

Nunca hasta aquel momento lo había afrontado en su totalidad: uno de ellos debía morir, su hermano o su amante; el niño que había tenido en los brazos, o el Astado que había sido su amante, sacerdote y rey.

Ocurra lo que ocurra en este día, pensó, jamás volveré a tener un momento de felicidad, pues uno de los que amo debe morir...

Arturo y Accolon habían ido adonde ella no podía seguirles; quedaba por considerar a Uriens y, por un instante, pensó en abandonarlo en el reino encantado. Vagaría complacido por los hechizados salones y bosques hasta que muriera... no. Ya ha habido bastantes muertes, suceda lo que suceda, decidió Morgana, y tornó sus pensamientos para observar a Uriens, donde yacía durmiendo. Sé incorporó al aproximársele. Parecía dichosamente ebrio y aturdido.

—Este vino es demasiado fuerte para mí —dijo—. ¿Dónde has estado, querida, y dónde está Arturo?

Ahora, pensó, el hada doncella le entrega a Arturo la espada copiada de Excalibur, y él creerá que es Excalibur misma... Ah, Diosa, debería haber devuelto la espada a Avalon, ¿por qué debe morir alguien más por ella? Pero sin Excalibur, de ningún modo Accolon podría gobernar como el nuevo Rey de Avalon... Cuando sea reina, esta tierra estará en paz, y los hombres serán libres, sin nadie que les diga lo que deben hacer o creer...

—Arturo ha tenido que partir antes que nosotros —respondió amablemente—. Vamos, mi querido esposo, debemos retornar a Camelot.

Era tal el encantamiento del país de las hadas, que no le cuestionó esto. Les trajeron caballos y el alto, gallardo pueblo los escoltó a un lugar donde uno de ellos dijo:

—Seguramente encontraréis el camino desde aquí.

—Con cuánta rapidez se ha ido la luz del sol —se lamentó Uriens, cuando la niebla gris y la lluvia parecieron formarse de repente y caer sobre ellos—. Morgana, ¿cuánto tiempo hemos estado en el país de la reina? Me siento como si hubiera padecido unas fiebres, o encantado y errado en un hechizo...

No le respondió. También él, pensó, había disfrutado algún lance con las hadas doncellas, ¿y por qué no? No le importaba cómo se divirtiera, mientras la dejara sola.

Un agudo acceso de náuseas le recordó que estando en el país de las hadas no había sentido los efectos del embarazo que la gravaba y ahora, cuando todos estarían aguardando su palabra, cuando Gwydion iba a ocupar el trono y Accolon reinaría... ahora estaría pesada y enferma, grotesca... Ciertamente era demasiado vieja para tener un hijo sin riesgo. ¿Era demasiado tarde para encontrar las hierbas que la desharían de aquella indeseada carga? Aunque, si podía darle un hijo a Accolon, en el momento en el cual el reino pasaría a sus manos, la valoraría más como su reina. ¿Podía sacrificar ese dominio sobre él? Un hijo al que podría cuidar, al que podría tener en mis brazos, una criatura a la que amar...

Aún podía recordar la dulzura de Arturo cuando era pequeño, sus bracitos en torno al cuello. Gwydion le había sido arrebatado, Uwaine contaba nueve años cuando aprendió a llamarla madre. Era un agudo dolor y una dulzura más allá del amor, inundando su cuerpo, el anhelo de volver a tener un hijo... Pero la razón le decía que no era posible, a su edad, sobrevivir al parto de otro hijo. Cabalgaba al lado de Uriens como en un sueño. No, no podría sobrevivir al parto, pero sentía que no podría soportar dar el irrevocable paso para que muriese sin nacer. Mis manos ya habrán sido manchadas por la sangre de alguien a quien amo... Ah, Diosa, ¿por qué me pruebas así? Y fue como si la Diosa oscilara ante sus ojos, ora como la reina de las hadas, ora como Cuervo, solemne y compasiva, ora como la Gran Jabalina que había quitado la vida a Avalloch... y ella devorará al hijo que alumbre... Morgana entendió que estaba en las lindes del delirio, de la demencia.

Más tarde, lo decidiré más tarde. Ahora mi deber es llevar a Uriens de vuelta a Camelot. Se preguntó cuánto tiempo había estado en el país de las hadas. Supuso que no más de una luna, o el niño hubiera hecho sentir su presencia de forma notoria... Esperaba hubiesen sido sólo unos cuantos días. Pero no muy pocos o Ginebra se preguntaría cómo habían ido y venido con tal celeridad; no demasiados, o sería tarde para hacer lo que sabía que debía hacer: no podía alumbrar a este hijo y seguir viviendo.

Llegaron a Camelot a media mañana; la jornada no era muy larga en verdad. Morgana agradeció que Ginebra no apareciera por parte alguna, y cuando Cai preguntó por Arturo, le dijo, mintiendo esta vez sin un momento de vacilación, que se había demorado en Tintagel. Si puedo matar, mentir no es tan grave, pensó distraída, aunque de alguna forma se sintió contaminada por la mentira, era sacerdotisa de Avalon y valoraba la verdad en sus palabras...

Llevó a Uriens a su estancia; el anciano ahora parecía fatigado. Se está haciendo demasiado viejo para reinar. La muerte de Avalloch fue más dura para él de cuanto pueda yo imaginar. Pero también él fue educado en las verdades de Avalon. ¿Qué será del Rey Ciervo cuando el joven ciervo haya crecido?

—Tiéndete aquí, esposo mío, y descansa —dijo, pero él estaba confuso.

—Debería partir para Gales. Accolon es demasiado joven para reinar solo, el joven cachorro. ¡Mi pueblo me necesita!

—Pueden pasarse sin ti otro día —le apaciguó—, y estarás más fuerte.

—Ya he estado lejos demasiado tiempo —repuso enojado—¿Y por qué no seguimos hacia Tintagel, Morgana?

¡No logro recordar por qué nos desviamos! ¿Estuvimos realmente en un lugar donde el sol brillaba siempre...?

—Creo que debes haberlo soñado —dijo ella—. ¿Por qué no duermes un poco? ¿Hago que te traigan algunos alimentos? No creo que hayas comido esta mañana.

Cuando los alimentos llegaron, la visión y el olor le provocaron mareos. Se volvió abruptamente, procurando ocultarlo, pero Uriens lo había visto.

—¿Qué te ocurre, Morgana?

—Nada —contestó colérica—. Come y reposa.

Pero él le sonrió, extendiendo la mano para sentarla a su lado en el lecho.

—Olvidas que he estado desposado antes —dijo—. Reconozco a una mujer encinta cuando la veo. —Estaba francamente alborozado—. ¡Después de todos estos años, Morgana, estás embarazada! Es maravilloso, me quitan un hijo, mas tengo otro. ¿Le llamaremos Avalloch si es niño?

Morgana retrocedió.

—Olvidas lo vieja que soy —repuso con pétrea expresión—. No es probable que este embarazo dure el tiempo suficiente para que el niño pueda vivir. No esperes un hijo a tu avanzada edad.

—Pero cuidaremos de ti —dijo Uriens—. Debes consultar con una de las comadronas de la Reina; y si el viaje a casa puede hacerte malparir, debes entonces permanecer aquí hasta que el niño haya nacido.

Ella deseó espetarle, ¿qué te hace creer que sería hijo tuyo, viejo? Era hijo de Accolon, ciertamente... Sin embargo, no lograba descartar el repentino temor de que fuera, de hecho, hijo de Uriens; el hijo de un anciano, enfermizo, un monstruo como Kevin... ¡No, seguramente estaba loca! Kevin no era un monstruo, había sufrido heridas: fuego, quemaduras, mutilaciones en la infancia; y a consecuencia de ello, se le habían torcido los huesos. Pero el hijo de Uriens seguramente resultaría baldado, deforme, enfermizo, y el hijo de Accolon sería saludable, fuerte... y ella, ella casi había pasado la fecundidad; ¿resultaría su hijo un monstruo? En ocasiones, cuando las mujeres alumbraban a edad avanzada, así era... ¿Estaba loca, para dejar que tales fantasías torturaran y enfermaran su cerebro?

No. No quería morir, y no había esperanzas de que pudiera dar a luz y vivir. De alguna forma debía conseguir las hierbas... pero, ¿cómo? No tenía personas de confianza en la corte; no podía confiar lo bastante en ninguna de las damas de Ginebra para que le consiguiera estas cosas, y si llegaba a saberse en la corte que la vieja Reina Morgana estaba encinta de su aún más viejo marido, ¡cómo se reirían!

Estaba Kevin; Merlín; pero ella misma lo había apartado, arrojándole su amor y lealtad a la cara... Bueno, debía haber comadronas en la corte, y tal vez lograra sobornar a una de ellas lo suficiente para frenar su lengua. Podía contarle alguna lastimera historia sobre lo duro que fuera el nacimiento de Gwydion, —y cuánto temía a su edad tener otro. Eran mujeres, lo entenderían. Y en su bolsa de hierbas tenía una o dos cosas que, mezcladas con una tercera, inocua en sí misma, producirían el efecto deseado. No sería la primera mujer, incluso en la corte, que se libraba de un hijo indeseado. Pero debía hacerlo en secreto, o Uriens nunca la perdonaría... En nombre de la Diosa, ¿qué importaba? Para cuando saliera a relucir, sería Reina al lado de Arturo; no, de Accolon, y Uriens se hallaría en Gales, o muerto, o en el infierno.

Dejó a Uriens durmiendo y salió de la estancia de puntillas; encontró a una de las comadronas de la Reina, le preguntó por la tercera e inofensiva hierba y, volviendo a su estancia, mezcló la poción en el fuego. Sabía que la haría enfermar terriblemente, mas no le quedaba otro remedio. La mixtura de hierbas era amarga como la hiel; la tomó, con gran esfuerzo, limpió la copa y la dejó.

¡Si sólo pudiera saber qué estaba ocurriendo en el país de las hadas! Si sólo pudiera saber cómo se las arreglaba su amado con Excalibur... Sintió náuseas, pero estaba demasiado inquieta para tenderse en el lecho junto a Uriens; no podía tolerar estar a solas con el durmiente ni tampoco cerrar los ojos por miedo a las imágenes de muerte y sangre que la atormentarían.

Al cabo de un rato, cogió la rueca y el huso y bajó al salón de la Reina, donde sabía que las mujeres, la Reina Ginebra y sus damas e incluso Morgause de Lothian, estarían dedicadas a su eterno hilar y tejer. Nunca había llegado a gustarle hilar, mas se mantendría en sus sentidos, y era mejor que estar sola. Y si hilar la abría a la Visión, bueno, al menos se libraría del tormento de desconocer lo que estaba sucediendo entre los dos a quienes amaba en las lindes de la región encantada...

Ginebra la recibió con un gélido abrazo y la invitó a sentarse junto al fuego en su propia silla.

—¿En qué estás trabajando? —preguntó Morgana, mientras examinaba la fina labor de tapicería de Ginebra.

La Reina la extendió orgullosa delante de ella.

—Es una colgadura para el altar de la iglesia. Mira, aquí está la Virgen María, con el ángel viniendo a anunciarle que alumbrará al Hijo de Dios... y ahí se halla José completamente atónito. Observa, le he hecho viejo, viejo y con luenga barba.

Yo misma, meditó al borde del desvarío, cogiendo un puñado de lana cardada y empezando a hacer girar el huso, yo misma entregué mi doncellez al Astado y le di un hijo al Rey Ciervo... ¿Me llevará Gwydion a un trono en el cielo?

—¿Qué te ocurre, Morgana? —preguntó Ginebra, y Morgana rápidamente hizo un cumplido sobre la finura de las puntadas y preguntó quién había dibujado el modelo para el tapiz.

—Lo dibujé yo misma —contestó Ginebra, sorprendiendo a Morgana; nunca había creído que tuviera talentos de esta clase— El Padre Patricius me ha prometido, además, que me enseñará a copiar letras en oro y carmesí —añadió la Reina—. Dice que tengo buena mano para ser mujer... Nunca pensé que pudiera hacerlo, Morgana, aunque tú hiciste la hermosa vaina que porta Arturo. Me contó que la bordaste para él con tus propias manos. Es muy bella. —Ginebra prosiguió platicando, de la forma en que lo haría una muchacha con la mitad de sus años—. Le he ofrecido hacerle una, muchas veces. Me ofendía que un rey cristiano llevara símbolos paganos, pero dijo que se la había hecho su querida hermana y nunca se desharía de ella. Y en verdad es una exquisita labor... ¿Tenéis hebras de oro para ello en Avalon?

—Nuestros artesanos hacen bellos trabajos —repuso Morgana—, y su forja de la plata y el oro no puede ser mejorada.

El girar del huso le producía mareos. ¿Cuánto tiempo pasaría antes de que la convulsiva náusea de la droga la atenazara? La estancia estaba cerrada y parecía oler a la vida enrarecida y enclaustrada que estas mujeres llevaban, hilando, tejiendo y cosiendo, interminable labor para que los hombres pudieran ataviarse... Una de las damas de Ginebra estaba en avanzado embarazo y cosía pañales para el infante... Otra, cosía y bordaba orlas en una gruesa capa para un padre, o hermano, o marido o hijo... Y estaba la fina hilatura de Ginebra para el altar, la diversión de una reina que podría tener a otras mujeres cosiendo, hilando y tejiendo para ella.

El huso giraba y giraba; la devanadera iba cayendo al suelo y ella daba vueltas a la hebra uniformemente. ¿Cuándo había aprendido a hacer esta labor? Ni siquiera podía recordar una época en la cual no lograba hilar con una hebra uniforme... Uno de sus más tempranos recuerdos era el estar sentada en el castillo de Tintagel, junto a Morgause, hilando; y aun entonces, su hebra era más lisa que la de su tía, diez años mayor que ella.

Se lo dijo a Morgause y la mujer rió.

—¡Conseguías hebras más finas que yo cuando tenías siete años!

El huso giraba y giraba, cayendo lentamente al suelo de piedra; luego devanó la hebra en la rueca y entretanto rizó un puñado de lana fresca... Tal hilaba la hebra, así hilaba las vidas de los hombres, ¿era de extrañar que una de las representaciones de la Diosa fuera una mujer hilando...? Desde el momento en el cual un hombre viene al mundo hilamos sus ropas de niño, hasta que finalmente hilamos un sudario. Sin nosotras, las vidas de los hombres estarían ciertamente desnudas...

...Tuvo la impresión de que, como en el reino de las hadas, había mirado por una gran abertura viendo a Arturo dormido junto a una doncella con su apariencia, así se abrió ahora un gran espacio, tal como si estuviera delante de ella; y mientras la devanadera caía al suelo y la hebra giraba, parecía hilar el semblante de Arturo en su errar, espada en mano... y ahora él se volvía para ver a Accolon portando a Excalibur... Ah, estaban luchando, no podía distinguir sus caras ahora, ni oír los golpes de espada que se daban uno al otro...

Cuán fieramente luchaban, y a Morgana le parecía extraño, observando aturdida mientras el huso se hundía, giraba, se alzaba, no poder oír el entrechocar de las grandes espadas... Arturo lanzó un tremendo golpe que seguramente habría matado a Accolon si le hubiese dado de pleno, pero Accolon lo paró con el escudo y sólo recibió una herida en la pierna, y del tajo no manó sangre, en tanto que Arturo, recibiendo un golpe sesgado en el hombro, comenzó de súbito a sangrar, regueros carmesíes bajándole por el brazo, y pareció perplejo, asustado, llevando con veloz ademán la mano hacia el costado donde pendía la vaina en busca de sosiego... pero era la vaina falsa, agitándose ante los ojos de Morgana. Los dos quedaron ahora mortalmente entrelazados, pugnando, las espadas cruzadas en la empuñadura en tanto forcejeaban con la mano libre para obtener ventaja... Accolon se revolvió ferozmente, la espada impostora hecha por los encantamientos de las hadas en una sola noche se rompió cerca de la empuñadura. Vio a Arturo girándose desesperado para evitar el golpe mortal y dar una violenta patada. Accolon se dobló agónico, y Arturo le arrebató la auténtica Excalibur de la mano arrojándola tan lejos como pudo, luego saltó sobre el hombre caído y asió la vaina. Tan pronto como la tuvo en la mano, el fluir de la sangre de la gran herida cesó, y a su vez la sangre salió a borbotones de la herida que Accolon tenía en el muslo...

Un dolor atroz laceró todo el cuerpo de Morgana; se encorvó ante su virulencia...

—¡Morgana! —exclamó Morgause, con voz asustada; después gritó—: ¡La Reina Morgana está enferma, venid a asistirla!

—¡Morgana! —gritó Ginebra—. ¿Qué te sucede?

La visión se había desvanecido. Por mucho que lo intentó, no logró ver a los dos hombres, ni saber cuál de ellos había prevalecido sobre el otro, o si uno de ellos yacía muerto. Era como si una gran cortina oscura se hubiese cerrado ante ellos, con el tañer de las campanas de la iglesia. En el último instante de la visión vislumbró dos literas llevando a los heridos a la abadía de Glastonbury, adonde no pudo seguirlos... Se asió a los bordes de la silla cuando se acercó Ginebra, con una de sus damas, quien se arrodilló para levantarle la cabeza a Morgana.

—Ah, mirad, vuestro vestido está empapado de sangre. Esto no es una menstruación normal.

Morgana, con la boca seca por el mareo, susurró:

—No... estaba encinta y estoy malpariendo... Uriens se enojará conmigo.

Una de las mujeres, rolliza y jovial, con más o menos su misma edad, dijo:

—¡Ya! ¡Ya! ¡Qué vergüenza! Así pues, Su Señoría de Gales estará airado. Bueno, bueno, bueno, ¿y quién le eligió Dios? Deberías haber mantenido a ese viejo verde fuera de tu lecho, señora, es peligroso malparir para una mujer de tu edad. ¡Vergüenza para el viejo lascivo que te hizo correr este riesgo! Así que estará airado, ¿no?

Ginebra, olvidando su hostilidad, caminaba al lado de Morgana mientras la llevaban, frotándole las manos, llena de compasión.

—Oh, pobre Morgana, qué tristeza, cuando abrigabas una gran esperanza. Demasiado bien sé lo terrible que debe haber sido esto para ti, mi pobre hermana... —repitió, tomando las frías manos de Morgana, sujetándole la cabeza cuando vomitó por la horrible náusea que le provocó la pócima—. He mandado en busca de Broca, es la más experta de las comadronas de la corte, ella cuidará de ti, pobrecita...

Tuvo la impresión de que la compasión de Ginebra iba a asfixiarla. Mortificada por repetidos dolores de agonía, sentía como si una espada le hubiese atravesado sus órganos vitales, pero aun así no era tan malo como había sido el nacimiento de Gwydion, y sobrevivió a aquello... Convulsa, dando arcadas, trató de asirse a la conciencia, de apercibirse de cuanto estaba ocurriendo a su alrededor. Tal vez estaba destinada a malparir en cualquier caso, seguramente era demasiado pronto para que la droga hubiese actuado. Broca vino, la examinó, olfateó los vómitos y enarcó las cejas.

—Señora, deberíais haber tenido más cuidado —dijo quedamente a Morgana—. Estas drogas pueden envenenar. Poseo una pócima que hubiera hecho lo que deseabas con mayor rapidez y causando menos náuseas. No te preocupes, no hablaré con Uriens. Si tiene tan poco juicio que permite que una mujer de tu edad trate de alumbrar un hijo, lo que no sepa no le hará ningún daño.

Morgana dejó que la náusea la dominara. Supo, al cabo de un tiempo, que estaba más enferma de lo que había pensado... Ginebra estaba preguntando que si deseaba ver a un sacerdote; negó con la cabeza y cerró los ojos, yaciendo en silencio, rebelde, sin importarle vivir o morir. Dado que Arturo o Accolon debían perecer, ella también se adentraría en las sombras... ¿Por qué no podía ver, dónde yacían en Glastonbury, cuál de los dos saldría adelante? Seguramente los sacerdotes atenderían a Arturo, su rey cristiano, pero, ¿dejarían morir a Accolon?

Si Accolon debe adentrarse en las sombras, que el espíritu de su hijo le acompañe para asistirle, pensó, y las lágrimas corrieron por su rostro, escuchando en algún distante lugar la voz de la vieja comadrona Broca.

—Sí, ha ocurrido. Lo lamento, Majestad, mas sabéis tan bien como yo que es demasiado mayor para tener hijos. Sí, mi señor, venid a ver... —la voz era dura—. Los hombres nunca piensan lo que hacen, ni en todo el condenado trastorno que las mujeres sufren por el placer de los hombres. No, era demasiado pronto para apreciar si habría sido niño, pero hubiera tenido un hermoso hijo. No dudo de que os habría dado otro, de haber sido lo bastante fuerte y joven para tenerlo.

—Morgana, querida, mírame —suplicó Uriens—. Lamento tanto, tanto, que estés enferma; pero no te aflijas, querida, aún me quedan dos hijos, no te culpo.

—Oh, no, ¿verdad? dijo la vieja comadrona, con virulencia—. Mejor será que no pronunciéis una sola palabra culpándola o disculpándola, Majestad, todavía está muy débil y enferma. Pondremos otra cama aquí para que pueda dormir en paz hasta que vuelva a estar bien. Aquí... —Y Morgana sintió el consolador brazo de una mujer bajo la cabeza; y algo cálido y reconfortante en los labios—. Vamos, querida, bébete esto, tiene miel y medicinas para evitar que sigas sangrando. Sé que tienes náuseas, mas procura beber, sé buena.

Morgana ingirió la agridulce bebida, con lágrimas enturbiándole la vista. Por un momento tuvo la impresión de ser una niña, y que Igraine la cogía y la consolaba en alguna enfermedad infantil.

—Madre —dijo, e incluso mientras hablaba sabía que estaba delirando, que Igraine llevaba muerta media vida, que ella ya no era niña ni una doncella, sino vieja, vieja, demasiado vieja para yacer allí, esperando a la muerte que llegaba por un camino poco honorable...

—No, Majestad, no sabe lo que está diciendo. Cálmate, cálmate, querida, quédate quieta y trata de dormir, te hemos puesto ladrillos calientes a los pies y entrarás en calor en un minuto.

Apaciguada, Morgana concilió el sueño. Ahora le pareció ser niña de nuevo en Avalon, en la Casa de las Doncellas, y que Viviane le estaba hablando, diciéndole algo que no acertaba a recordar, algo sobre cómo la Diosa hilaba las vidas de los hombres. Viviane le dio un huso y la instó a hilar, pero la hebra no salía uniforme, sino enredada y con nudos, y por último, enojada con ella, dijo:

—Vamos, dámelo... —y ella le entregó las hebras deformes y el huso; sólo que tampoco se trataba de Viviane, sino de la faz de la Diosa, amenazadora, y ella era muy pequeña, muy pequeña... Hilando e hilando con dedos demasiado pequeños para sostener la rueca, y la Diosa mostraba el rostro de Igraine...

Volvió en sí un día o dos más tarde, calmada, aunque con un enorme y vacío dolor en el cuerpo. Posó las manos sobre su desolación y pensó sombría: Podría haberme ahorrado algún padecimiento; debería haber sabido que estaba presta a malparir de todas formas. Bueno, lo hecho, hecho está, y ahora debo prepararme para oír que Arturo ha muerto, debo pensar lo que haré cuando Accolon regrese. Ginebra entrará en un convento, o si desea dirigirse a la Baja Bretaña con Lancelot, no los detendré... Se levantó, se vistió y procuró embellecerse.

—Deberías guardar cama, Morgana, estás muy pálida todavía —dijo Uriens.

—No. Extrañas noticias están en camino, esposo mío, y debemos prepararnos para recibirlas —repuso, y prosiguió trenzándose el cabello con cintas de color escarlata y gemas.

—Mira, los Caballeros están haciendo ejercicios militares —dijo Uriens, que se había situado junto a la ventana—. Creo que Uwaine es el mejor jinete. Ven, querida, ¿no cabalga tan bien como Gawaine? Y el que está a su lado es Galahad. Morgana, no te aflijas por el hijo que has perdido. Uwaine siempre te considerará como su madre. Te lo dije cuando nos desposamos, nunca te reprocharé ser infecunda. Hubiera dado la bienvenida a otro hijo, pero puesto que no era posible, bueno, de nada hemos de lamentarnos. Y —añadió tímidamente, cogiéndole la mano— tal vez sea mejor así. No me di cuenta de lo cerca que he estado de perderte.

Ella fue hacia la ventana, él le rodeaba la cintura con el brazo, y sintió al mismo tiempo una sensación de repugnancia y de gratitud por su amabilidad. No tenía por qué saber nunca, reflexionó, que había sido fruto de Accolon. Que se enorgulleciera de poder engendrar un hijo a su avanzada edad.

—Mira —dijo Uriens, estirando el cuello para ver mejor—, ¿qué está entrando por los portones?

Un jinete, junto con un monje de oscuro hábito en una mula, y un caballo portando un cuerpo.

—Vamos —dijo ella, tirándole del brazo—, debemos bajar ahora.

Pálida y en silencio, fue a su lado hasta el patio, sintiéndose alta y majestuosa como cuadraba a una reina.

Pareció que el tiempo se detuviera como si estuvieran de nuevo en el país de las hadas. ¿Por qué no estaba Arturo con ellos si había triunfado? Pero de ser aquél el cuerpo sin vida de Arturo, ¿dónde estaba la ceremonia y la pompa de la muerte de un rey? Uriens la sujetó por el brazo, pero ella se deshizo de él y se asió al marco de madera de la puerta. El monje se quitó la capucha.

—¿Sois la Reina Morgana de Gales? —preguntó.

—Lo soy —respondió ella.

—Tengo un mensaje para vos —anunció—. Vuestro hermano Arturo yace herido en Glastonbury, asistido por las hermanas, pero se recobrará. Os envía esto —señaló con la mano la figura amortajada del caballo de carga— como presente, y me ordenó deciros que tiene su espada Excalibur, y la vaina. —Mientras hablaba recogió el sudario que cubría el cuerpo, y Morgana, escapándosele toda la fuerza del cuerpo como si fuera agua, vio los ojos inertes de Accolon mirando al cielo.

Uriens gritó, un grito inmenso como la muerte. Uwaine se abrió paso por entre la muchedumbre que llenaba los peldaños, y cuando su padre caía, consternado, sobre el cuerpo de su hijo, Uwaine le cogió y sujetó.

—¡Padre, querido padre! Ah, santo Dios, Accolon— gimió, y se adelantó hacia el caballo donde yacía el cuerpo de su hermano—. Gawaine, amigo mío, da tu brazo a mi padre. Debo ocuparme de mi madre, se está desmayando.

—No —dijo Morgana—. No. —Oyó su propia voz como un eco, sin estar segura de lo que quería negar siquiera. Se hubiera arrojado sobre Accolon, con desesperación y quebranto, pero Uwaine la sujetó con fuerza.

Ginebra apareció en la escalinata; alguien le explicó la situación en un susurro, y ésta bajó los peldaños, mirando a Accolon.

—Murió en rebelión contra el Rey Supremo —dijo claramente—. ¡No habrá ritos cristianos —para él! Que su cuerpo sea arrojado a los cuervos, y su cabeza colgada del muro como traidor.

—¡No! Ah, no —gritó Uriens, gimiendo—. Te lo ruego, te lo ruego Reina Ginebra, sabes que soy uno de tus más leales súbditos, y mi pobre hijo ha pagado por sus crímenes. Te lo ruego, señora, también Jesús murió como un vulgar criminal entre ladrones, e incluso para el ladrón que estaba en la cruz a su lado tuvo misericordia... Mostrad la misericordia que él habría mostrado...

Ginebra pareció no oírlo.

—¿Cómo se encuentra mi señor Arturo?

—Se está recobrando, señora, pero ha perdido mucha sangre —contestó el extraño monje—. Os pide que no os asustéis. Se recobrará.

Ginebra suspiró.

—Rey Uriens —dijo—, en honor a nuestro buen caballero Uwaine, haré lo que deseas. Que el cuerpo de Accolon sea llevado a la capilla y yazca de cuerpo presente.

Morgana recuperó la voz para protestar.

—¡No, Ginebra! Que le entierren decentemente, si a tanto llega tu generosidad, pero no era cristiano. No le des entierro cristiano. Uriens está tan colmado de quebranto que no sabe lo que dice.

—Calla, madre —dijo Uwaine, asiéndola con fuerza por el hombro—. Por mi bien y el de mi padre, no provoques ningún escándalo. Si Accolon no sirvió a Cristo, necesitará toda la misericordia de Dios contra la muerte de traidor que ha tenido.

Morgana quiso protestar, pero su voz no la obedeció. Dejó que Uwaine la condujera al interior, mas, ya dentro, se sacudió su brazo y caminó sola. Se sentía helada y sin vida. Hacía sólo unas horas, le pareció, que yacía en brazos de Accolon en el país de las hadas y que le ceñía la espada Excalibur a la cintura... Ahora una implacable marea le llegaba hasta las rodillas, observando cómo todo era arrasado y se alejaba de ella, y el mundo estaba lleno de los ojos acusadores de Uwaine y de su padre.

—¡Sí, sé que tú has tramado esta traición —exclamó Uwaine—, pero no siento lástima de Accolon, que se dejó descarriar por una mujer! ¡Ten el suficiente recato, madre, para no seguir arrastrando a mi padre con tus perversas maquinaciones contra nuestro Rey! —La miró indignado; luego se volvió a su padre, que estaba como aturdido aferrándose a una pieza del mobiliario. Uwaine colocó al anciano en una silla, se arrodilló a su lado y le besó la mano.

—Querido padre, yo sigo estando a tu lado...

—¡Oh, mi hijo, mi hijo! —gritó Uriens desconsolado.

—Descansa aquí, padre; debes ser fuerte. Pero deja que cuide de mi madre. También ella está enferma.

—¡Tu madre, la llamas! —gritó Uriens, incorporándose y mirando a Morgana con implacable ira—. ¡Que nunca vuelva a oírte llamar madre a esa abominable mujer!

¿Crees que no sé que mediante su brujería condujo a mi buen hijo a rebelarse contra su Rey? Y ahora pienso que con su maligna hechicería debió urdir también la muerte de Avalloch. Sí, y de ese otro hijo que debiera haberme dado. ¡A tres hijos míos ha enviado a la muerte! ¡Cuídate de que no te seduzca y traicione con su brujería dándote a la muerte y la destrucción! ¡No, no es tu madre!

—¡Padre! ¡Mi señor! —protestó Uwaine y tendió la mano a Morgana—. Perdónale, madre, no sabe lo que está diciendo. Estáis desquiciados por el pesar, los dos.

Os ruego en nombre de Dios que os soseguéis, ya hemos tenido bastante quebranto en este día.

Pero Morgana apenas le oía. ¡Aquel hombre, aquel marido a quien nunca quiso, era lo único que quedaba del naufragio de sus planes! Debería haberle dejado morir en el país de las hadas, pero seguía vivo y desvariando en la plenitud de su inútil y vieja vida, y Accolon estaba muerto, Accolon que pretendió hacer volver cuanto su padre había prometido e incumplido, cuantos votos había hecho Arturo a Avalon y perjurado... y nada quedaba más que este viejo chocho.

Sacó el cuchillo en hoz de Avalon de su ceñidor y se liberó de los brazos de Uwaine que la sujetaban. Lanzándose hacia adelante, levantó la daga; apenas sabía lo que se proponía hacer cuando ésta se precipitó hacia abajo.

Una férrea presa asió su muñeca, haciéndole tirar la daga. La mano de Uwaine estuvo a punto de romperle la muñeca mientras ella trataba de soltarse.

—¡No, déjalo... madre! —suplicó él—. Madre, ¿estás endemoniada? Madre, mira, es mi padre... Ah, Dios, ¿no puedes mostrar un poco de compasión por su pesar? Él no pretende acusarte, está tan desolado que no sabe lo que está diciendo; cuando se tranquilice, entenderá que está hablando sin sentido... Yo no te acuso tampoco... Madre, madre, escúchame, dame la daga, querida madre...

Los repetidos gritos de «¡Madre!», y el amor y la angustia que se denotaban en la voz de Uwaine, finalmente atravesaron la niebla que empañaba los ojos y la mente de Morgana. Dejó que Uwaine le quitara el pequeño cuchillo, observando, como a mil leguas de distancia, que había sangre en sus dedos donde el aguzado borde de la hoz había hecho un corte mientras forcejeaban. Él se había cortado la mano también, y se llevó el dedo a la boca chupándolo como si tuviera diez años.

—Querido padre, perdónala —rogó Uwaine, inclinándose sobre Uriens, quien estaba pálido como la muerte—. Está fuera de sí, ella también amaba a mi hermano y recuerda cuán enferma ha estado, no debía haber abandonado el lecho hoy. Madre, deja que mande buscar a tus doncellas para que te lleven al lecho. Mira, querrás esto —dijo, poniéndole la hoz en la mano—. Sé que la obtuviste de tu madre adoptiva, la Señora de Avalon, me lo dijiste cuando era niño. ¡Ah, mi pobre y pequeña madre! —exclamó, rodeándole los hombros con los brazos. Ella podía recordar cuando era más alta que él, cuando él era pequeño y delgado con huesos tan diminutos y frágiles como los de un pájaro, y ahora la sobrepasaba, estrechándola gentilmente—. Madre querida, mi pobre y pequeña madre. Vamos, vamos, no llores, sé que amabas a Accolon como me amas a mí. Pobre madre.

Morgana deseó poder llorar, dejar que todo su terrible pesar y desolación saliera de ella junto con las lágrimas, cuando sintió que las cálidas lágrimas de Uwaine mojaron su frente. Uriens estaba llorando también, pero ella permaneció seca y fría. El mundo parecía todo gris, desplomándose por los bordes, y todas las cosas que miraba parecían adquirir una forma gigantesca y amenazadora y, a la vez, ser pequeñas y remotas, como si fueran juguetes... No se atrevía a moverse por temor a destruir cualquier cosa que rozara, apenas se dio cuenta de la llegada de sus doncellas. Tomaron su rígido cuerpo, que no opuso resistencia, la levantaron y la llevaron al lecho, le quitaron la corona de reina y el vestido que se había puesto para su victoria y, desde lejos, supo que el blusón y el corpiño de nuevo estaban empapados de sangre, pero no le importó. Mucho tiempo después, volvió en sí y supo que la habían lavado, aseado y vestido con un blusón limpio, y que yacía en el lecho junto a Uriens, con una de sus doncellas dormitando a su lado. Se incorporó un poco y miró al durmiente, que tenía la cara demacrada y enrojecida por el llanto, y fue como si mirara a un extraño.

Sí, había sido bueno con ella a su modo. Mas ahora todo eso ha pasado y mi obra en su tierra está realizada. Jamás volveré a verle mientras viva, ni sabré dónde yace muerto.

Accolon había fallecido, y sus planes fracasado. Arturo continuaba en posesión de la espada Excalibur y la vaina encantada que protegía su vida, y como aquél a quien confiara la empresa había fallado, escapando hacia la muerte donde ella no podía seguirle, debía ser ella misma la mano de Avalon que la llevara a término.

Moviéndose tan sigilosamente que no habría despertado ni a un pájaro, se atavió y anudó la daga de Avalon a su cintura. Dejó todos los finos vestidos y las joyas que Uriens le había dado, envolviéndose con su túnica oscura más sencilla, no muy distinta al vestido de una sacerdotisa. Encontró su pequeña bolsa de hierbas y medicinas, y en la oscuridad, mediante el tacto, se pintó en la frente la luna oscura. Luego cogió la capa más humilde que pudo encontrar, no la suya, bordada con hebras de oro y piedras preciosas, sino la de una sirvienta, tosca y con capucha, y bajó las escaleras sin hacer ruido.

Proveniente de la capilla le llegó el sonido de un cántico; Uwaine, de alguna forma, había conseguido esto para el cuerpo de Accolon, bueno, no importaba. Accolon era libre, ¿qué importaban los ritos que los clérigos hicieran con el barro deshabitado? Nada importaba sino reclamar la espada de Avalon. Dio la espalda a la capilla. Algún día tendría tiempo para llorar por él; ahora debía proseguir desde donde él había fallado.

Fue silenciosamente al establo y encontró su caballo, consiguiendo ponerle la silla con torpes manos. Condujo al animal a la pequeña puerta lateral.

Casi estaba demasiado aturdida para subir a la silla y, por un instante, se bamboleó, preguntándose si iba a caer.

¿Debía esperar, o llamar a Kevin para que la ayudara? Merlín de Bretaña había hecho voto de acatar la voluntad de la Señora. Mas tampoco podía confiar en Kevin, que había traicionado a Viviane dejándola en manos de los mismos sacerdotes que ahora cantaban sus himnos sobre el desvalido cuerpo de Accolon. Le susurró al caballo, sintió que iniciaba el trote bajo ella, y desde el pie de la colina se volvió a mirar por vez última Camelot.

Únicamente volveré aquí una vez en esta vida, y entonces ya no habrá un Camelot al cual pueda retornar. Y en tanto musitaba las palabras, se preguntó qué significaban.

AUN HABIENDO viajado con frecuencia a Avalon, Morgana sólo había pisado la Isla de los Sacerdotes una vez; el viaje a la Abadía de Glastonbury, donde yacía enterrada Viviane e Igraine pasó algunos años, era para ella más extraño que cruzar las nieblas hacia las tierras ocultas. Había allí un transbordador, y le dio al barquero una pequeña moneda para que bogara por el Lago, preguntándose qué haría el hombre si de súbito se alzara tal como lo haría con la barca de Avalon y lanzara el hechizo que la conduciría a través de las nieblas... pero no lo hizo. ¿Es sólo porque no puedo?, se preguntó.

El aire era fresco y sereno en la hora anterior a la salida del sol. En lo alto, el sonido de las campanas de la iglesia era leve y nítido, y Morgana pudo ver una larga fila de siluetas con hábito gris caminando lentamente hacia la iglesia. Los hermanos se levantaban temprano para rezar y cantar sus suaves himnos, y por un instante Morgana estuvo en silencio, escuchando. Viviane yacía sepultada allí, había sido enterrada con el sonido de aquellos himnos. El sentido musical que había en Morgana, pronto siempre a conmoverse, atendía a la dulce canción, llevada por la brisa primera de la mañana; y durante un momento se quedó inmóvil, con lágrimas abrasándole los ojos, ¿estaba planeando un ultraje sobre este suelo santo? Dejadlo estar, que haya paz entre vosotros, hijos... Le pareció que estaba murmurando la olvidada voz de Igraine.

Ahora todas las grises figuras estaban dentro de la iglesia. Había conocido mucho sobre la abadía aquí... conocía la existencia de una hermandad de monjes, y a cierta distancia de ellos, una casa de monjas donde moraban las mujeres, con voto de ser vírgenes de Cristo hasta la muerte. Morgana torció el gesto con aversión; una religión que decidía tener a hombres y mujeres con el pensamiento puesto en el Cielo en vez de en este mundo, el cual les fue dado para aprender y crecer espiritualmente, se le antojaba extraño, y ahora que veía realmente a hombres y mujeres por este sendero en adoración sin pensar en ningún otro contacto o comunicación, sintióse enferma. Oh, sí, había vírgenes santas en Avalon, ella misma estuvo recluida de aquel modo hasta el momento apropiado, y Cuervo había entregado no sólo su cuerpo sino la voz a la Diosa. Estaba su propia deuda, la hija de Lancelot, Nimue, que había sido elegida por Cuervo para vivir en soledad y oculta... Pero la Diosa reconocía que ésta era una elección excepcional, no impuesta a todas las mujeres que pretendían servir a la Diosa.

Morgana nunca creyó lo que algunas de sus compañeras en Avalon habían dicho, que los monjes y las monjas meramente pretendían santidad y castidad para impresionar a los labriegos con su pureza y que, tras las puertas cerradas del monasterio, se conducían tan disolutamente como deseaban. Sí, podría haber despreciado eso. Quienes habían decidido servir al

espíritu en vez de a la carne deberían hacerlo realmente; la hipocresía era siempre repugnante. Pero el
saber que en verdad vivían de ese modo, y que ninguna fuerza que se llamara divina pudiera preferir lo estéril a lo fecundo, eso le parecía una terrible traición a
las fuerzas mismas que daban vida al mundo.

Necios o algo peor, constriñendo sus vidas y, por
tanto, queriendo constreñir todas las demás vidas a su
compás...

Empero no debía demorarse allí. Volvió la espalda a
las campanas de la iglesia y se dirigió con sigilo a la
casa de invitados, haciendo que su mente la adelantara, invocando a la Visión para que la introdujera donde Arturo yacía.

Había tres mujeres en la casa de invitados, una dormitando junto a la puerta, otra moviendo un puchero
de atole en la cocina posterior, y una tercera en la
puerta de la estancia donde débilmente pudo percibir
la presencia de Arturo, que dormía profundamente.
Pero las mujeres vestidas con sobrio atavío y velo despertaron cuando ella llegó; eran mujeres santas a su
modo, y poseían algo muy parecido a la Visión, en su
presencia podían percibir algo dañino para sus vidas,
el hálito, tal vez, de Avalon.

Una de ellas se puso en pie y le hizo frente.

—¿Quién sois y a qué venís a esta hora?

—Soy la Reina de Gales del Norte y de Cornwall
—dijo Morgana con su voz más grave e imperiosa—, y
estoy aquí para ver a mi hermano. ¿Te atreverás tú a
prohibírmelo? Sostuvo la mirada de la mujer, luego
hizo oscilar la mano en el más simple de los conjuros
que le habían enseñado, para dominar, y la mujer retrocedió incapaz de hablar o prohibirle nada. Poste-
riormente se dio cuenta de que la mujer contaría una
historia sobre encantamientos y terror, pero en realidad no era más que esto: la simple dominación por

una voluntad poderosa de otra que ha sido rendida deliberadamente a la sumisión.

Una débil luz ardía en la estancia, y gracias a ella Morgana logró ver a Arturo, sin rasurar, el rubio pelo oscurecido por el sudor. La vaina yacía a los pies del lecho... Él debía haber pensado que ella intentaría una acción semejante y la había mantenido en un lugar donde pudiera protegerla. Su mano sujetaba la empuñadura de Excalibur.

De alguna forma su mente le ha advertido. Morgana estaba llena de espanto. El poseía la Visión también; aun siendo de tez clara y tan distinto al cetrino pueblo de Bretaña, pertenecía igualmente al linaje real de Avalon y podía prever sus pensamientos. Supo que si trataba de quitarle a Excalibur de la mano, presentiría su intención, despertaría... y la mataría; no se hacía ilusiones. Era un buen cristiano, o tal creía de sí mismo, pero le habían puesto en el trono para matar a sus enemigos, y de algún místico modo que Morgana sólo entendió a medias, la espada Excalibur había asimilado o se había identificado con el alma y los propósitos de la monarquía de Arturo. De no ser así, de haber sido únicamente una espada, él la hubiera devuelto a Avalon y se hubiese hecho otra, una espada más fuerte y mejor... Pero Excalibur se había convertido para él en el símbolo visible y último de lo que él era como rey.

O tal vez la espada misma, inmersa en el alma y la monarquía de Arturo, me dé muerte por propia voluntad si pretendo arrebatársela... ¿y voy a atreverme contra la voluntad de tal símbolo mágico? Morgana se asustó y se recriminó por ser tan fantasiosa. Puso la mano en su daga; estaba muy afilada y ella podía moverse, cuando era preciso, con la celeridad de una serpiente. Podía ver la pequeña vena de su garganta y sabía que si daba un corte rápido y profundo alcanzando la gran arteria que estaba debajo, él estaría muerto casi antes de poder gritar.

Había matado en otras ocasiones. Había enviado sin vacilación a Avalloch a la muerte, y tres días antes había asesinado al indefenso niño que llevaba en su vientre... Aquel que yacía durmiendo delante de ella era el más grande de los traidores, ciertamente. Un golpe, rápido y silencioso... pero también era el niño que Igraine pusiera en sus brazos, su primer amor, el padre de su hijo, el Astado, el Rey... ¡Golpea, necia! ¡Para eso has venido aquí!

No. Ha habido demasiadas muertes. Nacimos del mismo vientre y no podría enfrentarme a mi madre en la región que está más allá de la muerte, no con la sangre de mi hermano en las manos, y durante un momento, sabiendo que avanzaba por el borde mismo de la locura, escuchó a Igraine gritando con impaciencia: Morgana, te dije que cuidaras del niño...

Tuvo la impresión de que él se agitaba en sueños, como si también hubiese oído aquella voz; Morgana deslizó la daga en la vaina, alargó la mano y cogió la vaina. Al menos tenía derecho a hacer eso. La había confeccionado con sus propias manos, los conjuros que habían entretejidos en ella eran suyos.

Escondió la vaina bajo la capa y salió rápidamente a la tenue oscuridad para dirigirse al transbordador. Mientras el barquero la cruzaba remando, sintió que se le erizaba la piel y le pareció ver, cual una sombra, la barca de Avalon... En la orilla, los tripulantes de la barca de Avalon la rodearon. Ahora aprisa, aprisa, debía regresar a Avalon... Pero el sol se estaba elevando y la sombra de la iglesia se proyectaba en el agua, y de improviso el sol inundó el paisaje y, con el alba, las campanas de la iglesia resonaron en todas partes. Morgana se quedó como paralizada; con aquel sonido no podía invocar las nieblas, ni pronunciar el conjuro.

—¿Podemos ir a Avalon rápidamente? —preguntó a uno de los hombres.

—No, señora —respondió temblando—. Es cada vez más difícil sin una sacerdotisa que pronuncie el conjuro, e incluso así, al amanecer, al mediodía y al anochecer, cuando las campanas llaman para los rezos, no hay senda que permita cruzar las nieblas. Ya no. El conjuro ya no abre el camino a estas horas; aunque, si esperamos a que las campanas vuelvan al silencio, es posible que consigamos llegar.

¿Por qué ocurría eso?, se preguntó Morgana. Era algo relacionado con el conocimiento que los hombres tenían del mundo, porque el mundo era como los hombres creían... Año tras año, en las últimas tres o cuatro generaciones, las mentes de los hombres se habían empeñado en creer que había un solo Dios, un solo mundo, un solo modo de describir la realidad, y que todas las cosas que negaban esta gran unidad debían ser malignas y demoníacas, y que el sonido de las campanas y la sombra de sus santos lugares mantendrían alejado al mal. Y dado que más y más gente creía esto, esto era así, y Avalon no más que un sueño a la deriva en otro mundo casi inaccesible.

Oh, sí, todavía podía invocar las nieblas... Pero no aquí, no donde la sombra de la aguja de la iglesia se proyectaba en el agua y el clamor de las campanas le aterrorizaba el corazón. ¡Estaban atrapados en las orillas del Lago! Se apercibió de que un bote estaba avanzando desde los márgenes de la Isla de los Sacerdotes, y que iba a buscarla a ella. Arturo se había despertado descubriendo que le habían quitado la vaina, y ahora la perseguiría... Bueno, que la siguiera como pudiese, había otros caminos a Avalon en los cuales la sombra de la iglesia no le impedía el paso. Subió al caballo rápidamente y empezó a cabalgar bordeando el Lago, dando un rodeo; finalmente llegaría a un lugar donde, al menos en verano, podría atravesar las nieblas; el lugar donde Lancelot y ella encontraron una vez a Ginebra que se había extraviado desde el convento. No era el Lago sino un pantano y podrían arribar a Avalon por el sendero posterior, detrás de Tor. Sabía que los pequeños hombres oscuros estaban corriendo detrás de su montura, que podían correr durante medio día en pos de su caballo si era menester. Pero ahora escuchaba un batir de cascos... la perseguían, Arturo le pisaba los talones y había caballeros armados con él. Hundió el pie en el flanco del caballo, mas éste era corcel para una dama, no preparado para una persecución...

Se deslizó del flanco del caballo, con la vaina en la mano.

—Dispersaos —susurró a los pequeños hombres oscuros, y fue como si uno por uno se fundieran con los árboles y las nieblas... podían moverse cual sombras si era preciso y ningún hombre viviente lograría encontrarlos si no querían ser encontrados. Morgana apretó la vaina con la mano y empezó a correr por las orillas del Lago. En su mente podía oír la voz de Arturo, sentir su furia...

Tenía a Excalibur; podía percibirla como un gran resplandor en su mente, el sagrado objeto de Avalon... Mas la vaina nunca volvería a él. La cogió con ambas manos, la hizo girar sobre la cabeza y la arrojó con toda su fuerza, lejos, en el Lago, vio que se hundía en aguas profundas e insondables. Ninguna mano humana podría tornar a reclamarla. Allí yacería hasta que el cuero y el terciopelo se pudrieran, las hebras de plata y oro perderían el brillo, se retorcerían y, por último, los conjuros tejidos en ellos desaparecerían completamente del mundo.

Arturo estaba cabalgando en su busca, con Excalibur desnuda en la mano... Pero ella y su escolta habían desaparecido. Morgana se impuso silencio, formando parte de la sombra y el árbol tal si una parte esencial de sí misma hubiese partido con las hadas; mientras permaneció allí inmóvil, arropada del silencio de una sacerdotisa, nadie del mundo mortal lograría ver de ella siquiera su sombra...

Arturo gritó su nombre:

—¡Morgana! ¡Morgana! —Por tercera vez la llamó, estentórea y airadamente; pero las sombras estaban inmóviles, y finalmente, confundido por haber cabalgado en círculos, se sintió mareado y llamó a sus escoltas, que lo encontraron oscilando sobre la silla, con los vendajes empapándose lentamente de sangre, y se lo llevaron por el mismo camino que los había llevado hasta allí.

Entonces Morgana levantó la mano y otra vez los sonidos normales de pájaros, viento y árboles volvieron al mundo.

HABLA MORGANA...

Años después oí relatar la historia de cómo tomé la vaina mediante hechicería y de cómo Arturo cabalgó detrás de mí con cien caballeros, y también yo tenía a cien duendes caballeros a mi alrededor; y cuando Arturo se acercó en la persecución, me convertí junto con mis hombres en un anillo de piedras... Algún día, sin duda, añadirán que cuando todo hubo concluido, llamé a mi carroza tirada por dragones alados y escapé al país de las hadas.

Pero no fue así. El pequeño pueblo puede esconderse en el bosque haciéndose uno con el árbol y la sombra, y ese día yo fui como uno de ellos, tal me habían enseñado en Avalon; y cuando a Arturo se lo llevó su escolta, casi desmayado por la larga persecución y la herida, me despedí de los hombres de Avalon y viajé a Tintagel. Cuando llegué a Tintagel poco me importa-

ba lo que hicieran en Camelot, pues estuve mortalmente enferma durante mucho tiempo.

Desconozco, aún ahora, lo que me afligía; sólo sé que
pasó el verano y comenzaron a caer las hojas mientras
yacía en el lecho, asistida por sirvientes que allí encontré, sin saber ni importarme si alguna vez me levantaría. Sé que tuve temperaturas muy bajas, una fatiga tan grande que no conseguía incorporarme ni
comer, tan oscurecida la mente que no me importaba
si iba a vivir o a morir. Mis sirvientes, a uno o dos de
ellos los recordaba de cuando vivía allí siendo niña,
con Igraine, me creían embrujada; e incluso puede
que fuera cierto.

Marcus de Cornwall me presentó sus respetos, y
pensé que la estrella de Arturo estaba muy alta, y que
creía que yo había ido allí por su voluntad. Sentí el
convencimiento de que no desafiaría a Arturo, en
aquellas circunstancias, por aquellas tierras que estimaba propias. Un año atrás, podría haberme reído de
esto, o incluso hacer causa común con Marcus, pro-
metiéndole tierras allí a cambio de conducir un grupo
de desafectos contra Arturo. E incluso entonces rondó
por mi cabeza; pero con Accolon muerto, nada me
parecía importante. Arturo tenía Excalibur... Si la Diosa deseaba que le fuese arrebatada, ella misma hubiera
ido a cogerla, pues yo había fracasado, ya no era una
sacerdotisa...

...Creo que era eso lo que más me dolía, que había
fallado, fallado a Avalon, y que ella no tendió la mano
para ayudarme a cumplir su designio. El poderío de
Arturo, los sacerdotes y del traidor Kevin había sido
más fuerte que la magia de Avalon, y no quedaba nadie más.

Nadie quedaba. Nadie. Me lamentaba sin cesar por
Accolon y por el hijo cuya vida apenas había empezado antes de terminar, desechada como un desperdi-
cio. Me lamenté también por Arturo, perdido para mí

ahora, convertido en mi enemigo, e, increíblemente, incluso por Uriens, y por haber arruinado mi vida en Gales, la única paz que he conocido.

Había matado, o alejado de mí o perdido en la muerte a todos los que había amado en este mundo. Igraine se había ido, y también Viviane, asesinada, yacía entre los clérigos. Accolon había perecido, el sacerdote al cual había designado para librar la última batalla contra los cristianos. Arturo era mi enemigo; Lancelot había aprendido a odiarme y temerme, y yo no era inocente ante ese odio. Ginebra me temía y aborrecía, aun Elaine se había ido ya... Y Uwaine, quien fuera como mi propio hijo, también me detestaba. A nadie le importaba si vivía o moría y, por tanto, tampoco a mí...

Las últimas hojas habían caído y las terribles tormentas invernales empezaron a azotar Tintagel, cuando un día una de mis sirvientas vino a decirme que había llegado un hombre que deseaba verme.

—¿Con este tiempo? —miré por la ventana, la incesante lluvia caía de los cielos tan gris y lúgubre como el interior de mi mente. ¿Qué viajero vendría en invierno, pugnando con las tormentas y la oscuridad? No; quienquiera que pudiera ser, no me importaba—. Dile que la Duquesa de Cornwall no recibe a ningún hombre, y despídele.

—¿En una noche como va a ser ésta, con tanta lluvia, señora? —me sorprendió que la mujer protestara; la mayoría me temían por ser una hechicera y me alegraba que así fuese. Pero la mujer tenía razón; Tintagel nunca había faltado a la hospitalidad cuando estaba en manos de mi padre muerto hacía tanto, o en las de Igraine...

—Da hospitalidad al viajero según sea su condición, y alimento, y lecho —dije—; pero indícale que estoy enferma y no puedo recibirlo.

Se marchó y me quedé contemplando la violenta lluvia, sintiendo su frío aliento que penetraba por la rendija de la ventana, y tratando de encontrar el camino de vuelta a la pacífica oscuridad donde sentíame ahora más yo misma.

Poco después, la puerta volvió a abrirse y la mujer volvió a entrar. Me incorporé sobresaltada, temblando de rabia, la primera emoción que me permitía sentir en muchas semanas.

—¡No te he llamado y no te he ordenado volver! ¿Cómo
te atreves?

—Me han encomendado un mensaje para vos, señora —repuso ella—, un mensaje que no me he atrevido a rechazar, no cuando habla uno de los más importantes... Ha dicho: «No me dirijo a la Duquesa de Cornwall sino a la Señora de Avalon, y ella no puede rehusar al Mensajero de los Dioses cuando Merlín solicita audiencia y consejo». —La mujer hizo una pausa y añadió—: Espero haberlo tomado bien... Me lo hizo repetir varias veces para asegurarse de que lo recordaría entero.

Ahora, contra mi voluntad, sentí el alentar de la curiosidad. ¿Merlín? Pero Kevin era hombre de Arturo, aunque seguramente no había venido en calidad de tal. ¿No se había alineado firmemente con Arturo y los cristianos, traicionando a Avalon? Mas tal vez es otro hombre quien ahora ostenta la función de Mensajero de los Dioses, Merlín de Bretaña... Pensé entonces en mi hijo Gwydion, o Mordred, como presumí debían llamarle ahora; acaso fuese ésta su función, pues únicamente él me consideraría la Señora de Avalon... Tras prolongado silencio, dije:

—Anúnciale que le veré. —Al cabo de un momento añadí—: Pero no así. Manda a alguien para que me vista.

—Porque sabía que estaba demasiado débil para hacerlo por mí misma. Sin embargo, no podía recibir a hombre alguno con aquel aspecto, débil, enferma y en mi alcoba; yo, que era sacerdotisa de Avalon, conseguiría estar de pie ante Merlín, aunque lo que trajese fuera una sentencia de muerte por mi fracaso... ¡Todavía soy Morgana!

Conseguí levantarme, ponerme un vestido, calzarme y trenzarme el cabello a la espalda cubierto por el velo de una sacerdotisa; incluso me pinté, después que las torpes manos de la mujer lo emborronaran por dos veces, el símbolo de la luna en la frente. Las manos, reparé en ello sin alarmarme, como si pertenecieran a otro, me temblaban y estaba lo bastante débil para dejar que la mujer me diera el brazo al bajar las escaleras. Pero Merlín no veía mi debilidad.

Un fuego había sido encendido en el salón; desprendía un poco de humo, como siempre cuando llovía aquí, y por entre el humo pude distinguir la figura de un hombre sentado junto al fuego, de espaldas a mí, envuelto en una capa gris. A su lado había un arpa de gran altura que no pude confundir; por Mi Señora reconocí al hombre. El pelo de Kevin era ya del todo cano. Irguió su encorvado cuerpo cuando entré.

—Así pues —dije—, continúas llamándote Merlín de Bretaña, aunque sólo sirves la voluntad de Arturo y desafías la de Avalon.

—Ya no sé lo que llamarme —repuso Kevin con calma—, salvo quizá sirviente de quienes sirven a los Dioses, que son todos Uno.

—¿Por qué has venido, entonces?

—Tampoco lo sé —respondió la musical voz que yo había amado tanto—, aunque quizá sea para saldar una deuda contraída antes de que levantaran estas colinas, querida.

—¡Tu señora está enferma! ¡Condúcela hasta una silla! —dije a la sirvienta.

Me daba vueltas la cabeza y una bruma gris parecía oscilar a mi alrededor; lo siguiente que supe fue que estaba sentada junto al fuego, frente a Kevin, y la mujer se había ido.

—Pobre Morgana, pobre niña —dijo él, y por vez primera desde que la muerte de Accolon me dejara petrificada, sentí que podía llorar; y apreté los dientes para no hacerlo, porque si derramaba una lágrima, sabía que todo en mí se fundiría y no dejaría de llorar hasta convertirme en un lago de lágrimas...

—No soy ninguna niña, Arpista Kevin, y has ganado el camino a mi presencia con mentiras: Di lo que quieras y sigue tu camino —repuse sofocada, nerviosa.

—Señora de Avalon...

—No lo soy —repuse, y recordé que la última vez que vi a este hombre lo expulsé de mi presencia, le grité, lo llamé traidor. Parecía no importarle; acaso fuese el destino que dos traidores a Avalon se sentasen aquí delante de este fuego, pues también yo había traicionado mi juramento a Avalon... ¿Cómo me atrevía a juzgar a Kevin?

—¿Qué eres entonces? —preguntó apaciblemente—. Cuervo es vieja y lleva años en silencio. Niniane nunca tendrá poder para gobernar. Te necesitan allí.

—Cuando hablamos por última vez —le interrumpí—, dijiste que el momento de Avalon había pasado. ¿Por qué entonces es necesario que ocupe el lugar de Viviane alguien más capacitado que una muchacha poco apropiada para tan alto oficio, en espera del día en el cual Avalon desaparezca para siempre entre las nieblas? —Sentí una abrasadora amargura en la garganta—. Puesto que has traicionado a Avalon por el estandarte de Arturo, ¿no haría más fácil tu tarea si gobernaban allí una anciana profetisa y una sacerdotisa sin poder...?

—Niniane es el amor de Gwydion —dijo Kevin—. Y creo que tu voz y tus manos son necesarias allí. ¿Aun cuando el destino de Avalon sea perderse en las nieblas, vas a negarte a perderte con ella? Nunca te consideré cobarde, Morgana. —Clavó entonces sus ojos en los míos y añadió—: Vas a morir aquí, Morgana, morir de pesar y en el exilio...

—Para eso he venido... —dije, volviendo el rostro, y por vez primera comprendí que había ido allí para morir—. Cuanto he intentado hacer está en ruinas, he fracasado, fracasado... Debiera ser para ti un triunfo, Merlín, que Arturo. haya vencido.

—Ah, no, querida, no es un triunfo —repuso—. Hago lo que los Dioses me han encomendado hacer, nada más, y tú haces lo mismo. Y si en verdad tu condena es ver el fin del mundo que hemos conocido, bien pues, mi querido amor, que esa condena nos encuentre a cada uno en su lugar señalado, sirviendo a lo que nuestro Dios nos ha dado a servir... Se me ha encargado recordarte a Avalon, Morgana; no sé por qué. Mi cometido sería más simple si sólo Niniane estuviese allí, pero tu sitio está en Avalon, y el mío donde los Dioses decreten. Y en Avalon podrás curarte.

—Curarme —dije con desprecio—, no me preocupa. Kevin me miró con tristeza. «Mi querido amor», me había llamado. Tenía la impresión ahora de que él era la única persona con vida que me conocía tal como era; ante todos los demás, incluido Arturo, había ostentado una faz distinta, pretendiendo siempre parecer otra y mejor de lo que era; aun ante Viviane, para que me encontrase más digna de ser sacerdotisa... Para Kevin era Morgana, y no otra. Suponía que aunque le tendiera la mano como la corva Muerte, no vería más que mi propio rostro, Morgana... Siempre había estimado que el amor era otra cosa que el fuego abrasador sentido por Lancelot, y por Accolon. Por Kevin poco había sentido salvo distante compasión, amistad, gentileza; lo que le había dado poco significaba para mí y sin embargo... y sin embargo sólo él había pensado en ir a verme, en preocuparse de saber si moría de pesar o no.

Pero, ¿cómo se atrevía a interrumpir mi paz, cuando casi había accedido a esa quietud última que está más allá de la vida?

—No —dije, y me aparté de él.

No podía volver a la vida, no podía luchar y sufrir, y vivir con el odio de quienes una vez me amaron... Si vivía, si regresaba a Avalon, tendría que librar de nuevo una lucha a muerte con Arturo a quien amaba, debería ver a Lancelot todavía aprisionado por el amor de Ginebra. Había dejado de interesarme la vida, no podía resistir más el dolor que había en mi corazón...

No. Me hallaba allí, en paz y en silencio, y antes de que pasara mucho tiempo, ahora lo sabía, me adentraría aún más en la paz... El desvanecimiento que estaba próximo a la muerte se acercaba más y más, ¿y Kevin, aquel traidor, iba a hacerme volver?

—No —dije de nuevo, y me cubrí el rostro con las manos—. Déjame en paz, Kevin el Arpista. Aquí he venido a morir. Déjame.

No se movió, ni habló, y yo permanecí muy quieta, con el velo de sacerdotisa echado sobre el rostro. En breve, seguramente, se levantaría y me abandonaría, pues yo no tenía fuerzas para alejarme de él. Y yo... yo me quedaría allí sentada hasta que las sirvientas me llevaran al lecho, y nunca volvería a levantarme.

En ese momento, en el silencio, escuché el dulce sonido del arpa. Kevin tañía, y al cabo de un instante cantó. Había oído una parte de esa romanza, pues la había cantado con frecuencia en la corte de Arturo; hablaba de aquel antiguo bardo, sir Orfeo, el cual hizo que los árboles danzaran y las piedras de la llanura se irguieran en círculo para bailar, y todas las bestias del bosque fueron a tenderse a sus pies cuando podían haberle despedazado con las garras. Pero después de eso, entonó la otra parte de la canción, que era un

Misterio, y que yo nunca había escuchado antes. Cantó de cómo el iniciado, Orfeo, había perdido a la que amaba y ascendió al Trasmundo, y habló allí con los Señores de la Muerte. Suplicó por ella y le fue concedido permiso para ir a las tierras oscuras y sacarla, y la encontró en las Llanuras Imperecederas...

El habló entonces con la voz del alma... y escuché lo que parecía mi propia voz implorando.

«No pretendas sacarme de aquí, pues me he resignado a permanecer en la muerte. Aquí en estas tierras todo es reposo, sin dolor ni lucha; aquí puedo olvidar tanto el amor como el quebranto».

La estancia se desvaneció a mi alrededor; no pude seguir oliendo el humo de la chimenea, ni oír el gélido golpear de la lluvia al otro lado de la ventana, ya no percibía mi propio cuerpo, enferma y aturdida como me hallaba. Me parecía estar en un jardín lleno de flores sin olor y paz eterna, únicamente la distante voz del arpa rompía el silencio. Y el arpa cantaba para mí, sin que yo lo deseara.

Cantaba el viento de Avalon, con la fragancia de manzanas en flor y el aroma de las manzanas maduras en su estación; me trajo la serena frescura de la niebla sobre el Lago y el sonido de los ciervos corriendo en el interior del bosque donde el pequeño pueblo seguía morando, y me trajo el verano inundado de sol donde yací a la luz del día bajo el anillo de piedras, rodeada por los brazos de Lancelot y la sangre de la vida alzándose como savia en mis venas por vez primera. Entonces volví a sentir en los brazos el dulce peso de mi hijo, su sedoso cabello rozándome el rostro, su aliento que olía dulcemente a leche... ¿O era Arturo quien estaba en mi regazo, asiéndose a mí, dándome palmaditas en la mejilla con sus manitas...? De nuevo Viviane tocó mi frente con las manos, bendiciéndome, y me sentí un puente entre tierra y cielo al extender las manos en invocación... Grandes vientos se arremolinaron en la arboleda donde yacía con el joven ciervo bajo la oscuridad del eclipse, y la voz de Accolon pronunció mi nombre...

Y ahora no era sólo el arpa sino las voces de vivos y muertos que me gritaban:

—Regresa, regresa, la vida misma te llama con todo su placer y su dolor... —y entonces una nueva nota surgió en la voz del arpa.

—Soy yo quien te llama, Morgana de Avalon... sacerdotisa de la Madre...

Levanté la cabeza y no vi el cuerpo nudoso de Kevin y sus tristes rasgos, donde él había estado se hallaba Alguien, alto y magnífico, con gloriosa expresión en su faz y en sus manos el Arpa y el Arco. Contuve el aliento ante el Dios, cuando la voz continuó cantando... Vuelve a la vida, regresa a mí... tú que has jurado... la vida te aguarda más allá de estas tinieblas de muerte...

Traté de negarme.

—No es el Dios quien me manda, sino la Diosa...

—Pero —dijo la voz familiar en el silencio de aquella eternidad—, tú eres la Diosa y soy yo quien te llama...

Por un instante, cual en las calmas aguas del espejo de Avalon, me vi ataviada y tocada con la alta corona de la Señora de la Vida...

—Soy vieja, vieja, pertenezco ya a la muerte, no a la vida... —Musité, y en el silencio, palabras oídas una y otra vez en ritual cobraron vida en los labios del Dios... Ella será joven o vieja según le plazca... Y ante mis ojos mi rostro reflejado era de nuevo joven y bello como la doncella que impeliera al joven ciervo a retar a los ciervos corredores... sí, era vieja cuando Accolon vino a mí, mas le impelí al desafío estando encinta de su hijo... e incluso siendo vieja e infecunda la vida latía dentro de mí, el flujo de la eterna vida de la tierra y de la Dama... el Dios se hallaba ante mí, el Eterno convocándome a la vida... y di un paso, luego otro, y me encontré ascendiendo, subiendo desde la oscuridad, siguiendo las distantes notas del arpa que me cantaba las verdes colinas de Avalon y las aguas de la vida... y entonces descubrí que estaba de pie, tendiendo la mano a Kevin... Él soltó el arpa gentilmente y me cogió en brazos, cuando iba a desmayarme. Y por un momento las luminosas manos del Dios me quemaron... Después sólo fue Kevin diciendo con su voz musical, dulce, burlona:

—No puedo sostenerte, Morgana —me dejó grácilmente en la silla—. ¿Cuándo comiste por última vez?

—No puedo acordarme —confesé y súbitamente me apercibí de mi mortal debilidad; llamó a la sirvienta y dijo, hablando con la gentil y autoritaria voz de un druida, de un sanador:

—Trae a tu señora un poco de pan y leche caliente con miel.

Levanté la mano para protestar y la mujer pareció indignada. Recordé que por dos veces había intentado hacerme comer estos mismos alimentos. Pero se marchó para cumplir la orden y, cuando volvió, Kevin cogió el pan, lo mojó en la leche y me lo dio a comer, gentilmente, llenándome varias veces la boca.

—No más —indicó—. Has estado ayunando demasiado. Aunque, antes de irte a dormir, debes beber un poco más de leche con un huevo batido... Les enseñaré cómo hacerlo. Pasado mañana, tal vez, estarás fuerte para cabalgar.

De repente comencé a llorar. Al fin, lloré por Accolon que yacía muerto, por Arturo que ahora me odiaba, por Elaine que había sido mi amiga... por Viviane, muerta bajo una tumba cristiana, por Igraine y por mí misma, por mí misma que había vivido todas estas cosas...

—Pobre Morgana, pobre niña —volvió a decir él, y me estrechó contra su huesudo pecho.

Lloré y lloré hasta llegar al silencio, y él llamó a mi sirvienta para que me llevase al lecho.

Por vez primera en muchos días, dormí. Y dos días más tarde, salí para Avalon.

Poco recuerdo del viaje, enferma de mente y cuerpo como estaba. Ni siquiera me sorprendió que Kevin me dejase antes de llegar al Lago. Arribé a sus márgenes al atardecer, cuando las aguas fluían carmesíes y el cielo parecía arder; y entre las aguas del color de las llamas y del cielo, apareció la barca, pintada y engalanada toda de negro, los remeros sigilosos hasta el silencio de un sueño. Y por un instante tuve la impresión de que era la Barca Sagrada en ese mar sin orillas del que no puedo hablar, y que la oscura figura de la proa era Ella, y que de algún modo yo era puente en el vacío entre cielo y tierra... pero no sé si fue realidad o sueño. Después, las nieblas cayeron sobre nosotros y sentí que mi alma misma cambiaba al saber que de nuevo estaba en mi sitio.

Niniane me dio la bienvenida en la orilla, abrazándome, no como a la extraña que sólo había visto dos veces, sino como una hija a una madre a la que no ha visto en muchos años; luego me llevó a la casa donde Viviane morara. En esta ocasión no envió a jóvenes sacerdotisas para atenderme, sino que me asistió ella misma, acostándome en la estancia interior de la casa, trayéndome agua del Manantial Sagrado; y cuando la probé, comprendí que aunque el proceso de curación sería largo, todavía era posible. Había conocido bastante del poder. Me alegré de soltar la carga del mundo; era el momento de dejarla a otros, y permitir que mis hijas me atendieran. Lentamente, despacio, recobré mis fuerzas en el silencio de Avalon. Allí al menos podía dolerme por Accolon, no por la ruina de mis esperanzas y planes... Ahora podía apreciar qué locos habían sido; yo era sacerdotisa de Avalon, no reina. Pude lamentarme por el breve y amargo verano de nuestro amor; pude dolerme, también, por el hijo que no había vivido lo bastante para nacer, y sufrir una vez más por el hecho de que fueran mis manos las que lo enviaron a las sombras.

Fue una larga época de lamentaciones, y en ocasiones me preguntaba si iba a estar doliéndome toda la vida sin librarme de ello; aunque al menos podía recordar sin llorar y rememorar los días de amor sin un perpetuo pesar aflorando en lágrimas de las profundidades de mi ser. No hay quebranto como el recuerdo del amor y el saber que se ha ido para siempre; ni siquiera en sueños volví a ver su rostro, y aunque lo anhelaba, finalmente llegué a comprender que estaba bien que sucediera así, para no tener que pasar el resto de mi vida en sueños... Llegó un día en el cual pude mirar atrás y entender que el tiempo de las lamentaciones había terminado; mi amado y mi hijo estaban en la otra orilla, e incluso si podía reunirme con ellos más allá de las puertas de la muerte de alguna forma, ninguno de nosotros sabría nunca... Pero yo vivía, me encontraba en Avalon y mi tarea ahora era ser Señora allí.

No sé cuántos años moré en Avalon antes de que llegara el fin. Únicamente recuerdo que flotaba en un inmenso espacio innombrable, allende el gozo y el pesar, conociendo sólo la serenidad y las pequeñas labores de cada día. Niniane permaneció siempre a mi lado, y llegué también a conocer a Nimue, que se había convertido en una doncella alta, de cabello rubio, silente, tan bella como Elaine cuando la vi por vez primera. Llegó a ser para mí la hija que nunca tuve; me visitaba todos los días y le enseñé las cosas que había aprendido de Viviane en mis primeros años en Avalon.

En aquellos últimos días, asimismo, había algunos que habían visto el árbol de la Santa Espina en su primera floración para los seguidores de Cristo y veneraron a su Dios cristiano en paz, sin pretender expulsar la belleza del mundo, sino amándola tal como Dios la creó. En aquellos días vinieron muchos a Avalon para escapar de los vientos acerbos y arrasadores de la persecución y el fanatismo. Patricius había establecido nuevas formas de culto, una visión del mundo en la cual no había sitio para la verdadera belleza y el misterio de las cosas naturales. De estos cristianos venidos a nosotros para escapar del fanatismo aprendí algo, finalmente, sobre el Nazareno, el hijo del carpintero que mereció la divinidad y predicó un gobierno de tolerancia; y así llegué a ver que mi disputa no había sido nunca con Cristo, sino con los necios e intolerantes clérigos que confundían su propia intolerancia con la de Él.

Desconozco si pasaron tres años, o cinco, o incluso diez, antes del fin. Escuché rumores del mundo exterior, que para mí eran como sombras, como eco de las campanas de la iglesia que en ocasiones oíamos incluso en nuestra margen. Supe cuándo murió Uriens, mas no me dolí por él; llevaba muchos años muerto para mí, pero esperaba que al final hubiese encontrado alguna cura a sus pesares. Había sido tan amable conmigo como pudo, descanse en paz.

De vez en cuando me llegaba algún rumor sobre las hazañas de Arturo o de sus Caballeros, aunque en la serenidad de Avalon parecían carecer de importancia; tales proezas sonaban cual antiguos relatos y leyendas, de forma que jamás llegué a saber si hablaban de Arturo, Cai y Lancelot, o de Llyr y los hijos de Da'ana; y cuando las historias se referían a los amores de Lancelot y Ginebra, o de la esposa de Marcus, Isotta, y el joven Drustan, también las confundía con los viejos romances sobre Diarmid y Grainné. No tenían importancia; me parecía que ya había escuchado todos aquellos relatos hacía mucho tiempo, en mi infancia.

Y entonces, una primavera, cuando la tierra se mostraba hermosa ante nosotros y los manzanos de Avalon lucían sus primeros brotes, Cuervo rompió el silencio con un grito y mi mente se vio obligada a retornar a las cosas de ese mundo que creía haber dejado atrás para siempre.

IX

La espada, la espada de los Misterios ha desaparecido... Mirad la copa ahora, mirad toda la Sagrada Regalía... ha desaparecido, ha desaparecido, nos ha sido arrebatada... Morgana escuchó el grito estando despierta y, sin embargo, cuando fue de puntillas a la puerta de la estancia en la que dormía Cuervo, la encontró sola y en silencio como siempre; las mujeres que la atendían estaban dormidas; y ellas no habían oído aquel grito.

—Todo está en silencio, Señora —le dijeron—. ¿Estáis segura de que no ha sido un mal sueño?

—De ser un mal sueño, también lo ha tenido la sacerdotisa Cuervo —repuso Morgana, observando los despreocupados rostros de las muchachas.

Le pareció que cada año que pasaba, las sacerdotisas de la Casa de las Doncellas eran más jóvenes y más infantiles... ¿Cómo se podían confiar las cosas sagradas a muchachas como aquéllas? A doncellas cuyos senos apenas estaban formados... ¿Qué podían saber sobre la vida de la Diosa que era la vida del mundo?

Nuevamente sonó el terrible grito a través de Avalon, llevando la alarma a todas partes.

—¿Lo habéis oído? —preguntó Morgana, y ellas tornaron a mirarla consternadas.

—¿Soñáis ahora con los ojos abiertos, Señora? —respondieron.

Morgana se dio cuenta de que aquel grito de terror y pesar no había producido sonido alguno.

—Iré con ella —dijo.

—Pero no podéis hacer eso —empezó a decir una de las muchachas, luego retrocedió con la boca abierta, al apercibirse de quién era Morgana, e inclinó la cabeza cuando ésta pasó por su lado.

Cuervo estaba sentada en el lecho, el largo cabello suelto y en desorden, y los ojos desorbitados de terror; por un momento, Morgana pensó que efectivamente era la víctima de un mal sueño, que aún no estaba despierta del todo...

Pero Cuervo sacudió la cabeza mostrando que estaba despierta y consciente. Suspiró, y Morgana comprendió que estaba pugnando por hablar, por superar los años de silencio; ahora parecía que la voz no iba a obedecerla nunca más.

Por último, temblando, logró decir:

—Vi... lo vi... traición, Morgana, en los sagrados lugares de Avalon... No pude distinguir su cara, pero vi la espada Excalibur en su mano...

Morgana extendió la mano, para tranquilizarla.

—Miraremos en el espejo cuando salga el sol —dijo—. No intentes hablar, querida.

Cuervo seguía temblando; Morgana puso su mano con firmeza sobre la de Cuervo y en la oscilante luz de la antorcha vio que su propia mano estaba arrugada y salpicada de oscuras manchas producidas por la edad, y que los dedos de Cuervo eran como torcida soga en torno a los estrechos, finos huesos. Somos viejas, meditó, las dos, vinimos siendo doncellas para atender a Viviane... Ah, Diosa, los años que han pasado...

—Pero debo hablar ahora —susurró Cuervo—. He estado en silencio demasiado tiempo... guardé silencio incluso cuando temí que esto llegaría... escucha el trueno y la lluvia; se avecina una tormenta que descargará sobre Avalon y la arrasará... y la oscuridad caerá sobre la tierra...

—¡Calla, querida! Sosiégate—musitó Morgana y rodeó con los brazos a la temblorosa mujer, preguntándose si su mente desvariaba, si aquello no era más que una ilusión, un sueño febril... No se oía ningún trueno, ni lluvia; en el exterior la luna brillaba esplendente sobre Avalon y los prados parecían blancos, por las flores que iluminaba la luna—. No tengas miedo. Me quedaré aquí contigo y por la mañana miraremos en el espejo para ver si algo de esto es real.

Cuervo sonrió tristemente. Cogió la antorcha de Morgana y la apagó; en la repentina oscuridad Morgana pudo distinguir, por las grietas en el adobe, el destello de un relámpago en la distancia. Silencio, y después, muy lejos, un débil trueno.

—No es un sueño, Morgana. La tormenta vendrá y tengo miedo. Tú posees más valor que yo. Has vivido en el mundo y conoces pesares verdaderos, no sueños... pero ahora, tal vez, debo esforzarme y romper el silencio para siempre... Y tengo miedo....

Morgana se tendió junto a ella, cubriéndose ambas con la manta de Cuervo, y la abrazó para aquietar sus temblores. Mientras yacía en silencio, escuchando la respiración de la otra mujer, recordó la noche en la cual trajo a Nimue y cómo Cuervo llegó a ella para darle la bienvenida a Avalon... ¿Por qué me parece ahora que, de todo el amor que he conocido, éste es el más cierto...? Estrechó a Cuervo suavemente, haciendo que apoyara la cabeza en su hombro, tranquilizándola. Mucho tiempo después se produjo un gran estruendo de truenos.

—¿Lo ves? —susurró Cuervo.

—Calma, querida, es sólo una tormenta. —Y mientras hablaba, la lluvia comenzó a caer, arreciando y martilleando, haciendo entrar un gélido viento en la estancia, ahogando las palabras. Morgana yació en silencio, pensando: Es sólo una tormenta, pero parte del terror de Cuervo se introdujo en ella y sintió que también comenzaba a temblar.

Una tormenta caerá del cielo y golpeará Camelot, haciendo pedazos los años de paz que Arturo ha conseguido para esta tierra...

Trató de invocar la Visión, pero el trueno parecía ahogar los pensamientos; únicamente podía yacer junto a Cuervo repitiéndose una y otra vez: Es sólo una tormenta, una tormenta, lluvia, viento y trueno, no es la ira de la Diosa...

MUCHO TIEMPO después se aplacó la tormenta y despertó a un mundo purificado, el cielo claro y sin nubes, el agua destellando en cada hoja y goteando por cada brizna de hierba, tal si el mundo se hubiese sumergido bajo el agua y aún no se hubiera secado. Si la tormenta de Cuervo descargase sobre Camelot, ¿lo dejaría tan hermoso tras su paso? Por algún motivo, estimó que no.

Cuervo despertó y la miró con ojos muy abiertos por el espanto.

—Nos reuniremos con Niniane en seguida, después iremos al espejo antes de que salga el sol —dijo Morgana con la calma y el sentido práctico de siempre—. Si la ira de la Diosa va a descender sobre nosotros, hemos de saber cómo y por qué.

Cuervo asintió en silencio, mas cuando estuvieron vestidas y dispuestas para salir de la casa, le tocó en el hombro a Morgana.

—Ve a buscar a Niniane —susurró, luchando enconadamente para que su voz inutilizada la obedeciera—. Traeré a Nimue. También ella forma parte de esto...

Durante un instante Morgana, atónita, pensó en protestar; luego, mirando el cielo que palidecía por el este; salió. Era posible que Cuervo hubiese visto, en el mal sueño de la profecía, la razón por la cual Nimue fue llevada allí y mantenida en reclusión. Recordando el día en el que Viviane le anunció su propia misión, pensó: ¡Pobre muchacha! Mas era voluntad de la Diosa, y todas estaban en sus manos. Mientras atravesaba sola el húmedo prado, vio que no todo había quedado tranquilo y hermoso... el viento había arrasado los brotes y el prado estaba cubierto por una capa blanca, como de nieve; en aquel otoño tendrían pocos frutos.

Podemos plantar el grano y cultivar el suelo. Pero sólo su favor hace fructificar la cosecha...

¿Por qué me preocupo, entonces? Será según su designio...

Niniane, aún sumida en el sueño, la miró como si estuviese loca. No es una verdadera sacerdotisa, pensó Morgana; Merlín decía la verdad. Fue escogida sólo por estar emparentada con Taliesin. Ha llegado el momento, tal vez, de dejar de lado la cuestión sobre quién es la verdadera Señora de Avalon y ocupar mi puesto. No quería ofender a Niniane, o dar la sensación de que luchaba por el poder y por derrocar a la joven que había tenido un poder excesivo... Pero ninguna auténtica sacerdotisa, elegida por la Diosa, podía permanecer durmiendo a pesar del grito de Cuervo. Sin embargo, la mujer que tenía delante había pasado las ordalías requeridas para hacerse sacerdotisa; la Diosa no la había rechazado. ¿Qué tarea iba a encomendarle la Diosa?

—Te lo aseguro, Niniane, lo he visto, y también Cuervo... ¡debemos mirar en el espejo antes de que salga el sol!

—No tengo gran fe en tales cosas —repuso Niniane con calma—. Lo que ha de venir, seguramente vendrá... pero, si lo deseas, Morgana, iré contigo.

En silencio, cual oscuras manchas en el pálido y acuoso mundo, se dirigieron al espejo que estaba bajo el Manantial Sagrado. Mientras caminaban Morgana distinguió, como sombra vista de soslayo, la alta y callada silueta de Cuervo, velada, y a Nimue como una

pálida sombra, llena de brotes y flores como la mañana. Morgana quedó anonadada por la belleza de la
muchacha. Ni siquiera Ginebra en su mejor edad había sido tan bella. Sintió una punzada de celos y angustia. *Yo no obtuve ese don de la Diosa a cambio de
cuanto hube de sacrificar...*

—Nimue es doncella. Es ella quien debe mirar en el
espejo —dijo Niniane.

Sus cuatro formas oscuras se reflejaron en la pálida
superficie del estanque, contra el albo reflejo del cielo,
donde algunas franjas de un rosa claro estaban empezando a anunciar el amanecer. Nimue caminó hasta el
borde, apartando de su rostro el largo cabello rubio
con ambas manos, y Morgana se encontró contemplando en su mente la superficie de una bola de plata
y el inmóvil e hipnótico rostro de Viviane...

—¿Qué queréis que vea, madre? —dijo Nimue, en
voz baja e imprecisa.

Morgana aguardó a que Cuervo hablara, mas sólo
hubo silencio.

—¿Ha sido profanada Avalon y caída víctima de la
traición? ¿Qué le ha sucedido a la Sagrada Regalía?
—preguntó al fin.

Silencio. Sólo algunos pájaros trinaban suavemente
en los árboles y el leve sonido de las ondas del agua,
cayendo del canal que rebosaba el Manantial para
formar este calmo estanque. Debajo de ellas, en las
laderas, Morgana pudo ver la blanca capa de los prados asolados, y muy por encima, la indeterminada silueta del anillo de piedras de Tor.

Silencio.

—No logro ver su cara... —musitó Nimue, y el estanque se rizó.

Morgana tuvo la impresión de poder distinguir una
silueta encorvada, caminando despacio y con dificultad... la estancia donde había permanecido en silencio
detrás de Viviane, mientras Taliesin ponía Excalibur

en manos de Arturo y escuchó la voz de Taliesin diciendo: No. Es letal tocar la Sagrada Regalía sin estar preparado... Morgana pudo escuchar fugazmente aquella voz, no la de Nimue... pero él tenía derecho, era Merlín de Bretaña, y las cogió de su lugar, lanza, copa y plato, y escondiendo los objetos sagrados bajo la capa, cruzó el Lago hacia donde Excalibur refulgía en la oscuridad... La Sagrada Regalía estaba reunida.

—¡Merlín! —exclamó Niniane—. Pero ¿por qué?

Morgana sabía que su expresión era pétrea cuando contestó:

—En una ocasión me habló de eso... Dijo que Avalon estaba ya fuera del mundo, y que los objetos sagrados debían estar en el mundo al servicio de los hombres y de los Dioses, sea cual sea el nombre que los hombres les den...

—Va a profanarlas —dijo Niniane con vehemencia—, y las pondrá al servicio del Dios que quiere expulsar a todos los demás Dioses...

En el silencio, Morgana escuchó el cántico de los monjes. Luego la luz del sol dio en el espejo y lo convirtió en un fuego encendido que le inundó la cabeza y los ojos, abrasador, calcinante, y bajo el resplandor del sol naciente fue como si todo el mundo ardiera a la luz de una cruz en llamas... Cerró los ojos, cubriéndose el rostro con las manos.

—Déjalo, Morgana —musitó Cuervo—. Ten por seguro que la Diosa cuidará de sí misma...

De nuevo Morgana pudo escuchar el cántico de los monjes, Kyrie eleison, Christe eleison... Señor, ten piedad, Cristo, ten piedad... La Sagrada Regalía no era más que signos, seguramente la Diosa había dejado que esto acaeciera en señal de que Avalon ya no necesitaba de esos objetos, irían al mundo para estar al servicio de los hombres...

La cruz en llamas seguía ardiendo ante los ojos de Morgana; se los cubrió y los apartó de la luz.

—Ni siquiera yo puedo abrogar el voto de Merlín. Hizo un gran juramento y contrajo el Gran Matrimonio con la tierra en lugar del Rey, y ahora ha traicionado y su vida es perjura. Pero antes de tratar con el traidor, debo tratar con la traición. La Regalía debe ser devuelta a Avalon, aunque haya de traerlas aquí con mis propias manos. Partiré para Camelot al amanecer. —Y súbitamente vio su plan completarse cuando Nimue susurró:

—¿Debo partir yo también? ¿Es mi cometido vengar a la Diosa?

Ella, Morgana, se las habría con la Sagrada Regalía. Estaban a su cuidado, y si sólo hubiese ocupado su puesto en vez de darse al pesar y considerar su propia comodidad, esto no podría haber sucedido. Pero Nimue sería el instrumento del castigo al traidor.

Kevin nunca había visto a Nimue. De cuantas moraban en Avalon, Merlín desconocía a quienes vivían en reclusión y silencio. Y como siempre acontece cuando la Diosa impone castigo, sería la propia indefensión de la fortaleza de Merlín la que le traería la ruina. ¿Cómo había podido ella disculpar a aquel traidor?

—Partirás para Camelot, Nimue —dijo lentamente, apretando los puños—. Eres prima de la Reina Ginebra, e hija de Lancelot. Lograrás que te deje residir entre sus damas, y le pedirás que mantenga en secreto, incluso ante el Rey Arturo, que has morado en Avalon. Dile incluso, si es menester, que te has convertido al cristianismo. Y allí conocerás a Merlín. Tiene una gran debilidad. Cree que las mujeres le rehúyen porque es feo y porque está cojo. Por la mujer que no mostrase miedo o repulsión por él, por esa mujer que le otorgue la hombría que anhela y teme, hará cualquier cosa, daría la vida misma... Nimue —añadió, mirando directamente a los ojos asustados de la muchacha—lo llevarás a tu lecho. Lo atarás a ti hasta que se convierta en tu esclavo, en cuerpo y alma.

—¿Y entonces... —preguntó Nimue temblando— entonces qué? ¿Debo matarle?

Morgana iba a hablar, mas Niniane lo hizo primero.

—La muerte que le darías sería demasiado rápida para un traidor como él. Has de atraerle, encantado, a Avalon, Nimue. Y sufrirá la maldita muerte del traidor en la arboleda de robles.

Temblando, Morgana supo qué destino le aguardaba. Sería desollado vivo, arrojado vivo después por la hendidura del roble, y el agujero sellado con grasa y adobe, dejando sólo espacio suficiente para que no le faltara la respiración, para que no muriese demasiado pronto... Agachó la cabeza, tratando de ocultar su horror. El sol cegador ya no daba en el agua; el cielo estaba tachonado por las pálidas nubes del alba.

—Nuestra obra aquí ha concluido. Vamos, madre —dijo Niniane, pero Morgana no la siguió.

—No ha concluido. También yo debo marchar a Camelot. He de saber qué uso ha dado el traidor a la Sagrada Regalía. —Suspiró; había esperado no tener que abandonar nunca la isla de Avalon, pero ninguna otra podía hacer lo que debía hacerse.

Cuervo extendió la mano. Estaba temblando tan terriblemente que Morgana temió que fuera a desmayarse; susurró entonces con su rota voz que era sólo un hondo suspiro parecido al viento soplando contra ramas muertas.

—También yo debo ir... es mi destino, no yaceré donde cuantas me precedieron yacen en el país encantado... Cabalgaré contigo, Morgana.

—No, no, Cuervo —protestó Morgana—. ¡Tú no!

Cuervo nunca había salido de Avalon, en cincuenta años... ¡Seguramente no sobreviviría al viaje! Mas nada de cuanto acertó a decir quebró la determinación de Cuervo; aunque temblaba de terror, fue inexorable: había visto su destino y debía ir con Morgana costara lo que costase.

—Pero yo no voy a ir como lo haría Niniane, con la pomposa vestidura de una sacerdotisa, en la litera de Avalon, cabalgando con gran boato a Camelot —arguyó—. Iré con el aspecto de una vieja campesina, como Viviane hiciera con frecuencia antaño.

Mas Cuervo sacudió la cabeza.

—Cualquier camino que tú puedas recorrer, Morgana, también yo puedo —dijo.

Morgana continuaba sintiendo mortal pavor. No por ella, sino por Cuervo.

—Así sea —accedió, y se prepararon para cabalgar.

Más tarde, aquel mismo día, ellas salieron de Avalon por los senderos secretos, y Nimue, viajando con gran pompa como deuda de la Reina, por las calzadas principales. Morgana y Cuervo, cubiertas con los tristes andrajos de una mendiga, se dirigieron a pie hacia Camelot.

Cuervo era más fuerte de lo que Morgana creía; en el camino, día tras día, paso a paso, demostró a veces que era la más fuerte. Pidieron restos de carne y cobijo en granjas, robaron un pedazo de pan que había dejado un perro en un corral, durmieron en una villa desierta y la noche siguiente en un almiar. Y en la última noche, por vez primera en su silencioso viaje, Cuervo habló.

—Morgana —dijo, cuando yacían juntas, arropadas por las capas, sobre el heno—, mañana es Pascua en Camelot, debernos estar allí al alba.

Morgana le habría preguntado por qué, pero sabía que Cuervo sólo podría darle una respuesta: lo había visto así cuando supo su destino.

—Entonces partiremos antes del amanecer —dijo—. Desde aquí no hay más de una hora a pie. Podíamos haber seguido caminando y dormir al amparo de Camelot, si me hubieses informado de esto antes.

—No podía —susurró Cuervo—. Tenía miedo. —Y Morgana supo que la otra mujer estaba llorando en la oscuridad—. ¡Estoy tan asustada, Morgana, tan asustada!

—¡Te advertí que debías quedarte en Avalon! —le recordó bruscamente.

—Tenía que hacer la obra de la Diosa —musitó Cuervo—. He morado todos estos años protegida por Avalon, y ahora es Ceridwen, nuestra Madre, quien exige todo de mí a cambio del cobijo y la seguridad que he obtenido de ella... Estoy tan asustada, tan asustada. Morgana, sujétame, sujétame, tengo tanto miedo.

Morgana la estrechó y la besó, acunándola como a una niña. Luego, como si entraran juntas en un gran silencio, la apretó contra sí. Ninguna habló, Morgana sintió que el mundo estaba agitándose con un extraño ritmo a su alrededor, sin luz, en las tinieblas de la cara oscura de la luna. Dos mujeres, afirmando la vida a la sombra de la muerte. Como a la luz de la luna primaveral, la doncella y el hombre en los fuegos de Beltane afirmaran la vida en el flujo de la primavera que los llevaría a la muerte a él en el campo y en el parto a ella; así a la sombra y tiniebla del dios sacrificado, en la luna oscura, las sacerdotisas de Avalon invocaban juntas la vida de la Diosa y ella en el silencio les respondía... Yacieron inmóviles, y el sollozo de Cuervo quedó acallado al fin. Ella estaba como muerta y Morgana, sintiendo que el corazón se le detenía, pensó: Debo dejarla ir incluso al interior de las sombras de la muerte si ésa es la voluntad de la Diosa...

Y ni siquiera pudo llorar.

NADIE REPARÓ ni lo más mínimo en dos campesinas, ya no jóvenes, en la algarabía y el tropel de las puertas de Camelot aquella mañana. Morgana estaba acostumbrada a esto; Cuervo, que había vivido confinada tanto tiempo en Avalon, palideció y trató de esconderse bajo el raído chal. Morgana también se ciñó el chal Algunos reconocerían a la dama Morgana aun con blancos mechones en el cabello y la vestimenta de una labriega.

Un pastor que recorría el patio con un ternero tropezó con Cuervo y estuvo a punto de derribarla, y la maldijo porque ella le miró consternada. Morgana intervino rápidamente.

—Mi hermana es sorda y muda —dijo, y su expresión cambió.

—Ah, pobre. Mirad, por allí están dando a todo el mundo una buena comida en el primer vestíbulo del Rey. Las dos podéis deslizaros hasta aquella puerta y contemplarles al entrar. El Rey ha planeado algo grande con uno de los sacerdotes en el salón para hoy. ¿Sois aldeanas y no conocéis su proceder? Bueno, en esta región todo el mundo sabe que ha hecho de ello una costumbre. Nunca toma asiento en sus grandes festejos a menos que haya algún gran prodigio preparado, y hoy hemos oído que será algo verdaderamente maravilloso.

No lo dudo, pensó Morgana desdeñosamente, pero dio las gracias al hombre en el rudo dialecto campesino que había utilizado antes y condujo a Cuervo hacia el vestíbulo, el cual se estaba llenando velozmente. La generosidad del Rey Arturo en los días festivos era algo bien conocido y éste sería el mejor banquete que muchos disfrutarían en todo el año. Había en el aire olor a carne asada y gran parte de la gente que la rodeaba lo comentaba con gula. A Morgana sólo le hizo sentir náuseas y, tras una mirada al lívido y aterrorizado rostro de Cuervo, decidió retirarse.

Ella no debería haber venido. Fui yo quien falló al no ver el peligro de la Sagrada Regalía; fui yo quien erró al no ver que Kevin era un traidor. Y cuando haya hecho lo que debo hacer, ¿cómo conseguiré huir a Avalon con Cuervo en este estado?

Encontró un rincón en el que pasarían desapercibidas, pero desde donde podían ver razonablemente bien lo que estaba ocurriendo. En el extremo más alejado de la estancia se hallaba la gran mesa, la Mesa Redonda que ya era casi legendaria en el país, con el gran estrado para el Rey y la Reina, y los nombres grabados de los Caballeros de Arturo en sus lugares acostumbrados. De los muros pendían brillantes enseñas. Y tras pasar años en la austeridad de Avalon, a Morgana todo aquello le parecía ostentoso y fatuo.

Al cabo de mucho tiempo se produjo cierto alboroto, y sonido de trompas en alguna parte; un murmullo corrió por la hacinada muchedumbre. Morgana pensó, ¡Será extraño ver la corte desde fuera, después de haber sido parte de ella tanto tiempo! Cai estaba abriendo los portones del extremo superior del salón y Morgana se asustó, ¡Cai la reconocería de cualquier forma que fuera vestida! Aunque, ¿por qué iba siquiera a mirar en su dirección?

¿Cuántos años había estado en apacible deriva en Avalon? No tenía idea. Arturo parecía incluso más alto, más majestuoso, el pelo tan rubio que nadie podría distinguir si había o no hebras de plata entre sus rizos cuidadosamente peinados. Ginebra, aunque tenía los senos caídos bajo el complicado vestido, se conducía erguida y parecía tan delgada como siempre.

—Mira qué joven parece la Reina —murmuró uno de los vecinos de Morgana—, aunque Arturo la desposó el año que tuve a mi primer hijo y mírame a mí. —Morgana contempló al que hablaba, encorvado y sin dientes, vencido como un arco—. He oído que esa bruja hermana del Rey, el Hada Morgana, les dio conjuros a ambos para conservar la juventud...

—Conjuros o no —masculló otra mujer corva y sin dientes—, si la Reina Ginebra tuviera que limpiar un establo noche y día, y parir un hijo todos los años y amamantarlo en los buenos y en los malos tiempos, no quedaría nada de esa belleza, ¡bendita sea! Las cosas son como son, pero me gustaría que algún clérigo me dijera por qué ella tiene todo lo bueno de la vida y yo toda la miseria.

—Deja de gruñir —repuso el primero—. Hoy te llenarás la barriga y verás a todos los señores y señoras, ya sabes lo que los viejos druidas solían decir de por qué las cosas son como son. La Reina Ginebra posee finos vestidos y joyas y un trato regio porque hizo el bien en sus últimas vidas, y quienes como tú y yo somos pobres y feos es porque fuimos ignorantes, y algún día, si nos cuidamos de lo que hacemos en esta vida, también habrá para nosotros mejor fortuna.

—Oh, sí —masculló la otra anciana—, los sacerdotes y los druidas son todos iguales. El druida dice eso y el sacerdote dice que si cumplimos con nuestro deber en esta vida iremos al Cielo, viviremos con Jesús y nos festejaremos con él para no volver nunca a este perverso mundo. Es siempre lo mismo, digan lo que digan. ¡Algunos nacen en la miseria y mueren en la miseria, y otros lo tienen todo!

—Pero ella no es feliz, según he oído —dijo otra del grupo de mujeres que estaban apiñadas—. A pesar de ser reina, nunca ha tenido un hijo, y yo tengo un buen hijo que trabaja para mí en la granja, y una hija casada con el hombre de la granja de al lado, y otra que es sirvienta de las monjas de Glastonbury. ¡La Reina ha tenido que adoptar a sir Galahad, que es hijo de Lancelot y de su prima Elaine, para que sea heredero de Arturo!

—Oh, sí, eso es lo que te han contado —repuso una cuarta anciana—. Pero tú sabes y yo sé que, cuando la Reina Ginebra estuvo ausente de la corte en el sexto o séptimo año de su reinado, más o menos, ¿no crees que todos estuvieron contando con los dedos? La mujer de mi hermanastro fue cocinera en la corte y dice que estaba en boca de todos por estos alrededores que la Reina pasaba la noche en un lecho que no era el de su marido.

—Cállate, vieja chismosa —advirtió el primero—. Deja que uno de los chambelanes te oiga decir eso en voz alta, y te zambullirán en el estanque por charlatana. Yo afirmo que sir Galahad es un buen Caballero y será un buen rey, ¡larga vida al Rey Arturo! ¿Y a quién le importa quién sea su madre? Yo creo que es hijo de uno de los lances de Arturo. Y mira a sir Mordred, todos saben que él es hijo bastardo del Rey y de alguna ramera.

—He oído algo peor que eso —dijo una de las mujeres—. He oído que es hijo de una de las hadas hechiceras y que Arturo lo trajo a la corte como prenda por su alma, para vivir cien años. Ya lo verás, sir Mordred no envejecerá. ¡Mira a Arturo, debe pasar de los cincuenta y podría parecer un hombre de treinta años!

Otra vieja soltó una obscenidad de pajar.

—¿Qué más me da a mí todo eso? Si el Diablo estuviera haciendo de las suyas, podría haber hecho a Mordred a imagen de Arturo para que cualquiera pudiese aceptarle como su hijo. La madre de Arturo pertenecía a la vieja sangre de Avalon, ¿no habéis visto nunca a la dama Morgana? Es morena, también, y Lancelot, que es su deudo, se le parece... Más bien creería lo que decían antes, que Mordred es hijo bastardo de Lancelot y de la dama Morgana. Sólo tenéis que mirarlos, y la dama Morgana es bastante guapa a su manera, menuda y morena como es.

—Ella no está entre las damas —remarcó una de las mujeres, y la que había conocido a una cocinera de la corte dijo con autoridad:

—Se peleó con Arturo y se fue al país de las hadas, pero todo el mundo sabe que en la Noche de Todos los Santos vuela alrededor del castillo en una rama de avellano y que cualquiera que la ve se queda ciego.

Morgana hundió el rostro en la raída capa para ahogar una carcajada. Cuervo, escuchando, se volvió a Morgana con indignada expresión, pero ésta sacudió la cabeza; debían quedarse calladas y pasar desapercibidas.

Los Caballeros se estaban sentando en sus lugares de costumbre. Lancelot, según tomaba asiento, levantó la cabeza y abarcó el salón con mirada penetrante, y por un momento Morgana tuvo la impresión de que la estaba buscando, de que sus ojos se encontraban con los de ella.

Temblando, bajó la cabeza. Los camarlengos se afanaban a ambos lados del salón, escanciando vino para los Caballeros y sus damas, vertiendo vino de grandes odres de cuero para los campesinos apiñados en el vestíbulo. Morgana alargó su copa y la de Cuervo, y cuando ésta se negó, dijo con acre susurro:

—¡Bébetela! Tienes aspecto de muerta, y debes conservar fuerzas para lo que se está avecinando. —Cuervo se llevó la copa de madera a los labios y sorbió, pero apenas pudo tragar.

—¿Está enferma tu hermana? —preguntó la mujer que había dicho que la dama Morgana era guapa a su modo.

—Está asustada, nunca antes había visto la corte —respondió.

—¿No son hermosos los señores y las señoras? ¡Qué espectáculo! Y pronto tendremos una buena cena —dijo la mujer a Cuervo—. Eh, ¿no oye?

—No es sorda, sino muda —volvió a contestar Morgana—. Creo que quizás entiende un poco de lo que yo le digo, pero a nadie más.

—Ahora que hablas de ello, parece un poco lela —intervino la otra mujer, y dio palmaditas en la cabeza de Cuervo como si fuera un perro—. ¿Siempre ha sido así?

¡Qué lástima!, y tienes que cuidar de ella. Eres una buena mujer. A veces a los niños cuando son así, los suyos los atan a un árbol como a un perro perdido, y tú la traes a la corte y todo. ¡Mira el sacerdote con su dorado hábito! Ese es el Obispo Patricius, dicen que ha echado a todas las serpientes del país... ¿Qué te parece? ¿Crees que las atacó con palos?

—Es un modo de decir que expulsó a todos los druidas, les llaman serpientes de la sabiduría —comentó Morgana.

—¿Cómo sabe una como tú una cosa así? —se burló la que había estado preguntando—. Oí que eran serpientes, seguro, y de cualquier forma, todos esos sabios, los druidas y los clérigos, están unidos, y no disputarían.

—Es muy probable —repuso Morgana, sin querer atraer más atención hacia sí misma, dirigiendo la mirada al Obispo Patricius. Tras él había alguien ataviado como un monje, una figura encorvada, torcida y moviéndose con dificultad. ¿Estaba Merlín ahora siendo instruido por el obispo? Su necesidad de saber le hizo olvidar el riesgo que suponía llamar la atención.

—¿Qué va a suceder? Creía que ya habrían escuchado la misa en la capilla esta mañana, todos los señores y las damas.

—He oído —respondió una de las mujeres— que como en la capilla caben pocos, hoy habría una misa especial aquí, para todo el pueblo, antes de la comida. Mira, los servidores del obispo están trayendo un altar con mantel blanco y todo. ¡Sssh, escuchad!

Morgana pensó que se volvería loca de rabia y desesperación. ¿Iban a utilizar la Sagrada Regalía para oficiar una misa cristiana?

—Acércate, pueblo —estaba entonando el obispo—, pues hoy el viejo orden da paso al nuevo. Cristo ha triunfado sobre todos los antiguos y falaces Dioses que ahora servirán a su nombre. Porque el Cristo Verdadero dijo a la humanidad, Yo soy el Camino, la Verdad y la Vida. También dijo: Ningún hombre puede venir al Padre si no viene en mi nombre, pues no hay otro nombre bajo el cielo por el que podáis ser salvados. Y en señal de tal, todas las cosas que una vez estuvieron dedicadas a falsos Dioses antes de que la humanidad tuviera conocimiento de la verdad, estarán ahora dedicadas a Cristo y nuevamente encomendadas al servicio del Dios verdadero...

Morgana no escuchó nada más; de súbito entendió lo que estaban planeando hacer. ¡No! Estoy juramentada a la Diosa. ¡No debo permitir que esto suceda! Se volvió para tocar a Cuervo en el hombro; incluso allí, en medio de aquel atestado salón, estaban abiertas una a la otra. Van a utilizar la Sagrada Regalía de la Diosa para convocar la Presencia... pero van a hacerlo en el nombre de Cristo.

La copa que los cristianos usan en la misa es la invocación del agua, como el plato en el cual ponen el santo pan es el plato sagrado del elemento tierra. Ahora, utilizando los arcanos objetos de la Diosa, invocarán a su Dios; aunque en vez del agua pura de la sagrada tierra, que viene de la clara y cristalina primavera de la Diosa, ponen en su cáliz vino.

En la copa de la Diosa, oh Madre, está el caldero de Ceridwen, de donde todos los hombres se nutren y del cual todos los hombres obtienen las buenas cosas de este mundo. Habéis llamado a la Diosa, oh temerarios sacerdotes, pero, ¿soportaríais su presencia si viniera? Morgana unió las manos en la más ferviente invocación de su vida.

¡Soy tu sacerdotisa, oh Madre! ¡Utilízame según sea tu voluntad, te lo ruego!

Sintió que el poder la invadía, sintió que cobraba altura. No tenía miedo aun sabiendo que era mortal tocar la Sagrada Regalía sin estar preparado. ¿Cómo, se preguntó en un remoto rincón de su mente que ahora despertaba, ha conseguido Kevin preparar al obispo? ¿Ha traicionado ese secreto también? Supo con certeza que toda su vida había sido una preparación para aquel momento cuando, como la Diosa misma, levantó la copa entre las manos.

Más tarde, oyó que algunos dijeron haber visto la Gran Copa llevada alrededor de la estancia por una doncella ataviada de un blanco refulgente; otros dijeron haber escuchado un gran viento impetuoso llenando el salón y el sonido de muchas arpas. Morgana sólo sabía que había levantado la copa entre las manos, viéndola brillar cual una gran joya destellante, un rubí, un vivo corazón que pulsaba y latía entre sus manos... Caminó hacia el obispo y él cayó de rodillas ante ella cuando susurró:

—Bebe. Esta es la Sagrada Presencia...

Bebió y ella se preguntó fugazmente qué era lo que él veía, pero entonces él quedó a sus espaldas cuando continuó avanzando, o era la copa quien se movía, tirando de ella... No sabía decirlo. Escuchó un sonido como de muchas alas, precipitándose, y olió una fragancia que no era ni incienso ni perfume... La copa, dijeron algunos después, era invisible; otros afirmaron que brillaba como una gran estrella, cegando a todo aquel que la miraba... Todos en el salón encontraron su plato colmado de las cosas que más les gustaban...

Una y otra vez, oyó después referir aquella historia y entendió que había portado el caldero de Ceridwen. Pero para las demás historias no tenía explicación, ni la necesitaba. Ella es la Diosa, hará según su voluntad...

Cuando pasó ante Lancelot le oyó musitar con espanto, «¿Sois vos, Madre? ¿O estoy soñando...?» y se llevó la copa a los labios, colmado de desbordante ternura; hoy era madre de todos. Incluso Arturo se arrodilló ante ella cuando la copa pasó brevemente ante sus labios.

Soy todas las cosas, Doncella, Madre y quien da la vida y la muerte. Corréis peligro si me ignoráis, vosotros los que invocáis otros Nombres... Sabed que soy Una... De cuantos estaban en el gran salón, sólo Nimue, pensó, la había reconocido, la miró reconociéndola con ojos atónitos; sí, Nimue también había sido preparada para reconocer a la Diosa, en cualquier forma que pudiera adoptar.

—También tú, hija mía —susurró con infinita compasión, y Nimue se arrodilló para beber. Morgana sintió en algún lugar de su interior resurgir el deseo de venganza, y pensó: Sí, también esto forma parte de mí...

Morgana se tambaleó, sintió la fuerza de Cuervo levantándola... ¿Estaba Cuervo junto a ella, sosteniendo la copa? ¿O era una ilusión? ¿Estaba Cuervo todavía agazapada en su rincón, irguiéndola con una fuerza que discurría por ambas hasta la Diosa que portaba la copa...? Morgana nunca llegó a saber si había llevado la copa o si eso también formaba parte de la inmensa magia que ella había tramado para la Diosa... Sin embargo, seguía pareciéndole, que aún portaba la copa alrededor del gran salón, que cada hombre y cada mujer se arrodillaba y bebía, que la bondad y la dicha la inundaban, que caminaba como llevada de aquellas grandes alas que podía oír... y entonces el semblante de Mordred apareció delante de ella.

No soy tu madre, soy la Madre de Todos...

Galahad estaba lívido, anonadado. ¿La veía como la copa de la vida? ¿Tenía importancia? Gareth, Gawaine, Lucan, Bedivere, Palomides, Cai... todos los antiguos Caballeros y muchos otros a quienes no reconoció, parecían llegar de alguna parte más allá de los espacios del mundo, incluso aquellos que ya no estaban en él venían a compartir con ellos la Mesa Redonda en este día. Ectorius, Lot, muerto años atrás, el joven Drustan, asesinado por Marcus en la furia de los celos,

Lionel, Bors, Balin y Balan de la mano, cual hermanos de nuevo al otro lado de la muerte... Todos cuantos alguna vez se reunieron en torno a la Mesa Redonda, en el pasado o en el presente, estaban congregados en este momento, incluso Taliesin. Y Kevin se arrodillaba ante ella, con la copa en los labios...

lncluso tú. Todo lo perdono en este día... sea lo que sea que pueda suceder en los tiempos venideros...

Finalmente alzó la copa hasta sus labios y bebió. El agua del Manantial Sagrado sabía dulce y, al tomar un trozo de pan, le pareció que tenía en la boca un confite de miel de los que Igraine horneaba para ella cuando era niña en Tintagel.

Volvió a dejar la copa en el altar, donde brilló cual una estrella...

¡Ahora! ¡Ahora, Cuervo, la Gran Magia! Fue menester toda la fuerza de todos los druidas para separar a Avalon de este mundo, mas ahora no necesitamos hacer tanto... La copa, el plato y la lanza deben partir... deben partir de este mundo por siempre, para estar a salvo en Avalon, para que nunca vuelvan a tocarlos hombres mortales. Jamás volverán a ser utilizados en nuestra magia dentro del anillo de piedras. Pero nunca tornarán a salir de Avalon...

Sintió las manos de Cuervo aprisionando las suyas y tuvo la impresión de que, tras las manos de Cuervo, habían otras que no sabía de quién eran... En el salón, pareció como si batieran grandes alas por última vez y un viento impetuoso soplara en el salón para luego desaparecer. La blanca luz del día penetró en la estancia y el altar se vio despojado y vacío, el blanco paño estaba arrugado. Pudo ver el pálido y aterrorizado semblante del Obispo Patricius.

—Dios nos ha visitado —musitó—, y hoy hemos bebido del vino de la vida en el Santo Grial...

Gawaine se levantó de un salto.

—Pero, ¿quién lo ha robado? —gritó—. No lo hemos visto claramente... ¡Juro que iré a buscarlo para devolverlo a esta corte! Y en esta búsqueda invertiré doce meses y un día, hasta que vea con mayor claridad de lo que he visto aquí...

Por supuesto había de ser Gawaine, pensó Morgana, ¡siempre el primero en plantarle cara a lo desconocido! Aunque había actuado siempre manejado por él, Galahad se puso en pie, pálido y dando muestras de excitación.

—¿Doce meses, sir Gawaine? Juro que pasaré toda la vida, si es menester, hasta ver con claridad el Grial ante mí...

Arturo extendió la mano y trató de hablar, pero el nerviosismo los dominaba y estaban gritando, comprometiéndose, hablando todos a la vez.

No hay ninguna otra causa tan querida ahora para sus corazones, pensó Morgana. Han ganado las guerras, hay paz en la tierra. Entre guerras, aun los césares tenían el buen juicio de poner a sus legiones a construir calzadas y a conquistar nuevas tierras. Ahora esta búsqueda volverá a unirlos en el viejo fervor. Una vez más son Caballeros de la Mesa Redonda, pero esto los esparcirá a los cuatro vientos... ¡En el nombre de tu Dios encumbrarás a Avalon, Arturo! Obra la Diosa según es su designio...

Mordred se había levantado y estaba hablando, pero Morgana sólo tenía ojos para Cuervo, caída en el suelo. A su alrededor las viejas campesinas continuaban platicando de los buenos alimentos y bebidas que habían saboreado bajo el hechizo del caldero.

—Vino blanco era, rico y dulce como la miel fresca y las uvas... Sólo lo había probado una vez, hace años...

—Yo he tomado pastel de fruta, relleno de uvas pasas, ciruelas y una salsa de rico vino tinto... Nunca he tomado nada tan bueno...

Cuervo yacía en silencio, blanca como la muerte, y cuando Morgana se inclinó sobre ella, comprobó lo que ya sabía cuando la vio allí tendida. El peso de la Gran Magia había sido excesivo para la aterrorizada mujer; se había mantenido firme, avivada por la Gran Magia hasta que el Grial partió para Avalon; consumió todas sus fuerzas generosamente para fortalecer a Morgana en la obra de la Diosa y luego, cuando la abandonó aquella energía, su vida se fue con ella. Morgana la abrazó con angustia y desesperación.

También la he matado a ella. Es cierto, es cierto, he matado a la última que me era dado amar... Madre, Diosa, ¿por qué no podía haber sido yo? Nada me queda por lo que vivir, nadie a quien amar y Cuervo nunca había hecho daño a ningún ser viviente, nunca, jamás...

Morgana vio a Nimue bajar de su gran asiento situado junto al de la Reina y hablar con Merlín, con cálida y dulce apariencia, y posar una confiada mano en su brazo. Arturo estaba hablando con Lancelot, y las lágrimas corrían por el rostro de ambos; les vio abrazarse como no habían hecho desde muchachos. Arturo le dejó después y caminó hasta el extremo exterior del salón, pasando entre sus súbditos.

—¿Está todo bien, pueblo mío?

Ellos le hablaron sobre el mágico festín, pero al acercarse alguien gritó:

—¡Yace aquí muerta una anciana sorda y muda, mi señor Arturo, la excitación ha sido demasiado para ella! Arturo se dirigió hacia donde Cuervo yacía sin vida en brazos de Morgana. Esta no levantó la cabeza. ¿La reconocería y gritaría acusándola de bruja?

Su voz sonó gentil y familiar, pero distante. Por supuesto, pensó ella, no está hablándole a una hermana, sacerdotisa o igual, únicamente ve a una encorvada y vieja labriega de pelo blanco, vestida con harapos.

—¿Es tu hermana, buena mujer? Lamento que te suceda esto en un festejo, pero Dios se la ha llevado en un bendito momento en brazos de su propio ángel. ¿Quieres que reciba sepultura aquí? Yacerá en el patio de la iglesia, si lo deseas.

Las mujeres que la rodeaban contuvieron la respiración, y Morgana sabía que era ésta, en verdad, la más alta caridad que podía ofrecer. Pero con la capa aún sobre la cabeza, dijo:

—No.

Y luego, como obligada, le miró a los ojos.

Habían cambiado tanto los dos... ella era vieja y estaba vencida, pero Arturo también había dejado de ser el joven Rey Ciervo...

Ni entonces ni nunca supo Morgana si Arturo la reconoció. Sus miradas se encontraron un momento, después él preguntó amablemente:

—¿La llevarás a casa entonces? Como desees, madre. Di a mis caballerizos que te den una montura. Enséñales esto. —Le puso un anillo en la mano. Morgana agachó la cabeza, cerrando los ojos para no dejar salir las lágrimas; y cuando tornó a levantarla, Arturo se había ido.

—Eh, te ayudaré a llevarla —dijo una de las mujeres cercanas y luego otra, y sacaron el liviano cadáver de Cuervo del vestíbulo. Morgana estuvo tentada de mirar atrás al salón de la Mesa Redonda, pues sabía que nunca volvería a verlo, ni volvería a poner el pie en Camelot.

Ahora su obra estaba concluida y regresaría a Avalon. Pero lo haría sola. A partir de entonces, siempre estaría sola.

X

Ginebra, observando las disposiciones en el salón, escuchando al Obispo Patricius decir con su suave voz: Ningún hombre puede ir al Padre si no invoca mi nombre, miró la copa con encontradas emociones. Una mitad de ella decía: Este hermoso objeto será dedicado, como desea el Obispo Patricius, al servicio de Cristo; incluso Merlín ha aceptado finalmente a la cruz.

Pero la otra mitad insistía, muy en contra de su voluntad: No. Hubiera sido mejor destruirlo, fundir el oro de ser preciso y formar a partir de él otro cáliz dedicado, desde su primera factura, al servicio del Dios verdadero. Porque éste es de la Diosa, como la llaman, y esa misma Diosa es la gran ramera que desde el principio del tiempo fue enemiga de Dios... Con verdad afirman los sacerdotes, por la mujer entró el mal en este mundo, y después se sintió confusa, pues de seguro no todas las mujeres debían ser malas. Incluso Dios eligió a una mujer para alumbrar a su hijo y el mismo Cristo habló del Cielo para sus elegidos discípulos, sus hermanas y esposas...

Una, al menos, ha abandonado a esa Diosa. Sintió que su rostro se suavizaba al mirar a Nimue, la hija de Elaine y muy parecida a ella de niña, pero más hermosa incluso, con algo de la risueña alegría y del donaire de Lancelot cuando era joven. Tan bella y dulce parecía Nimue, que no acertaba a creer que nada en ella fuera malo, aunque la mujer había servido desde la infancia en la morada de la Diosa. Y se había arrepentido de esa nefanda servidumbre viniendo a Camelot, rogando que nadie supiera que había servido en Avalon, ni siquiera el Obispo Patricius. Ni siquiera Arturo. Sería difícil, pensó Ginebra, negarle nada a Nimue; se había comprometido gustosamente a guardar el secreto de la doncella.

Miró más allá de Nimue a donde se hallaba Patricius, presto a tomar la copa con las manos. Y entonces...

...Y entonces a Ginebra le pareció que un gran ángel, con alas batiendo en las sombras tras su esplendente figura, alzó entre las manos una copa que refulgía cual una gran estrella. Era carmesí como un corazón palpitante, o un brillante rubí... No, era del intenso azul del más profundo cielo y había una fragancia como de rosas de todos los jardines en los que hubiese entrado en su vida. Y un gran viento límpido y fragante pareció soplar repentinamente en el salón y, aunque estaban en un santo oficio, Ginebra sintió de pronto que podría levantarse del asiento y correr al exterior, a las colinas, a los grandes espacios que pertenecían a Dios, bajo su inmenso cielo purificador. Supo, entendió en el fondo de su corazón, que nunca volvería a tener miedo de dejar la seguridad de cámaras y salones; podía caminar bajo el cielo abierto y por las colinas sin miedo, porque donde quiera que fuese, Dios estaría con ella. Sonrió incrédula y se oyó reír con fuerza, pero la pequeña y aprisionante cosa que tenía en su interior, preguntó airada: ¿Es eso adecuado? Pero la auténtica Ginebra dijo, riendo todavía, aunque nadie la oyó: Si no puedo deleitarme en Dios, entonces, ¿qué es Dios para mí?

Después, por entre los dulces aromas y el júbilo, el ángel estuvo ante ella y la copa en sus labios. Temblando, bebió, bajando la mirada, pero entonces sintió un roce en la cabeza y alzó la vista, para ver que no era un ángel sino una mujer con velo azul y grandes ojos tristes. No se produjo sonido alguno, pero la mujer le dijo: Yo te hice como eres, mi amada hija; olvida todo prejuicio y goza, porque tú también eres de la misma naturaleza que yo. Ginebra sintió que todo su cuerpo y su corazón se convertían en puro gozo. No había sido tan feliz desde que era niña pequeña. Ni siquiera en brazos de Lancelot había conocido nunca una dicha tan completa. ¡Oh, si pudiera haberle brindado esto a mi amor! Supo que el ángel, o la Presencia que la había tocado, había cambiado algo en ella, y se entristeció por su marcha, pero el júbilo seguía pulsando en su interior y levantó la mirada, con amor, cuando el ángel elevaba la ardiente copa hacia los labios de Lancelot. ¡Ah, si ella pudiera otorgar un poco de este júbilo a mi afligido amado!

Las fogosas llamas y el impetuoso viento abandonaron el salón y todos quedaron en silencio. Ginebra comió y bebió, aunque sin saber lo que era; todo le parecía dulce y agradable, y se dio a deleitarse con ello. Sea lo que sea que hoy se ha manifestado entre nosotros, es santo...

El silencio cayó sobre el salón; parecía desnudo y vacío en el claro mediodía, y Gawaine se había levantado, y gritaba. Y tras él, Galahad.

—Juro que pasaré toda mi vida, si es menester, hasta ver con claridad el Grial ante mí...

El Obispo Patricius parecía cansado, y ella recordó que era viejo; el altar donde se hallara la copa estaba vacío.

Se puso en pie rápidamente y fue hacia él.

—Padre... —dijo y le llevó una copa de vino a los labios. Sorbió y el color empezó a volver a su arrugada cara.

—Ciertamente algo sagrado se ha manifestado entre nosotros —dijo en un susurro—. En verdad me ha nutrido en la Mesa del Señor la copa misma de la cual bebió Él en esa santa noche antes de ir a la Pasión...

Ginebra estaba empezando a entender lo que había sucedido. Fuera lo que fuera lo que les había llegado ese día por voluntad de Dios era una revelación.

—¿Habéis visto, mi reina, la copa de Cristo...? —musitó el obispo.

—¡Ay, no!, querido Padre, quizá no sea digna de eso, pero vi un ángel, y por un instante creí que era la Madre de Dios quien se hallaba ante mí... —dijo ella suavemente.

—Dios nos ha dado una visión distinta a cada uno —repuso Patricius—. Cuánto he rezado para que algo pudiera venir a nosotros inspirando a todos estos hombres con el amor de la verdadera comprensión de Cristo...

Ginebra pensó en el viejo proverbio: Ten cuidado con lo que pides, ya que puede serte concedido. De seguro algo había inspirado a aquellos hombres. Uno tras otros se estaban levantando, comprometiéndose a pasar un año y un día buscando, y reflexionó: Todos los de la Mesa Redonda se están esparciendo ahora a los cuatro vientos.

Miró hacia el altar donde había estado el cáliz. No, pensó, el Obispo Patricius y Kevin el Merlín están equivocados al igual que Arturo. No podéis llamar a Dios para que sirva a vuestros propósitos de este modo. Dios sopla sobre los propósitos humanos cual poderoso viento, cual la ráfaga de las alas del ángel que hoy he escuchado en este salón y los hace pedazos...

Y luego se preguntó: ¿Qué me ocurre?, ¿qué estoy pensando al criticar a Arturo e incluso al obispo por lo que hicieron? Después, con renovada fuerza, pensó: ¡Por Dios que sí! ¡No son Dios, sólo son hombres, y sus propósitos no son sagrados! Miró a Arturo, que estaba caminando entre los campesinos y súbditos del extremo opuesto del salón... Algo había sucedido allí, algún campesino había caído muerto, desbordado quizá por el júbilo de la Santa Presencia. Volvió caminando, con pesaroso gesto.

—Gawaine, ¿debes partir? Galahad, ¿tú también, hijo mío? Bors, Lionel, ¿todos vosotros?

—Mi señor Arturo —dijo Mordred.

Vestía, como siempre, de carmesí, que le cuadraba tan bien y que exageraba, casi hasta lo caricaturesco, su parecido con Lancelot cuando era joven.

La voz de Arturo resonó gentil.

—¿Qué, querido muchacho?

—Mi rey, os pido licencia para no ir a esta búsqueda —declaró—. Aunque debe recaer en todos vuestros Caballeros, alguien ha de permanecer a vuestro lado.

Ginebra sintió una desbordante ternura por el joven.

Ah, éste es el auténtico hijo de Arturo, no Galahad, todo él sueños y visiones. ¿Había existido algún momento en el cual le desagradara y desconfiara de Mordred?

—Que Dios te bendiga, Mordred —dijo de corazón, y el joven le sonrió.

Arturo agachó la cabeza.

—Así sea, hijo mío —dijo.

Era la primera vez que Arturo le había llamado así ante otros hombres; Ginebra midió su preocupación por aquello.

—Dios nos ayude a ambos, Gwydion, Mordred, debiera decir, con tantos de mis Caballeros repartidos por las cuatro esquinas del mundo y sólo Dios sabe si regresarán o no... —Se adelantó cogiendo las manos a Mordred y Ginebra, y tuvo la fugaz impresión de que se apoyaba en el fuerte brazo de su hijo.

Lancelot fue junto a ella y se inclinó.

—¿Puedo despedirme de ti, señora? —preguntó.

A Ginebra le pareció que las lágrimas estaban tan próximas como el júbilo.

—Amor, ¿debes partir en esta búsqueda? —y no le importó quién la oyera pronunciar tales palabras.

Arturo también parecía inquieto, tendiéndole la mano a su primo y amigo.

—¿Vas a dejarnos, Lancelot?

Asintió; había algo arrebatado, sobrenatural, radiante en su cara. ¿Le había llegado a él el gran júbilo? ¿Por qué, pues, precisaba partir para buscarlo, si estaba en su interior?

—Durante todos estos años, mi amor —dijo ella—, has afirmado que no eras un buen cristiano. ¿Por qué, pues, has de alejarte de mí por esa empresa?

Le vio pugnando por hallar las palabras adecuadas.

Por último contestó:

—Durante todos estos años, no he sabido si la existencia de Dios era sólo una vieja historia que nos contaban los clérigos para dominarnos. Ahora he visto... —Tornó a humedecerse los labios con la lengua, tratando de encontrar palabras para algo que estaba más allá de ellas—. He visto... algo. Si una aparición como ésta puede manifestarse, sea de Cristo o del Demonio...

—Ciertamente —le interrumpió Ginebra—, ciertamente provenía de Dios, Lancelot.

—Eso afirmas porque has visto, y sabes —repuso él, llevando la mano de ella a su corazón—. No estoy seguro. Tengo la impresión de que mi madre se burlaba de mí, o que todos los Dioses son uno como solía decir Taliesin. Estoy dividido ahora entre la oscuridad de no saber nada y la luz más allá de la desolación, que me dice... —Otra vez buscó las palabras—. Fue como si una gran campana me llamara, un resplandor cual recóndita luz en la marisma, diciendo: Sigue... y sé que la verdad, la auténtica verdad, está allí, allí, más allá de mi alcance, si pudiera seguirla, encontrarla y romper el velo que la cubre... Únicamente allí puedo alcanzarla, mi Ginebra. ¿Vas a negarme la búsqueda ahora que de verdad sé que hay algo digno de hallarse?

Parecía que estuvieran solos en la estancia, no en la corte ante todos los hombres. Ella sabía que podía persuadirle en todo lo demás, pero, ¿quién puede interponerse entre un hombre y su alma? Dios no había visto adecuado otorgarle esta seguridad y gozo y no le extrañaba que debiera ir ahora en su busca, pues si ella hubiese sentido que estaba allí, aun sin seguridad, también se habría pasado el resto de su vida en esa búsqueda. Le tendió ambas manos, sintiendo como si le abrazara ante todos los hombres a la clara luz del día.

—Ve, pues, amado mío, y que Dios recompense tu empresa con la verdad que buscas.

—Quede Dios contigo siempre, mi reina —dijo él—, y conceda que algún día regrese a ti.

Luego se volvió a Arturo, pero Ginebra no escuchó lo que hablaron, pero vio que le abrazó como lo hacía cuando eran jóvenes e inocentes.

Arturo permaneció, con la mano posada en el hombro de Ginebra, observándole marchar.

—A veces creo —dijo él quedamente— que Lance es el mejor de nosotros —y ella se giró hacia él, con el corazón desbordante de amor por este buen hombre que era su marido.

—También yo lo creo así, mi querido amor —dijo.

—Os amo a ambos, Gin —declaró él, sorprendiéndola—. Nunca pienses, nunca, que eres para mí menos de lo que pueda ser cualquier cosa que esté sobre la tierra. Casi me alegro de que nunca me hayas dado un hijo —añadió, en un susurro—, porque entonces podrías pensar que sólo te amaba por eso y ahora puedo decírtelo, te amo por encima de todo, excepto de mi deber para con esta tierra que Dios me ha encargado regir y no es posible que estés celosa de que...

—No —repuso ella suavemente. Y entonces, diciéndolo por una vez cabalmente, sin reservas, declaró—: Yo también te amo, no lo pongas nunca en duda.

—Jamás lo he dudado ni por un momento, mi amor.

—Y alzando las manos de Ginebra hasta sus labios, las besó. Ella volvió a quedar colmada por aquel gran júbilo rebosante. ¿Qué mujer ha tenido tanto en la vida, ya que los dos hombres más importantes de este mundo me han amado?

A su alrededor, los ruidos de la corte estaban alzándose de nuevo, demandando atención por las cosas de la vida cotidiana. Todos, al parecer, habían visto cosas diferentes, un ángel, una doncella portando el Grial; algunos, como ella, habían creído ver a la Santa Madre, y muchos, muchos otros, no habían visto nada, o sólo una luz demasiado brillante para resistirla, quedando llenos de paz y gozo, alimentándose con las viandas y bebidas que más les gustaban.

Corría ahora el rumor de que habían visto el mismo Grial en el cual Cristo bebiera en la Ultima Cena con sus discípulos, cuando cortó el pan y compartió el vino cual si fuesen la carne y la sangre del arcano sacrificio. ¿Había escogido el Obispo Patricius este momento para difundir esa historia, estando todos confusos y sin que hombre alguno supiera con certeza lo que había sucedido realmente?

Morgana le había contado una historia, recordó Ginebra, santiguándose: Jesús de Nazaret, decían en Avalon, vino aquí en su juventud a educarse con los sabios druidas de Glastonbury y después de su muerte, su padre adoptivo, José de Arimatea, vino y clavó su báculo en la tierra donde floreció la Santa Espina. ¿No parecía razonable entonces que José hubiese traído también la copa del sacrificio? Ciertamente, de cualquier forma, aquello era sagrado... Debía tratarse de algo sagrado, pues, si no provenía de Dios, sólo podía proceder de un maligno encantamiento, ¿y cómo era posible que tal belleza, tal júbilo fuera maligno?

Aunque, dijera lo que dijese el obispo, había sido un mal regalo, siguió pensando Ginebra; y tembló. Uno por uno, los Caballeros se habían levantado y partido a caballo en su búsqueda y ahora contemplaba un salón casi vacío. Se habían ido todos los Caballeros salvo Mordred, quien había prometido quedarse, y Cai, demasiado viejo e impedido para cabalgar. Arturo se alejó de Cai, y ella supuso que debía haber estado consolándolo por su imposibilidad de partir en esta empresa con los demás.

—Ah, también yo debería haber ido con ellos, mas no puedo. No querría frustrar su sueño —le dijo, a modo de despedida.

Ella se acercó y le escanció un poco de vino, deseando súbitamente que estuvieran en sus aposentos, no allí donde los habían dejado solos, en el salón de la Mesa Redonda.

—Arturo, tú urdiste lo sucedido. Me contaste que algo prodigioso estaba siendo preparado para la Pascua.

—Sí —dijo él, recostándose cansadamente en la silla—, pero te juro que desconocía lo que habían planeado el Obispo Patricius y Merlín. Sabía que Kevin había traído la Sagrada Regalía de Avalon. —Puso la mano sobre la empuñadura de su espada—. La espada me fue dada en mi coronación y ahora ha sido entregada al servicio de este reino y de Cristo. Me pareció, como dijo Merlín, que el más sagrado de los Misterios del mundo antiguo debía ser puesto al servicio de Dios, pues todos los Dioses son uno, como nos decía siempre Taliesin. En otros tiempos los druidas llamaban a su Dios por otros nombres, mas estas cosas pertenecían a Dios y debían serle entregadas. Sin embargo, no sé lo que ha sucedido hoy en el salón.

—¿Tú no lo sabes? ¿Tú? ¿No te parece que hemos contemplado un verdadero milagro, que Dios ha venido a nosotros para mostrarnos que el Santo Grial debería ser usado para su servicio?

—En algún momento así lo creo —repuso Arturo, lentamente—, y luego me pregunto... ¿no ha sido la magia de Merlín la que nos ha encantado para que tuviéramos una visión y pensáramos eso? Pues ahora todos mis Caballeros se han alejado de mí y quién sabe cuándo retornarán. —Alzó el rostro hacia ella; y Ginebra observó, como a gran distancia, que sus cejas eran ya del todo blancas y que gran parte de su rubio cabello había encanecido.

—¿No sabes que Morgana ha estado aquí? —preguntó él.

—¿Morgana? —Ginebra negó con la cabeza—. No. No lo sabía... ¿Por qué no ha venido a saludarnos?

Él sonrió.

—¿Y tú preguntas eso? Abandonó la corte tras haberme causado un gran enojo.

Apretó los labios y de nuevo su mano buscó la empuñadura de Excalibur, como para asegurarse de que seguía estando a su costado. Pendía ahora en una vaina de cuero, tosca y fea; nunca se había atrevido ella a preguntarle qué fue de la que Morgana le hiciera tantos años antes, pero ahora adivinó que estaba detrás de su disputa.

Ginebra creyó que nunca volvería a sentir odio por ninguna criatura viviente después de aquella gozosa visión; ahora, lo que sentía era lástima de Morgana y también de Arturo, sabiendo cómo había amado y confiado en la hermana que lo traicionó.

—¿Por qué no me lo has contado? Nunca confié en ella.

—Ese es el motivo —repuso Arturo, apretándole la mano—. Pensé que no podría soportar oírte decir que nunca confiaste en ella, ni que me recordaras las veces que me habías prevenido en su contra. Morgana ha estado aquí hoy, con la guisa de una vieja labriega. Parecía vieja, Ginebra, vieja, indefensa y enferma. Creo que ha venido disfrazada para ver otra vez el lugar en el cual ostentó alto abolengo, y quizá para ver de nuevo a su hijo... Parecía más vieja que nuestra madre cuando murió... —y quedó en silencio, contando con los dedos durante un momento; por último dijo—: Y lo es, al igual que yo soy más viejo de lo que llegó a ser nunca mi padre, Ginebra... No creo que Morgana viniera para hacer daño y, de ser así, de seguro se lo impidió la santa visión... —Guardó silencio. Ginebra sabía, con su seguro instinto, que no quería declarar en voz alta que aún amaba a Morgana y la echaba de menos.

Según pasan los años hay más cosas que no puedo decir a Arturo, o él a mí... Aunque, al menos, hoy hemos hablado de Lancelot y del amor que nos profesábamos todos. Y tuvo la momentánea impresión que este amor era la más grande verdad de su vida, y que no podía ser pesado o medido, tanto para éste y tanto para aquél, sino que era un flujo interminable y eterno, que cuanto más amaba, más aumentaba su capacidad de amar, y ahora la extendía a todos; ahora, después de la aparición.

Incluso hacia Merlín, hoy, sentía ese flujo de calidez y ternura.

—Mira cómo Kevin pugna con el arpa. ¿Mando a alguien para que le ayude, Arturo?

—No lo necesita, porque Nimue le está asistiendo. ¿Ves? —dijo Arturo, sonriendo.

Y de nuevo experimentó el flujo del amor, esta vez hacia la hija de Lancelot y Elaine, hija de dos a quienes más había amado. Nimue tenía la mano bajo el brazo de Merlín... ¡Como el viejo cuento de la doncella que se enamoró de una bestia salvaje en las profundidades del bosque! Ah, pero hoy incluso sentía amor por Merlín y se alegraba de que las jóvenes y fuertes manos de Nimue le ayudasen.

Y SEGÚN LOS DÍAS iban pasando en la casi deshabitada corte de Camelot, Nimue llegó a parecerle más y más la hija que nunca había tenido. La muchacha escuchaba con atenta cortesía cuando ella hablaba, la lisonjeaba sutilmente, estaba presta a atenderla con gran humildad. Sólo en una cosa disgustaba Nimue a Ginebra, pasaba demasiado tiempo escuchando a Merlín.

—Puede que ahora se llame cristiano, pequeña —le advirtió la Reina—, pero en el fondo es un viejo pagano, juramentado mediante los bárbaros ritos de los druidas, a los que tú has renunciado... ¡Todavía puedes ver las serpientes que lleva en las muñecas!

Nimue se palpó las lisas muñecas.

—Al igual que Arturo —repuso gentilmente— y también yo las hubiera llevado, prima, de no haber visto la gran luz. Es un hombre sabio y ningún otro en toda Bretaña puede tañer con mayor dulzura el arpa.

—Y el vínculo con Avalon te une a él —dijo Ginebra, con más aspereza de la que pretendía.

—No, no —repuso Nimue—, te lo ruego, prima, no se lo digas nunca. No vio mi rostro en Avalon, no me conoce, y no deseo que me considere una apóstata de esa fe a...

Parecía tan preocupada que Ginebra dijo amorosamente:

—Bien, no se lo diré. Ni siquiera he informado a Arturo que viniste a nosotros desde Avalon.

—Aprecio tanto la música y el arpa —alegó Nimue—. ¿No puedo hablar con él?

Ginebra sonrió con indulgencia.

—Tu padre también es un buen músico. En una ocasión dijo que su madre le puso un arpa en la mano para que se entretuviera, antes de ser los bastante mayor para sostener una espada de juguete, y le enseñó a tocar las cuerdas. Más sería de mi agrado Merlín si se dedicara sólo al arpa y no pretendiese ser uno de los consejeros de Arturo. —Después se estremeció y añadió—: ¡Para mí ese hombre es un monstruo!

—Lamento verte en su contra, prima. No es culpa suya.

¡Estoy segura de que preferiría ser tan apuesto como mi padre y tan fuerte como Gareth! —repuso Nimue, pacientemente.

Ginebra bajó la cabeza.

—Sé que no es caritativo de mi parte... pero desde la infancia siento repulsión por quienes son deformes. Siempre he pensado que pudo ser la visita que me hizo Kevin lo que provocó que abortara la última vez que esperé un hijo. Y si Dios es bueno, ¿no es probable que lo que proviene de Él sea hermoso y perfecto, y lo feo y deforme venga del demonio?

—No —dijo Nimue—, a mí no me parece probable. Dios mismo envió pruebas a su gente según las Sagradas Escrituras, a Job la lepra y diviesos, e hizo que Jonás fuera engullido por un gran pez. Una y otra vez se nos dice que permitió que su pueblo sufriera y el mismo Cristo sufrió. Se podría afirmar que algunas personas sufren porque es designio de Dios que padezcan en mayor grado que los demás. Es posible que Kevin padezca esta aflicción por algún gran pecado cometido en alguna vida anterior a ésta.

—El Obispo Patricius afirma que es una creencia pagana y no cristiana esa abominable mentira, que nacemos y renacemos. Entonces ¿cuándo iríamos al Cielo?

Nimue sonrió, recordando a Morgana diciéndole: Nunca vuelvas a hablarme de nada que el Padre Griffin te haya dicho. Pensó que ahora le gustaría decírselo a Ginebra, mas mantuvo la voz en tono amable.

—Oh no, prima, porque incluso en las Sagradas Escrituras se nos habla de cómo los hombres preguntaban a Juan el Bautista quién era. Algunos decían que Jesucristo era Elías venido de nuevo, y él dijo: Os aseguro que Elías ha estado ya entre vosotros y no le reconocisteis. Y los hombres sabían, así se dice en la Biblia, que hablaba de Juan.

Ginebra se preguntó cómo tanto conocimiento de las Escrituras había llegado a Nimue, viviendo en Avalon. Y recordó que Morgana también sabía más, así lo creía a veces, de las Sagradas Escrituras que ella misma.

—Creo —continuó Nimue— que quizá los sacerdotes no quieren que pensemos en otras vidas porque desean que seamos buenos en ésta. Algunos de ellos piensan que no queda mucho tiempo para que se acabe el mundo y Cristo regrese, y por eso temen que los hombres esperen a otra vida para ser buenos, no teniendo tiempo para ganar la perfección antes de que Cristo venga. Si los hombres supieran que van a renacer, ¿se afanarían tanto por ser perfectos en esta vida?

—Esa me parece una doctrina peligrosa —declaró Ginebra—, pues si el pueblo piensa que todos los hombres deben ser salvados finalmente en una u otra vida, ¿qué les impedirá cometer pecados en ésta, con la esperanza de que al final la misericordia de Dios prevalecerá?

—No creo que el temor a los clérigos, o a la ira de Dios, o a cualquier otra cosa, impida que la humanidad siga cometiendo pecados —repuso Nimue—. Únicamente cuando haya obtenido suficiente sabiduría entenderá que el error es inaceptable y que hay que pagar por el mal, antes o después.

—¡Oh! Calla, niña —exclamó Ginebra—. ¡Supón que alguien te oyera decir tales herejías! Aunque cierto es —añadió al cabo de un momento— que desde el día de Pascua, me parece que hay una infinita misericordia en Dios y tal vez no le importe tanto el pecado como algunos sacerdotes quieren hacernos creer... ¡Y ahora, quizá, también yo estoy diciendo herejías!

Nimue volvió a sonreír, pensando: No he venido a la corte para iluminar a Ginebra. Tengo una misión más peligrosa y no soy yo quien ha de predicar la verdad, ya que todos los hombres, y asimismo todas las mujeres, deberán ser iluminados algún día.

—¿Tú no crees que Cristo va a regresar, Nimue?

No, meditó Nimue, no lo creo, considero que alguien tan grande como Cristo viene una vez. Y luego parte para la eternidad; pero considero que vendrán otros grandes maestros para predicar la verdad a la humanidad y que la humanidad siempre los recibirá con la cruz, el fuego y las piedras.

—Lo que yo creo no importa, prima, lo que importa es la verdad. Algunos sacerdotes predican que su Dios es un Dios de amor y otros que es vengativo. En ocasiones estimo que los clérigos fueron enviados para castigar a la gente que no escucha las palabras del Amor de Cristo, y por ello Dios le envía sacerdotes fanáticos. —Y entonces se interrumpió bruscamente, pues no quería airar a Ginebra.

—Bueno, Nimue, he conocido a sacerdotes así —dijo la Reina.

—Y si algunos sacerdotes son hombres malos —declaró Nimue— encuentro que no es del todo irrazonable que algunos druidas puedan ser buenos.

Debía haber, pensó Ginebra, algún error en aquel razonamiento, pero no logró descubrirlo.

—Bien, querida, puedes estar en lo cierto. Mas me desagrada verte con Merlín. Aunque sé que Morgana pensaba bien de él... aquí en la corte incluso se rumoreaba que eran amantes. Con frecuencia me he preguntado cómo una mujer tan delicada como Morgana pudo dejar que la tocase.

Nimue no sabía aquello y lo guardó en su mente como referencia. ¿Era así como Morgana había sabido de sus indefensas fortalezas?

—De cuanto aprendí en Avalon, lo que más amé fue la música, y de lo que he oído de las Sagradas Escrituras lo que más me gustó es el salmista que nos habla de alabar a Dios con el laúd y el arpa. Y Kevin me ha prometido que me ayudará a encontrar un arpa, porque no traje la mía. ¿Puedo hacer que venga, prima?

Ginebra titubeó, pero no pudo resistir la dulce súplica que había en la sonrisa de la joven.

—Por supuesto que puedes, querida niña —respondió.

XI

Pasado cierto tiempo, llegó Merlín, y tras él un sirviente llevando a Mi Dama. No, pensó Nimue, debo acordarme; no es más que Kevin el Arpista, traidor a Avalon. Ahora es cristiano, no hay ley alguna que prohíba que cualquier otro pueda tocar su arpa; es más sencillo que tener a un iniciado junto a él para portar a Mi Dama cuando le fallen las fuerzas.

Caminaba con dos bastones, arrastrando su torturado cuerpo tras ellos. Sonrió a las damas.

—Debéis considerar, mi reina y mi dama Nimue, que de alguna forma mi espíritu ha hecho la cortés reverencia que mi cuerpo ya no es capaz de hacer —dijo.

—Te lo ruego, prima, pídele que se siente —susurró Nimue—. No puede estar mucho tiempo en pie.

Ginebra le dio permiso, contenta por una vez de no tener buena vista y, en consecuencia, no ver con claridad el deforme cuerpo. Por un momento, Nimue temió que el lacayo de Kevin procediese de Avalon, la reconociera y tal vez saludara, pero sólo era un sirviente con el atavío de la corte. ¿Cómo había conseguido Morgana, o la anciana Cuervo, ver con tanta claridad el futuro como para confinarla siendo niña, al objeto de que cuando se hiciera mujer hubiese en Avalon una sacerdotisa completamente instruida a quien Kevin jamás hubiera visto? Comprendió que ella era sólo una pieza en la gran obra del mundo, enviada sin más armas que su belleza y su custodiada virginidad para ejecutar la venganza de la Diosa en este hombre que los había traicionado a todos.

Nimue colocó otro cojín de su propia silla bajo el brazo a Merlín. Sus huesos parecían sobresalir de la piel y, cuando ella le rozó ligeramente el codo, sintió como si se quemara, debido al calor que tenían las hinchadas articulaciones. Experimentó momentánea lástima y rebelión.

¡Seguramente la Diosa ya está realizando su venganza! ¡Este hombre ha debido sufrir ya bastante! ¡Cristo padeció en la cruz; y este hombre ha estado crucificado en su roto cuerpo toda una vida!

Sin embargo, otros habían sido quemados por su fe y no se habían doblegado, ni traicionado los Misterios. Endureció el corazón y dijo dulcemente:

—Lord Merlín, ¿tocaréis el arpa para mí?

—Para ti, mi dama —repuso Kevin con su matizada voz—, tocaré lo que desees, y ojalá fuese aquel antiguo bardo que podía tañer hasta que los árboles danzaban.

—Oh no —dijo Nimue con burlona risa—. ¡Qué haríamos si entraran aquí danzando! Mancharían de tierra todo el salón y todas nuestras sirvientas con estropajos y escobas no serían capaces de limpiarlo. ¡Deja los árboles donde están, te lo ruego, y canta!

Merlín llevó las manos al arpa y principió a tañer. Nimue se sentó a su lado en el suelo, mirándole fijamente a la cara con sus grandes ojos. Merlín miró a la doncella como un gran perro observaría su amo, con humilde devoción y preocupación extrema. Ginebra casi dio por supuesta tal emoción. Ella misma había sido objeto de intensa devoción tan a menudo que nunca se paró a pensar en eso, se trataba simplemente del homenaje que los hombres rendían a la belleza. Quizá, pensó, debería advertir a Nimue, para que no permitiera que esto la trastornara. Mas no acertaba a comprender cómo Nimue podía sentarse tan cerca de su fealdad o mirarle con tanta atención. Había algo en Nimue que desconcertaba a Ginebra.

En ocasiones, la concentración de la muchacha no era lo que parecía. No era el deleite sentido por un músico ante la interpretación de otro, ni la simple admiración de una ingenua doncella por un hombre experimentado y maduro. No, pensó Ginebra, y tampoco era una repentina pasión; eso podía haberlo entendido y, en cierto modo, verlo con simpatía, también ella había conocido el súbito y subyugador amor que arrasa todos los obstáculos. La golpeó como un rayo y arruinó todas sus esperanzas de que su matrimonio con Arturo pudiera ser feliz y apropiado. Había sido una maldición, mas supo que era algo que venía por sí mismo, sobre lo cual ni ella ni Lancelot tenían poder alguno. Se avino a ello y podía haber aceptado que le sucediese a Nimue, aun cuando Kevin no pareciese el objeto más adecuado de semejante pasión. Pero no era eso... No entendía cómo lo sabía, mas lo sabía.

¿Mero deseo? Podía haber sido así por parte de Kevin. Nimue era muy hermosa y a pesar de que Merlín había sido prudente, ella podía embelesar a cualquier hombre; pero Ginebra no acertaba a creer que Nimue hubiese sido encendida por alguien así cuando había permanecido cortés aunque fría e inalcanzable ante todos los jóvenes Caballeros más gallardos.

Desde donde estaba sentada a los pies de Merlín, Nimue percibió que Ginebra la estaba observando. Pero no apartó los ojos de Kevin. En cierto sentido, pensó, le estoy encantando. Su propósito exigía tenerle completamente a su merced, convertirlo en su esclavo y su víctima. Y de nuevo ahogó el ramalazo de compasión que sintió. Aquel hombre había hecho algo peor que revelar los Misterios de la secreta enseñanza; había puesto las cosas sagradas en manos de los cristianos, para ser profanadas. Despiadadamente, Nimue se negó a considerar que los cristianos no habían pretendido profanar sino santificar. Los cristianos nada conocían de las verdades internas de los Misterios. Y en cualquier caso, Merlín había traicionado un juramento.

Y la Diosa apareció para evitar esa profanación... Nimue había tenido suficiente instrucción en los Misterios para saber lo que había contemplado; incluso ahora un estremecimiento la recorrió al pensar en lo sucedido entre los Caballeros en aquel festivo día. No lo había comprendido del todo, pero sabía que había tocado lo más sagrado.

Y Merlín lo habría profanado. Debía morir como la rata que era.

El arpa había vuelto al silencio.

—Tengo un arpa para ti, señora, si la aceptas —dijo Kevin—. Es una que construí con mis propias manos cuando era un muchacho en Avalon, llegado allí por vez primera. He hecho otras y son mejores, pero ésta es buena y la he llevado durante mucho tiempo. Si la aceptas, tuya es.

Nimue alegó que tal presente era demasiado valioso, pero en su interior estaba llena de dicha. Si llegaba a poseer algo tan valioso para él, algo que había hecho con sus propias manos, quedaría atado a ella, tal si fuese un mechón de su pelo o una gota de su sangre. No había muchos, ni siquiera en Avalon, que supieran que la ley de la magia iba tan lejos, que algo que había estado tan íntimamente entrelazado con la mente, el corazón y las pasiones, y Nimue sabía que la música era su más profunda pasión, lograba una mayor dependencia del alma incluso que el pelo cortado del cuerpo de la esencia del cuerpo.

Pensó con satisfacción: El mismo, en libre albedrío, ha puesto su alma en mis manos. Cuando Kevin tuvo consigo el arpa, la acarició. Pequeña y de tosca factura como era, su madera se había suavizado de descansar sobre su cuerpo y sus manos habían tocado las cuerdas con amor... incluso ahora se demoraban sobre ella con ternura.

Nimue tocó las cuerdas, probando su resonancia. En verdad, el tono del arpa era bueno; de alguna forma él había conseguido darle esa perfecta curva y estructura que hacía que la caja diera eco a las cuerdas con el más dulce tono. Y si la había elaborado de muchacho, con aquellas manos mutiladas... Nimue sintió el resurgir de la compasión y el dolor, ¿Por qué no se dedica a su música y no se mezcla en los altos asuntos de estado?

—Eres demasiado bueno conmigo.

Dejó que su voz temblara, esperando que él creyera que era pasión en vez de triunfo... Con esto, pronto será mío, poseído por mí su cuerpo y su alma.

Pero era demasiado pronto. Las grandes mareas de Avalon corriendo por su sangre le decían que la luna estaba creciendo; magia tan grande como ésta sólo podía realizarse con la luna menguante, tiempo debilitado en el cual la Señora no derrama nada de su luz sobre el mundo y sus ocultos propósitos son dados a conocer.

No debía permitir que la pasión de él creciese más allá de los límites, ni su compasión por él.

Me deseará con la luna llena; este lazo que estoy forjando es una espada de doble filo, una cuerda con dos cabos... También yo le desearé, no puedo impedir eso. Para que un conjuro sea pleno, debe envolver tanto al encantador como al encantado, y ella supo, con un espasmo de terror, que aquel hechizo que estaba tejiendo actuaría sobre ella, repercutiría en ella. No podía fingir pasión y deseo; debía sentirlos también. Entendió, con un miedo que hizo dar un vuelco a su corazón, que al igual que Merlín estaría indefenso en sus manos, bien podía ser que ella estuviese desvalida en las suyas. ¿Y qué será de mí, oh Diosa, Madre...? Es un precio a pagar demasiado grande... Que no me suceda, no, no, estoy asustada...

—Bien, Nimue, querida —dijo Ginebra—, ahora tienes el arpa en tus manos. ¿Vas a tañer y cantar para mí?

Dejó que el cabello le ocultase el rostro para mirar tímidamente a Merlín.

—¿Lo hago? —le preguntó.

—Te ruego que tañas —contestó él—. Dulce es tu voz y puedo esperar que tus manos extraigan un encantamiento de las cuerdas...

Lo harán ciertamente si me favorece la Diosa. Nimue puso las manos sobre las cuerdas, recordando que no debía tocar ninguna canción de Avalon que él pudiera recordar y reconocer. Comenzó a tañer una canción de bebedores que había escuchado en la corte, con palabras no demasiado decorosas para una doncella; vio que Ginebra parecía escandalizada y pensó: Bueno, de estar escandalizada por mi proceder, no investigará con excesiva profundidad mis motivos. Luego tocó y cantó un lamento que le había escuchado a un arpista del norte, una doliente canción de un pescador en la mar, buscando las luces de su hogar en la costa.

Al final de la canción se levantó, mirándole tímidamente.

—Te agradezco que me hayas permitido usar tu arpa. ¿Puedo pedírtela prestada otra vez, para que mis manos mantengan su destreza?

—Es un regalo para ti —repuso Kevin—. Ahora que he escuchado la música que tus manos pueden extraer de ella, sé que no debe pertenecer a nadie más. Quédatela, te lo ruego. Poseo muchas arpas.

—Eres demasiado gentil conmigo —murmuró ella—, pero te lo suplico, aunque pueda hacer música por mí misma, no me abandones o me prives del placer de escuchar la tuya.

—Tañeré para ti en cualquier momento que me lo pidas —dijo Kevin, y ella supo que ponía el corazón en las palabras.

Se las arregló para rozarse con él al inclinarse hacia adelante para coger el arpa y murmuró, quedamente para que Ginebra no la oyese:

—Las palabras no pueden expresar mi gratitud. Tal vez llegue un momento en el cual pueda hacerlo más adecuadamente.

Kevin la miró, anonadado, y ella descubrió que le estaba devolviendo la mirada con la misma intensidad.

Un hechizo de doble filo, en verdad. También yo soy víctima...

Él se marchó y Nimue se sentó tranquilamente junto a Ginebra, tratando de volver su atención a la hilatura.

—Qué bien tocas, Nimue —dijo Ginebra—. No necesito preguntar dónde aprendiste... Una vez escuché a Morgana cantar ese lamento.

—Cuéntame algo de Morgana —dijo Nimue, evitando mirarla—. Había partido de Avalon antes de llegar yo. Estaba desposada con un rey en... ¿no era Lothian?

—En el norte de Gales —empezó Ginebra.

Nimue, que conocía todo aquello a la perfección, no mentía del todo, sin embargo, Morgana seguía siendo un enigma para ella y estaba ansiosa por saber qué opinión había merecido a quienes la conocieron en el mundo.

—Morgana fue una de mis doncellas de compañía —estaba diciendo Ginebra—. Arturo me la encomendó como tal el día de nuestras nupcias. Por supuesto él había sido educado separado de ella y apenas la conocía, tampoco... Mientras escuchaba atentamente, Nimue, que había sido adiestrada para leer las emociones, se dio cuenta de que bajo el desagrado de Ginebra por Morgana había algo más: respeto, temor, incluso una especie de ternura.

Si Ginebra no fuese tan fanáticamente, irracional-
mente cristiana, habría querido bien a Morgana.

Al menos mientras Ginebra estaba hablando de
Morgana, aun a pesar de que la condenaba como a
una maligna hechicera, no mencionaba los piadosos
sin sentidos que aburrían a Nimue casi hasta la náusea.
Pero no podía prestar plena atención a las historias de
Ginebra. Permanecía en actitud de intenso interés,
articulaba los apropiados sonidos de atención o perplejidad, mas, en su interior, la preocupación dominaba su mente:

Estoy asustada; puedo llegar a ser esclava y víctima
de Merlín como él podría serlo de mí...

¡Diosa! ¡Gran Madre! No soy yo quien debe enfrentarse a él, sino tú...

La luna estaba creciendo; en cuatro días estaría llena
y ya podía percibir el alentar de esa marea de la vida.
Pensó en la atenta mirada de Merlín, en sus ojos mágicos, en la belleza de su voz, y supo que ya estaba
profundamente atrapada en el hechizo que iba tejiendo. Ya había dejado de sentir cualquier clase de repulsión por su contrahecho cuerpo, experimentando sólo
el poderío y la fuerza vital fluyendo en su interior.

Si me entrego a él con la luna llena, meditó, las mareas de la vida que hay en nosotros serán atraídas por
el flujo, y mis propósitos se tornarán los suyos, y nos
fundiremos como una sola carne... Sintió el aguijón y
la agonía del deseo, anhelando ser acariciada por
aquellas manos sensibles, sentir su cálido aliento en la
boca. Todo en ella se aunó en la dolorosa ansia que,
sabía, era al menos en parte un eco del deseo y la frustración en él; el mágico vínculo que había creado entre ellos significaba que también debía atormentarla
su tormento.

Cuando la vida corra plena con la redondez de la luna, la Diosa recibirá el cuerpo de su amante...

No era del todo absurdo. Era hija del paladín de la Reina, del más íntimo amigo de Arturo. Kevin, Merlín, al contrario que un sacerdote cristiano, no tenía prohibido desposarse. La corte se complacería de un matrimonio tan importante, aun cuando algunas damas podrían escandalizarse de que rindiera su delicado cuerpo a un hombre que consideraban un monstruo. Arturo seguramente sabía que Kevin, después de lo que había hecho, no podía regresar a Avalon, mas tenía un puesto en la corte como consejero del Rey. Asimismo, era un músico de prodigiosa destreza. Habría un lugar para nosotros, y felicidad... Cuando la luna esté llena, desbordante de vida, sembrará un hijo en mi vientre... y lo alumbraré con júbilo... El no nació contrahecho, su deformidad es debida a heridas en la infancia... Sus hijos serían hermosos... Y entonces se detuvo, turbada por la magnitud de sus fantasías. No, no debía quedar tan profundamente atrapada en este conjuro. Debía negarse a sí misma, aun a pesar de que la luna creciente tornara la encrespada sangre de sus venas en una agonía de frustración. Tenía que esperar, esperar...

Como había creído durante todos aquellos años... hay una magia que llega cuando se condesciende con la vida. Las sacerdotisas de Avalon lo sabían cuando yacían en los campos en Beltane, invocando la vida de la Diosa en sus cuerpos y corazones... pero hay una magia más profunda que proviene de controlar el poder, remontando la corriente. Los cristianos sabían algo de esto, cuando insistieron en que sus santas vírgenes viviesen en castidad y clausura, para que pudieran arder con la llama más oscura de aquella otra fuerza; para que sus castos clérigos lograran verter todo su contenido poder en los Misterios, tal como eran. Nimue había percibido ese poder en la más mínima palabra o gesto de Cuervo, quien nunca desperdició palabras en nada, al objeto de que su fuerza, cuando la utilizaba, fuese enorme. Con frecuencia se había preguntado, a solas en Avalon, cuando se le prohibió mezclarse con las demás doncellas o ir a los ritos, cuando sintió aquella fuerza vital en sus venas con tal poder que a veces prorrumpía en gritos histéricos, o se tiraba del pelo y arañaba el rostro... ¿Por qué la habían escogido para esto, por qué debía llevar aquel terrible peso sin descanso? Mas había confiado en la Diosa y obedecido a sus mentores, y ahora le habían encomendado esta gran obra, y no debía fallarles a causa de su debilidad.

Era una vasija colmada de poder, como la Sagrada Regalía que ocasionaba la muerte a quien la tocara sin estar preparado, y todo ese poder acumulado en su prolongada preparación sería suyo para cautivar a Merlín... pero había de esperar a que la marea bajara y creciera de nuevo; con la luna llena debía tomar el otro influjo proveniente de la otra cara de la luna... no fértil sino estéril, no de la vida sino oscura magia más antigua que la vida humana...

Y Merlín conocía estas cosas; sabía de la vieja maldición de la luna oscura y el vientre estéril... Debía quedar tan enteramente hechizado por ella que ni siquiera se preguntase por qué le había rechazado en el influjo creciente y le pretendía cuando éste menguaba. Poseía una ventaja: él desconocía que ella sabía estas cosas, nunca la había visto en Avalon. Pero el vínculo entre ellos iba en ambas direcciones, y si ella podía leer sus pensamientos, él podía leer los suyos; debía guardarse en todo momento para que no viera en su interior y adivinase sus propósitos.

Debo cegarle completamente con el deseo para que olvide... para que olvide cuanto aprendió en Avalon. Y al mismo tiempo, ella debía contener su deseo, no quedar esclavizada por él. No sería fácil.

Comenzó a urdir mentalmente el próximo ardid que usaría con él. Háblame de tu infancia, le diría, cuéntame cómo te hicieron tanto daño. La compasión sería un lazo poderoso; sabía cómo iba a tocarle con las yemas de los dedos... y sabía, desolada, que estaba buscando la forma de estar junto a él, no para llevar a cabo su obra sino por su anhelo.

¿Puedo hacer este conjuro sin traer sobre mí la desgracia?

—NO ESTUVISTE en la fiesta de la Reina —murmuró Merlín, mirando a Nimue a los ojos— y había compuesto una nueva canción para ti... Había luna llena y existe un gran poder en ella, señora...

Le miró, toda atención.

—¿De verdad? Sé tan poco de esas cosas... ¿Eres un mago, mi señor Merlín? A veces me siento indefensa, porque temo que tu magia esté obrando en mí...

Ella se había ocultado la noche del plenilunio, segura de que si la miraba a los ojos sería capaz de leer sus pensamientos y acaso adivinar sus propósitos. Ya que había pasado la fuerza del influjo mágico, podía, tal vez, guardarse de él.

—Debes cantarme tu canción ahora. —Estuvo escuchando, sintiendo que todo su cuerpo temblaba según vibraban las cuerdas del arpa bajo su contacto.

No puedo soportarlo, no puedo... esta vez he de actuar tan pronto como la luna esté oscura. Otra de estas mareas, comprendió, y sucumbiría a la corriente de anhelo y deseo que estaba erigiendo entre ambos... Y nunca sería capaz de traicionarle... Sería suya por siempre, en esta vida y más allá...

Alargó la mano y tocó las nudosas protuberancias que eran los huesos de su muñeca, y el tacto la estremeció de deseo. Sólo acertó a imaginar, por la súbita dilatación de sus pupilas, su súbita inspiración, lo que había sido para él.

La traición, pensó ella, bajo las inexorables leyes del destino, la traición sería castigada mil veces por la Diosa, vida tras vida; el traicionado y el traidor serían castigados y quedarían atados por amor y odio durante mil años. Pero hacía esto por orden de la Diosa, había sido enviada para castigar a un traidor por su traición... ¿Resultaría ella también castigada? De ser así, no había justicia ni siquiera en los reinos de los Dioses...

Cristo dijo que el verdadero arrepentimiento borra todo pecado...

Pero el destino, o las leyes del universo, no pueden ser tan fácilmente desestimados. Las estrellas en sus rumbos no se detienen porque se les grite: ¡Deteneos!

Bien, así sea; quizás ella traicionaba a Merlín tomando parte en un hecho más transcendente realizado por alguien antes de que la vieja tierra sucumbiera a las olas y se hundiera en el mar. Era su sino y no se atrevía a cuestionarlo. Él había dejado de tañer y le apretó la mano suavemente; cual enajenada, ella posó sus labios en los de él. Ahora, ahora es demasiado tarde para retroceder.

No. Había sido demasiado tarde para retroceder desde que inclinó la cabeza y aceptó la empresa que Morgana le imponía. Había sido demasiado tarde para retroceder desde que hizo su juramento a Avalon...

—Háblame de ti —musitó—. Quiero saberlo todo de ti, mi señor...

—No me llames así. Mi nombre es Kevin.

—Kevin —dijo ella, adoptando un tono dulce y tierno, rozándole el brazo con los dedos.

Día a día tejió el hechizo, con roces, miradas y palabras musitadas, mientras la luna iba sumiéndose en la oscuridad. Tras el primer y fugaz beso, ella se apartó de nuevo, como si se hubiese asustado. Eso es cierto. Pero más lo es que me doy miedo a mí misma... Nunca, jamás en todos sus años de reclusión se había imaginado capaz de semejante pasión; y sabía que los hechizos la estaban aumentando tanto en ella como en él. En determinado momento, encendido más allá de lo soportable por sus susurradas caricias y el suave roce de su cabello en el rostro, Kevin se volvió, y la estrechó entre sus brazos; ella forcejeó con un miedo no fingido, esta vez.

—No, no, no puedo... Estás fuera de ti. Te lo ruego, suéltame —gritó, y cuando él la aferró con más fuerza, enterrando la cara en su cuello y cubriéndola de besos, ella empezó a protestar quedamente—. No, no, tengo miedo, tengo miedo.

Él la soltó entonces y se apartó, casi desfallecido. Respiraba fatigosamente. Permaneció con los ojos cerrados, dejando caer con laxitud sus nudosas manos. Al cabo de un momento murmuró:

—Amada mía, mi precioso mirlo blanco, mi cielo... Perdóname, perdóname...

Nimue se apercibió ahora de que podía utilizar incluso su miedo auténtico para sus propios fines.

—Confié en ti, confié en ti... —dijo, gimiendo.

—No deberías —repuso él con ronca voz—. No soy más que un hombre, y ciertamente no menos... —y ella quedó desazonada por su amargura, cuando añadió—: Soy un hombre de carne y hueso. Te amo, Nimue, y juegas conmigo como si fuese un perro faldero, y esperas que sea manso como un potro castrado... ¿Crees que por estar tullido soy menos hombre?

En su interior, Nimue pudo ver, clara y nítidamente, el recuerdo de un tiempo en el cual le había dicho aquello mismo a la primera mujer que fue a él, y vio a Morgana reflejada en sus ojos y en su mente. No a la Morgana que ella conocía, sino a una mujer morena y encantadora, de suave voz, aunque de algún modo también terrible, venerada y temida porque, a través de las brumas de la pasión, él tenía presente que de súbito el rayo podría golpear...

Nimue le tendió las manos y percibió que estaban temblando, y que él nunca sabría por qué. Ocultó sus pensamientos cuidadosamente.

—Nunca he creído eso. Perdóname, Kevin. No he podido evitarlo.

Y es toda la verdad. Diosa, toda la verdad. Pero no como él la interpreta. Lo que digo no es lo que oyen sus oídos.

A pesar de toda su compasión y deseo hubo una hebra de desprecio también. De otra forma no podría resistir hacer lo que hago... Mas un hombre tan abiertamente a merced del deseo es despreciable... También yo tiemblo, me deshago... Pero no estaré a merced del ansia de mi cuerpo...

Y ése era el motivo por el que Morgana le había dado la clave de este hombre, poniéndole enteramente en sus manos. Ahora era el momento de pronunciar las palabras que consolidarían el conjuro, someterlo a ella, en cuerpo y alma, para lograr llevarle a Avalon y a la condena dictada.

¡Finge! ¡Finge ser una de esas vírgenes tontas que Ginebra tiene a su alrededor, con la mente entre las piernas!

—Lo siento. Sé que eres un hombre... Lo lamento, tuve miedo —dijo vacilante, y él alzó la mirada, una mirada oblicua a su largo cabello. Temió que si él miraba muy adentro en sus ojos se desmoronaría toda su duplicidad—. Yo... yo, sí, quería que me besaras, pero fuiste tan fogoso que tuve miedo. No es ni el momento ni el lugar, alguien podría presentarse de repente y la Reina se encolerizaría, pues soy una de sus doncellas y nos ha advertido que no debemos ir por ahí con hombres...

¿Es lo bastante necio para creerme cuando le digo esta estupidez?

—¡Mi pobre niña querida! —Kevin le cubrió las manos de contritos besos—. Ah, soy una bestia que ha llegado a asustarte, te amo tanto... ¡Te amo tanto que no puedo soportarlo! Nimue, Nimue, ¿tanto temes la ira de la Reina? No puedo... —Se interrumpió y respiró entrecortadamente de nuevo—. No puedo vivir así. ¿Quieres dar lugar a que tenga que marcharme de esta corte? Nunca, nunca he... —tornó a detenerse y tomando sus manos, dijo—: No puedo vivir sin ti. Debo tenerte o morir. ¿No vas a tener compasión, amada?

Ella bajó la vista con largo suspiro, observando su crispado semblante, su fatigosa respiración.

—¿Qué puedo decirte? —musitó al fin.

—¡Di que me amas!

—Te amo. —Supo que su tono fue exactamente el de una mujer enamorada—. Sabes que te amo.

—Dime que me darás todo tu amor, dímelo. Ah, Nimue, Nimue, eres tan joven y bella, y yo tan tullido y horrendo. No acierto a creer que sea de tu agrado, aun ahora siento el temor de que me hayas soliviantado por alguna razón, quizá para poder burlarte de la bestia que se arrastra a tus pies como un perro...

—No —dijo ella, y prestamente, como si la atemorizase su atrevimiento, se inclinó rápidamente posando el más liviano de los besos en cada uno de sus ojos, dos fugaces golondrinas.

—Nimue, ¿vendrás a mi lecho?

—Estoy asustada... Pueden vernos y no me atrevo a ser tan lasciva... Pueden descubrirnos. —Dibujó un pueril pucherito con los labios—. Si nos sorprendieran, los hombres sólo te estimarían más hombre por ello y nadie te reprendería o avergonzaría, pero yo, yo soy doncella y me señalarían como a una ramera o algo peor... —y dejó que las lágrimas corrieran por sus mejillas; pero en su interior, se sentía triunfante. Le tengo completamente cogido en mi red...

—Haría cualquier cosa, cualquier cosa para protegerte y tranquilizarte... —dijo Kevin, con voz llena de sinceridad.

—Sé que los hombres gustan de jactarse cuando conquistan a una doncella —repuso Nimue—. ¿Cómo puedo estar segura de que no alardearás de ello por todo Camelot, que tienes el favor de la sobrina de la Reina y le has quitado la virginidad?

—Confía en mí, te lo ruego, confía en mí. ¿Qué puedo hacer? ¿Qué prueba puedo darte de mi sinceridad? Sabes que soy tuyo, en cuerpo, corazón y mente.

Y por un momento ella sintió rabia: No quiero tu condenada alma, pensó, cercana al llanto por la tensión y el miedo. La tomó entre sus manos y susurró:

—¿Cómo? ¿Cuándo serás mía? ¿Qué puedo hacer para probarte que mi amor por ti está por encima de todas las cosas?

—No puedo llevarte a mi lecho —dijo ella, titubeando—. Duermo en una estancia con cuatro de las damas de la Reina y cualquier hombre que se acerque allí sería atrapado por los guardias.

Él se inclinó otra vez para cubrirle las manos de besos.

—Mi pobre y pequeño amor, nunca te acarrearé la vergüenza —dijo—. Dispongo de un lugar propio; una pequeña cámara apropiada para un perro; supongo que porque ninguno de los hombres del Rey desea compartir alojamiento conmigo. No sé si te atreverías a ir allí.

—Seguramente debe haber un modo mejor... —musitó ella, manteniendo la voz dulce y tierna. Condenado, ¿cómo puedo sugerirlo sin abandonar esta pretensión de virginal inocencia y estupidez...?—. No se me ocurre ningún lugar dentro del castillo donde podamos estar verdaderamente a salvo, y, sin embargo... —Ella se puso en pie y se oprimió contra él, donde estaba sentado.

Él la rodeó con los brazos y hundió la cara en su cuerpo, temblándole los hombros.

—En esta época del año hace buen tiempo, y apenas llueve. ¿Te atreverías a salir del castillo conmigo, Nimue?

—Me atrevería a cualquier cosa por estar contigo, mi amor murmuró ella, con tanta candidez como pudo.

—Entonces, ¿esta noche...?

—Oh —musitó, arredrándose—, brilla tanto la luz de la luna, nos verían... Espera algunos días, hasta que no haya luna...

—Cuando la luna esté oscura. —Kevin vaciló, y ella supo que estaba en un momento peligroso, el momento en el cual el pez cuidadosamente atrapado podía soltarse del anzuelo, salir de la red y quedar libre. En Avalon las sacerdotisas se confinaban con la luna oscura y toda magia quedaba suspendida... Pero no sabía que ella pertenecía a Avalon.

¿Vencería su miedo o su deseo? Ella estaba inmóvil, sólo acariciándole los dedos.

—Es un tiempo pavoroso —dijo él.

—Pero temo ser vista... No sabes cuánto se enojaría la Reina conmigo si supiera que soy tan lasciva como para desearte... —alegó ella, acercándose un poco más—. Tú y yo seguramente no necesitamos la luna para vernos...

El la apretó, hundiendo el rostro en su cuerpo.

—Mi pequeño amor, sea como tú quieras, con luz de luna o sin ella...

—¿Y me llevarás después lejos de Camelot? No quiero verme afrentada...

—A donde sea —repuso él—, lo juro... Lo juraré por tu Dios, si te place.

Ella murmuró, inclinando la cabeza junto a él, con las manos acariciando los rizos de su pelo.

—Al Dios cristiano no le agradan los amantes y detesta que las mujeres yazcan con los hombres... Júralo por tu Dios, Kevin, júralo por las serpientes que rodean tus muñecas...

—Lo juro —musitó, y el significado del juramento pareció agitar el aire en torno a ellos. Oh, necio, has jurado por tu muerte... Nimue temblaba, pero Kevin, con la cara aún junto a su cuerpo y su cálido aliento humedeciéndole el vestido, era ajeno a todo salvo a ella.

—No sé cómo podré soportar la espera.

—Tampoco yo —dijo ella, y lo dijo de todo corazón. Ojalá todo hubiese concluido...

La luna no sería visible, mas la marea lunar cambiaría exactamente dos horas después de la puesta de sol pasados tres días; ella percibiría su reflujo como una gran náusea en la sangre, extrayendo la vida de sus venas. La mayor parte de esos tres días la pasó en sus aposentos, diciéndole a la Reina que estaba enferma, cosa que no estaba lejos de la verdad. Buena parte de su tiempo de soledad estuvo con las manos sobre el arpa de Kevin, meditando, llenando el éter a su alrededor con el lazo mágico que había entre ellos.

Un tiempo de malos presagios y Kevin lo sabía tanto como ella; pero él estaba demasiado cegado con la promesa de su amor para inquietarse.

Alboreó el día en que la luna quedaría oscurecida. Nimue lo percibió en su cuerpo. Se había hecho un brebaje de hierbas que le evitaría la menstruación de la luna oscura, no quería incomodarlo con la visión de la sangre, ni asustarlo haciéndole recordar los tabúes de Avalon. Tenía que apartar la mente de la realidad física del acto; a pesar de todo su adiestramiento, sabía que era en verdad la nerviosa virgen que pretendía ser. Bueno, tanto mejor, no sería necesario el fingimiento. Podía aparentar ser lo que era, una muchacha que se entregaba por vez primera a un hombre a quien amaba y deseaba. Y lo que viniera después de aquello, bien, eso sería como la Diosa hubiérale decretado.

Apenas sabía cómo hacer pasar el día. Nunca le había parecido tan insulsa la charla de las damas de Ginebra. Por la tarde, no logró centrar su atención en el hilado, por lo que llevó el arpa de Kevin y tocó y cantó para ellas; mas no era fácil, había de evitar todas las canciones de Avalon, y sólo ésas se encontraban flotando en su mente. Pero incluso el día más largo se desvanece en el atardecer. Se aseó, aromatizó su cuerpo y tomó asiento en el salón junto a Ginebra, picoteando la comida, mareada y desfallecida, asqueada por las maneras en la mesa y los perros debajo de la misma. Distinguió a Kevin sentado entre los consejeros del Rey, al lado del sacerdote de la casa que confesaba a algunas de las damas. Había estado importunándola, preguntándole por qué no buscaba consejo espiritual, y cuando le dijo que no lo precisaba, frunció el ceño tal si se tratase del peor de los pecados. Kevin. Casi podía sentir sus anhelantes manos sobre ella, y le pareció como si la mirada que le dirigió pudiese ser audible.

Esta noche. Esta noche, amado mío. Esta noche.

Ah, Diosa, ¿cómo puedo hacerle esto a un hombre que me ama, que ha puesto toda su alma en mis manos...? He jurado. Debo mantener mi juramento o seré tan traidora como él.

Se encontraron un momento en el salón exterior cuando las damas de la Reina se fueron a sus cámaras.

—He ocultado tu caballo y el mío en los bosques próximos a la entrada. Después —le tembló la voz— ...después te llevaré a donde desees, señora.

No sabes a dónde te conduciré. Pero era demasiado tarde para echarse atrás.

—Ah, Kevin, yo... yo te amo —dijo ella, con lágrimas que no pudo controlar; y sabía que era cierto.

Se había adentrado tanto en su corazón que no comprendía, ni siquiera acertaba a imaginar, cómo podría soportar la separación. Le pareció que todo el aire de la noche estaba impregnado de magia, y que de alguna forma también otros debían ver aquel gran tremolar en el aire y la oscuridad que la rodeaban.

Había de hacerles pensar que había salido para hacer algo verosímil. Les dijo a las damas que compartían su cámara que había prometido a la esposa de uno de los camarlengos probar un remedio para el dolor de muelas y que no volvería en muchas horas. Luego, tomando la capa más gruesa y más oscura, y ciñéndose la pequeña hoz de su iniciación a la cintura bajo el vestido, abandonó la estancia. Al cabo de un momento, se escondió en un rincón oscuro y sacó la pequeña hoz, deslizándola en una bolsa que llevaba atada a la altura de las caderas; ocurriera lo que ocurriese, Kevin no debía verla.

Su corazón se rompería, si yo no acudiese a esta cita, pensó, sin saber lo afortunado que sería...

Oscuridad. Ni siquiera había sombras en el patio sin luna. Se dio cuenta de que estaba temblando, mientras calculaba sus pasos cuidadosamente a la luz de las estrellas. Después la oscuridad se hizo profunda, y oyó su voz, baja y enronquecida.

—¿Nimue?

—Soy yo, amado mío.

¿Qué falsedad es mayor, romper mi juramento con Avalon, o mentir a Kevin de este modo? Ambas son falaces... ¿Es la mentira justa alguna vez?

Él la tomó del brazo, y el ardiente tacto de su mano le encendió la sangre. Los dos se hallaban hondamente sumergidos en la magia del momento. La apartó de la entrada, descendiendo por la empinada pendiente sobre la que se erguía la antigua fortaleza de Camelot entre las colinas circundantes. Allí abajo corría un río y el terreno era pantanoso; pero ahora estaba seco, cubierto por la exuberante vegetación de las tierras húmedas. La condujo a una arboleda.

Ah Diosa, siempre supe que el día que rindiera mi virginidad lo haría en una arboleda... Mas desconocía que iba a ser con toda la hechicería de la luna oscura...

La estrechó y la besó. Todo su cuerpo parecía estar ardiendo. Extendió las capas unidas sobre la hierba y la tendió, sus torcidas manos estaban temblando con tal violencia en los broches de su vestido que hubo de soltarlos ella misma.

—Me alegro de que esté oscuro... para que la visión de mi deforme cuerpo no te aterrorice... —dijo él, con voz que no parecía la suya.

—Nada tuyo podría atemorizarme, mi amor —musitó ella y alargó las manos. Al momento experimentó lo dicho de modo extremo, arrebatada por su propio hechizo que también la había atrapado, sabiendo que aquel hombre, en cuerpo, corazón y alma, estaba en sus manos. Aunque, a pesar de toda su magia, era inexperta, y retrocedió con auténtico miedo ante el contacto de su virilidad. La besó, la apaciguó y la acarició, y ella sintió el ardor de la marea menguante, la espesa tiniebla del momento de la hechicería. En el instante mismo de su apogeo ella le situó debajo, comprendiendo que si se demoraba hasta que la luna nueva apareciese en el cielo, perdería mucho de su poder.

El murmuró, sintiéndola temblar.

—Nimue, Nimue. Mi pequeño amor. Eres doncella... Si tienes miedo, no es preciso que hayas de perder esta noche tu virginidad.

Aquello hizo que sintiese deseos de llorar; que él, enloquecido por su deseo, pudiera aún tenerla en consideración.

—¡No! ¡No! Te quiero —exclamó y le atrajo violentamente hacia sí, guiándole con las manos, casi alegrándose del repentino dolor; el dolor, la sangre súbita, el apogeo de su frenético deseo, despertó a la vez el frenesí de ella, y se aferró a él, jadeando, alentándole.

Y en el último momento ella le apartó de sí, y le susurró:

—¡Júramelo! ¿Eres mío?

—¡Lo juro! Ah, no puedo resistir. No puedo. Déjame...

—¡Espera! ¡Júralo! ¡Eres mío! ¡Dilo!

—Lo juro, lo juro por mi alma.

—Por tercera vez. ¿Eres mío?

—¡Soy tuyo! ¡Lo juro! —Y ella percibió su súbito espasmo de miedo, al comprender lo que había sucedido, mas ahora él era presa de su propia excitación, y se retorcía como un desesperado, jadeando, gritando en insoportable agonía, y ella percibió el mágico hechizo descendiendo sobre sí en el instante mismo del reflujo, mientras él gritaba y caía pesadamente sobre su cuerpo exangüe, y sintió el brotar de la semilla en su interior. El quedó inmóvil, como muerto, y ella temblaba, respirando pesadamente, como asfixiada. No hubo nada del placer de que había oído hablar, pero sí algo más grande que el placer, un inmenso triunfo. Porque el conjuro pendía en torno a ambos con fuerza y ella poseía su espíritu, alma y esencia. Sintió que se aproximaba el momento del cambio de luna; y en el preciso instante en que se producía le hizo una marca en la frente con los dedos; al contacto del hechizo, él se incorporó, exánime y sin vida.

—Kevin —dijo ella—. Sube a tu caballo y cabalga.

Se puso en pie con lentos movimientos. Se dirigió al caballo y ella supo que debía ser precisa en este conjuro.

—Vístete primero —ordenó, y él se puso la túnica, ciñéndola a su cintura. Actuó rápidamente y a la luz de las estrellas vio el brillo de sus ojos; él entendió, bajo la dominación del hechizo, que lo había traicionado. Se le formó a Nimue un nudo en la garganta de agonía y violenta ternura, deseó tirar de él hacia bajo otra vez, deshacerle el conjuro y cubrirle de besos el lastimado semblante, y llorar, llorar por la traición de su amor.

Mas también yo he jurado y es el destino.

Se cubrió con el vestido, subió a su caballo y cabalgaron en silencio, tomando el camino a Avalon. Al amanecer, Morgana tendría la barca esperándoles en la orilla.

MORGANA SE DESPERTÓ de un intranquilo sueño algunas horas antes de que clareara, presintiendo que el trabajo de Nimue estaba hecho. Se vistió en silencio, despertando a Niniane y a las sacerdotisas asistentas, que bajaron en pos de ella lentamente hacia la orilla, envueltas en sus oscuras vestiduras y moteadas túnicas de piel de ciervo, el cabello recogido en una sola trenza a la espalda y los cuchillos en hoz de mango negro ceñidos a la cintura. Aguardaron en silencio, con Niniane y Morgana a la cabeza. Cuando el cielo se tiñó de rosa pálido con la primera luz, le indicó a la tripulación de la barca que partiera y la miró mientras desaparecía entre las nieblas.

Esperaron, la luz cobró fuerzas y justo cuando el sol se elevaba, volvió a surgir la barca de las nieblas. Morgana distinguió a Nimue en la proa, con la capa cubriéndole la cabeza, alta y erguida; mas su rostro quedaba oculto por la sombra de la capa. Había un bulto caído en el fondo de la embarcación.

¿Qué le ha hecho? ¿Está muerto o hechizado? Morgana se encontró deseando que estuviese muerto, que se hubiera quitado la vida por desesperación o terror. Dos veces se había enfurecido con aquel hombre y le había llamado traidor a Avalon, y la tercera vez había sido un traidor más allá de toda duda, llevándose la Sagrada Regalía de su lugar oculto. Oh, sí, merecía la muerte, incluso la muerte que padecería aquella misma mañana. Había hablado con los druidas y convinieron, unánimes, en que debería morir en el robledal, que no tendría la rápida muerte de la misericordia. Una traición de esta clase no se había conocido en Bretaña desde los tiempos de Elian, quien se desposó en secreto con un hijo del procónsul romano y divulgó pretendidos oráculos para impedir que las Tribus se levantaran contra ellos. Elian murió en el fuego y tres de sus sacerdotisas con ella. La hazaña de Kevin no había sido sólo la traición, sino también la blasfemia, como cuando Elian interfirió en la voz de la Diosa. Y debía ser castigado.

Dos de los tripulantes de la barca ayudaron al Merlín a ponerse en pie. Iba a medio vestir, sin abrochar su atavío, ocultando apenas su desnudez. Tenía el pelo revuelto, lívido el rostro... ¿Drogado o encantado? Trató de caminar; pero sin sus bastones, se tambaleó, y se apoyó en lo más cercano para recobrar el equilibrio. Nimue permaneció fría, sin mirarlo, con el rostro oculto todavía por la capa; mas con los primeros rayos del sol se quitó la caperuza y, en ese momento, tocado por la temprana luz del día, el encantamiento abandonó a Kevin y Morgana vio que la comprensión se reflejaba en sus ojos atónitos; sabía dónde estaba y qué había ocurrido.

Morgana le vio mirar a Nimue, y después parpadear ante la barca de Avalon. Y entonces, de inmediato, el completo conocimiento de la traición de que había sido objeto mostróse en su rostro, y agachó la cabeza tembloroso y anonadado.

Así pues, no sólo sabe lo que es traicionar sino también lo que es ser traicionado.

Después miró a Nimue. La muchacha estaba pálida, sin sangre el rostro, despeinado el largo cabello, aunque apresuradamente había tratado de trenzarlo. Estaba mirando a Kevin, y le temblaban los labios cuando repentinamente apartó los ojos.

Le ama; el hechizo la ha involucrado. Debería haberlo sabido, pensó Morgana, un conjuro tan poderoso actúa en su hacedor.

Nimue hizo una gran reverencia como demandaba la costumbre de Avalon.

—Señora y Madre —dijo con voz neutra—, os he traído al traidor que traicionó la Sagrada Regalía.

Morgana avanzó y abrazó a la muchacha, quien rehuyó el abrazo.

—Bienvenida seas, Nimue —dijo—, sacerdotisa, hermana —y besó a la joven en la húmeda mejilla. Pudo sentir su sufrimiento en todo su cuerpo. Ah, Diosa, ¿la ha destruido esto también a ella? De ser así, hemos pagado un precio demasiado alto por la vida de Kevin.

—Vete ahora, Nimue —añadió compadecida—. Que te acompañen a la Casa de las Doncellas; tu obra está hecha. No es preciso que presencies lo que ha de ocurrir. Has cumplido tu parte y has padecido bastante.

—¿Qué será de... de él? —susurró Nimue. Morgana la abrazó con fuerza.

—Pequeña, pequeña, eso no te concierne. Has cumplido tu parte con entrega y valor, y es suficiente.

Nimue contuvo la respiración como si fuese a llorar, mas no lo hizo. Miraba a Kevin, pero él no se encontró con sus ojos, y finalmente, temblando con violencia tal que apenas podía caminar, dejó que las dos sacerdotisas la guiaran.

—No la atormentéis con preguntas. Lo hecho, hecho está. Dejadla tranquila —les dijo Morgana, en voz baja. Cuando Nimue se hubo ido, ella se volvió hacia Kevin.

Sus miradas se cruzaron y el dolor la embargó. Aquel hombre había sido su amante, pero había sido algo más; había sido el único hombre que nunca pretendió incluirla en maniobras políticas, que jamás pretendió utilizar su nacimiento o alta posición, que no le pidió más que amor. La llamó a la vida sacándola del

Averno en Tintagel, había llegado a ella como el Dios, había sido quizá su único amigo, hombre o mujer, en toda su vida.

Se obligó a hablar a pesar del tremendo dolor que sentía en la garganta.

—Bien, Kevin el Arpista, falso Merlín. ¿Tienes algo que decir antes de afrontar la sentencia?

Kevin negó con la cabeza.

—Nada que considerases importante, Señora del Lago.

—Ella recordó, por entre una bruma de dolor, que él había sido el primero en concederle ese título.

—Así sea —repuso ella, y sintió que su rostro se endurecía hasta convertirse en una piedra—. Conducidle a su condena.

El dio un solo paso vacilante entre sus captores, luego se volvió y la miró echando hacia atrás la cabeza en desafío.

—No, espera —dijo—. Estimo que tengo algo que decirte después de todo, Morgana de Avalon. Una vez te hablé de que mi vida era poca cosa para entregarla por la Diosa, y quiero que sepas que por ella he hecho lo que he hecho.

—¿Estás diciendo que has traicionado la Sagrada Regalía por el bien de la Diosa, dejándola en manos de los sacerdotes? —inquirió Niniane, y hubo en su voz manifiesto desdén—. ¡Eres, pues, demente a la vez que perjuro! ¡Llevaos al traidor! —ordenó, pero Morgana les indicó que esperaran.

—Escuchémosle.

—Ocurre que es así —dijo Kevin—. Señora, ya te dije antes esto: el momento de Avalon ha terminado. El Nazareno ha vencido y debemos adentrarnos más y más en las nieblas hasta que sólo seamos una leyenda y un sueño.

¿Te llevarás contigo la Sagrada Regalía a esa oscuridad, preservándola cuidadosamente para el amanecer de un nuevo día que nunca amanecerá? Aun cuando Avalon deba perecer, estimé justo que las cosas sagradas fueran enviadas al mundo al servicio del Divino, fuera cual fuese el nombre que Dios o los Dioses reciban. Y a causa de lo que yo he hecho, la Diosa se ha manifestado una vez al menos en el mundo aquel, de un modo que nunca se olvidará. El paso del Grial será recordado, Morgana mía, cuando tú y yo seamos únicamente leyendas para narrar ante el hogar y cuentos para los niños. No creo que haya sido en vano, ni debieras creerlo tú, que portaste la copa como sacerdotisa. Ahora haz conmigo lo que quieras.

Morgana inclinó la cabeza. El recuerdo de aquel éxtasis y revelación, cuando portara la copa adoptando la figura de la Diosa, permanecería con ella hasta la muerte; para quienes lo habían presenciado, fuera lo que fuese que pudieran haber visto, sus vidas ya no serían lo mismo. Pero ahora debía enfrentarse a Kevin desde la forma de la Diosa vengadora, la corva Muerte, la fiera jabalina que devorará a su propia cría, la Gran Cuervo, la Aniquiladora...

Sin embargo, él le había dado mucho a la Diosa. Le tendió la mano... y se detuvo, pues bajo la mano vio lo que ya viera una vez, una calavera bajo sus dedos...

...Ahora está moribundo, ve su propia muerte, y también yo la veo... Mas no sufrirá ni será torturado. Ha dicho la verdad; ha hecho lo que la Diosa le encomendó hacer, y yo he de hacer lo mismo... Aguardó para hablar hasta que su voz fuese firme. Escuchó un leve tronar en la distancia.

—La Diosa es misericordiosa —dijo, al fin—. Llevadle al robledal, como está ordenado, pero dadle rápida muerte con un solo golpe. Enterradle bajo el gran roble y que de ahora en adelante sea evitado por todos los hombres. Kevin, el último de los Mensajeros de la Diosa, te maldigo para que lo olvides todo, para que renazcas sin sacerdocio y sin iluminación, para que cuanto has realizado en tus vidas anteriores quede borrado y que tu alma regrese al primer nacimiento. Por cien vidas regresarás, Kevin el Arpista, siempre buscando a la Diosa y sin encontrarla nunca. Mas al final, Kevin, una vez Merlín, te aseguro: que si ella lo quiere, no te quepa duda de que te encontrará.

Kevin la miró directamente. Sonrió, con aquella extraña y dulce sonrisa.

—Adiós, pues, Señora del Lago—dijo, en un susurro—. Haz saber a Nimue que la amé... o puede ser que se lo diga yo mismo. Porque creo que pasará mucho, mucho tiempo antes de que tú y yo volvamos a encontrarnos, Morgana. —Y nuevamente el leve trueno se mezcló con sus palabras.

Morgana tuvo un escalofrío cuando se alejó cojeando sin mirar atrás, apoyándose en los brazos de sus captores.

¿Por qué me siento tan avergonzada? He mostrado misericordia; podía haber hecho que le torturasen. Me llamarán traidora y débil, pues no se le ha llevado al robledal para hacerle gritar y suplicar la muerte hasta que los mismos árboles se estremecieran por el sonido... ¿Me estoy ablandando, al no torturar al hombre que una vez amé? ¿Va a ser tan fácil su muerte que la Diosa busque venganza en mí? Así sea, aunque encuentre la muerte que no pude darle a él.

Mirando las grises nubes de tormenta en el cielo, se entristeció. Kevin ha sufrido durante toda su vida, no añadiré más que sufrimiento a su destino. El relámpago destelló en el cielo y pensó, estremeciéndose. ¿o fue sólo a causa del frío viento que llegaba con el súbito ímpetu de la tormenta? Así se va el último de los grandes Merlines, con la tormenta que ahora descarga sobre Avalon.

Hizo señas a Niniane.

—Ve. Comprueba que mi sentencia se cumpla al pie de la letra, que le den muerte con un único golpe y dejen su cuerpo sobre el suelo una sola hora. —Vio que la mirada de la joven se detenía en su rostro; ¿era conocido, pues, de todos que una vez fueron amantes? Pero Niniane preguntó meramente:

—¿Y tú?

—Voy con Nimue. Me necesitará.

Sin embargo, Nimue no estaba en su estancia de la Casa de las Doncellas, ni en parte alguna de la casa, ni, cuando Morgana se apresuró por los patios azotados por la lluvia, en la morada de reclusión donde viviera con Cuervo. No se hallaba en el templo y una de las sacerdotisas asistentes le dijo que Nimue había rehusado los alimentos y bebida que le ofrecieron, e incluso asearse. Morgana, con un terrible temor que crecía en su interior a cada destello de relámpago en tanto la tormenta arreciaba y bramaba, exhortó a todos los sirvientes del templo a que la buscaran; pero antes de que pudiesen hacerlo, llegó Niniane, con el rostro lívido, atendida por los hombres que había enviado a cerciorarse de que la muerte de Kevin se ejecutara según Morgana había decretado.

—¿Qué sucede? —inquirió Morgana, con voz helada—. ¿Por qué no se ha cumplido mi sentencia?

—Fue muerto de un solo golpe, Señora del Lago —musitó Niniane—, mas con el golpe mismo vino el relámpago del cielo y tocó al gran roble, partiéndolo en dos. Hay una gran hendidura en el roble sagrado, desde el cielo hasta la tierra...

Morgana sintió un gran nudo en la garganta. No es extraño que con la tormenta viniera el rayo, y el rayo siempre golpea el punto más alto. Pero que viniese en la hora misma en la cual Kevin profetizó el fin de Avalon...

Volvió a estremecerse, abrazándose a sí misma bajo la capa para que quienes la miraban no la vieran temblar.

¿Cómo podía desactivar este presagio, pues presagio era de seguro, de la inminente destrucción de Avalon?

—El Dios ha preparado un lugar para el traidor. Enterradle, pues, en la hendidura del roble...

Se inclinaron en aquiescencia y se marcharon, entre el trueno y el repentino repiquetear de la lluvia, y Morgana, aturdida, se apercibió de que se había olvidado de Nimue. Mas una voz en su interior dijo: Es demasiado tarde.

La hallaron al mediodía, cuando el sol salió ya pasada la tormenta, flotando entre las cañaveras del Lago. El largo cabello extendido en la superficie como algas y Morgana, anonadada de pesar, no pudo ser lo bastante cruel para lamentar que Kevin no hubiese partido solo a la tierra en sombras más allá de la muerte.

XII

Morgana pensó con frecuencia, en los lúgubres días que siguieron a la muerte de Kevin, que la Diosa ciertamente había tomado sobre sí la aniquilación de los Caballeros de la Mesa Redonda. Pero ¿por qué era designio suyo aniquilar también Avalon?

Me estoy haciendo vieja. Cuervo está muerta y Nimue ha muerto, quien podía ser Señora del Lago después de mí. Y la Diosa no ha impuesto la mano sobre ninguna otra para que sea su profetisa. Kevin yace sepultado en el roble. ¿Qué será ahora de Avalon?

Parecía que el mundo se estaba desplazando, que tras las nieblas el mundo se movía en perpetua aceleración. Nadie salvo ella misma, y una o dos de las sacerdotisas más viejas, podían abrir la entrada a través de las nieblas, y pocos motivos había para intentarlo ya. En ocasiones, cuando salía al exterior no podía ver ni el sol ni la luna, y le parecía que se había extraviado en los confines del país de las hadas; mas sólo tuvo raros atisbos del pueblo de las hadas entre los árboles y nunca tornó a ver a la reina. Se preguntaba si en verdad los había abandonado la Diosa, pues algunas de la Casa de las Doncellas regresaron al mundo y otras se perdieron en el país de las hadas para no volver.

La Diosa vino por última vez al mundo cuando portó el Grial en el salón de Arturo en Camelot, pensó Morgana, y después, confusa, se preguntó si la Diosa había portado el Grial verdaderamente, o si había sido únicamente una visión mantenida por Cuervo y ella misma.

He llamado a la Diosa y la encontré en mi interior.

Y Morgana entendió que nunca volvería a tener la habilidad de buscar consuelo y alivio fuera de sí misma; sólo podía mirar hacia adentro. Ninguna sacerdotisa, ninguna profetisa, ningún druida o consejero, ninguna Diosa a quien volverse; únicamente hacia su propio ser. Una y otra vez, cuando por el hábito de toda una vida, pretendía invocar la imagen de la Diosa para que la guiase, nada veía, o, en ocasiones, la faz de Igraine, no la avejentada viuda de Uther, sino la joven y hermosa madre que le impusiera cargas por primera vez, que la conminara a cuidar de Arturo y la dejara en manos de Viviane. Una y otra vez veía la faz de Viviane, que la había enviado al lecho con el Astado, o de Cuervo, que estuvo a su lado en el gran momento de la invocación.

Ellas son la Diosa. Y yo soy la Diosa. Y no hay nadie más.

Poco se preocupó de mirar en el espejo mágico; aunque, de vez en cuando, estando la luna oscura, iba a beber del manantial y a mirar en las aguas. Mas sólo veía borrosos atisbos: los Caballeros de la Mesa Redonda cabalgando por este y aquel camino, en pos de sueños o vislumbres de la Visión, pero ninguno encontró el verdadero Grial. Algunos se olvidaron de la búsqueda y cabalgaron en busca de aventuras; otros encontraron más aventuras de las que lograron enfrentar, y así murieron; algunos hicieron buenas obras y otros malas. Uno o dos, en penetrantes visiones de fe, soñaron su propio Grial y así murieron. Otros, siguiendo el mensaje de sus propias visiones, fueron en peregrinación a Tierra Santa y aún otros, en pos de un viento que estaba soplando por todo el mundo en aquellos días, se retiraron a la soledad y a la vida de ermitaño, buscando, en toscas cavernas y refugios, una vida de silencio y penitencia. Pero sobre las visiones que tuvieron, si del Grial o de alguna otra cosa, Morgana nunca supo ni le importó.

Una o dos veces obtuvo atisbos de un rostro conocido. Vio a Mordred en Camelot, al lado de Arturo. También vio a Galahad en pos del Grial; nada más percibió después y se preguntó si la búsqueda lo había llevado a la muerte.

Y en una ocasión vio a Lancelot, medio desnudo, ataviado con pieles animales, con el pelo largo y desgreñado, sin armadura ni espada, corriendo por el bosque, con el brillo de la locura en sus ojos; bueno, ella había adivinado que esta búsqueda sólo podía llevarle a la demencia y a la desolación. Empero, tornó a mirar en el espejo para volver a hallarle, y durante mucho tiempo no tuvo éxito. Después le vio durmiendo, descarnado, sobre un lecho de paja, y los muros de una prisión o mazmorra se alzaban a su alrededor... y ya no vio nada más.

Ah, Dioses, también él se ha ido... con tantos de los hombres de Arturo...

En verdad el Grial no fue una bendición para la corte, sino una maldición...

Y justa es, una maldición para el traidor que iba a profanarlo...

Y ahora se ha ido para siempre de Avalon.

Durante mucho tiempo, Morgana creyó que el Grial se lo había llevado la Diosa a los reinos de los Dioses, para que la humanidad no volviese a mancharlo, y se complacía de que así fuera; pues había sido manchado con el vino de los cristianos, el cual era de alguna forma sangre además de vino y ella no tenía noción alguna de cómo limpiarlo.

A Morgana le llegaron rumores del mundo exterior por medio de algunos miembros de la vieja hermandad de sacerdotes que habían llegado por aquellos días a Avalon; cristianos, algunos de ellos, de los viejos que una vez rindieron culto junto a los druidas, en la firme creencia de que Cristo había visitado Avalon una vez. Ahora, huyendo de la impuesta conformidad de esa nueva hornada de cristianos que querían desterrar todo culto excepto el suyo propio, volvieron a Avalon y de ellos Morgana oyó algo sobre el Grial.

Los sacerdotes decían ahora que era la auténtica copa de la que Cristo bebiera en la Ultima Cena y que había sido llevada al Cielo para que jamás volviera a ser vista en el mundo. Mas asimismo había rumores de que había sido vista en la otra isla, Ynis Witrin, destellando en el fondo de su pozo, ese pozo que al llegar a Avalon se convertía en el espejo sagrado de la Diosa; y, en consecuencia, los clérigos de Ynis Witrin habían empezado a llamarlo el Pozo del Cáliz.

Y cuando los viejos sacerdotes llevaban morando cierto tiempo en Avalon, Morgana comenzó a oír rumores de que una y otra vez el Grial había sido visto, fugazmente, sobre su altar. Será según desee la Diosa. Ellos no lo profanarán. Pero no sabía si verdaderamente se hallaba en la antigua iglesia de la hermandad cristiana... que estaba erigida exactamente en el mismo sitio de la iglesia en la otra isla, por lo cual decían que, cuando las nieblas se hacían menos densas, la antigua hermandad de Avalon podía oír a los monjes cantando en su iglesia de Ynis Witrin. Morgana recordó el día en que las nieblas se diluyeron para que Ginebra entrase en Avalon.

El tiempo discurría ahora de modo extraño allí. Morgana desconocía si esos doce meses y un día que se impusieron como término los Caballeros habían pasado o no, y en ocasiones pensaba que debían haber pasado años en el mundo exterior...

Mucho meditó las palabras que Kevin había pronunciado: ... las nieblas se están cerrando sobre Avalon.

Y entonces, un día, fue convocada a las márgenes del Lago, y no necesitó que la Visión le dijera quién estaba en la barca. Avalon también había sido su hogar en otros tiempos. El pelo de Lancelot era ya del todo cano y su cara descarnada y macilenta; cuando bajó de la barca, con sólo la sombra de su viejo donaire al andar, ella se adelantó y le cogió las manos, y en su cara no distinguió traza alguna de locura.

La miró a los ojos, y ella tuvo la súbita impresión de ser la Morgana de antaño, cuando Avalon era un templo vivo con sacerdotisas y druidas y no una tierra solitaria sumergida en las nieblas con apenas un puñado de viejas sacerdotisas y unos cuantos druidas seniles, acompañados por varios semiolvidados cristianos viejos.

—¿Cómo es que no pasa por ti el tiempo, Morgana? —le preguntó—. Todo parece cambiado, incluso aquí en Avalon. ¡Mira, incluso el anillo de piedras está oculto por las nieblas!

—Oh, pero sigue estando allí —dijo Morgana—, aunque algunos de nosotros nos perderíamos si tratáramos de buscarlo ahora. —Y con dolor en el corazón, recordó el día, ¡ah, hacía toda una vida!, en el que Lancelot y ella yacieron juntos a la sombra de las piedras—. Creo que es posible que lleguen a perderse entre las nieblas algún día para que nunca puedan ser derribadas por manos humanas o por la erosión del tiempo. Ya nadie las venera... Ni siquiera se encienden ya los fuegos de Beltane en Avalon. Aunque he oído decir que todavía se guardan los viejos ritos en las tierras baldías de Gales del Norte y en Cornwall. Me sorprende que hayas sido capaz de venir, deudo.

Él sonrió, y ahora pudo ver trazas de dolor y pesar, e incluso de locura, en torno a sus ojos.

—Apenas me di cuenta de que venía hacia aquí, prima. La memoria me juega ahora malas pasadas. Estuve loco, Morgana. Tiré mi espada y viví como un animal en el bosque, y hubo un tiempo, no sé cuánto, en que me hallé confinado en una extraña mazmorra.

—Lo vi —musitó ella—, pero desconozco su significado.

—Tampoco yo lo sabía, ni lo sé aún —repuso Lancelot—. Recuerdo muy poco de aquellos días. Es una bendición de Dios, creo, que no consiga acordarme de lo que pude haber hecho. Creo que no era la primera vez. Hubo ocasiones, durante los años que estuve con Elaine, en que apenas sabía lo que hacía...

—Pero ya estás bien —repuso ella rápidamente—. Ven a desayunar conmigo, primo. Es demasiado temprano para otra cosa, cualquiera que sea el motivo que te haya traído aquí.

Él la siguió, y Morgana le condujo a su morada. A excepción de las sacerdotisas asistentes, él era la primera persona en entrar allí desde hacía años. Había pescado del Lago, esa mañana, y le sirvió con sus propias manos.

—Ah, esto es bueno —dijo él, comiendo vorazmente. Ella se preguntó cuánto tiempo había pasado desde la última vez que había comido. Llevaba el pelo tan cuidadosamente peinado como siempre, su rizado cabello ya del todo cano, y con blancas mechas en la barba, esmeradamente cepillado, y la capa, aunque raída y gastada por el viaje, estaba muy limpia. Él la vio mirar la capa y rió levemente.

—En los viejos tiempos hubiera utilizado esta capa como manta en la silla de montar —dijo—. Perdí capa, espada y armadura; no sé dónde. Es posible que me las robaran en alguna desventura, o que las tirase en mi demencia. Sólo sé que un día oí a alguien pronunciar mi nombre y que ese alguien era uno de los Caballeros. Lamorak, tal vez, aunque está muy turbio en mi mente. Me sentía demasiado débil para viajar, pero a pesar de que él partió a la semana siguiente, empecé poco a poco a recordar quién era; me dieron una túnica y me dejaron sentarme a la mesa en vez de arrojarme sobras en un cuenco de madera. —Emitió una risa trémula y nerviosa—. Aun cuando no sabía que era Lancelot, seguía poseyendo mi maldita fuerza y creo que a algunos les hice daño. Me parece que perdí casi un año de mi vida... Me acuerdo de pocas cosas y la idea principal que rondaba mi cabeza era no dejarles saber que yo era Lancelot, para no causar afrenta a los Caballeros de Arturo... —Guardó silencio y Morgana adivinó su tormento por lo que no dijo—. Bueno, lentamente recobré energías suficientes para cabalgar y Lamorak había dejado dinero para un caballo y pertrechos para mí. Pero la mayor parte del año aún está a oscuras.

Recogió los restos del pan en el plato y resueltamente acabó lo que quedaba del pescado. Morgana le preguntó:

—¿Qué fue de la búsqueda?

—¿Qué, en verdad? Poco he oído —contestó—, aquí y allá, mientras recorría la tierra. Gawaine fue el primero en regresar a Camelot.

Morgana sonrió, casi contra su voluntad.

—Siempre fue inconstante para todo y para todos.

—Salvo para Arturo —repuso Lancelot—. ¡Es más leal a Arturo que cualquiera de sus perros! Y me encontré a Gareth cuando cabalgaba hacia aquí.

—¡Querido Gareth, es el mejor de los hijos de Morgause! ¿Qué te dijo? —preguntó Morgana.

—Dijo haber tenido una visión —declaró Lancelot con lentitud—, que le instó a retornar a la corte y cumplir su deber para con su Rey y sus tierras, y a no demorarse, entreteniéndose y buscando ilusiones de cosas sagradas. Y habló largo tiempo conmigo, y me rogó que abandonase la búsqueda del Grial y regresara a Camelot con él.

—Me sorprende que no lo hicieras —dijo Morgana.

Él sonrió.

—También a mí, deuda. Y he prometido volver tan pronto como pueda. —Súbitamente, su gesto se hizo grave—. Gareth me informó de que Mordred está ahora siempre junto a Arturo. Y al saber que no volvería a la corte con él, me dijo que lo mejor que podía hacer por Arturo era encontrar a Galahad y exhortarle a regresar a Camelot, pues desconfiaba de Mordred y su influencia sobre el Rey... Lamento hablar mal de tu hijo, Morgana.

—En una ocasión él me dijo que Galahad no viviría para reinar... pero me juró, con un juramento que no creo se atreva a romper, que no tendría que ver con su muerte —dijo ella.

Lancelot parecía preocupado.

—He visto muchas de las desventuras que pueden acaecer en esta maldita búsqueda. ¡Quiera Dios que encuentre a Galahad antes de que caiga presa en una de ellas! —Se hizo el silencio entre ambos, en tanto Morgana pensaba:

Mi corazón lo sabía. Esa era la razón por la que Mordred rechazó la búsqueda. Se dio cuenta, de pronto, que había dejado de creer que su hijo Gwydion, Mordred, llegase a ser Rey impuesto por Avalon. Se preguntó cuándo había empezado a aceptarlo. Quizá cuando Accolon murió y la Diosa no extendió la mano para proteger a su elegido.

Galahad será Rey, y será un rey cristiano.

Y eso bien puede significar que matará a Gwydion.

¿Qué será del Rey Ciervo cuando el joven ciervo haya crecido? Mas si los tiempos de Avalon habían terminado, tal vez Galahad tomara el trono en paz, sin necesidad de matar a su rival.

Lancelot soltó el resto de un trozo de pan con miel, y dirigió la mirada a un rincón de la estancia.

—¿Es ésa el arpa de Viviane?

—Sí —respondió—. Dejé la mía en Tintagel. Aunque supongo que es tuya por derecho de herencia, si la quieres.

—He dejado de tañer y no tengo deseo alguno de hacer música, Morgana. Es tuya por derecho, como todas las cosas que pertenecieron a mi madre.

Morgana recordó unas palabras que le habían herido el corazón hacía mucho tiempo: ¡Ojalá no te parecieras tanto a mi madre, Morgana! Ahora el recuerdo no le producía dolor, sino calidez; Viviane no se había ido totalmente del mundo si algo sobrevivía en ella.

—Quedamos ya tan pocos... tan pocos de nosotros que recuerden los viejos tiempos en Caerleón, incluso en Camelot —dijo él, en tono balbuciente.

—Arturo está allí —repuso ella—, y Gawaine, Gareth, Cai y muchos más, querido. Y sin duda se preguntan unos a otros todos los días: ¿Dónde está Lancelot? ¿Por qué estás aquí y no allí?

—Ya te lo he dicho, la mente me juega malas pasadas. Apenas era consciente de que venía —contestó Lancelot—. Aunque, ahora que estoy aquí, quisiera preguntar... Oí decir que Nimue se hallaba aquí —y ella recordó que se lo había dicho en una ocasión, cuando él creía a su hija en el convento donde estuviera Ginebra—. Quisiera preguntar qué ha sido de ella. ¿Se encuentra bien entre las sacerdotisas?

—Lo lamento —respondió Morgana—. Al parecer sólo tengo malas noticias para ti. Nimue murió, hace un año. No iba a decirle más. Lancelot nada sabía de la traición de Merlín, o de la última visita de Nimue a la corte. Conocer el resto sólo podía apenarle. El no hizo preguntas, únicamente respiró pesadamente y miró al suelo.

—Y la criatura, la pequeña Ginebra, está desposada en la Baja Bretaña, y esta búsqueda ha engullido a Galahad. Nunca conocí a ninguno de mis hijos. Nunca traté de conocerles. Estimaba que era cuanto podía darle a Elaine y se los dejé a ella casi completamente, incluso al muchacho. Cabalgué durante un tiempo con Galahad cuando partimos de Camelot, y supe más de él en esos diez días y noches que en los dieciséis años de su vida. Creo que tal vez sea un buen rey, si vive...

Miró a Morgana, casi suplicante, y ella supo que estaba ansiando ser tranquilizado, mas no tenía consuelo para él.

—Si vive, será un buen rey —dijo finalmente—, pero creo que será un rey cristiano. —Por un momento, pareció que todos los sonidos de Avalon se silenciaban a su alrededor, como si las leves olas del Lago y el susurrante sonido de las cañaveras en la orilla se callaran para escuchar lo que iba a decir—. Si sobrevive a la búsqueda del Grial, o si la abandona, su gobierno será influenciado por los sacerdotes, y en toda la tierra habrá un solo Dios y una única religión.

—¿Sería eso una gran tragedia, Morgana? —preguntó Lancelot con calma—. En toda esta tierra, el Dios cristiano está trayendo un renacimiento espiritual. ¿Es eso malo, cuando toda la humanidad ha olvidado los Misterios?

—No han olvidado los Misterios —repuso ella—, los han encontrado demasiado dificultosos. Quieren un Dios que se cuide de ellos, que no les exija pugnar por la iluminación, pero que les acepte como son, con todos sus pecados, y los exculpe con el arrepentimiento. Tal vez es el único camino en el que los no iluminados pueden resistir el pensar en sus Dioses.

Lancelot sonrió amargamente.

—Acaso una religión que exige que todo hombre se afane vida tras vida por su salvación es excesiva para la humanidad. No quieren esperar la justicia de Dios, sino verla ahora. Y eso es lo que les han prometido.

Morgana entendió que decía la verdad y agachó la cabeza angustiada.

—Y puesto que su visión de Dios es lo que configura su realidad, así será ésta. La Diosa era real mientras las gentes seguían rindiéndole homenaje y la creaban a partir de sí mismos.

—Bueno, así será, pues según ve el hombre la realidad, ésta se torna. Mientras que los viejos Dioses, la Diosa, eran vistos como benevolentes o dadores de vida, así fue la naturaleza para ellos; y cuando los sacerdotes enseñaron a los hombres a pensar en la naturaleza como maléfica, extraña, hostil, y en los Dioses como demonios, incluso eso llegó a ser, surgiendo de la parte del hombre que ahora el propio hombre desea sacrificar o controlar, en vez de dejar que le guíe.

—Creo que no me complace vivir en ese mundo, Lancelot —dijo ella.

El fatigado Caballero suspiró y negó con la cabeza.

—Creo que tampoco a mí, Morgana. Empero quizá sea un mundo más sencillo que el nuestro y resulte más fácil saber lo que es correcto hacer. Por eso vine a buscar a Galahad, porque, aunque será un rey cristiano, estimo que sería mejor rey que Mordred...

Morgana apretó los puños bajo la orla de las mangas. ¡No soy la Diosa! ¡No soy yo quien ha de elegir!

—¿Viniste aquí a buscarle, Lancelot? Nunca fue uno de los nuestros. Mi hijo Gwydion, Mordred, fue educado en Avalon. Si abandonara la corte de Arturo podría venir aquí. Pero, ¿Galahad? Era tan piadoso como Elaine. ¡Despreciaría poner el pie en este mundo de brujería y hadas!

—Pero ya te he dicho que no sabía que venía aquí —aclaró Lancelot—. Pretendía alcanzar Ynis Witrin y la Isla de los Sacerdotes, pues escuché un rumor sobre un resplandor mágico que viene y va en la iglesia, y han rebautizado el pozo, según he oído, con el nombre de Pozo del Cáliz. Pensé que quizá Galahad tomara este camino. Otro viejo hábito me trajo hasta aquí.

Entonces ella le preguntó seriamente, mirándolo de frente:

—¿Qué piensas de esta búsqueda, Lancelot?

—Verdaderamente no lo sé, prima —contestó—. Cuando la tomé sobre mí, fue con un talante parecido al que me llevó a comprometerme para matar al dragón del viejo Pellinore. ¿Recuerdas eso, Morgana? Ninguno de nosotros creía en él por aquel tiempo, pero al final hallé el dragón y lo maté. Mas sé que algo, algo muy importante, sucedió en Camelot el día en que vimos el Grial. Y cuando ella iba a hablar, él manifestó con vehemencia—. No, no me digas que lo imaginé, Morgana. ¡Tú no estabas allí, no sabes cómo fue! Por vez primera, sentí que en alguna parte había un Misterio que estaba por encima de esta vida. Y así partí en esta búsqueda, aunque la mitad de mí la consideraba una locura. Cabalgué algún tiempo con Galahad y parecía que su fe se burlase de la mía, porque él era tan puro y su fe tan sencilla y buena, y yo viejo y manchado. —Lancelot miró al suelo y ella vio que tragaba saliva—. Esa es la razón, al fin, por la que me separé de él, para no dañar su fe... y luego no sé adónde me dirigí, pues las nieblas invadieron mi mente, produciendo oscuridad, y me pareció que Galahad podía... podía llegar a conocer todos los pecados de mi vida despreciándome por ellos.

Había levantado la voz, agitado, y Morgana vio por un momento el malsano brillo volviendo a sus ojos, tal lo viera en el hombre desnudo que corría por el bosque.

—No pienses en eso, querido —dijo prestamente—. Ya ha pasado.

El suspiró trémula y profundamente, y ella vio que se le nublaban los ojos.

—Mi empresa ahora es buscar a Galahad. No sé lo que vio, un ángel tal vez, o por qué la llamada del Grial llegó con tanta fuerza a unos y con tan poca a otros. De todos los Caballeros, creo que el único que no vio nada fue Mordred, o lo guardó para sí mismo.

Mi hijo fue educado en Avalon; no se habría dejado engañar por la magia de la Diosa, meditó Morgana, y estuvo a punto de hablar para contarle a Lancelot lo que había visto; él había sido, de joven, un iniciado de Avalon y no debiera permitírsele considerarlo un misterio de los cristianos. Pero volvió a percibir el extraño tono en la voz de Lancelot, agachó la cabeza y nada dijo. La Diosa le había concedido una visión consoladora; no le pertenecía a ella destruirla con una palabra.

Ella había pretendido lo que sucedió, había actuado para que sucediera. Arturo traicionó a la Diosa y la Diosa había esparcido a sus compañeros con un viento que soplaba desde su sagrado lugar. Y la ironía final era ésta: la más sagrada de sus visiones inspiró la más apasionada leyenda del culto cristiano.

—A veces creo, Lancelot, que no importa lo que hacemos. Los Dioses nos mueven a voluntad, y nada cuenta lo que pensamos que estamos haciendo. No somos más que sus peones —dijo Morgana, tendiéndole la mano.

—Si yo creyese eso —repuso Lancelot— me volvería loco para siempre.

—Y si yo no lo creyera, quizás enloquecería. Debo pensar que no poseo poder para realizar más que lo que he hecho. —Y Morgana sonrió tristemente.

...Debo creer que nunca tuve elección, una posibilidad de rechazar la entronización, una posibilidad de destruir a Mordred antes de nacido, una posibilidad de negarme cuando Arturo me entregó a Uriens, una posibilidad de retirar mi mano de la muerte de Avalloch, una posibilidad de mantener a Accolon a mi lado... una posibilidad de evitarle a Kevin una muerte de traidor y a Nimue...

Y yo debo creer que el hombre tiene poder para conocer lo justo, para elegir entre el bien y el mal y saber que su elección ha supuesto una diferencia... —afirmó Lancelot.

—Oh, sí —repuso Morgana—, si sabe lo que es el bien. Pero ¿no te parece, primo, que en este mundo el mal lleva siempre la faz del bien? A veces estimo que es la Diosa quien hace que lo errado parezca justo y lo único que podemos hacer...

—La Diosa sería entonces el diablo que los sacerdotes afirman que es —dijo Lancelot.

—Lancelot —respondió, inclinándose hacia adelante para implorarle—, no te culpes nunca. ¡Hiciste lo que debías! Cree sólo que fue tu destino y actuaste obligado...

—No, o me daría pronta muerte, para que la Diosa no pudiese utilizarme para ocasionar más daño —repuso él con vehemencia—. Morgana, tú posees la Visión y yo no acierto a creer que sea voluntad de Dios que Arturo y su corte caigan en manos de Mordred. Te he dicho que vine porque la mente me juega malas pasadas. Sin pensar, llamé a la barca de Avalon y me presenté aquí; pero ahora me parece que procedí mejor de lo que esperaba. Tú, que posees la Visión, puedes mirar en el espejo y ver por mí adónde ha ido Galahad. Arrostraré incluso su furia y le exigiré que deje esta búsqueda y vuelva a Camelot.

El suelo pareció temblar bajo los pies de Morgana. En una ocasión, penetró incautamente en una zona de arenas movedizas y sintió el barro temblar y deslizarse; su situación ahora era similar, como si debiera arrojarse en seguida a tierra firme... se oyó decir, desde lejos:

—Volverás a Camelot con tu hijo, Lancelot —y se preguntó por qué el frío parecía succionar sus órganos vitales—. Miraré en el espejo para ti, deudo. Pero no conozco a Galahad, y no puedo ver nada que te sea útil.

—Dime que harás lo que puedas —rogó Lancelot.

—Te he dicho que miraré en el espejo. Mas será de nosotros lo que desee la Diosa. Vamos.

El sol estaba alto ahora, y mientras caminaban hacia el Manantial Sagrado, un cuervo graznó. Lancelot se santiguó contra el mal augurio, pero Morgana levantó la mirada y preguntó:

—¿Qué has dicho, hermana?

La voz de Cuervo resonó en su mente: No temas. Mordred no matará a Galahad. Y Arturo dará muerte a Mordred.

—Arturo seguirá siendo Rey Ciervo... —dijo ella, en voz alta.

Lancelot se volvió a mirarla.

—¿Qué has dicho, Morgana?

Cuervo habló en su mente: No al Manantial Sagrado, sino a la capilla, y ahora. Es el momento ordenado.

Lancelot inquirió:

—¿A dónde vamos? ¿He olvidado el camino al Manantial Sagrado?

Morgana, levantando la cabeza, se dio cuenta de que sus pasos les habían llevado, no al Manantial, sino a la pequeña capilla donde la antigua hermandad cristiana celebraba sus oficios. Afirmaban que había sido erigida por la hermandad cuando el anciano José clavó su báculo en el suelo de la colina llamada Wearyall. Extendió la mano y cogió una ramita de la Santa Espina; se pinchó el dedo hasta el hueso, y sin apenas saber lo que hacía, alargó la mano y marcó la frente de Lancelot con una raya de sangre.

Él la miró, atónito. Morgana podía oír a los sacerdotes cantando suavemente: Kyrie eleison, Christe eleison. Entró con naturalidad y, para su sorpresa, se arrodilló. La capilla estaba llena de niebla y ella tuvo la impresión de que a través de ésta veía la otra capilla, la de Ynis Witrin, y oía a ambos grupos de voces cantando... Kyrie eleison... y también había voces de mujer; sí, esto debía ser en Ynis Witrin, porque en la capi-

lla de Avalon no había mujeres, debían ser las monjas
del convento. Por un momento, le pareció que Igraine
se arrodillaba junto a ella y que oía su voz, clara y suave, cantando Christe eleison. El sacerdote estaba en el
altar, y entonces le pareció que Nimue estaba allí, su
largo cabello suelto a la espalda, rubia y hermosa como lo fuera Ginebra cuando era una joven doncella en
el convento. Pero en vez de con la vieja rabia celosa,
Morgana la miró con la más pura admiración por su
belleza... las nieblas se espesaron; apenas distinguía a
Lancelot arrodillado junto a ella, pero delante, arrodillado en el altar de la otra capilla, pudo ver a Galahad
con el rostro alzado, radiante, y en él se reflejaba el
resplandor... y supo que también él veía a través de la
bruma la capilla de Avalon, donde se hallaba el Grial...
Escuchó de la otra capilla un repique de diminutas
campanas, y escuchó... nunca supo cuál de los sacerdotes, si el de allí o el de Ynis Witrin... pero en su
mente estaba la suave voz de Taliesin... murmurando:

—Porque aquella noche en la cual Cristo fue traicionado, nuestro Maestro tomó la copa y la bendijo diciendo: Bebed todos de él, porque ésta es mi sangre
que será derramada por vosotros. Siempre que bebáis
de esta copa, hacedlo en memoria mía.

Vio la sombra del sacerdote que levantó la copa de la
comunión, mas era la doncella del Grial, Nimue... ¿O
fue ella misma quien llevó la copa a labios de él? Lancelot se lanzó hacia adelante, gritando:

—¡Ah, la luz, la luz! —y cayó de rodillas, cubriéndose
los ojos con las manos, luego se deslizó y yació postrado en el suelo.

Bajo el contacto del Grial, el semblante en sombras
del joven se tornó claro, tangible, real, y desaparecieron las nieblas; Galahad se arrodilló y bebió de la copa.

—Porque, al igual que muchas uvas fueron prensa-
das para hacer un solo vino, así cuando nos unimos en

este perfecto sacrificio sin sangre, todos llegamos a ser uno en la Gran Luz que es Infinita...

Y cuando el éxtasis refulgió en su cara, brillando allí la luz, suspiró profundamente con absoluto júbilo, y miró de pleno a la luz. Avanzó para coger la copa con las manos... y cayó hacia adelante, resbalando hasta el suelo de la capilla, y también él yació inmóvil allí.

Es mortal tocar las cosas sagradas sin estar preparado...

Morgana vio a Nimue, ¿o era ella misma?, cubriendo el rostro de Galahad con un velo blanco. Y después Nimue desapareció, y la copa permaneció en el altar, sólo la copa dorada de los Misterios, sin rastro alguno de la luz sobrenatural... No estaba segura de que allí se encontrara... estaba rodeada de niebla. Y Galahad yacía muerto en el suelo de la capilla de Avalon, frío e inerte junto a Lancelot.

PASÓ LARGO TIEMPO antes de que Lancelot despertara y, cuando levantó la cabeza, Morgana vio que su rostro tenía una sombra de tragedia.

—Y yo no era digno de seguirle —musitó.

—Debes llevarle de regreso a Camelot —dijo Morgana amablemente—. Ha ganado la búsqueda del Grial, pero fue su búsqueda postrera. No pudo resistir esa luz.

—Ni pude yo —susurró Lancelot—. Mira, la luz todavía está en su cara. ¿Qué vio?

Lentamente, ella sacudió la cabeza, sintiendo que el frío le subía por los brazos.

—Ni tú ni yo sabremos eso nunca, Lancelot. Sólo sé esto: que murió con el Grial en los labios.

Lancelot miró al altar. Los sacerdotes se habían ido calladamente, dejando sola a Morgana con el muerto y el vivo; y la copa, rodeada de niebla, aún permanecía allí, brillando tenuemente.

Lancelot se puso en pie.

—Sí. Y esto vendrá conmigo a Camelot, para que todos los hombres sepan que la búsqueda ha concluido... y ningún Caballero haya de buscarlo por caminos desconocidos, para morir o enloquecer...

Dio un paso hacia el altar donde brillaba el Grial, pero Morgana le rodeó con los brazos haciéndole retroceder.

—¡No! ¡No! ¡No es para ti! ¡Su sola visión te abatió!

Es mortal tocar las cosas sagradas sin estar preparado.

—Entonces moriré —repuso él, mas Morgana le sujetó con fuerza y pronto le sintió ceder—. ¿Por qué, Morgana? ¿Para que prosiga este desvarío suicida?

—No —contestó—, la búsqueda del Grial ha terminado. Tú has sido salvado para retornar a Camelot y comunicarlo. Pero no puedes devolverlo a Camelot. Ningún hombre puede tenerlo y guardarlo. Quienes lo busquen por la fe —escuchó su propia voz, mas no supo lo que iba a decir hasta después de haberlo dicho—, siempre lo encontrarán aquí, más allá de las manos mortales. Pero si te lo llevaras contigo a Camelot, caería en manos de los clérigos más intransigentes y se tornaría en un instrumento para ellos... —Pudo sentir las lágrimas enturbiando su voz—. Te lo ruego, Lancelot. Déjalo en Avalon. Que haya, en este nuevo mundo sin magia, un Misterio que los sacerdotes no puedan describir y definir para siempre, que no puedan meterlo en su idea de lo que es y lo que no es... —Se le quebró la voz—. En la época venidera, los sacerdotes le dirán a la humanidad lo que es bueno y lo que es malo, cómo se ha de pensar y rezar, qué se ha de creer. No acierto a ver el final. Tal vez la humanidad deba vivir un tiempo de esta forma. El Grial fue una vez a Camelot. Que la memoria de su paso nunca quede nublada por verlo cautivo en algún altar terrenal. Deja un Misterio y una fuente de visión para que el hombre lo siga...

—Oyó que su voz se volvía áspera hasta parecerse al graznar del último de los cuervos.

Lancelot se inclinó ante ella.

—Morgana, ¿eres en verdad Morgana? Creo que desconozco quién o qué eres. Pero lo que dices es cierto. Que el Grial permanezca para siempre en Avalon.

Morgana levantó la mano y la pequeña gente de Avalon se aproximó y levantó el cuerpo de Galahad, llevándolo en silencio a la barca. Con la mano de Lancelot aún sobre la suya, Morgana caminó hacia la orilla, donde miró el cuerpo que yacía en la barca. Por un momento le pareció que Arturo estaba allí, luego la imagen se agitó y desvaneció, y quedó sólo Galahad, con aquella misteriosa paz y luz en el semblante.

—Marcha ahora a Camelot con tu hijo —dijo Morgana apaciblemente—, pero no como yo vaticiné. Creo que la Visión nos es dada para que seamos burlados, vemos lo que los Dioses nos muestran, mas nunca sabemos lo que significa. Me parece que jamás volveré a utilizar la Visión, primo.

—Quiéralo Dios. —Lancelot le cogió las manos un momento; luego se inclinó y las besó.

—Y así partimos finalmente —dijo él con voz queda. Y entonces, a pesar de cuanto había expresado sobre rechazar la Visión, ella vio en sus ojos lo que él había visto cuando la miró siendo doncella y estuvo con él en el anillo de piedras y le hizo apartarse por temor a la Diosa; lo que vio en la mujer a la que se dirigió con frenético deseo, tratando de ahogar la culpa de su amor por Ginebra y Arturo; lo que vio en la mujer, pálida y terrible, que sostenía indiferente la antorcha cuando lo sorprendieron en el lecho con Elaine; y ahora en la oscura y apacible Señora, que había apartado a su hijo del Grial y le había rogado a él que lo dejara para siempre fuera del mundo.

Ella se inclinó hacia adelante y lo besó en la frente. No eran menester palabras; ambos sabían que se trataba de una despedida y una bendición. Cuando se apartó de ella lentamente y subió a la mágica barca, Morgana observó sus hombros caídos y el destello del sol poniente en su pelo. Y Morgana, viéndose de nuevo en sus ojos, pensó: También yo soy vieja...

No hay más Diosa que ésta, y soy yo...

Y más allá está ella, como está en Igraine, Viviane, Morgause, Nimue y la Reina. Y ellas viven también en mí, y ella...

Y ellas viven para siempre en Avalon.

XIII

Muy al norte, en la región de Lothian, llegaban pocas noticias fiables sobre la búsqueda del Grial. Morgause esperaba el regreso de su joven amante, Lamorak. Y entonces, medio año más tarde, recibió un mensaje que la informó de que había muerto en la búsqueda. No es el primero, pensó, y no será el último en morir en esta extraña locura, que lleva a los hombres a buscar lo desconocido. Siempre he creído que las religiones y los Dioses eran una forma de demencia. ¡Mira lo que le han acarreado a Arturo! ¡Y ahora se han llevado a mi Lamorak, tan joven aún!

Bueno, él se había ido, y aunque le añorara y siempre le añoraría a su modo, ya que había estado junto a ella más que ningún otro, salvo Lot, no tenía por qué resignarse a la vejez y a un lecho solitario. Se contempló en el viejo espejo de bronce, enjugó las marcas de las lágrimas, y volvió a examinarse. Aunque ya no tenía la madura belleza que había llevado a Lamorak a sus pies, seguía teniendo buen aspecto; aún quedaban bastantes hombres en la tierra y no todos podían haber sido atrapados por esta disparatada búsqueda. Era rica, era la Reina de Lothian, y poseía sus armas femeninas; resultaba bella y tenía todos los dientes, aunque ahora debiera oscurecer sus pálidas cejas y pestañas... de un bermejo albeado ya. Bueno, siempre habría hombres; todos eran necios y una mujer inteligente podía hacer con ellos lo que apeteciese. No era una tonta como Morgana, para debatirse entre devoción o virtud, ni una quejumbrosa idiota como Ginebra, siempre pensando en su alma.

De vez en cuando, llegaba hasta ella alguna historia sobre la búsqueda, cada una más fabulosa que la anterior. Lamorak, oyó decir, volvió al fin al castillo de Pellinore, atraído por un viejo rumor sobre un plato mágico que estaba guardado en la cripta bajo el castillo, y allí había muerto, gritando que el Grial flotaba ante él en las manos de una doncella, en manos de su hermana Elaine, tal como había sido en su infancia... Se preguntaba qué habría visto en realidad. Le llegaron también noticias de la región cercana a la muralla romana sobre Lancelot. Decían que estaba encerrado en una mazmorra en alguna parte de los viejos dominios de sir Ectorius a causa de su demencia y que nadie se atrevía a informar al Rey Arturo; luego oyó que su hermano Bors había llegado allí y lo había reconocido, que recuperó la razón y partió para proseguir la búsqueda o para volver a Camelot; no lo sabía ni le importaba. Acaso, pensó, con suerte, también muera en esta búsqueda; de lo contrario el señuelo de Ginebra le haría retornar a Arturo y su corte.

El único que no había emprendido la búsqueda era su juicioso Gwydion, que permaneció en Camelot, junto a Arturo. ¡Ojalá Gawaine y Gareth hubiesen tenido la sensatez de hacer lo mismo! Ahora, finalmente, uno de sus hijos estaba en el lugar que siempre debería haber sido suyo cerca de Arturo.

Pero tenía otro modo de saber lo que estaba ocurriendo. Viviane le había dicho, siendo joven en Avalon, que no poseía paciencia ni valor para la iniciación en los Misterios y Viviane, ahora lo sabía, estaba en lo cierto; ¿quién desearía abandonar la vida tanto tiempo? Durante muchos años había creído que las puertas de la magia y la Visión le estaban cerradas, exceptuando las pequeñas argucias que llegó a dominar por sí misma. Y después empezó a comprender, cuando por vez primera utilizó la hechicería para descubrir quién era el padre de Gwydion, que las artes mágicas estaban allí, esperándola, y que sólo precisaba de su propia voluntad, sin tener nada que ver con las complejas normas druídicas y limitaciones sobre su uso, o mentiras sobre los Dioses. Era simplemente una parte de la vida, que nada tenía que ver con el bien o el mal, a disposición de cualquiera que tuviera voluntad y dureza para utilizarla.

Todos aquellos que aparentan religiosidad, pensó Morgause, desean tan sólo mantener las fuentes del poder en sus manos. Pero ahora las poseo yo libremente y en mi propia forma, sin atarme con juramentos sobre su uso.

En consecuencia, aquella noche, aislada de sus sirvientes, hizo sus preparativos. Sintió desapasionada simpatía por el perro blanco que había hecho que le llevaran y un momento de auténtica repulsión cuando le cortó la garganta y expuso el recipiente de sangre caliente obtenido; pero después de todo, era su perro, tanto como el cerdo que podía haber matado para la mesa, y el poder de la sangre vertida era más fuerte y más directo que el conseguido por las largas plegarias y la disciplina del sacerdocio de Avalon. Ante el hogar yacía una de sus sirvientas, drogada y dispuesta; no una, esta vez, a la cual tuviera afecto o de la que tuviese necesidad real. Había aprendido esa lección la última vez que lo intentó. En esa ocasión desperdició una buena hilandera y le dedicó un pensamiento de condolencia; al menos ésta no sería una pérdida para nadie, ni siquiera para el cocinero que tenía media docena de ayudantes más de los que precisaba.

Aún sentía ciertos escrúpulos en los preliminares. La sangre que le estaba manchando las manos y la frente era desagradablemente pegajosa, pero le parecía casi poder ver, emanando de la sangre como humo, los tenues flujos del poder mágico. La luna había menguado hasta el más leve de los resplandores en el cielo y supo que quien aguardaba su llamada en Camelot estaba preparada. En el preciso momento en que la luna ocupó el propicio cuadrante del cielo, vertió el resto de la sangre en el fuego y dijo tres veces en voz alta:

—¡Morag! ¡Morag! ¡Morag!

La mujer drogada que estaba junto al hogar, Morgause recordó vagamente que se llamaba Becca, o algo así, despertó, y sus vacuos ojos adquirieron profundidad y propósito, y fugazmente, cuando se levantó, parecía que vestía el elegante atuendo de una de las doncellas de compañía de Ginebra. Su forma de hablar tampoco era el tosco dialecto de la poco sesuda muchacha, sino la esmerada de una cortesana del sur.

—Heme aquí a vuestra llamada. ¿Qué queréis de mí, Reina de las Tinieblas?

—Háblame de la corte. ¿Qué es de la Reina?

—Está muy sola desde que Lancelot partió, pero con frecuencia llama a su lado al joven Gwydion. Se le ha oído decir que es como el hijo que nunca ha tenido. Creo que ha olvidado que es hijo de la Reina Morgana —declaró la muchacha, y resultaba incongruente la culta y esmerada dicción en la joven ayudante de cocina de ojos vacíos y toscas manos, vestida con un deforme blusón de arpillera.

—¿Le sigues poniendo medicina en el vino a la hora de dormir?

—No es menester, mi reina —contestó la voz que venía a través y detrás de la cocinera—. La Reina no ha tenido la menstruación desde hace más de un año y he dejado de darle la poción. En cualquier caso, el Rey rara vez acude a su lecho.

Así podía apaciguarse el último temor de Morgause: que de alguna forma, contra todo pronóstico, Ginebra tuviera un hijo tardío que hiciese peligrar la posición de Gwydion en la corte. Además, los súbditos del Rey

nunca aceptarían a un niño por rey, tras los largos y
pacíficos años del gobierno de Arturo. Ni, supuso,
Gwydion tendría escrúpulo alguno en acabar con un
pequeño e indeseado rival. Pero era mejor no correr
el riesgo; Arturo mismo, después de todo, había esca-
pado a todas las intrigas de Lot y de ella misma, y vi-
vió para ser coronado.

He esperado demasiado. Lot debiera haber sido Rey
de estas tierras hace muchos años, y yo Reina. Ahora
no hay nadie que me detenga. Viviane se ha ido; Morgana es vieja; Gwydion me hará Reina. Soy la única
mujer viviente cuya palabra escucharán.

—¿Qué es de sir Mordred, Morag? ¿Confían en él la
Reina y el Rey?

Pero la voz se tornó densa y pesada.

—No puedo quedarme. Mordred está a menudo con
el Rey, una vez escuché al Rey decirle: «Eh, me duele
la cabeza, ¿qué estoy haciendo aquí junto al fuego? El
cocinero me desollará viva...». —Era la estúpida voz de
Becca, densa e irritada, y Morgause supo que en el lejano Camelot, Morag se había vuelto a hundir en el
extraño sueño en el cual se comunicaba con la remota
Reina de Lothian o la Reina de las Hadas...

Morgause cogió el cuenco de sangre, removiendo las
últimas gotas en el fuego.

—¡Morag, Morag! ¡Escúchame, quédate, te lo ordeno!

—Mi reina —llegó la distante voz de la dama—, sir
Mordred siempre tiene a su lado a una de las damiselas de la Señora del Lago, dicen que de alguna forma
está emparentada con Arturo.

Niniane, hija de Taliesin, pensó Morgause, no sabía
que hubiera dejado Avalon. Pero ¿por qué iba a quedarse ahora?

—Sir Mordred ha sido nombrado capitán de caballería mientras Lancelot está ausente de la corte. Hay
rumores...

«Eh, el fuego, mi señora, ¿vais a prender fuego a todo el castillo?». —Becca se estaba frotando los ojos y sollozando en el hogar. Furiosa, Morgause le dio un salvaje empujón y la muchacha cayó gritando en el fuego; pero seguía presa del conjuro y no pudo apartarse de las llamas.

—¡Condenada, va a hacer que arda toda la casa! —Morgause se acercó para sacarla de las llamas, pero el vestido había prendido y sus chillidos eran pavorosos, hiriendo los oídos de Morgause como agujas al rojo vivo. Pensó, con un resto de compasión, Pobre muchacha, ya no se puede hacer nada por ella. ¡Estará tan quemada que no podríamos ayudarla aunque sobreviviera! Sacó del fuego a la chica que forcejeaba y gritaba, sin considerar las quemaduras de sus propias manos, y se inclinó por un momento, posando la cabeza en la frente de la muchacha como para sosegarla; luego, de un solo tajo, le segó la garganta de oreja a oreja. La sangre se vertió en el fuego y el humo ascendió por la chimenea.

Morgause se sintió estremecida por el inesperado poder, cual si se estuviese extendiendo por toda la estancia, por todo Lothian, por todo el mundo... Nunca antes se había atrevido a tanto, pero ahora había llegado a ella, inesperadamente. Parecía que pendiera incorpórea sobre la tierra. De nuevo, tras años de paz, había ejércitos en los caminos y en la costa oeste hombres peludos en naves con forma de dragón, de altas proas, ancladas, saqueando y quemando ciudades, asolando monasterios, raptando mujeres de los conventos amurallados donde vivían... No estaba segura de si aquello estaba ocurriendo en aquel momento o si iba a ocurrir.

Gritó a través de la creciente oscuridad.

—¡Déjame ver a mis hijos en la búsqueda del Grial!

Las tinieblas llenaron la estancia, negras y espesas, con un curioso olor a quemado. El humo se aclaró un poco, con leve chisporroteo y crepitación en la oscuridad, como el hervir de un pote. Luego Morgause vio, con la luz que aumentaba, el rostro de su hijo menor, Gareth. Estaba sucio y fatigado por el viaje, raídas las vestiduras, pero estaba sonriendo con el viejo alborozo y, según crecía la luz, Morgause pudo ver que estaba mirando... el semblante de Lancelot.

Ah, Ginebra no podría subyugarlo ahora, no a este hombre enfermo, consumido, con el pelo cano y trazas de locura y sufrimiento en los ojos... ¡Parecía esa especie de muñeco que se pone en los campos para espantar a los pájaros de la mies! El antiguo odio la invadió: era intolerable que su hijo más joven y mejor sintiera cariño por ese hombre, y le siguiera como hacía cuando era un niño pequeño personificándolo en un caballero tallado en madera...

—No, Gareth —oyó la voz de Lancelot, suave en el espeso silencio de la estancia—, sabes por qué no regresaré a la corte. No hablaré de mi propia paz de espíritu, ni de la paz del alma de la Reina, pero me he comprometido a buscar el Grial durante un año y un día.

—¡Pero eso es descabellado! ¿Qué es el Grial ante las necesidades del Rey? ¡Me juramenté a él, al igual que tú, años antes de que ninguno de nosotros oyese hablar del Grial! Cuando pienso en nuestro Rey Arturo sin ninguno de sus hombres leales salvo los que están cojos, tullidos o son cobardes... En ocasiones me pregunto si no fue obra del Diablo, disfrazada de obra de Dios, para diseminar a los Caballeros de Arturo.

—Sé que proviene de Dios, Gareth —dijo Lancelot, apaciblemente—. No trates de privarme de ello. —Y por un momento pareció que el brillo de la demencia destellaba en sus ojos.

Gareth preguntó, y su voz resonó inadecuadamente suavizada cuando habló:

—Pero, ¿cuándo obra Dios de igual forma que el Maligno? No puedo creer que todo lo que Arturo ha forjado en más de un cuarto de siglo quede desechado de este modo. ¿Sabes que hay hombres salvajes del norte desembarcando en las costas y cuando los hombres de aquellas tierras claman por las legiones de Arturo para que vayan a ayudarles, no hay nadie a quien enviar en su auxilio? Y así los ejércitos sajones se están reuniendo de nuevo, mientras Arturo se sienta ocioso en Camelot y tú buscas tu alma. Lancelot, te lo ruego, si no vas a regresar a la corte, busca al menos a Galahad y hazle retornar junto a Arturo. De estar viejo el Rey y debilitada su voluntad, y Dios no quiera que nunca tenga que afirmar eso, tal vez tu hijo pueda ocupar su puesto, pues todos los hombres saben que es hijo adoptivo del Rey y su heredero.

—¿Galahad? —La voz de Lancelot sonó sombría—. ¿Piensas que tengo semejante influencia sobre mi hijo? Tú y los demás jurasteis buscar el Grial durante un año y un día, entonces cabalgué algún tiempo con Galahad, y sé que mantiene lo que me dijo en el viaje, que si es preciso lo buscará toda la vida.

—¡No! —Gareth se inclinó en el caballo y cogió a Lancelot por los hombros—. ¡Eso es lo que tienes que hacerle ver, Lancelot, que debe volver a Camelot a toda costa! Ah, Dios, Gwydion me llamará traidor a mi propia sangre y yo quiero bien a Gwydion, ¿cómo puedo decirte esto ni siquiera a ti, mi primo y hermano del alma? No confío en el poder de ese hombre sobre nuestro Rey. Los sajones que envió a Arturo se encuentran siempre hablando con él, le consideran hijo de la hermana de Arturo y, entre ellos, no sé si estás enterado, el hijo de la hermana es el heredero.

—Recuerda, Gareth, que ya era así para las Tribus antes de la llegada de los romanos. Tú y yo no somos romanos —repuso Lancelot, con gentil sonrisa.

—¿No lucharás por los derechos de tu hijo? —inquirió Gareth.

—Le corresponde a Arturo declarar quién le sucederá en el trono —dijo Lancelot—, si verdaderamente ha de haber algún rey después de él. A veces me parecía, cuando erraba en las visiones de mi locura... No, no pretendo hablar de eso, pero creo que se parecía algo a la Visión, que una tiniebla caería sobre esta tierra cuando Arturo se hubiese ido.

—Y entonces, ¿sería como si Arturo nunca hubiera existido? ¿Has olvidado el voto que hiciste a Arturo? —preguntó Gareth y Lancelot suspiró.

—Si así lo deseas, Gareth, buscaré a Galahad.

—Tan prontamente como puedas —urgió Gareth—, y debes persuadirle de que su lealtad al Rey está por encima de todas las búsquedas.

—¿Y si no viene? —preguntó Lancelot, tristemente.

—Si no lo hace —dijo Gareth—, tal vez no sea el Rey que necesitamos después de Arturo. En ese caso, todos estaremos en manos de Dios, ¡y que él nos ayude!

—Primo, más que hermano —declaró Lancelot, abrazándole de nuevo—, todos estamos en manos de Dios venga lo que venga. Pero te lo prometo, buscaré a Galahad y le llevaré a Camelot, lo juro...

Y entonces la agitación y el resplandor desaparecieron, el rostro de Gareth se esfumó en las sombras y, por un momento, sólo permanecieron los ojos de Lancelot, brillantes y tan parecidos a los de Viviane que fugazmente sintió Morgause que su hermana y sacerdotisa la estaba mirando con gesto de desaprobación, como diciendo:

«Morgause, ¿qué has hecho?». Después también eso desapareció y ella se halló a solas junto al fuego, que aún expelía un humo que el poder mágico ya había abandonado, y ante el cuerpo inerte, desangrado, de la mujer que yacía en el hogar.

¡Lancelot! ¡Lancelot, condenado, aún podía arruinar sus planes! Morgause sintió su odio como un dolor que la atravesaba, un nudo en la garganta que descendía por el cuerpo hasta el vientre. Le dolía la cabeza y se encontraba mortalmente enferma por las secuelas de la magia. No deseaba más que tenderse al pie del hogar y dormir durante horas, pero debía ser fuerte, fuerte con los poderes de la hechicería que había invocado sobre sí; ¡era Reina de Lothian, Reina de las Tinieblas! Salió y arrojó el cuerpo del perro en el estercolero que allí había, despreocupándose del malsano hedor.

No podía manejar el cadáver de la cocinera sola. Estaba a punto de llamar pidiendo ayuda, cuando se detuvo, llevándose las manos a la cara, todavía manchadas y pegajosas por la sangre; no debían verla así. Se dirigió al aguamanil, vertió agua y se lavó el rostro y las manos, y se trenzó el cabello de nuevo. Nada podía hacer con las manchas de sangre del vestido, pero, ahora que el fuego estaba apagado, había poca luz en la estancia. Por último llamó al camarlengo y éste vino a la puerta, con expresión de ávida curiosidad en su rostro.

—¿Qué sucede, mi reina? He oído gritos y lamentos. ¿Va algo mal aquí? —Sostuvo en alto la tea y Morgause supo cómo la veía él, hermosa y desarreglada, como si ella se estuviera contemplando a través de sus ojos con las reminiscencias de la Visión. Podría extender la mano ahora y tenerle sobre el cuerpo de la muchacha, pensó, experimentando un extraño y crispado dolor, y deseo, pero lo rechazó voluntariosamente; tiempo sobrado habría para aquello.

—Sí, hay un grave problema. Pobre Becca... —Señaló el fláccido cuerpo—. Cayó en el fuego y cuando iba a poner remedio a sus quemaduras, me arrebató el cuchillo de la mano y se cortó la garganta. Debe haber enloquecido en la agonía, pobrecilla. Mira, estoy toda cubierta de su sangre.

El hombre gritó consternado y fue a examinar el cuerpo sin vida de la muchacha.

—Bueno, bueno, la pobre chica tenía pocas luces. No debierais haberla dejado entrar aquí, señora.

Morgause quedó perturbada por la sombra de reproche que percibió en la voz del hombre; ¿había pensado realmente llevárselo al lecho?

—No te he llamado para cuestionar mis actos. Llévatela de aquí y entiérrala decentemente, y envíame a mis sirvientas. Parto al alba para Camelot.

ESTABA CAYENDO la noche y una copiosa lluvia enturbiaba el camino. Morgause tenía frío y estaba empapada, y la incomodó que su capitán de caballería se le acercara para preguntarle:

—¿Estáis segura de que vamos por el camino correcto, señora?

Había tenido los ojos puestos en él durante meses; se llamaba Cormac, era alto y joven, con cara de halcón, y anchos hombros. Pero ahora a Morgause le parecía que todos los hombres eran cretinos, más le hubiera valido dejarlo en casa y conducir el grupo ella misma. No obstante, había cosas que ni siquiera la Reina de Lothian podía hacer.

—No reconozco ninguno de estos caminos. Aunque sé por la distancia que hemos recorrido que debemos estar cerca de Camelot. A menos que de alguna forma te hayas extraviado en la niebla y estemos de nuevo cabalgando hacia el norte, Cormac.

En condiciones normales, se habría alegrado de pasar otra noche en el camino, en su cómoda tienda, con todo el bienestar que podía procurarse y, tal vez, cuando todas sus sirvientas durmieran, con Cormac en su lecho.

Desde que encontré la senda a la hechicería, todos los hombres están a mis pies. Aunque ahora, al parecer, no me interesa ninguno... es extraño, no he tenido a ningún hombre desde que me llegó la noticia de la muerte de Lamorak. ¿Estoy envejeciendo? Desechó esa idea y decidió tener con ella a Cormac por la noche... mas primero debían llegar a Camelot; tenía que actuar allí para proteger los intereses de Gwydion y para avisarle.

—La calzada ha de estar aquí, idiota. ¡He hecho este viaje más veces que dedos tengo en las dos manos! ¿Me crees una necia? —dijo con impaciencia.

—De ningún modo, señora. Yo también he recorrido este camino a menudo, aunque me parece que, de alguna manera, nos hemos perdido —dijo Cormac, y Morgause sintió que la exasperación la invadía.

Mentalmente recorrió a la inversa el camino que había seguido con tanta frecuencia desde Lothian, dejando la calzada romana y tomando el bien trazado sendero que transcurría a lo largo del borde de las marismas de la Isla del Dragón, luego por la loma hasta dar con la calzada a Camelot, que Arturo había ensanchado y reconstruido hasta conseguir que fuera casi tan buena como la vieja calzada romana.

—De alguna forma, te has pasado la calzada de Camelot, idiota, pues estamos ante el antiguo resto de la muralla romana... Hace media hora que deberíamos cabalgar por la calzada —reprendió Morgause.

No quedaba más remedio que hace volver toda la caravana, y la noche estaba muy próxima. Morgause se echó la caperuza sobre la cabeza y espoleó a su esforzado caballo a través del gris crepúsculo. A esta época del año le correspondía una hora más de luz, pero sólo podía distinguirse un tenue resplandor en el oeste.

—Aquí está —dijo una de sus sirvientas—. Mirad, ese grupo de cuatro manzanos. Vine aquí un verano para

coger un injerto de manzano para el jardín de la
Reina.

Pero la calzada no se veía por parte alguna, únicamente, y en su lugar, había un pequeño sendero que
subía en espiral por una yerma colina, y sobre él, a
pesar de la niebla, debieran haberse visto las luces de
Camelot.

—Es absurdo —repuso Morgause bruscamente—,
hemos perdido el camino. ¿Estás tratando de decirme
que no hay más que un grupo de cuatro manzanos en
el reino de Arturo?

—Es ahí donde debería estar la calzada, lo juro
—masculló Cormac, pero volvió a poner en movimiento toda la hilera de jinetes, caballos y animales de
carga.

Y continuaron cabalgando bajo la lluvia, que caía y
caía como si hubiese comenzado al principio de los
tiempos y hubiera olvidado la forma de parar. Morgause tenía mucho frío y estaba fatigada, anhelando
sopa caliente a la mesa de Ginebra, vino caliente espe-
ciado y un lecho blando; por esto, cuando Cormac se
aproximó a ella le preguntó malhumorada:

—¿Y ahora qué, necio? ¿Has conseguido que nos per-
damos otra vez?

—Mi reina, lo lamento, pero de alguna forma... mirad, hemos vuelto a donde nos detuvimos para hacer
descansar los caballos después de abandonar la calzada romana. Dejé caer ese pedazo de tela que había utilizado para limpiar uno de los fardos de carga.

Su ira estalló.

—¿Vióse alguna vez a una reina atormentada por
tantos condenados necios? —gritó—. ¿Hemos de buscar la mayor ciudad al norte de Londinium por todo
el País Estival? ¿O hemos de cabalgar adelante y atrás
por este camino durante toda la noche? Si no podemos divisar las luces de Camelot en la oscuridad, al
menos podríamos oírlo, un castillo con más de cien

Caballeros, sirvientes, caballos, ganado y los hombres de Arturo patrullando todos los caminos en derredor. ¡Cuanto se mueve por esta calzada es claramente avistado por sus vigías!

Pero finalmente no se pudo hacer nada más que encender teas y girar al sur otra vez; la misma Morgause cabalgó a la cabeza de la línea, junto a Cormac. La niebla y la lluvia parecían ahogar todo sonido, aun los ecos, hasta que, a través de ellas, volvieron a encontrarse ante el trozo de muralla romana en ruinas donde dieron la vuelta antes. Cormac soltó una maldición, pero parecía asustado.

—Señora, lo lamento, no puedo comprenderlo.

—¡Condenados seáis todos! —les gritó Morgause—. ¿Vas a tenernos cabalgando en círculos toda la noche?

—Empero también ella reconoció el trozo de muralla en ruinas. Suspiró profundamente, entre la exasperación y la resignación—. Tal vez por la mañana haya cesado la lluvia y, si es preciso, podremos recorrer la muralla romana. ¡Al menos sabremos adónde hemos llegado!

—Si realmente hemos llegado a parte alguna y no errado hasta penetrar en el país de las hadas —murmuró una de las mujeres, persignándose subrepticiamente. Morgause vio el gesto.

—¡Basta de eso! —dijo—. ¡Es suficiente perderse en la lluvia y la niebla sin tales idioteces sin sentido! Bueno, ¿por qué estáis todos esperando? Ya no podemos cabalgar más esta noche, apresuraos a acampar aquí y por la mañana sabremos qué hacer.

Había intentado llamar a Cormac para que se quedara con ella, aunque sólo fuera porque no iba a poder descansar ya que el miedo había empezado a sobrecogerla...

¿Sería posible que hubieran salido del mundo real hacia lo desconocido? No lo creía, yaciendo sola e insomne entre sus mujeres, inquieta, desandando mentalmente todos los pasos del viaje. No había ningún sonido en la noche, ni siquiera el croar de las ranas en las marismas. No era posible perder toda la ciudad de Camelot; mas se había desvanecido en la nada. ¿O era ella misma quien con todos los hombres, damas y caballos se había desvanecido en el mundo de la brujería? Y cada vez que llegaba a ese punto en sus pensamientos deseaba no haber permitido que en su enfado con Cormac le pusiera a vigilar el campamento; de estar allí yaciendo a su lado no tendría la terrible sensación de que el mundo, de alguna forma insana, se había desensamblado... Una y otra vez trataba de dormir y se encontraba mirando inquieta, completamente despierta, a la oscuridad.

En algún momento de la noche, cesó la lluvia; cuando despuntó el día, aunque una húmeda niebla se estaba levantando por todas partes, el cielo estaba despejado. Morgause despertó de un convulsivo sueño, un sueño con Morgana, encanecida y vieja, mirándose en un espejo como el suyo, y salió de la tienda, esperó alzar la vista hacia la colina y encontrar que Camelot estaba realmente donde debía haber estado, y la ancha calzada conduciendo a las torres del castillo de Arturo, o que se encontraban en algún ignoto camino a leguas y leguas de donde deberían estar. Pero estaban campados junto a la derruida muralla romana, que sabía estaba aproximadamente a una legua al sur de Camelot, los hombres y los caballos dispuestos a cabalgar, y miró a la colina donde debiera haber estado Camelot, mas la colina era verde, con hierba crecida e indistinta.

Cabalgaron despacio por el camino, embarrado por las muchas huellas que habían dejado al ir adelante y atrás durante media noche. Un rebaño de ovejas pacía en un campo, pero cuando el hombre de Morgause fue a hablar con el pastor, éste se escondió tras una pared rocosa y no pudo ser interrogado.

—¿Y ésta es la paz de Arturo? —se preguntó Morgause en voz alta.

—Creo, mi señora —dijo Cormac con deferencia—, que debe haber algún encantamiento aquí. Sea lo que sea, esto no es Camelot.

—Entonces, en nombre de Dios, ¿qué es esto? —inquirió Morgause.

—En nombre de Dios, ¿qué es en verdad? —susurró él, y no tuvo respuesta para ella.

Morgause miró hacia arriba de nuevo, escuchando los aterrorizados sollozos de una de las mujeres. Por un momento, fue como si Viviane tornase a hablar en su mente, diciendo lo que Morgause únicamente había creído a medias, que Avalon se había adentrado en las nieblas y que si alguien partía hacia allí, fuera druida o sacerdotisa, sin conocer el camino, sólo llegaría a la Isla de Glastonbury de los sacerdotes...

Podían desandar los pasos hasta la calzada romana... Pero Morgause sintió un miedo creciente, extraño: ¿Encontrarían que también la calzada romana había desaparecido, y también Lothian, y que estaba sola en la faz de la tierra con este puñado de hombres y mujeres? Estremecida, recordó unas palabras de las Escrituras que oyera pronunciar al sacerdote de la casa de Ginebra, sobre el fin del mundo... Y yo os digo, dos mujeres estaban moliendo grano codo con codo, una ascenderá y la otra permanecerá... ¿Había sido Camelot con todos sus habitantes llevado al Cielo cristiano, habíase terminado el mundo, con unos cuantos descarriados como ella misma abandonados a vagar por la faz de una tierra arrasada?

Pero no podían quedarse mirando el sendero vacío.

—Volveremos sobre nuestros pasos hasta la calzada romana —dijo, y pensó: si es que hay algo allí.

Y le pareció, cuando miró las nieblas, que éstas se alzaban como humo mágico de las marismas, que el mundo se había desvanecido y que incluso el sol naciente le resultaba extraño. Morgause no se tenía por una mujer fantasiosa; se dijo que era mejor moverse y tratar de hallar el camino de regreso, que quedarse en aquel silencio de ultratumba. Camelot era real, un lugar en el mundo real, no podía desaparecer por completo.

¡Si lo hubiese conseguido, si Lot y yo hubiésemos tenido éxito en nuestra conjura contra Arturo, tal vez toda la tierra sería como esto, silenciosa, desolada, llena de miedos...!

¿Por qué estaba todo tan calmado? Pareciera que en el mundo no hubiese más ruido que el producido por los cascos de los caballos, y aun éstos parecían semejantes a los de las piedras al caer en el agua, acallados y deshaciéndose en ondas. Ya casi habían alcanzado la calzada romana, o el lugar donde la calzada romana debiera estar, cuando oyeron cascos de caballo sobre un suelo duro; venía un jinete, lentamente y con resolución, de Glastonbury. Distinguieron una oscura figura entre la bruma, con un animal muy cargado detrás. Al momento, uno de los hombres gritó:

—Mirad allí, es sir Lancelot del Lago ¡Buenos días os dé Dios, señor!

—¡Hola! ¿Quién cabalga ahí? —Era la bien conocida voz de Lancelot en verdad, y cuando se acercó, el familiar ruido de los cascos del caballo y la mula de carga pareció liberar algo en el mundo que los rodeaba. Los sonidos recorrían larga distancia en la niebla y éste era un simple ruido, perros ladrando en alguna parte, toda una jauría de perros, quizá disputándose la comida tras una noche de hambre, mas se rompió la sepulcral quietud con este normal ruido.

—Es la Reina de Lothian —voceó Cormac y Lancelot cabalgó hacia allí, deteniendo la montura ante ella.

—Bien, tía, no esperaba encontrarte aquí. ¿Están mis primos contigo, tal vez, Gawaine o Gareth?

—No —contestó ella—, viajo sola a Camelot. —Si, pensó irritada, tal lugar existe todavía sobre la faz de este mundo.

Sus ojos miraron con atención el rostro de Lancelot mientras él le dirigía amables palabras de salutación. Tenía aspecto fatigado y cansado del viaje, con las vestiduras raídas y no del todo limpias, una capa peor que la que le hubiera dado a su caballerizo. Ah, el apuesto Lancelot, Ginebra ya no te hallará tan gallardo, ni siquiera yo extendería la mano para invitarte a mi lecho.

Y entonces él sonrió y ella se dio cuenta. ¡A pesar de todo es hermoso!

—¿Cabalgaremos juntos, tía? Pues vengo en la más pesarosa de las misiones.

—Oí decir que estabas a la busca del Grial. ¿Lo has encontrado, o has fracasado y es por eso que pareces tan pesaroso?

—No corresponde a un hombre como yo hallar el más grande de los Misterios. Sin embargo, traigo conmigo a alguien que tuvo el Grial en las manos. Y por ello vengo a decir que la búsqueda ha concluido y el Grial ha partido por siempre de este mundo.

Y entonces Morgause vio que en la mula de carga, cubierto y amortajado, estaba el cuerpo de un hombre.

—¿Quién...? —preguntó, en voz baja.

—Galahad —respondió Lancelot con calma—. Fue mi hijo quien encontró el Grial y ahora sabemos que nadie puede mirarlo y sobrevivir. Quisiera haber sido yo, aunque solamente fuera porque traigo tan amargas noticias mi rey, que quien iba a ser Rey después de él se ha ido antes que nosotros al mundo en el cual podría seguir por siempre su búsqueda...

Morgause se estremeció. Ahora realmente será como si Arturo nunca hubiese existido. La tierra no tendrá rey, salvo un rey en el Cielo, gobernada por esos sacerdotes que han tenido a Arturo en sus manos... Pero descartó con rabia tales fantasías. Galahad se ha ido, Arturo debe elegir a Gwydion para gobernar después de él.

Lancelot miró pesarosamente la mula de carga con el cuerpo de Galahad, pero sólo dijo:

—¿Seguiremos cabalgando? No pretendía descansar una noche junto al camino pero las nieblas eran densas, y temí extraviarme. ¡No lo hubiera esperado ni siquiera en Avalon!

—No pudimos encontrar Camelot con la niebla, no sería más difícil encontrar Avalon... —Cormac comenzó a hablar, pero Morgause le interrumpió coléricamente.

—Ya se ha hablado bastante de esos disparates —dijo—. Confundimos la calzada en la oscuridad y viajamos adelante y atrás durante media noche. Nosotros también tenemos prisa por llegar a Camelot, sobrino.

Uno o dos de los hombres presentes que conocían a Lancelot y habían conocido a Galahad, se agolparon en torno al cuerpo, expresando su condolencia con sentidas palabras. Lancelot escuchó cuanto tenían que decir, con pesar en el rostro, y luego, con unas cuantas palabras de agradecimiento, lo dio por terminado.

—Más tarde, muchachos, más tarde, habrá tiempo sobrado para las lamentaciones. No me corre prisa, Dios lo sabe, llevar tales noticias a Arturo, pero demorándonos no haremos esto más llevadero. Sigamos cabalgando.

La bruma se estaba disipando y aclarando con rapidez mientras el sol ganaba altura. Partieron por la vía donde Morgause y sus hombres habían viajado adelante y atrás durante horas en busca de Camelot, mas antes de que se hubiesen alejado mucho de allí otro sonido rompió el extraño silencio de la espectral mañana. Era una llamada de trompa, nítida y argentina en el aire en calma, proveniente de las alturas de Camelot. Y ante ellos, junto al grupo de cuatro árboles, ancha e inconfundible a la luz creciente, se hallaba la calzada construida por los hombres de Arturo para que pasaran sus legiones.

PARECÍA APROPIADO que el primer hombre que Morgause viera en las alturas de Camelot fuese su hijo Gareth. Avanzó para desafiarlos en la gran portada de Camelot; luego, reconociendo a Lancelot, corrió hacia él. Lancelot se bajó de su montura y aprisionó a Gareth en fuerte abrazo.

—Así pues, primo, eres tú.

—Sí, eso es. Cai es demasiado viejo y cojo para patrullar los caminos de Camelot en estos días. Ah, en buen día regresas a Camelot, primo. Pero parece que no has encontrado a Galahad, Lance.

—Sí, lo encontré —repuso Lancelot tristemente y el franco semblante de Gareth, juvenil aún a pesar de los años, quedó crispado por la angustia al mirar la silueta del hombre muerto bajo el sudario—. Debo llevar estas noticias a Arturo de inmediato. Condúceme hasta él, Gareth.

Gareth agachó la cabeza, la mano descansando todavía en el hombro de Lancelot.

—Ah, éste es un triste día para Camelot. Dije en una ocasión que me parecía que el Grial era obra de algún demonio, en absoluto de Dios.

Lancelot sacudió la cabeza y Morgause tuvo la impresión de que algo brillaba a través de él, como si su cuerpo fuese transparente, y detrás de su triste sonrisa hubiera un oculto regocijo.

—No, mi querido primo —dijo—, debes apartar eso de tu mente para siempre. Galahad obtuvo lo que Dios dispuso para él, y Dios nos ayude, para salvarnos a todos. Pero este día ha terminado y él está libre de todo sino humano. El nuestro está aún por venir, Gareth. Quiera Dios que reunamos tanto valor como ha tenido él.

—Amén a eso —dijo Gareth, y para horrible sorpresa de Morgause, se santiguó. Luego, con sobresalto, la miró.

—¿Madre, eres tú? Perdóname, es la tuya la última compañía en la que hubiera esperado encontrar a Lancelot. —Se inclinó sobre su mano y la besó con respeto—. Vamos, señora, déjame llamar a un camarlengo para que te conduzca ante la Reina. Ella te dará la bienvenida entre sus damas mientras Lancelot habla con el Rey.

Morgause dejó que la llevaran ante la Reina, preguntándose por qué había emprendido aquel viaje. En Lothian gobernaba como reina por derecho propio, pero allí en Camelot sólo podría sentarse entre las damas de Ginebra, y conocer lo que estaba sucediendo por lo que sus hijos pudiesen considerar conveniente decirle.

—Informa a mi hijo Gwydion, sir Mordred —dijo al chambelán—, que su madre ha llegado e indícale que me espere tan pronto como le sea posible.

Pero se preguntó, hundida en desaliento, si en aquella extraña corte él se sentiría molesto al tener que presentar sus respetos como le había sucedido a Gareth. Y de nuevo, volvió a sentir que había hecho mal en viajar a Camelot.

XIV

Durante muchos años, Ginebra había estimado que cuando los Caballeros de la Mesa Redonda estaban presentes, Arturo no le pertenecía a ella: sino a éstos. Se había resentido por tal intrusión en su vida, de su presencia en Camelot; repetidas veces había considerado que si Arturo no estuviera rodeado por la corte, su vida podría haber sido más dichosa que la que llevaban como Rey y Reina de Camelot.

Y, sin embargo, en aquel año de la búsqueda del Grial, empezó a darse cuenta de que había sido afortunada después de todo, ya que Camelot se había convertido en una residencia de espectros con todos los Caballeros ausentes y Arturo deambulando como un fantasma, moviéndose silenciosamente por el desierto castillo.

No es que no le complaciera la compañía de Arturo cuando al fin era del todo para ella, sino que comprendió que gran parte de él había estado dedicado a sus legiones y a la construcción de Camelot. Él le mostraba cortesía y amabilidad totales, y disfrutaba más de su compañía de cuanto lo había hecho en los largos años de guerra o los años de paz que los siguieron. Pero era como si una parte de él se hallase ausente con sus Caballeros, doquiera pudiesen estar, y sólo una pequeña porción del hombre estuviese allí con ella. Amaba a Arturo el hombre no menos que a Arturo el Rey, mas apercibíase ahora de que el hombre quedaba disminuido sin los asuntos de la misión a que había dedicado su vida. Y la avergonzaba darse cuenta de eso.

Nunca hablaban de los ausentes. En aquel año de la búsqueda del Grial, vivieron apaciblemente y en paz día tras día, hablando únicamente de las cosas cotidianas, de pan y carne, de frutas del huerto o del vino de las bodegas, de una nueva capa o de la hebilla de un zapato. Y una vez, abarcando con la mirada la vacía cámara de la Mesa Redonda, él dijo:

—¿Crees que deberíamos hacer que la quiten de ahí hasta que regresen, mi amor? Incluso en esta gran cámara hay una pequeña estancia a la que podemos trasladar nos, y ahora que todo está vacío...

—No —repuso ella prestamente—, no querido, déjalo. Este gran salón fue construido para la Mesa Redonda y sin ella, sería como un establo vacío. Tú, yo y los de la casa podemos cenar en la cámara pequeña.

—Él le sonrió y supo que estaba contento de que hubiese dicho eso.

—Y cuando los Caballeros retornen de la búsqueda, podemos organizar otra gran fiesta aquí —dijo él, pero luego se quedó en silencio, y ella supo que se estaba preguntando cuántos volverían.

Cai continuaba allí, y el viejo Lucan, y dos o tres de los Caballeros que eran viejos o estaban tullidos o sanaban de viejas heridas. Y Gwydion, Mordred como ahora se llamaba, siempre estaba presente; con frecuencia, Ginebra le miraba y pensaba: Este es el hijo que podía haberle dado a Lancelot, y el calor hervía y fluía por todo su cuerpo, dejándola empapada en cálido sudor al pensar en la noche en que el mismo Arturo la arrojó en sus brazos.

Y ciertamente este calor ahora iba y venía con frecuencia, de forma que nunca sabía si una estancia estaba caldeada o fría, o si se trataba de este extraño y repentino calor en sus adentros. Gwydion era gentil y deferente con ella, llamándola siempre señora o, a veces, tímidamente, tía; la timidez con la cual usaba de este vocablo de proximidad familiar la enternecía y lo hacía más querido para ella. Se parecía a Lancelot, pero era silencioso y menos despreocupado; donde Lancelot había estado presto con una chanza o a un juego de palabras, Gwydion sonreía y siempre tenía dispuesta alguna agudeza que era como un golpe o el pinchazo de una aguja. Su ingenio era perverso, pero ella reía ante sus sátiras.

Una noche, cuando su reducida compañía estaba cenando, Arturo dijo:

—Hasta que Lancelot vuelva, sobrino, haré que ocupes su puesto y seas mi capitán de caballería.

Gwydion rió entre dientes.

—No será muy dura esa tarea, mi tío y señor. Hay pocos caballos ahora en el establo. Los mejores corceles de vuestras cuadras partieron con los guerreros y Caballeros y quién sabe si no será algún caballo el que encuentre el Grial que buscan.

—Oh, calla —dijo Ginebra—. No debes burlarte de su empresa.

—¿Por qué no, tía? Una y otra vez los sacerdotes nos dicen que somos las ovejas en los campos del Señor, y si una oveja puede buscar presencia espiritual, por qué no es posible, cuando siempre he pensado que el caballo es animal más noble que una oveja. Así pues, ¿quién puede afirmar que el animal más noble no vaya a realizar la empresa? Incluso algunos viejos caballos de guerra marcados con cicatrices pueden llegar al fin a buscar reposo espiritual, cuando dicen que el león algún día se tenderá junto al cordero sin pensar en devorarlo.

Arturo rió inquieto.

—¿Necesitaremos nuestros caballos de nuevo para la guerra? Desde Monte Badon, loado sea Dios, hemos disfrutado de paz en esta tierra.

—A excepción del problema que planteó Lucius —repuso Gwydion—, y si he aprendido alguna cosa en mi vida, es que la paz no puede ser eterna. Hombres salvajes del norte, con naves en forma de dragón, están desembarcando en la costa, y cuando los hombres llaman a las legiones de Arturo en su defensa, la respuesta que les llega es que los Caballeros han partido en busca de la paz de su alma. Y así reclaman la ayuda de los reyes sajones del sur. Mas sin duda cuando esta empresa haya concluido, dirigirán la mirada una vez más hacia Arturo y Camelot, y paréceme que los caballos de guerra serán escasos cuando tal día llegue. Lancelot está tan ocupado con el Grial y sus demás hazañas que tiene poco tiempo para comprobar las cuadras del Rey.

—Bien, ya te he contado que deseo cubrir ese puesto —dijo Arturo, y Ginebra tuvo la impresión de que su tono sonaba enojado, y viejo, sin la fuerza que una vez tuvo—. Como capitán de caballería tienes autoridad para hacer traer caballos en mi nombre. Lancelot solía tratar con comerciantes de alguna parte del sur, más allá de Britania.

—Tal haré yo también, pues —dijo Gwydion—. No había caballos como los de España, pero ahora, mi tío y señor, los mejores caballos vienen de aún más al sur. Los españoles mismos adquieren caballos de África, de un desértico territorio. Ahora esos sarracenos están empezando a someter a España misma, tal he oído del caballero sarraceno Palomides, quien viajó hasta aquí y fue invitado durante algún tiempo, luego se marchó para ver qué aventuras podía hallar entre los sajones. No es cristiano y parecía extrañado de que todos los Caballeros de aquí hubiesen partido en pos del Grial habiendo guerra en estos dominios.

—Hablé con Palomides —dijo Arturo—. Tiene una espada de acero de ese país del sur, de España. Con agrado habría adquirido yo una igual a ésa, aunque estimo que no es tan buena como Excalibur. Ninguna espada de nuestro país puede tener semejante filo, como el de una guadaña. Me alegro de no haberme enfrentado a espada tal en las lides. Los hombres del norte poseen grandes hachas y mazas, pero sus armas ni siquiera son tan buenas como las de los sajones.

—Son fieros guerreros, sin embargo —repuso Gwydion—. Se dejan arrastrar por las fiebres de la contienda, como en ocasiones hacían las Tribus de Lothian, y arrojan los escudos en la batalla... No, mi rey, hemos tenido paz durante un considerable período de tiempo, pero al igual que los sarracenos están empezando a someter a España, así los bárbaros hombres del norte están en nuestras costas, y los salvajes irlandeses. Finalmente, sin duda, serán buenos para España como los sajones lo han sido para esta tierra.

—¿Buenos para esta tierra? —Arturo miró al joven, atónito—. ¿Qué te oigo decir, sobrino?

—Cuando los romanos nos dejaron, mi señor Arturo, quedamos aislados en el fin del mundo, solos con las Tribus medio salvajes —respondió—. La guerra con los sajones nos obligó a salir de nuestras fronteras. Hemos comerciado con la Baja Bretaña, con España y los países del sur, hubimos de hacer trueques por armas y caballos, construimos nuevas ciudades. Aquí está Camelot, señor, para demostrarlo. Ni siquiera hablo de la maniobra de los sacerdotes, que ahora andan entre los sajones y han hecho que ya no sean salvajes hombres de las Tribus con grandes barbas, venerando a sus bárbaros Dioses, sino hombres civilizados con ciudades y comercio propio, y con reyes civilizados que son súbditos de vos. Pues, ¿qué otra cosa ha estado aguardando esta tierra? Ahora, incluso, tienen monasterios y hombres eruditos que escriben libros, y mucho más... Sin las guerras contra los sajones, mi señor Arturo, el viejo reino de Uther hubiera sido olvidado como el de Maximus.

—Entonces, no cabe duda —dijo Arturo, con un destello de divertimento—, piensas que estos veinte años largos de paz han puesto en peligro Camelot y necesitamos más guerras y luchas que nos devuelvan al mundo. Fácil es ver que no eres un guerrero, joven. ¡Yo no tengo una visión tan romántica de la guerra!

Gwydion sonrió a su vez.

—¿Qué os hace creer que no soy un guerrero, mi señor? Luché junto a tus hombres contra Lucius, cuando quería ser emperador, y tuve mucho tiempo para pensar sobre las guerras y su validez. Sin guerras, vos quedaríais más olvidado que el último de esos reyes de Gales e Irlanda. ¿Quién puede ahora desempeñar el papel de los reyes de Tara?

—¿Y crees que un día algo así puede ocurrirle a Camelot, muchacho?

—Ah, tío mío y rey, ¿qué preferís, la sabiduría de un druida o la lisonja de un cortesano?

—Tengamos el astuto consejo de un Mordred —contestó Arturo, riendo.

—El cortesano diría, mi señor, que el reinado de Arturo vivirá eternamente y su recuerdo estará siempre vivo en el mundo. Y el druida diría que todos los hombres perecen y que algún día estarán, con toda su sabiduría y sus glorias, sumergidos bajo las olas como Atlántida. Sólo los Dioses permanecen.

—¿Y qué diría mi sobrino y amigo?

—Vuestro sobrino —puso tal énfasis en la palabra que Ginebra pudo percibir que debiera haber sido vuestro hijo—, diría, mi tío y señor, que vivimos para el hoy y no para lo que la historia puede decir de nosotros dentro de mil años. Y así vuestro sobrino aconsejaría que vuestros establos deberían reflejar de nuevo los nobles días en los cuales los caballos de Arturo y sus guerreros eran conocidos y temidos por todos. Ningún hombre osaría decir: El Rey envejece y, con todos sus Caballeros en la búsqueda, no se preocupa de tener a sus hombres y monturas dispuestos para la batalla.

Arturo le dio una amistosa palmadita en el hombro.

—Así sea, querido muchacho. Confío en tu buen juicio. Haz traer de España, o de África si lo deseas, caballos que cuadren con la reputación de las legiones de Arturo, y ocúpate de su entrenamiento.

—Habré de emplear sajones para eso —dijo Gwydion— y los sajones poco conocen de nuestros secretos sobre la lucha a caballo. Siempre habéis afirmado que no debían saberlo. ¿Creéis que siendo los sajones nuestros aliados ahora, debieran ser instruidos en nuestras artes de lucha?

Arturo pareció atribulado.

—Me temo que también eso he de dejarlo en tus manos.

—Trataré de hacerlo lo mejor posible —repuso Gwydion—, y ahora, mi señor, hemos prolongado mucho esta conversación y fatigado a las damas. Perdonadme, señora —añadió, con una inclinación de cabeza a Ginebra y aquella sonrisa triunfal—. ¿Tendremos música? La dama Niniane, estoy seguro, se sentiría dichosa de traer su arpa y cantar para vos, mi señor y rey.

—Siempre me hace feliz escuchar la música de mi deuda —respondió Arturo gravemente—, si ello agrada a mi dama.

Ginebra hizo gesto de asentimiento a Niniane, quien trajo el arpa y se sentó ante ellos, cantando, y Ginebra escuchó con placer la música. Niniane tocaba maravillosamente y era dulce su voz, aunque no tan pura y fuerte como la de Morgana. Pero mientras observaba a Gwydion, los ojos de él estaban puestos en la hija de Taliesin, y Ginebra pensó: ¿Por qué será que nosotros siempre, en esta corte cristiana, tenemos a una de las damiselas de la Señora del Lago? Le preocupaba, aunque Gwydion parecía tan buen cristiano como cualquier otro en la corte, y siempre iba a la misa el Domingo, como la propia Niniane. A ese respeto no acertaba a recordar cómo Niniane había llegado a ser una de sus damas, salvo que Gwydion la trajo a la corte y pidió a la Reina que extendiera a ella su hospitalidad como pariente de Arturo y como hija de Taliesin. Ginebra tenía gratos recuerdos de Taliesin, y le complacía dar la bienvenida a su hija, pero de alguna forma parecía ahora que, sin proponérselo siquiera, Niniane había asumido el lugar de la primera de sus damas. Arturo siempre la trataba con favor y a menudo la llamaba para que cantara, y en ocasiones Ginebra, observándolos, se preguntaba si no la veía él como a algo más que una pariente.

Mas no, seguro que no. De tener Niniane un amante aquí en la corte era más que probable que fuese el mismo Gwydion. Le había observado mirándola... y su corazón, sin embargo, albergaba animosidad contra ella; era bella, bella como lo fuera ella misma que ahora no era más que una mujer avejentada con el cabello deslucido, descoloridas mejillas, el cuerpo a punto de marchitarse... Y así cuando Niniane soltó el arpa y se retiró, frunció el ceño cuando se levantó Arturo para acompañarla hasta el salón exterior.

—Pareces fatigada, esposa mía, ¿qué te aflige?

—Gwydion ha dicho que eres viejo.

—Mi querida esposa, me he sentado en el trono de Bretaña durante treinta y un años, contigo a mi lado. ¿Crees que hay alguien en este reino que pueda todavía llamarnos jóvenes? La mayoría de tus súbditos no habían nacido aún cuando accedimos al trono. Aunque es verdad no sé, querida mía, cómo te conservas tan joven.

—Oh, esposo mío, no pretendía ser halagada —repuso con impaciencia.

—Debiera: halagarte, Gin, que Gwydion no trate con huera lisonja a un anciano rey, engatusándome con elogiosas palabras. Habla con franqueza y le aprecio por ello. Deseo...

—Sé lo que deseas —le interrumpió, con voz airada—. Deseas poder reconocerle como hijo tuyo, para que él y no Galahad pueda ocupar el trono después de ti.

—Ginebra, ¿hemos de ser siempre tan incisivos uno con el otro en este tema? Los sacerdotes no le querrían por Rey, y eso pone punto final.

—No hago más que recordar de quién es hijo.

—Yo no logro recordar que es mi hijo —repuso Arturo suavemente.

—No confío en Morgana, y tú mismo has descubierto que ella...

Se le tornó torvo el gesto, y ella supo que no iba a escucharla sobre este tema.

—Ginebra, mi hijo fue adoptado por la Reina de Lothian, y sus hijos han sido soporte y sostén de mi reino.

¿Qué hubiésemos hecho sin Gareth y Gawaine? Y ahora Gwydion apunta a ser como ellos, el más gentil y mejor de los amigos y Caballeros. No me hará tener en menos a Gwydion el que cuando todos mis demás Caballeros me abandonaron por esta búsqueda, él permaneció a mi lado.

Ginebra no quiso disputar con él.

—Créeme, mi señor, te amo por encima de todas las cosas de esta tierra —dijo entonces, tomándole la mano.

—Te creo, mi amor —le contestó—. Los sajones tienen un dicho: Dichoso es el hombre que tiene un buen amigo, una buena esposa y una buena espada. Y yo tengo todo eso, Ginebra mía.

—Oh, los sajones —dijo ella, riendo—. Todos esos años luchando contra ellos y ahora citas sus dichos de sabiduría.

—Bueno, ¿de qué sirve la guerra, como afirma Gwydion, si no podemos aprender la sabiduría de nuestros
enemigos? Hace tiempo, alguien, Gawaine quizá, dijo
algo sobre los sajones y los doctos hombres de sus
monasterios. Dijo, esto es igual que una mujer que ha
sido violada, y sin embargo, después de que el invasor
ha dejado nuestras costas, da a luz un buen hijo. ¿Es
mejor quedarse sólo con lo malo o, cuando el mal está
hecho y ya no hay remedio, tomar lo de bueno que
pueda provenir de él?

Ginebra frunció el ceño.

—¡Sólo un hombre, creo, pudo decir cosa semejante!
—dijo.

—No, no pretendo avivar viejos quebrantos, corazón
mío —protestó—, pero el daño estaba hecho para
Morgana y para mí hace años. —Ella se dio cuenta de
que por una vez pronunciaba el nombre de su hermana sin contraer el rostro—. Más valdría que ningún
bien de clase alguna proviniera del pecado que cometí
con Morgana, porque tú crees que fue un pecado, ¿o
debiera yo estar agradecido de que, pues el pecado
cometido está y no hay vuelta a la inocencia, Dios me
haya dado un buen hijo a cambio de ese mal? Morgana y yo no nos separamos como amigos, y no sé dónde se halla o qué ha sido de ella, ni espero volver a ver
su rostro antes del día del juicio. Pero su hijo es ahora
el sostén de mi trono. ¿He de desconfiar de él a causa
de la madre que le dio el ser?

Ginebra iba a decir: No confío en él porque fue educado en Avalon, pero prefirió contenerse y callar. Mas
cuando, a su puerta, Arturo le tomó la mano y preguntó quedamente:

—¿Deseas que me una a ti esta noche, señora? —Ella
evitó sus ojos.

—No, no, estoy fatigada —contestó, y trató de no ver
el alivio en los ojos de él.

Se preguntó si compartía ahora el lecho con Niniane o alguna otra; no se rebajaría a preguntárselo a su chambelán. Si no soy yo, ¿qué me importa quién pueda ser?

EL AÑO AVANZÓ hacia la oscuridad del invierno, y después hacia la primavera.

—¡Deseo que esta búsqueda termine y los Caballeros regresen, con Grial o sin Grial! —dijo un día Ginebra, con vehemencia.

—Calma, querida, lo han jurado —repuso Arturo, pero más tarde ese mismo día, un Caballero subió por el sendero a Camelot y vieron que se trataba de Gawaine.

—¿Eres tú, primo? —Arturo le abrazó y besó en ambas mejillas—. No esperaba verte hasta pasado un año. ¿No juraste buscar el Grial durante un año y un día?

—Lo hice —contestó Gawaine—, pero no estoy incumpliendo mi juramento, señor; y los sacerdotes no han de considerarme como a un perjuro, pues la única vez que he visto el Grial ha sido en este castillo, Arturo, y tantas posibilidades tengo de encontrarlo aquí como en el confín del mundo. Cabalgué de un lado a otro, aquí y allá, y nunca conseguí noticias de él. Un día se me ocurrió que bien podía buscarlo aquí donde lo había visto, en Camelot y en presencia de mi rey, aunque deba buscarlo todos los domingos en el altar durante la misa, y en ninguna otra parte.

Arturo sonrió y le abrazó, y Ginebra vio que sus ojos estaban húmedos.

—Entra, primo —dijo simplemente—. Bienvenido a casa.

Y algunos días más tarde, Gareth también llegó a casa.

—Tuve una visión y estimo que puede provenir de Dios —comentó cuando se sentaron a cenar en el salón—. Soñé que veía el Grial descubierto y hermoso ante mí, y entonces, surgiendo de la luz que rodeaba el Grial, una voz me habló y dijo: Gareth, Caballero de Arturo, esto es cuanto verás del Grial en esta vida. ¿Por qué buscar más visiones y glorias, cuando tu rey precisa de ti en Camelot? Podrás ver a Dios cuando alcances el Cielo, pero en tanto moras en la tierra, regresa a Camelot y sirve a tu rey. Y al despertar, recordé que incluso Cristo había dicho que había de otorgarse al César lo que del César es, y de este modo emprendí el camino a casa, encontrándome con Lancelot mientras cabalgaba, y le insté a hacer lo mismo.

—¿Crees, pues, que realmente encontraste el Grial? —inquirió Gwydion.

Gareth rió.

—Acaso el Grial sea sólo un sueño. Y cuando soñé con él me instó a cumplir mi deber para con mi rey y señor.

—Supongo que veremos pronto a Lancelot entre nosotros.

—Espero que tenga a bien venir, porque ciertamente le necesitamos aquí —dijo Gawaine—. Y para entonces, esperamos que todos estén de vuelta.

Más tarde, Gareth pidió que Gwydion trajese el arpa y cantase para ellos.

—Pues —dijo—, ni siquiera he podido oír la ruda música que habría escuchado en la corte de los sajones. Y tú que has permanecido en casa, seguramente habrás tenido tiempo de perfeccionar tus canciones, Gwydion.

A Ginebra no le hubiese sorprendido que se disculpara, indicando que lo sustituyera Niniane, pero en vez de ello, trajo un arpa que Ginebra reconoció.

—¿No es ésa el arpa de Morgana?

—Lo es. La dejó en Camelot cuando se fue, y si la quiere, puede enviar a alguien por ella o venir a tomarla. Y por ahora, bueno, seguramente es mía; dudo que me negara esto cuando no me ha dado ninguna otra cosa.

—Salvo la vida —repuso Arturo con cierto reproche en el tono, y Gwydion le dirigió una mirada tan amarga que Ginebra sintió una profunda angustia.

—¿Debería, entonces, estar agradecido por eso, mi señor y rey? —dijo en tono bajo, con violencia y, antes de que Arturo pudiera hablar, llevó los dedos a las cuerdas y comenzó a tañer.

Pero la canción que cantó escandalizó a Ginebra.

Cantó el romance del Rey Pescador, que moraba en un castillo en medio de una extensa tierra baldía y, según el rey se hacía viejo y sus poderes menguaban, la tierra se agotaba y no daba cosechas, hasta que algún hombre más joven viniera y diera el golpe misericordioso que vertería la sangre del anciano rey sobre la tierra. Entonces la tierra tornaría a ser fértil, con el nuevo rey, y florecería con su juventud.

—¿Eso afirmas? —inquirió Arturo, preocupado—. ¿Que la tierra donde gobierna un viejo rey sólo puede ser una tierra que se agosta?

—No es así, mi señor. ¿Qué haríamos sin la sabiduría de vuestros muchos años? Pero en los antiguos días de las Tribus era así, ya que creían que sólo la Diosa de la Tierra permanece y el rey gobierna mientras la complace. Y cuando el Rey Ciervo se hace viejo otro sale de la manada y lo abate... pero ésta es una corte cristiana y aquí no tenéis procederes tan paganos, mi rey. Creo que esa balada del Rey Pescador no es más que un símbolo de la hierba que, tal como dicen las Escrituras, es cual la carne del hombre, que sólo dura una estación, y el rey de la tierra baldía, un símbolo del mundo que anualmente muere con la hierba y se renueva en primavera, como dicen todas las religiones... Incluso Cristo se consumió cuando murió en la cruz y retorna con la Pascua, siempre renovado... —Tocó las cuerdas y cantó suavemente:

«Todos los días del hombre son cual una hoja que ha caído y cual la hierba que se marchita.

Tú también serás olvidado, cual la flor que cae en la hierba, cual el vino que se vierte y empapa la tierra.

Y así cuando la primavera regresa, la tierra florece, y florece la vida que llegará...»

—¿Es eso de las Escrituras, Gwydion? ¿Un versículo, acaso de un salmo? —preguntó Ginebra.

Gwydion negó con la cabeza.

—Es un antiguo himno de los druidas y hay quienes afirman que es aún más antiguo que ellos, procedente quizá de esas tierras que se hallan ahora bajo el mar. Pero todas las religiones tienen un canto como ése. Acaso todas las religiones sean realmente Una...

—¿Eres cristiano, muchacho? —le preguntó Arturo, tranquilamente.

Gwydion no contestó de momento.

—Fui educado como druida y no abjuro de los votos que hice —dijo, al fin—. No me llamo Kevin, mi rey. Mas vos no conocéis todos los votos que he hecho.

Se puso en pie con parsimonia, y salió del salón. Arturo le siguió con la mirada y no habló, ni siquiera para reprocharle su falta de cortesía, pero Gawaine se sintió violento.

—¿Vais a permitir que se marche con tan poca ceremonia, señor?

—Oh, déjalo, déjalo —replicó Arturo—. Todos pertenecemos a la misma familia y no pido que siempre se me trate como si estuviese en el trono. Bien sabe que es mi hijo, y todos en esta estancia. ¿Quieres que siempre se comporte como un cortesano?

Mas Gareth estaba frunciendo el ceño tras él.

—Deseo con todo mi corazón que Galahad regrese a la corte. Quiera Dios concederle que vea tan claro como yo, pues lo necesitas a él más de lo que me necesitas a mí, Arturo; y, si no viene pronto, partiré para buscarle —dijo.

POCOS DÍAS ANTES de Pentecostés, regresó Lancelot. Habían visto al grupo que se acercaba, hombres, damas, caballos y animales de carga, y Gareth reunió a todos los hombres en la entrada para darles la bienvenida; pero Ginebra, de pie junto a Arturo, prestó poca atención a la Reina Morgause, salvo para preguntarse a qué se debía la visita de la Reina de Lothian. Lancelot se arrodilló ante Arturo para comunicarle las tristes noticias, y también Ginebra sintió el dolor de sus ojos... siempre, siempre había sido así, lo que a él le afligía el corazón era como un latigazo en el suyo. Arturo se inclinó, puso a Lancelot en pie y le abrazó; tenía los ojos húmedos.

—También, con su muerte, yo he perdido un hijo, querido amigo. Es una pérdida muy dolorosa.

Ginebra no pudo contenerse más y se adelantó para dar la mano a Lancelot delante de todos ellos diciendo, con voz trémula:

—Anhelaba que regresaras a nosotros, Lancelot, pero lamento que hayas venido con tan penosas noticias.

—Llevadle a la capilla donde fue armado Caballero. Dejadle yacer allí y mañana será sepultado como cuadra a mi hijo y heredero —indicó Arturo a sus hombres con voz tranquila pero, al volverse, se tambaleó un poco, y Gwydion con presteza fue a poner la mano bajo sus brazos sosteniéndole.

Ginebra ya no lloraba con frecuencia, mas sintió que debía llorar en presencia de Lancelot, que estaba tan afligido y condolido. ¿Qué le había acaecido durante el año pasado en pos del Grial? ¿enfermedades, ayunos, fatiga, heridas? Nunca lo había visto tan abatido, ni aun cuando llegó para hablar de su matrimonio con

Elaine. Observando a Arturo, que se apoyaba pesadamente en el brazo de Gwydion, suspiró.

—Incluso puedo alegrarme ahora de que Arturo haya llegado a conocer a su propio hijo y a apreciarle. Mitigará su quebranto —le dijo Lancelot, apretándole la mano.

Ginebra movió la cabeza, sin querer pensar en lo que aquello supondría para Gwydion y Arturo. ¡El hijo de Morgana! El hijo de Morgana iba a suceder a Arturo. ¡No, ya no quedaba remedio!

Gareth llegó ante ella, se inclinó y dijo:

—Señora, mi madre está aquí —y Ginebra recordó que no debía permanecer entre los hombres, que su sitio estaba con las damas, que no podía consolar a Arturo ni a Lancelot.

—Dichosa soy al recibirte, Reina Morgause —la saludó con frialdad y la asaltó el pensamiento: ¿Debo confesar esto como pecado, puesto que miento a la reina? ¿Sería más virtuoso expresarle: te doy la bienvenida como reclama mi deber, Reina Morgause, pero no me alegro de verte y desearía hubieses permanecido en Lothian, o en el infierno por lo que a mí respecta? Vio que Niniane se hallaba junto a Arturo, que Arturo estaba entre ella y Gwydion, y frunció el ceño.

—Dama Niniane —dijo, en tono autoritario—. Creo que las damas se retirarán ahora. Encuentra una cámara de invitados para la Reina de Lothian y comprueba que todo esté dispuesto para ella.

Gwydion pareció encolerizarse, pero nada podía decir, y Ginebra consideró, cuando abandonó con sus damas el patio, que, a pesar de todo, el ser reina tenía sus ventajas.

DURANTE TODO aquel día, los Caballeros y guerreros de la Mesa Redonda estuvieron llegando a la corte de Arturo, y Ginebra estuvo ocupada con los preparativos de la mañana siguiente, en que se celebraría el funeral. El día de Pentecostés, todos los hombres que hubiesen regresado de la búsqueda se reunirían. Reconoció muchos rostros, pero algunos, lo sabía, nunca habrían de volver: Perceval, Bors y Lamorak. Se volvió con gesto amable a Morgause, quien se dolía sinceramente por Lamorak. Siempre había pensado que se ponía en ridículo con su joven amante, pero el pesar era el pesar, y cuando en la misa del funeral por Galahad el sacerdote habló de todos aquellos que habían caído en la búsqueda, vio a Morgause ocultando las lágrimas tras el velo, y su cara estaba roja y abotargada cuando salió de la iglesia.

La noche anterior, Lancelot había velado junto al cuerpo de su hijo en la capilla y no había tenido oportunidad de hablar en privado con él. Ahora, tras la misa de difuntos, le invitó a sentarse junto a Arturo y ella en la cena, y cuando le llenó la copa, esperó que bebiese hasta estar ebrio dejando atrás el quebranto. Se apenó de su arrugado rostro, tan macilento por el dolor y las privaciones, y de su cabello ya casi del todo blanco. Ella que tanto lo amaba, no pudo ni abrazarlo ni llorar con él en público. Durante muchos años, había sentido un profundo dolor al no tener derecho alguno a volverse a él ante otros hombres, sino que debía sentarse a su lado y ser únicamente su pariente y reina. Y ahora le parecía aún más terrible, pero él se mantuvo apartado, sin cruzar con ella ni una mirada.

En pie, Arturo brindó por quienes no habían regresado de la búsqueda.

—Aquí, ante todos vosotros, juro que ninguna de sus esposas o hijos pasará necesidad mientras yo viva y en Camelot las piedras estén sobre las piedras —dijo—. Comparto vuestro pesar. El heredero del trono falleció en la búsqueda del Grial —se volvió, tendiendo la mano a Gwydion, quien fue lentamente a su lado. Parecía más joven de lo que era, con una sencilla túnica blanca, el pelo negro recogido con una banda dorada.

Arturo declaró:

—Un rey no puede, como otros hombres, permitirse largas lamentaciones, mis Caballeros. Os pido que os condoláis de la pérdida de mi sobrino e hijo adoptivo, quien nunca ya reinará junto a mí. Pero aun cuando nuestra pérdida es reciente, también he de pediros que aceptéis a Gwydion, sir Mordred, hijo de mi única hermana, Morgana de Avalon, como mi heredero. Gwydion es joven, mas se ha convertido en uno de mis sabios consejeros —alzó la copa y bebió—. Bebo por ti, hijo mío, y por tu reinado cuando el mío haya acabado.

Gwydion se arrodilló ante Arturo.

—Que vuestro reinado sea largo, padre mío.

A Ginebra le pareció que contenía las lágrimas, y le agradó más por ello. Los Caballeros bebieron y después, conducidos por Gareth, rompieron en aclamaciones.

Pero Ginebra guardó silencio. ¡Sabía que esto debía llegar, pero no esperaba que ocurriese en la fiesta misma de las exequias de Galahad!

—Desearía que hubiese esperado. Desearía que hubiese consultado con sus consejeros —le musitó a Lancelot, volviéndose hacia él.

—¿No sabías que tenía la intención de hacer esto? —preguntó Lancelot.

Le tomó a Ginebra la mano, oprimiéndola levemente y sosteniéndola, acariciándole los dedos llenos de anillos. Parecían ahora sus dedos tan delgados y huesudos, ya no eran suaves y jóvenes como habían sido; se sintió avergonzada y habría retirado la mano, pero él la retendría.

—Arturo no debiera haber hecho eso sin avisarte.

—Sabe Dios que no tengo derecho a quejarme, no le he dado hijos y, por tanto, ha de recurrir al de Morgana.

—Aun así, debiera haberte advertido —repuso Lancelot.

Era la primera vez, pensó Ginebra distanciadamente, que se mostraba, aunque fuera por un instante, crítico con Arturo. El llevó su mano gentilmente a los labios y la soltó cuando Arturo se aproximó a ellos con Gwydion. Los lacayos estaban trayendo humeantes fuentes de carne, bandejas de fruta fresca y pan caliente, y poniendo dulces en la mesa. Ginebra dejó que su camarero le sirviera un poco de carne y fruta, mas apenas tocó el plato. Vio, con una sonrisa, que había sido dispuesto que compartiera su plato con Lancelot, como había hecho con tanta frecuencia en las fiestas de Pentecostés; y que Niniane, al otro lado de Arturo, estaba comiendo de su plato. En una ocasión la llama hija, lo que alivió algo a Ginebra, quizá la aceptaba ya como esposa potencial de su hijo. Para su sorpresa, Lancelot parecía seguir su pensamiento.

—¿Serán las próximas fiestas en la corte unas nupcias? Habría creído que el parentesco es demasiado cercano.

—¿Importaría eso en Avalon? —inquirió Ginebra, con voz más acre de lo que pretendía; el viejo dolor seguía estando allí.

Lancelot se encogió de hombros.

—No lo sé. Siendo muchacho en Avalon oí hablar de un país muy al sur en el que la casa real desposa siempre a hermana con hermano, para que la sangre real no se mezclara con la del pueblo, y esa dinastía perduró mil años.

—Hombres paganos —repuso Ginebra—. Nada sabían de Dios y no sabían que estaban pecando...

Aunque Gwydion daba muestras de haber sufrido por el pecado de su madre y su padre, ¿por qué habría de ser que el nieto de Taliesin —no, su biznieto— vacilara en desposarse con la hija de Taliesin?

Dios castigará a Camelot por ese pecado, meditó súbitamente. Por el pecado de Arturo y el mío...y por el de Lancelot...

Junto a ella Arturo le decía a Gwydion:

—Una vez afirmaste en mi presencia que Galahad no viviría hasta su coronación.

—Y recordáis también, mi padre y señor —repuso Gwydion apaciblemente—, que os juré que no tomaría parte en su muerte, sino que fallecería honorablemente por la cruz que veneraba, y así ha sido.

—¿Qué más previste, hijo mío?

—No me preguntéis, Lord Arturo. Los Dioses son amables cuando dicen que nadie puede conocer su propio fin. Aunque lo supiera, y os digo que no lo sé, no os diría nada. Acaso, pensó Ginebra, Dios ha castigado nuestro pecado enviándonos a Mordred... y luego, mirando al joven, quedó consternada. ¿Cómo puedo pensar así de alguien que ha sido para Arturo un verdadero hijo? ¡No ha de culpársele por sus padres!

—¡Arturo no debería haber hecho esto antes de que Galahad estuviese frío en su tumba! —le dijo a Lancelot.

—No es así, señora mía. Arturo conoce bien los deberes de un rey. ¿Crees que a Galahad le importaría, allí donde ha ido, quién se sienta en el trono que nunca deseó? Más me habría valido hacer de mi hijo un sacerdote, Ginebra.

Miró a Lancelot, que estaba pensativo, a mil leguas de distancia, inmerso en sí mismo donde ella no podría seguirle, y preguntó, con torpeza, intentando alcanzarle del mejor modo que pudo:

—¿Y tú no lograste encontrar el Grial?

Le vio volver lentamente atravesando la larga distancia.

—Estuve más cerca de lo que ningún pecador puede estar y sobrevivir. Y fui salvado, para contar a los hombres en la corte de Arturo que el Grial se ha ido para siempre más allá de este mundo. —De nuevo guardó silencio, luego añadió desde la lejanía—: Lo hubiera seguido más allá del mundo, pero no tuve elección.

Ella se preguntó, ¿No deseabas, entonces, retornar a la corte por mi bien? Y entonces vio claro que Lancelot se parecía más a Arturo de lo que nunca había estimado y que ella nunca había sido más, para cualquiera de ellos, que una diversión entre la guerra y la búsqueda; que los hombres vivían su existencia real en un mundo en el que el amor no significaba nada. Él había dedicado toda su vida a la guerra junto a Arturo, y ahora que no había guerra alguna se había entregado a un gran Misterio. El Grial se había interpuesto entre ellos, como lo hiciera Arturo y el honor de Lancelot.

Lancelot se había vuelto a Dios y pensaba, sin duda, que ella le había conducido a un grave pecado. El dolor era insoportable. No había poseído en toda su vida más que eso, y no pudo evitar inclinarse y cogerle la mano.

—Te he anhelado con ansia —musitó ella, y quedó escandalizada por el deseo que denotaba su voz; no me creerá mejor que Morgause, insinuándome abiertamente...

Él le sostuvo la mano.

—Y yo te he echado en falta, Gin —dijo suavemente y luego, como si pudiese ver en su anhelante corazón, añadió en voz queda—: Con Grial o sin Grial, amada, nada podría haberme hecho volver a esta corte más que el pensar en ti. Habría permanecido aquí, pasando el resto de mi vida en plegarias para poder ver de nuevo ese Misterio que estaba oculto a mis ojos. Pero sólo soy un hombre, amada mía...

Y ella comprendió a qué se estaba refiriendo, y le apretó la mano.

—¿Hago que se marchen mis doncellas, después?

El titubeó un momento, y Ginebra sintió el antiguo pánico... ¿Cómo se atrevía a ser tan audaz, tan carente de pudor femenino?... Siempre, este momento era como la muerte. Luego él le oprimió los dedos y respondió:

—Sí, mi amor.

PERO MIENTRAS le aguardaba, sola en la oscuridad, se preguntó con amargura si su «Sí» había sido como el de Arturo, un ofrecimiento hecho por lástima, o un deseo de salvar su orgullo. Ya no quedaba la más mínima esperanza de darle un hijo tardío a Arturo, él podía haber cesado de venir a ella, mas era demasiado gentil para dar motivo a sus sirvientas de reírse a sus espaldas. Sin embargo, era cual una daga en el corazón que Arturo siempre pareciera aliviado cuando ella lo despedía; en ocasiones, le invitaba y conversaban o yacía durante un tiempo en sus brazos, contenta de ser abrazada y confortada, sin pedirle nada más. Ahora se preguntaba si Arturo sentía que sus abrazos no eran bien recibidos por ella, pues rara vez los ofrecía, o si realmente no la deseaba. Se preguntaba si alguna vez la había deseado o si siempre había ido a ella porque era la esposa que había tomado y era su deber darle hijos.

Todos los hombres ensalzaban mi belleza y me deseaban, salvo el marido al que fui entregada. Y ahora, meditó, tal vez incluso Lancelot viene a mí porque es demasiado amable para abandonarme o rechazarme. Se sintió febril y le pareció que incluso la ropa de dormir la abrigaba demasiado, haciendo que todo su cuerpo se cubriera de sudor. Se levantó y lavó con el agua fría de una jarra en el tocador. Ah, soy vieja, seguramente le repugnará que esta carne vieja y ajada sienta aún ansias de él como si fuese joven y hermosa...

Y entonces oyó sus pasos tras ella; la abrazó y ella se olvidó de sus miedos. Pero después de que él se hubo ido, yació insomne.

No debiera arriesgarme a eso. Era distinto en los viejos tiempos; ahora estamos en una corte totalmente cristiana y el obispo siempre me está vigilando.

Pero nada más tengo... y se le ocurrió repentinamente, ni Lancelot... Su hijo ha muerto, y su esposa, y la antigua intimidad con Arturo ha quedado en el olvido.

Quisiera ser como Morgana, quien no necesita el amor de un hombre para sentirse viva y real... Y, sin embargo, Ginebra entendió que aun cuando no precisara esto de Lancelot, él la necesitaría, y sin ella estaría completamente solo. Había vuelto a la corte porque la necesitaba no menos que ella a él.

Y así, aunque fuese pecado, parecía mayor pecado dejar a Lancelot sin consuelo.

Aun cuando ambos nos condenáramos por ello, pensó, nunca me apartaré de él. Dios es un Dios de amor. ¿Cómo podía condenar la sola cosa en su vida que era fruto del amor? De hacerlo, meditó, aterrorizada de su blasfemia, no sería el Dios al cual siempre había rendido culto.

XV

𝔄quel verano hubo guerra de nuevo, los hombres del norte hicieron incursiones por la costa oeste y las legiones de Arturo marcharon a la batalla, esta vez cabalgando al frente de los reyes sajones del territorio sur, Ceardig y sus hombres. La Reina Morgause permaneció en Camelot; era peligroso emprender camino sola a Lothian y no podía reservarse a nadie para escoltarla.

Regresaron a finales del verano. Morgause estaba en el salón de las mujeres con Ginebra y sus damas cuando oyeron trompas.

—¡Es el regreso de Arturo! —Ginebra se levantó del asiento. Inmediatamente todas las mujeres dejaron caer el huso y se apiñaron en torno a ella.

—¿Cómo lo sabéis? Ginebra rió.

—Un mensajero me trajo noticias anoche —respondió—. ¿Crees que tengo tratos con la hechicería a mi edad? —Miró a las emocionadas muchachas a su alrededor.

A Morgause le pareció que todas las damas de Ginebra no eran más que muchachas, de catorce o quince años, que se servían de cualquier excusa para dejar de hilar.

—¿Iremos a contemplarles desde la cumbre? —preguntó la Reina, indulgente.

Parloteando, riendo, reuniéndose en grupos de dos o tres, salieron con presteza, dejando los husos donde habían caído. De buen talante, Ginebra llamó a una de las sirvientas para que ordenase la estancia, y junto a Morgause, caminó con paso más digno hasta la cumbre de la colina, donde podían ver la ancha calzada que conducía a Camelot.

—Mirad, ahí está el Rey.

—Y sir Mordred, cabalgando a su lado.

—Y allí está Lord Lancelot. ¡Oh, mirad, tiene un vendaje en la cabeza y el brazo en un cabestrillo!

—Dejadme ver —dijo Ginebra y las apartó, mientras las muchachas miraban.

Morgause distinguió a Gwydion, cabalgando junto a Arturo; parecía indemne, y suspiró aliviada. También pudo ver a Cormac entre los hombres. Había marchado a la guerra con todos ellos y parecía ileso igualmente. Era fácil distinguir a Gareth entre los demás, era el más alto de toda la compañía de Arturo, y su pelo refulgía como un halo. Gawaine, detrás de Arturo como siempre, estaba erguido en la silla, pero cuando se acercaron observó una gran magulladura en su cara, ensombreciéndole los ojos, y la boca hinchada como si le hubiesen roto un diente o dos.

—Mirad, sir Mordred es apuesto —dijo una de las muchachas—. Le he oído comentar a la Reina que tiene el mismo aspecto que Lord Lancelot cuando era joven —rió entonces dándole con el codo a su vecina en las costillas.

Se apretujaron, susurrando, y Morgause las observó, suspirando. Parecían tan jóvenes, todas ellas, tan bellas, con el cabello suave como la seda, recogido en trenzas y bucles, castaño o cobrizo o dorado, las mejillas como pétalos y tersas como las de un niño, las caderas tan delgadas, las manos blancas. Se sintió, súbitamente, invadida por los celos; ella había sido más hermosa que ninguna de ellas. Se estaban dando codazos unas a otras, cuchicheando de este o aquel Caballero.

—Mira, todos los Caballeros sajones tienen barba. ¿Por qué quieren parecer desgreñados como perros?

—Mi madre afirma —dijo una de las doncellas con imprudencia— que besar a un hombre sin barba es como besar a otra doncella o a tu hermanito.

Era hija de uno de los nobles sajones, su nombre era bárbaro y Morgause apenas podía pronunciarlo, Alfreth o algo así.

—Sin embargo, sir Mordred se rasura y no hay nada femenino en él —replicó otra de las muchachas y se volvió riendo a Niniane, quien permanecía en silencio entre las mujeres—. ¿No es verdad, dama Niniane?

Niniane respondió, con leve risa:

—Todos estos hombres barbudos me parecen ancianos. De niña, únicamente mi padre y los druidas viejos tenían barba.

—Incluso el Obispo Patricius lleva barba ahora —dijo otra de ellas—. Le he oído decir que en época pagana los hombres deformaban sus caras recortándose la barba y que los hombres deben llevar la barba que Dios les ha dado. Es posible que los sajones lo crean también.

—No es más que una nueva moda —terció Morgause—. Vienen y van. Cuando yo era joven, tanto los cristianos como los paganos se rasuraban la cara, y ahora la moda ha cambiado. No creo que tenga nada que ver con la santidad en cualquier caso. No me cabe duda que algún día Gwydion llevará barba. ¿Lo tendrás en menos, Niniane?

La joven rió.

—No, prima. El mismo es con barba o rasurado. Ah, mirad, por allí cabalga el Rey Ceardig, y otros. ¿Van a ser todos alojados en Camelot? Señora, ¿voy a informar a los camarlengos?

—Hazlo, por favor, querida —contestó Ginebra, y Niniane se dirigió al salón. Las muchachas se estaban empujando para obtener una mejor vista.

—Vamos, vamos, todas vosotras, a seguir hilando —dijo Ginebra—. Es indecoroso mirar a los jóvenes de esta manera. ¿Ninguna de vosotras tiene nada mejor que hacer que hablar tan impúdicamente de los hombres? Iros todas, les veréis esta noche en el gran salón. Habrá un festín, lo cual significa trabajo para todas vosotras.

Parecieron molestas, pero volvieron obedientemente al salón, y Ginebra suspiró, moviendo la cabeza mientras regresaba junto a Morgause.

—En nombre del Cielo, ¿dónde se ha visto un grupo de muchachas tan alocadas? Y de alguna forma he de mantenerlas a todas castas y bajo mi guía. Parece que se pasan todo el tiempo chismorreando y riendo en vez de ocuparse de hilar. ¡Me avergüenza que mi corte esté tan llena de casquivanas y descaradas como éstas!

—Oh, vamos, querida —repuso Morgause indolente—, seguramente tú también has tenido quince años. Seguramente no has sido una doncella tan modélica. ¿Nunca miraste a hurtadillas a un joven apuesto y cuchicheaste sobre cómo sería besarle, barbudo o rasurado?

—No sé lo que hacías tú cuando tenías quince años —le contestó Ginebra—, pero yo estaba tras los muros de un convento. Me parece que ése sería un buen lugar para estas desvergonzadas muchachas.

Morgause rió.

—Cuando tenía catorce años, se me iban los ojos detrás de cualquier cosa que llevara calzones. Recuerdo que solía sentarme en las rodillas de Gorlois, quien estaba desposado con Igraine antes de que Uther pusiera los ojos en ella; e Igraine bien lo sabía, pues cuando se desposó con Uther, su primer acto fue librarse de mí casándome con Lot, cuyo reino estaba a tanta distancia de la corte de Uther que era imposible alejarme más sin cruzar el océano. Vamos, Ginebra, incluso tras los muros de tu convento, ¿puedes jurar que nunca miraste furtivamente a ningún gallardo joven que venía a desbravar los caballos de tu padre, o la capa carmesí de ningún joven caballero?

Ginebra se miró las sandalias.

—Hace tanto tiempo... —y luego, recobrándose, habló con viveza—. Los cazadores trajeron un ciervo la pasada noche. Daré órdenes de que sea descuartizado y asado para la cena, y quizás haya que matar también a un cerdo, si todos estos sajones van a ser alojados aquí. Y paja fresca para esparcirla en las estancias donde dormirán, nunca habrá lechos suficientes para todas estas gentes.

—Envía a las doncellas a comprobar eso también —repuso Morgause—. Deben aprender a atender invitados en un gran salón. ¿Para qué otra razón están a tu cuidado, Ginebra? Y es el deber de una reina recibir a su señor cuando regresa de la guerra.

—Estás en lo cierto. —Ginebra envió a su paje a dar las órdenes, y caminaron juntas hacia las grandes puertas de Camelot.

Morgause pensó: Es como si hubiésemos sido amigas toda la vida. Y consideró que muy pocos de ellos habían sido jóvenes al mismo tiempo.

Tuvo los mismos sentimientos cuando aquella noche se sentaron en el gran salón decorado con colgaduras y esplendoroso a causa de las bellas vestiduras de damas y caballeros. Era casi como en los grandes días de Camelot. Empero muchos de los viejos Caballeros se habían ido en la guerra, o a la búsqueda del Grial, y nunca retornarían. A Morgause, que procuraba no recordar que era vieja, esto la atemorizó. Le pareció que la mitad de los asientos de la Mesa Redonda estaban ocupados ahora por hirsutos sajones con sus grandes barbas y toscas capas, o por jóvenes que apenas habían alcanzado la edad adecuada para empuñar armas. Incluso su pequeño, Gareth, era uno de los Caballeros más antiguos de la Mesa Redonda y los más recientes se dirigían a él maravillados llamándole señor y pidiendo su consejo, o titubeando al argüir con él si diferían de su opinión. En cuanto a Gwydion, a quien la mayoría llamaba sir Mordred, parecía un adalid entre los más jóvenes, nuevos guerreros y sajones a los que Arturo había elegido como Caballeros.

Las damas de Ginebra y sus camareros habían hecho bien la tarea; había carne asada y cocida en abundancia, y grandes pasteles con salsa, cuencos de manzanas tempranas y uvas, pan caliente y lentejas guisadas. En la mesa magna, cuando hubo acabado el festín, los sajones bebían y se dedicaban a su juego favorito de descifrar acertijos, y Arturo llamó a Niniane para que cantase. Ginebra situó a su lado a Lancelot, con la cabeza vendada y el brazo en cabestrillo, que había sido herido por un hacha normanda. No podía utilizar el brazo y Ginebra cortó la carne para él. Nadie, pensó Morgause, le prestaba la menor atención. Gareth y Gawaine estaban sentados más allá y Gwydion cerca de ellos, compartiendo un plato con Niniane. Morgause fue a saludarlos y vio que Gwydion, cuidadosamente aseado y peinado su rizado pelo, tenía una pierna vendada, apoyada en una banqueta.

—¿Estás herido, hijo mío?

—Va bastante bien —dijo—. Soy demasiado grande, madre, para correr y cogerme a tu regazo al menor tropiezo.

—No parece tan leve —repuso ella, mirando el vendaje y la sangre encostrada en los bordes—, pero me iré, sí te place. ¿Es nueva esa túnica?

Estaba hecha de forma similar a las usadas por los sajones, y que ella tantas veces había visto, con mangas tan largas que sobrepasaban la muñeca y medio cubrían los nudillos de la mano. La de Gwydion era de un paño teñido de azul, con bordados carmesíes.

—Fue un presente de Ceardig. Me dijo que era adecuada para una corte cristiana, pues oculta las serpientes de Avalon —sonrió—. ¡Quizá le regale a mi señor

Arturo una túnica semejante como presente de Año Nuevo este invierno!

—Dudo que alguien pudiera apreciar sus ventajas —dijo Gawaine—. Ya no se piensa en Avalon y las serpientes de las muñecas de Arturo están tan descoloridas que nadie se apercibe de ellas y, en caso de hacerlo, no le dan importancia.

Morgause miró el rostro y los ojos magullados de Gawaine. Ciertamente había perdido más de un diente, y sus manos también estaban magulladas y arañadas.

—¿Te han herido, hijo mío?

—No el enemigo —masculló Gawaine—. Esto me lo hicieron nuestros amigos los sajones, uno de los hombres del ejército de Ceardig. Malditos todos, esos desmandados bastardos. ¡Creo que los prefería cuando estaban en nuestra contra!

—¿Peleaste con él?

—Sí, y lo volveré a hacer si se atreve a abrir su castañeteante mandíbula para hablar de mi rey —respondió Gawaine airadamente—. Y no necesitaré que Gareth venga a rescatarme como si yo no fuese lo suficiente fuerte para librar mis propias batallas sin que mi hermano pequeño venga en mi ayuda.

—Te doblaba en estatura —repuso Gareth, soltando la cuchara—, te tenía en el suelo y creí que iba a romperte la espalda o las costillas, y todavía no estoy seguro de que no lo hiciera. ¿Iba a quedarme quieto mientras un deslenguado golpeaba a mi hermano y calumniaba a un pariente?

—Sin embargo —dijo Gwydion con serenidad—, no puedes acallar a todo el ejército sajón, especialmente cuando lo que dicen es cierto. Hay un nombre, y no muy honorable, para un hombre, aun cuando sea rey, que se retrae y calla mientras otro cumple con sus propios deberes en el lecho de su esposa.

—¡Cómo te atreves! —Gareth casi se puso en pie, volviéndose a Gwydion y cogiéndolo del cuello de la túnica. Gwydion levantó los brazos para soltarse de Gareth.

—¡Basta, hermano! —Parecía un niño ante el gigantesco Gareth—. ¿Vas a tratarme como a ese sajón porque digo la verdad en familia, o he de atenerme al complaciente disimulo de la corte, donde todos los hombres ven a la Reina con su amante y fingen no enterarse?

Gareth relajó lentamente su agarro.

—Si Arturo no tiene ninguna queja sobre la conducta de su dama, ¿quién soy yo para hablar? —dijo.

Gawaine murmuró:

—¿Condenada mujer! ¡Maldita sea por lo que hace! ¡Ojalá Arturo la hubiese repudiado cuando aún estaba a tiempo! No siento gran estima por una corte tan cristiana como ésta ha llegado a ser, y tan repleta de sajones. ¡Cuando me estaba encomendada la custodia de Arturo, no había sajón alguno en toda esta tierra!

Gwydion emitió un sonido despectivo, y Gawaine se volvió a él:

—Los conozco mejor que tú. ¡Yo ya estaba luchando contra los sajones cuando tú mojabas pañales! ¿Vamos ahora a dirigir la corte de Arturo según lo que esos puercos peludos nos indiquen?

—Tú no conoces a los sajones ni la mitad que yo —repuso Gwydion. No llegas a conocer a un hombre mediante el filo de un hacha de guerra. He vivido en sus cortes, he bebido con ellos y cortejado a sus mujeres, y me aventuro a afirmar que los conozco bien, mientras que tú no. Y esto es cierto: consideran a Arturo y a su corte corruptos, demasiado paganos.

—Eso debían pensar de sí mismos —rezongó Gawaine.

—Pero —dijo Gwydion— no es asunto trivial que estos hombres puedan llamar corrupto a Arturo, sin ser reprochados.

—¿Sin ser reprochados, dices? —masculló Gareth—. ¡Creo que Gawaine y yo se lo reprochamos un poco!

—¿Quieres imponer tu criterio a la corte de los sajones? Mejor sería corregir el motivo de las habladurías —repuso Gwydion. ¿No puede Arturo controlar mejor a su esposa?

—Se necesitaría un hombre más valiente que yo para hablar mal de Ginebra en presencia de Arturo —dijo Gawaine.

—Pero debe hacerse —afirmó Gwydion—. Si Arturo ha de ser Rey Supremo de todos esos hombres, no puede dar motivos de escarnio. ¿Van a hacer juramento de seguirle en la paz y en la guerra cuando le llaman cornudo? De alguna forma debe enfrentarse a la corrupción de esta corte. Mandar a la mujer a un convento o desterrar a Lancelot.

Gawaine miró ansiosamente a su alrededor.

—Por el amor de Dios, baja la voz —indicó—. ¡Tales cosas ni siquiera pueden ser susurradas en este lugar! Mejor es que nosotros lo susurremos a que sea susurrado a todo lo largo y ancho de la tierra —repuso Gwydion—. ¡En nombre de Dios, se sientan junto a él y él les sonríe a ambos! ¿Va a convertirse Camelot en una chanza y la Mesa Redonda en un lupanar?

—Cierra tu obscena boca o te la cerraré yo —masculló Gawaine, cogiendo a Gwydion por el hombro con sus férreos dedos.

—Si yo estuviese diciendo mentiras, Gawaine, bien podrías intentar cerrarme la boca, pero ¿puedes ocultar la verdad con tus puños? ¿O todavía mantienes que Ginebra y Lancelot son inocentes? Tú, Gareth, que has sido su favorito y predilecto, bien puedo creer que tú no pienses mal de tu amigo.

Gareth dijo, rechinándole los dientes:

—Cierto es que deseo que esa mujer esté en el fondo del mar, o tras los muros del convento más seguro de Cornwall. Pero mientras Arturo no hable, yo contendré la lengua. Y son lo bastante maduros para ser discretos. Todos han sabido durante años que él ha sido su paladín.

—Si tuviera alguna prueba, Arturo podría escucharme —dijo Gwydion.

—Maldito seas, estoy seguro de que Arturo sabe lo que hay que saber. Pero es él quien ha de permitir o interferir... y no escuchará palabra alguna contra ellos. —Gawaine tragó saliva y prosiguió—: Lancelot es pariente mío y mi amigo además. Pero ¿crees que no lo he intentado, maldito?

—¿Y qué respondió Arturo?

—Respondió que la Reina está por encima de mi crítica, y cualquier cosa que decidiera hacer estaba bien hecha. Fue cortés, pero pude ver que sabía a qué me estaba refiriendo y me advirtió para que no interfiriese.

—Aunque si se llamara su atención de un modo que no pudiese decidir ignorarlo —repuso Gwydion, con calma, reflexionando, levantando luego la mano para hacer una seña.

Niniane, sentada a los pies de Arturo, con las manos aún en las cuerdas del arpa, le pidió licencia suavemente, se puso en pie y vino hasta él.

—Señora mía —dijo Gwydion—, ¿no es cierto que ella —inclinó la cabeza, señalando a Ginebra— a menudo hace marcharse a sus sirvientas durante la noche?

—No lo ha hecho mientras la legión estuvo ausente de Camelot —respondió Niniane, serenamente.

—Al menos sabemos que la dama es leal —dijo Gwydion con cinismo— y que no distribuye sus favores entre todos.

—Nadie la ha acusado nunca de lujuria —repuso Gareth con ira— y a su edad, ambos son mayores que tú, Gawaine, hagan lo que hagan, creo que no pueden causar gran perjuicio a nadie.

—No, hablo en serio —dijo Gwydion con igual fogosidad—. Si Arturo ha de seguir siendo Rey Supremo...

—Querrás decir —repuso Gareth colérico—, si tú has de ser Rey Supremo después de él.

—¿Qué piensas, hermano? ¿Que cuando Arturo se haya ido rendiré toda esta tierra a los sajones? —Sus cabezas estaban muy juntas y hablaban en furiosos susurros.

Morgause entendió que no sólo se habían olvidado de su presencia sino de su existencia misma.

—Creía que estimabas bien a los sajones —dijo Gareth, con airado, desdén— ¿No te agradaría dejarles gobernar?

—No, escúchame —replicó Gwydion con rabia, pero Gareth le asió de nuevo.

—Toda la corte os oirá si no moderáis vuestras voces —dijo—. Mira, Arturo está observándote, nos mira desde que Niniane vino hacia aquí. Es posible que Arturo no sea el único que haya de vigilar a su dama, o...

—¡Calla! —exclamó Gwydion, librándose de las manos de Gareth.

—¿Qué disputan entre sí mis primos de Lothian? —les dijo Arturo—. ¡Haya paz en mi salón, deudos! Vamos, Gawaine, aquí está el Rey Ceardig pidiendo que juegues a los acertijos con él.

Gawaine se puso en pie, mas Gwydion dijo quedamente:

—He aquí un acertijo para ti. ¿Cuando un hombre no se cuida de su propiedad, qué han de hacer los que se interesan por él?

Gawaine se alejó, simulando no haber escuchado.

—Déjalo por ahora —dijo Niniane, inclinándose sobre Gwydion—. Hay demasiados oídos y ojos. Has sembrado la semilla. Habla ahora con otros Caballeros. ¿Crees ser el único que ve... eso? —Y desplazó un poco el codo.

Morgause, siguiendo el leve ademán, vio que Ginebra se estaba mirando con Lancelot un tablero de juegos; muy juntas las cabezas.

—Estimo que muchos piensan que atañe al honor del Camelot de Arturo —continuó Niniane—. Sólo necesitas encontrar a algunos que tengan menos prejuicios que tus hermanos de Lothian, Gwydion.

Mas éste estaba mirando con rabia a Gareth.

—¡Lancelot —musitó—, siempre Lancelot!

Morgause apartó la vista de Gwydion para mirar al más joven de sus hijos, y recordó a un niño pequeño parloteando con un caballero tallado, rojo y azul, al cual llamaba Lancelot.

Luego pensó en un Gwydion más joven, siguiendo a Gareth como un cachorrillo. Gareth es su Lancelot, pensó, ¿Qué se derivará de esto? Pero su desaliento quedó engullido por la malicia. Seguramente ha llegado el tiempo en que Lancelot tenga que responder de todo lo que ha hecho.

NINIANE SE HALLABA en la parte más alta de Camelot, contemplando las nieblas que rodeaban la colina. Oyó pasos a sus espaldas y dijo, sin volverse:

—¿Gwydion?

—¿Quién si no? —La rodeó con los brazos y la estrechó, y ella volvió el rostro para besarlo.

—¿Te besa así Arturo? —le preguntó él, sin soltarla. Ella se libró del abrazo.

—¿Estás celoso del Rey? ¿No fuiste tú quien me dijo que me ganara su confianza?

—Arturo ya ha tenido más que suficiente de lo que es mío.

—Arturo es hombre cristiano. No diré más que eso —repuso Niniane—, y tú eres mi amor. Pero yo soy Niniane de Avalon y no doy cuentas a hombre alguno en esta tierra de lo que hago con lo que es mío. Sí, mío y no tuyo. No soy romana, para dejar que un hombre me diga lo que puedo hacer con lo que la Diosa me otorgó. Y si eso no te gusta, Gwydion, regresaré a Avalon. —Finalizó con decisión.

Gwydion sonrió, con esa cínica sonrisa que era lo que menos le gustaba de él.

—Si logras encontrar el camino —repuso él—. Podrías descubrir que ya no es fácil. —Entonces el cinismo desapareció de su rostro y permaneció sosteniendo levemente la mano a Niniane—. No me importa lo que Arturo pueda hacer en el tiempo que le queda. Como Galahad, puede disfrutar de sus momentos, pues estará largo tiempo sin ellos. —Miró lo que parecía un océano de niebla alrededor de Camelot—. Cuando la niebla se disipe, quizá veamos Avalon desde aquí, y la Isla del Dragón. —Suspiró y añadió—: ¿Sabes que algunos sajones se están desplazando a ese territorio ahora y que ha habido caza del ciervo en la Isla del Dragón, a pesar de las prohibiciones de Arturo?

—Hay que poner fin a eso, el lugar es sagrado y el ciervo...

—Y el pequeño pueblo que posee el ciervo. Pero Aedwin el sajón les dio muerte —dijo Gwydion—. Le dijo a Arturo que ellos habían disparado a sus hombres con flechas élficas envenenadas, por lo que dio licencia a sus hombres de matar a cuantos lograsen encontrar. Y ahora cazan el ciervo. Arturo irá a la guerra contra Aedwin, si es menester. Desearía que Aedwin tuviese una causa mejor... en honor debo luchar para proteger a quienes miran a Avalon.

—¿Y Arturo va a la guerra por esta causa? —Niniane estaba sorprendida—. Creía que había roto su juramento con Avalon.

—Con Avalon, quizá, pero no con el indefenso pueblo de la isla. —Gwydion quedó en silencio y Niniane supo que estaba rememorando unos hechos ocurridos en la Isla del Dragón. El pasó los dedos por las serpientes tatuadas en sus muñecas, luego bajó las mangas de su túnica sajona sobre ellas—. Me pregunto si todavía podría abatir al Rey Ciervo con sólo mis manos y un cuchillo de pedernal.

—No dudo de que podrías, de ser desafiado —declaró Niniane—. La cuestión es, ¿podría Arturo? Porque si no puede...

Dejó la pregunta pendiendo en el aire, y él dijo lúgubremente, contemplando la niebla que los rodeaba:

—No creo que se disipe. Siempre hay niebla aquí, tan espesa ahora que algunos de los reyes sajones que envían mensajeros no podrán encontrar el camino... ¡Niniane! ¿Se adentrará Camelot también en las nieblas?

Ella hizo ademán de replicarle con alguna palabra despreocupada, jocosa o tranquilizadora, después se contuvo y dijo:

—No lo sé. La Isla del Dragón ha sido profanada, el pueblo está agonizando o muerto, y la sagrada manada es presa de los cazadores sajones. Los hombres del norte están atacando la costa. ¿Saquearán algún día Camelot como los Dioses aniquilaron Roma?

—Si yo lo hubiera sabido a tiempo —declaró Gwydion con controlada violencia, golpeando un puño contra el otro—, si los sajones hubiesen enviado un mensaje a Arturo, podría haberme enviado, a mí o a algún otro, para proteger el suelo sagrado donde fue hecho Rey Ciervo y contrajo el sagrado matrimonio con la tierra. Ahora que el santuario de la Diosa ha sido destruido, y él no ha muerto para protegerlo, ha perdido su derecho a reinar.

Niniane oyó lo que él no dijo: Y yo el mío.

—Tú no sabías que estaba en peligro —declaró ella.

—Y también por eso culpo a Arturo —dijo Gwydion—. Porque los sajones pudieron pensar en hacerlo sin consultárselo. ¿No prueba eso lo poco que estiman su reinado supremo? ¿Y por qué le tienen en tan poco? Yo te lo diré, Niniane: Tienen en poco a cualquier rey que sea un cornudo, que no pueda controlar a sus mujeres.

—Tú que fuiste educado en Avalon —repuso ella airadamente—, ¿vas a juzgar a Arturo según las normas sajonas, que son peores que las de los romanos? ¿Vas a alzar un reino o dejarlo caer a causa de la idea que tengan los hombres sobre cómo se debe tratar a las mujeres? Vas a ser Rey, Gwydion, porque posees la sangre real de Avalon y porque eres hijo de la Diosa...

—¡Bah! —exclamó Gwydion y lo siguió de una obscenidad—. ¿No se te ha ocurrido nunca, Niniane, que tal vez Avalon caiga como cayó la extinta Roma, porque hubo corrupción en el corazón mismo del reino? Según las leyes de Avalon, Ginebra sólo ha hecho lo que es correcto, la dama elegirá a quien desee por consorte, y Arturo debiera ser derrocado por Lancelot. Es hijo de una Suma Sacerdotisa, ¿por qué no hacerle Rey en lugar de Arturo? Aunque, ¿ha de ser elegido nuestro Rey porque una mujer le quiera en su lecho? —De nuevo espetó—. No, Niniane, ese tiempo ha terminado. Antes los romanos y ahora los sajones saben cómo va a ser el mundo. El mundo ya no es un gran útero alumbrando hombres. Ahora las maniobras de los hombres y los ejércitos disponen las cosas. ¿Qué pueblo aceptaría ahora mi gobierno sólo porque soy hijo de esta o aquella mujer? Es ahora el hijo del rey quien hereda la tierra, y ¿vamos a desechar algo bueno porque los romanos lo hicieron antes? Tenemos mejores naves, descubriremos tierras situadas más allá de los que se hundieron en el mar. ¿Nos seguirá hasta allí una Diosa que está atada a este trozo de tierra y a sus cosechas? Considera a los hombres del norte que están atacando nuestras costas, ¿serán detenidos por los ciclos de la Madre? Las pocas sacerdotisas que quedan en Avalon... ningún sajón o salvaje del norte va a violadas, porque Avalon ya no forma parte del mundo en el cual viven estos invasores. Las mujeres que van a vivir en el mundo venidero necesitarán hombres que las protejan. El mundo ahora, Niniane, ya no es de Diosas, sino de Dioses, acaso de un Dios. No necesito provocar la caída de Arturo. El tiempo y el cambio lo harán sin mi ayuda.

Niniane sintió una punzada en la espalda como si estuviera usando la Visión.

—¿Y qué será de ti, Rey Ciervo de Avalon? ¿Qué será de la Madre que te envió en su nombre?

—¿Crees que pretendo adentrarme en las nieblas de Avalon y Camelot? Pretendo ser Rey Supremo después de Arturo, y para hacer eso, debo preservar la gloria de la corte de Arturo en su punto más alto. Por tanto Lancelot debe marcharse, lo que significa que Arturo ha de ser obligado a desterrarlo, y probablemente Ginebra también. ¿Estás conmigo o no, Niniane?

Ella tenía el rostro mortalmente blanco. Apretó los puños, deseando tener el poder de Morgana, el poder de la Diosa, para elevarse como puente entre la tierra y el cielo y abatirle con la fuerza del relámpago de la ultrajada Diosa. La media luna de su frente ardía a causa de la ira.

—¿Voy a ayudarte a traicionar a una mujer que se ha acogido al derecho que la Diosa ha otorgado a todas las mujeres, de elegir al hombre que deseen?

Gwydion rió burlonamente.

—Ginebra perdió ese derecho cuando por vez primera se arrodilló a los pies del Dios de los esclavos.

—No obstante, no tomaré parte en la traición contra ella.

—Entonces, ¿no vas a avisarme cuando vuelva a hacer marcharse a sus sirvientas por la noche?

—No —contestó Niniane—, por la Diosa, no lo haré. ¡Y la traición de Arturo a Avalon nada es comparada con la tuya!

Le dio la espalda y se habría marchado si él no la hubiera retenido por la fuerza.

—¡Harás lo que te ordene!

Ella forcejeó por liberarse, soltando finalmente las contusionadas muñecas.

—¿Ordenarme? ¡No en mil años! —dijo, sin aliento por la furia—. ¡Ten cuidado, tú que has puesto las manos encima a la Señora de Avalon! ¡Arturo sabrá ahora qué clase de víbora ha alojado en su pecho!

En un arranque de rabia, Gwydion la aferró de la otra muñeca y la atrajo hacia sí, golpeándola entonces con todas sus fuerzas en la sien, y ella cayó al suelo sin un grito. Estaba tan lleno de ira que dejó que cayera sin un ademán para sujetarla.

—Buen nombre te dieron los sajones —dijo una voz grave, salvaje, desde la niebla—. ¡"Maléfico consejo", Mordred... asesino!

Se giró sintiendo un tremendo instante de temor, y miró el cuerpo desplomado de Niniane a sus pies.

—¿Asesino? ¡No! Sólo estaba enojado con ella. No le haría daño... —Miró a su alrededor, incapaz de distinguir nada en la densa niebla, aunque reconociendo la voz.

—¡Morgana! Señora... ¡madre mía!

Se arrodilló, con el pánico atenazándole la garganta, alzando a Niniane, buscándole el pulso, pero yacía sin respiración, sin vida.

—¡Morgana! ¿Dónde estás? ¿Dónde estás? ¡Maldita seas, muéstrate! —pero sólo estaba allí Niniane, sin vida a sus pies. La apretó contra sí, implorando—. ¡Niniane! Niniane, mi amor, háblame...

—No volverá a hablar —dijo la voz incorpórea, pero mientras Gwydion se volvía de un lado a otro en la niebla, la figura de una mujer se materializó de ella.

—Oh, ¿qué has hecho, hijo mío?

—¿Eras tú? ¿Eras tú? —inquirió Gwydion con voz quebrada por la histeria—. ¿Eras tú quien me llamó asesino?

Morgause retrocedió, medio asustada.

—No, no, acabo de llegar. ¿Qué has hecho?

Gwydion se arrojó a ella y ella lo sostuvo, acariciándolo como cuando tenía doce años.

—Niniane me encolerizó... me amenazó... pongo a los Dioses por testigos, madre, no quería hacerle daño, pero me amenazó con ir a Arturo y decirle que tramo contra su estimado Lancelot —dijo Gwydion, casi balbuciendo—. La golpeé, juro que sólo quería asustarla, mas cayó...

Morgause soltó a Gwydion y se arrodilló junto a Niniane.

—Has asestado un golpe desafortunado, hijo mío. Está muerta. Ya no puedes hacer nada. Hemos de ir a informar a los alguaciles y administradores de Arturo.

Él estaba lívido.

—¡Madre! Los alguaciles... ¿qué dirá Arturo?

A Morgause se le enterneció el corazón. Estaba en sus manos, como cuando era un pequeño niño indefenso al que Lot iba a matar, su vida le pertenecía, y él lo sabía. Le apretó contra su seno.

—No temas, amor, no debes sufrir por ello, no más que por cualquier otro al que mataste en la batalla —dijo, mirando triunfal el cuerpo sin vida de Niniane—. Podría haberse caído a causa de la niebla. Hay una gran altura desde aquí hasta el fondo de la colina

—manifestó, mirando por sobre las almenas de Camelot—. Así, cógela de los pies. Lo hecho, hecho está, y nada de lo que le ocurra a ella supondrá diferencia.

Su viejo odio por Arturo la asaltó; Gwydion le abatiría, y lo haría con su ayuda, y cuando estuviese hecho, ella estaría a su lado, ¡la dama que lo había situado en el trono! Niniane ya no se interponía; ella sería su apoyo y su ayuda.

Silenciosamente, el liviano cuerpo de la Señora de Avalon desapareció entre las nieblas. Más tarde Arturo la llamaría y, al no aparecer, enviaría hombres a buscarla; empero Gwydion, mirando a las nieblas como hipnotizado, creyó ver por un momento la negra sombra de la barca de Avalon en las aguas entre Camelot y la Isla del Dragón. Por un instante le pareció que Niniane, ataviada de negro como la corva Muerte, le hacía señas desde la barca... y luego desaparecía.

—Vamos, hijo mío —dijo Morgause—. Has pasado la mañana en mis aposentos y el resto del día deberás pasarlo con Arturo en el salón. Recuerda, no has visto a Niniane hoy. Cuando vayas con Arturo, deberás preguntar por ella, incluso parecer un poco celoso, tal si temieras que hubiese estado en su lecho.

Y fue un bálsamo para su corazón que él se cogiera a ella y murmurase:

—Lo haré. Lo haré, madre mía. ¡Ciertamente eres la mejor de las madres, la mejor de todas las mujeres!

Ella lo sostuvo por un momento y lo volvió a besar, saboreando su poder, antes de dejarlo ir.

XVI

Ginebra yacía con los ojos muy abiertos en la oscuridad, esperando oír los pasos de Lancelot. Pensó en cuando Morgause, sonriendo, casi lascivamente, le dijo: «¡Ah, te envidio, querida! Cormac es un joven gallardo y bastante cordial, pero no posee ni la gracia ni la hermosura de tu amante». Ginebra había agachado la cabeza, sin contestar. ¿Quién era ella para despreciar a Morgause, cuando estaba haciendo lo mismo? Pero era demasiado peligroso. El obispo, el pasado domingo, había pronunciado un sermón contra el adulterio, diciendo que en la castidad de las esposas descansaba la raíz del modo de vida cristiano, pues únicamente por la castidad marital podían las mujeres redimir el pecado de Eva. Ginebra recordó la historia de la mujer cogida en adulterio, a quien llevaron ante Cristo; él dijo: Quien no haya cometido pecado, que tire la primera piedra. Nadie estaba libre de culpa, y nadie la arrojó. Sin embargo, allí, en la corte, había muchos sin pecado, con el mismo Arturo, para tirar la piedra. Cristo dijo a la mujer: Vete y no peques más. Y eso era lo que ella debía hacer...

No era su cuerpo lo que ella deseaba. Morgause, junto al joven lascivo que era su amante, nunca creería cuán poca importancia había supuesto eso para ellos. Rara vez, en verdad, habíala tomado él de ese modo que era pecado y deshonra; sólo en aquellos primeros años, cuando tenían la aquiescencia de Arturo, para intentar que Ginebra alumbrase un hijo para el reino. Había habido otras formas de hallar placer, que ella,

345

sin saber por qué, estimaba menos pecaminosas, sin considerar la transgresión de los derechos maritales de Arturo sobre su cuerpo. E incluso así, lo que ella verdaderamente deseaba era estar con él... algo, pensó, más del alma que del cuerpo. ¿Por qué iba a condenar esto un Dios de amor? Podía condenar el pecado que habían cometido, por el cual había hecho penitencia una y otra vez; mas, ¿cómo podía condenar esto, que era el amor más verdadero de su corazón?

Nada le he quitado a Arturo que deseara o necesitara de mí. Debe tener una reina, una dama que guarde su castillo; en cuanto al resto, nada quería de mí más que un hijo, y no he sido yo, sino Dios, quien se lo ha negado.

Se oyeron leves pasos en la oscuridad.

—¿Lancelot? —musitó.

—No.

El oscilar de una diminuta lámpara en la oscuridad la confundió; por un momento, le pareció ver el rostro amado, rejuvenecido. Después supo a quién pertenecía aquel rostro.

—¿Cómo te atreves? Mis sirvientas no están tan lejos como para no oírme si grito, y nadie creerá que te he citado aquí.

—Calla —repuso él—. Tienes una daga en la garganta, señora. Y cuando ella retrocedió, ciñendo la ropa de cama en su torno—. Oh, no te envanezcas, señora, no he venido a violarte. Tus encantos están demasiado ajados para mí, señora, y han sido demasiado derrochados.

—Basta —dijo una voz áspera en la oscuridad, detrás de Gwydion—. ¡No te burles de ella, hombre! Este es un sucio asunto, fisgonear las puertas de una alcoba, y desearía no haber oído hablar de ello nunca. ¡Callaos todos y escondeos por la cámara!

Ella reconoció la cara de Gawaine cuando sus ojos se adaptaron a la escasa luz y tras ellos una silueta familiar.

—¡Gareth! ¿Qué haces aquí? —preguntó, apenada—. Te creía el mejor amigo de Lancelot.

—Y lo soy —respondió lúgubremente—. He venido a comprobar que no se le haga daño, sino justicia. Ese —señaló con ademán despectivo a Gwydion —le cortaría la garganta y dejaría que fueras acusada de asesinato.

—Callaos —dijo Gwydion, y —la luz se apagó. Ginebra sintió la punción del cuchillo en el cuello—. Si dices una palabra para avisarle, señora, te cortaré la garganta y correré el riesgo de explicárselo a mi señor Arturo.

La punta se hundió hasta que Ginebra, crispándose de dolor, se preguntó si ya le había hecho sangre. Pudo escuchar leves sonidos, un susurro de prendas, el tintineo de las armas apresuradamente silenciado; ¿cuántos hombres había en su emboscada? Yació callada, retorciéndose las manos, desesperada. Si lograra advertir a Lancelot... mas permaneció como un animalillo en un cepo, desvalida. Los minutos pasaron para la silenciosa mujer atrapada entre la almohada y el cuchillo. Al cabo de mucho tiempo, oyó un leve ruido, un tenue murmullo cual la llamada de un pájaro. Gwydion sintió que ella tensaba los músculos.

—¿La señal de Lancelot? —preguntó en un ronco susurro, y presionó de nuevo la daga en la blanda piel de la garganta.

—Sí —musitó ella, aterrorizada.

Sintió que la paja del lecho bajo ella crujía al desplazar él su cuerpo y alejarse.

—Hay docenas de hombres en esta estancia. Intenta avisarle, y no vivirás tres segundos.

Ella oyó ruidos en la antecámara; la capa de Lancelot, su espada... Ah, Dios, ¿iban a desnudarle y desarmarle? Tornó a enervarse, sintiendo con anticipación el cuchillo penetrando en su cuerpo, mas debía advertirle de alguna forma, debía gritar. Abrió los labios y Gwydion, ¿fue por medio de la Visión como lo supo?, le cubrió el rostro cruelmente con la mano, ahogando el grito. Se removió bajo su asfixiante presión, luego sintió el peso de Lancelot en el lecho.

—¿Gin? —musitó—. ¿Qué sucede? ¿Has gritado, amada mía?

Consiguió apartar la mano que la cubría.

—¡Corre! le gritó. Es una treta, una trampa.

—¡Puertas del Infierno! —Pudo sentirle saltar hacia atrás como un gato.

La tea de Gwydion llameó; de alguna forma la luz se multiplicó, hasta que la estancia estuvo del todo iluminada, y Gawaine, Cai, Gareth, con una docena de siluetas en sombras tras ellos avanzaron. Ginebra se acurrucó bajo la manta y Lancelot permaneció inmóvil, desnudo, desarmado.

—Mordred —dijo, con desprecio—. ¡Ésta treta, es digna de ti!

Gawaine declaró formalmente:

—En nombre del Rey, Lancelot, te acuso de alta traición. Dame tu espada.

—Eso no importa —repuso Gwydion—, ve y quítasela.

—¡Gareth! En nombre de Dios, ¿por qué te has prestado a esto?

A Gareth le brillaban los ojos como si estuvieran llenos de lágrimas a la luz de la tea.

—Nunca creí esto de ti, Lancelot. Dios debía haber permitido que cayese en la batalla antes de ver este día. Lancelot agachó la cabeza y Ginebra vio sus ojos, llenos de pánico, recorrer la estancia.

—Oh, Dios, Pellinore me vio así cuando llegaron con las antorchas para sorprenderme en el lecho de Elaine. ¿Debo traicionar a todo el mundo, a todo el mundo? —murmuró.

Ella quiso tenderle la mano, gritar de compasión y miedo, cobijarle en sus brazos. Pero él no la miró.

—Tu espada —dijo Gawaine con serenidad—. Y vístete, Lancelot. No te llevaré desnudo y en desgracia a presencia de Arturo. Bastantes hombres han sido ya testigos de tu vergüenza.

—No le dejéis coger su espada —una voz sin rostro ordenó en la oscuridad, pero Gawaine le hizo callar con gesto desdeñoso.

Lancelot se apartó lentamente de ellos yendo hacia la pequeña antecámara donde había dejado sus ropajes, armadura y armas. Ella le oyó ponerse las prendas. Gareth permaneció con la espada en la mano hasta que Lancelot entró en la estancia, vestido aunque desarmado, con las manos claramente a la vista.

—Me alegro por tu bien que hayas venido a nosotros apaciblemente —dijo Gwydion—. Madre —se volvió en las sombras y Ginebra vio, consternada, a la Reina Morgause—, vigila a la Reina. Queda a tu cargo hasta que Arturo pueda ocuparse de ella.

Morgause fue hasta el lecho. Ginebra nunca había observado cuán alta era, cuán despiadada la línea de su mandíbula.

—Vamos, señora, ponte el vestido —dijo. Te ayudaré a recogerte el cabello. No querrás ir desnuda e impúdica ante el Rey. Y alégrate de que haya una mujer aquí. Estos hombres —los miró despectivamente— pretendían esperar hasta el momento culminante.

Ginebra se arredró por la brutalidad de las palabras; despacio, con dedos tardos, comenzó a ponerse el vestido.

—¿He de vestirme ante todos estos hombres?

Gwydion no aguardó a que Morgause respondiese.

—¡No trates de engañarnos, indecente mujer! —dijo—. ¿Te atreves a pretender que te queda recato o pudor?

¡Ponte ese vestido, señora, o te lo colocará mi madre cual si fuese un saco!

La llama madre. ¡No es de extrañar que Gwydion sea cruel y despiadado habiendo sido educado por la Reina de Lothian! Sin embargo, Ginebra siempre había considerado a Morgause como una mujer indolente, jovial, codiciosa. ¿Qué le había impulsado a esto? Se sentó erguida, anudándose los lazos de los zapatos.

—¿Es mi espada lo que quieres? —preguntó Lancelot con calma.

—Lo sabes —contestó Gawaine.

—¡Entonces —moviéndose casi con mayor rapidez de la que el ojo podía seguir, Lancelot saltó hacía Gawaine, y con otro felino movimiento, tuvo la espada de Gawaine en la mano —ven a cogerla, maldito!— Arremetió con la espada de Gawaine contra Gwydion, que cayó en el lecho, aullando, sangrando por un gran tajo en la espalda; luego, cuando Cai avanzó, espada en mano, Lancelot tomó un cojín del lecho y le empujó de tal forma que cayó sobre los hombres que avanzaban, los cuales tropezaron con él. Saltó sobre el lecho y dijo, con voz grave y queda a Ginebra—: ¡Quédate quieta y prepárate!

Ella gimió, retrocediendo y agazapándose en un rincón. Venían a por él de nuevo; atravesó a uno de ellos, y sobre el cuerpo de éste, arremetió contra un atacante en sombras y le dio un tajo. La gigantesca silueta de Gareth se desplomó lentamente hasta el suelo. Lancelot ya estaba luchando contra otro, pero Gwydion, sangrando, gritó, «¡Gareth!», y se arrojó sobre el cuerpo de su hermanastro. En ese momento de horripilante tregua, en tanto Gwydion se arrodillaba, sollozando, sobre el cuerpo de Gareth, Ginebra sintió que Lancelot la cogía del brazo, giraba, daba muerte a alguien en la puerta (nunca supo quién era) y se halló de pie en el corredor, empujada por Lancelot con frenética premura, delante de él. Alguien vino hacia él desde las sombras, Lancelot le mató y siguieron corriendo.

—A las cuadras —jadeó él—. Caballos y fuera de aquí, ¡aprisa!

—¡Espera! —le cogió del brazo—. Si nos ponemos a merced de Arturo... o tú escapas y yo me quedo para enfrentarme a Arturo...

—Gareth podría haber hecho justicia. Pero estando Gwydion en ello, ¿crees que ninguno de nosotros llegaría hasta el Rey vivo? ¡Bien le nombré sir Mordred! —La apremió hacia los establos, poniendo rápidamente una silla en su caballo—. No hay tiempo de buscar el tuyo, cabalga detrás mío y sujétate bien. Voy a tener que cruzar por entre los guardias de la puerta.

Y Ginebra se dio cuenta de que estaba viendo a un nuevo Lancelot, no a su amante, sino al avezado guerrero.

¿A cuántos hombres había matado aquella noche? No tuvo tiempo de sentir miedo mientras la subía al caballo y saltaba delante.

—Agárrate a mí —dijo él—. No tendré tiempo de cuidarme de ti. —Se giró entonces y le dio un fuerte, largo beso—. Esto es culpa mía, debiera haber sabido que ese infernal bastardo estaría espiando. Bueno, suceda lo que suceda ahora, al menos se ha terminado. No más mentiras y no más ocultarse. Eres mía para siempre..., —y se interrumpió. Pudo sentirle temblar, pero se volvió violentamente para asir las riendas. ¡Allá vamos!

MORGAUSE MIRÓ horrorizada a Gwydion que, sollozando, se inclinó sobre su hijo más joven.

Palabras dichas medio en serio, años atrás; Gwydion había rechazado alistarse en el bando opuesto a Gareth, ni aun en una batalla simulada. Me pareció que yacías agonizando, había dicho... y supe que por mi causa yacías sin hálito de vida... No tentaré a ese destino.

Lancelot había hecho esto, Lancelot a quien Gareth había querido más que a ningún otro hombre.

Uno de los hombres de la estancia se adelantó y dijo:

—Se están marchando.

—¿Crees que me importa eso? —Gwydion hizo una mueca de dolor, y Morgause se dio cuenta de que estaba sangrando, que su sangre estaba manando y mezclándose con la de Gareth en el suelo de la estancia. Cogió la sábana de lino del lecho, la desgarró y la apretó contra la herida de Gwydion.

—Ningún hombre en toda Bretaña los ocultará ahora —dijo Gawaine, en tono sombrío—. Lancelot es un proscrito en todas partes. ¡Ha sido atrapado en traición a su Rey y ha perdido el derecho a la vida! ¡Dios! ¡Cómo desearía no haber venido! —Fue a ver la herida de Gwydion, luego se encogió de hombros—. No es más que un corte. Mira, la sangre ya disminuye. Sanará, pero no se sentará cómodo durante algunos días. Gareth... —Se le quebró la voz; aquel hombre corpulento, rudo, canoso, empezó a llorar como un niño—. Gareth ha tenido peor fortuna y tomaré la vida de Lancelot por ello, si no muero a sus manos. Ah, Gareth, mi pequeño, mi pequeño hermano.

—Gawaine se inclinó y acunó el enorme cuerpo contra el suyo. Dijo espesamente, entre sollozos—: ¿Valía la pena, Gwydion, valía la vida de Gareth?

—Vamos, muchacho —dijo Morgause, con un nudo en la garganta. Gareth, su pequeño, su último hijo. La había dejado hacía mucho tiempo por Arturo, mas todavía recordaba a un chiquillo de pelo rubio, apretando un caballero de madera pintado con la mano. Y algún día tú y yo estaremos juntos en una empresa, sir Lancelot... siempre Lancelot. Sin embargo, Lancelot ahora se había extralimitado y los hombres de toda la tierra estarán contra él. Y todavía tenía a Gwydion, su amado, el que algún día sería Rey, con ella a su lado.

—Vamos, muchacho, vámonos, nada puedes hacer ya por Gareth. Déjame vendarte la herida, luego iremos a ver a Arturo y le contaremos lo acaecido, para que pueda enviar a sus hombres en busca de los traidores.

Gwydion se liberó de su mano.

—¡Apártate de mí, maldita! —dijo con terrible voz—. ¡Gareth era el mejor de todos nosotros y no le habría sacrificado por una docena de reyes! Has sido tú y tu rencor por Arturo siempre incitándome, como si a mí me importara en qué lecho duerme la Reina, como si Ginebra fuese peor que tú, cuando desde que tenía diez años he visto a uno u otro en tu lecho.

—Oh, hijo mío —musitó ella, espantada—. ¿Cómo puedes hablarme así? Gareth era hijo mío.

—¿Qué te importó nunca Gareth, o cualquiera de nosotros, o nada que no fuera tu propio poder y ambición? Me empujas al trono, no por mi bien sino por tu poder. —Se libró de las manos de ella que le aferraban—. Vuelve a Lothian, o al infierno si el Demonio te acepta, pero si vuelvo a echarte la vista encima, juro que me olvidaré de todo excepto de que fuiste la asesina del hermano a quien más quería, el único pariente...

Y mientras Gawaine empujaba a su madre con premura fuera de la cámara, ella pudo oír que Gwydion estaba llorando de nuevo: —Oh, Gareth, Gareth, debería haber muerto yo primero.

—Cormac, lleva a la Reina de Lothian a su alcoba —dijo Gawaine secamente.

Él la sostenía erguida con fuerte brazo y después que hubieron bajado al salón, después de que el pavoroso sollozo dejara de oírse a sus espaldas, Morgause comenzó a respirar libremente de nuevo. ¿Cómo podía volverse contra ella de aquel modo? ¿Cuándo había ella hecho nada que no fuese por su bien? Debía mostrar decente condolencia por Gareth, ciertamente, pero éste era hombre de Arturo, y seguramente Gwydion se daría cuenta de ello, más tarde o más temprano. Miró a Cormac.

—No puedo caminar tan deprisa, ve un poco más despacio.

—Por supuesto, señora.

Ella sentía con gran claridad su brazo rodeándola, sosteniéndola. Se apoyó levemente en él. Se había jactado con Ginebra de su joven amante, pero realmente no se lo había llevado al lecho nunca. Habíale tenido esperando, aguardando. Reclinó la cabeza en su hombro.

—Has sido leal con tu reina, Cormac.

—Soy fiel con mi casa real, como lo ha sido siempre mi pueblo —dijo el joven en su propia lengua, y ella sonrió.

—Este es mi aposento. ¿Quieres ayudarme a entrar? Apenas puedo caminar.

El la sostuvo, depositándola en el lecho.

—¿Es voluntad de mi dama que llame a sus sirvientas?

—No —musitó, cogiéndole la mano, sabedora de que sus lágrimas eran seductoras—. Has sido leal para conmigo, Cormac, y ahora esa lealtad va a ser recompensada. Ven aquí.

Extendió los brazos, entrecerrando los ojos, luego los abrió, escandalizada, cuando él la rechazó torpemente.

—Creo que estás perturbada, señora —tartamudeó—. ¿Qué creéis que soy? ¿Por quién me habéis tomado? ¡Señora, tengo tanto respeto por vos como por mi abuela! ¿He de tomar ventaja de una mujer tan mayor como vos cuando estáis fuera de vos por el pesar? Dejadme llamar a vuestra doncella de compañía, ella os preparará una buena tisana y olvidaré lo que habéis dicho en la demencia del pesar, señora.

Morgause sintió el golpe en la boca misma del estómago, repetidos golpes en el corazón. Mi abuela... mujer mayor... la demencia del pesar... Todo el mundo se había vuelto loco de repente. Gwydion loco de ingratitud, este hombre que la había mirado durante tanto tiempo con deseo apartándose de ella.... Quería gritar, llamar a sus sirvientes y hacerlo azotar hasta que manara sangre de su espalda y los muros retumbaran por sus gritos de clemencia... Pero cuando abrió la boca para hacerlo, todo el peso de su vida pareció caer sobre ella produciéndole un mortal abatimiento.

—Sí —repuso sordamente—, no sabía lo que estaba diciendo. Llama mis sirvientas, Cormac, e indícales que me traigan un poco de vino. Partiremos para Lothian al despuntar el día....

Y cuando él se hubo ido, se sentó en el lecho, sin fuerzas para levantar las manos.

Soy una mujer vieja. Y he perdido a mi hijo Gareth, y a Gwydion, y ya nunca seré Reina en Camelot. He vivido demasiado tiempo.

XVII

Asiéndose a Lancelot, con el vestido remangado por encima de las rodillas y las piernas desnudas colgando, Ginebra cerró, los ojos mientras cabalgaban a través de la noche. Ella no tenía ni idea de adónde se dirigían. Lancelot era un extraño, un guerrero de duro rostro, un hombre al cual nunca había conocido. Hubo un tiempo, pensó, en el que me hubiera aterrorizado estar en el exterior bajo el cielo abierto, en medio de la noche... Sin embargo, sentíase excitada, jubilosa. En un rincón de su mente había dolor también, congoja por el gentil Gareth que había sido como un hijo para Arturo y merecía mejor suerte que ser abatido. ¡Se preguntaba si Lancelot sabía a quién había matado! Y había pesar por el final de su vida con Arturo, y por cuanto habían compartido durante tanto tiempo. Pero desde lo ocurrido aquella noche no había vuelta atrás. Hubo de inclinarse hacia adelante para oír a Lancelot sobre el bramar del viento.

—Debemos detenernos en alguna parte pronto, el caballo ha de descansar. Si cabalgáramos a la luz del día tu rostro y el mío serían reconocidos por todos en este territorio.

Ella asintió; no tenía suficiente aliento para hablar. Al cabo de un rato llegaron a un bosquecillo, y allí él se detuvo y la alzó suavemente del lomo del caballo. Condujo la montura a abrevar, después extendió la capa en el suelo para que ella se sentase. El miró la espada a su costado.

—Todavía tengo la espada de Gawaine. Cuando era un muchacho, escuché relatos sobre el delirio de la lucha, mas no sabía que estuviese en nuestra sangre —y suspiró pesadamente—. Hay sangre en la espada. ¿A quién he matado, Gin?

Ella no pudo soportar la visión de su pesar y su culpa.

—Había más de uno...

—Sé que golpeé a Gwydion, Mordred, maldito sea. Sé que lo herí, entonces aún podía actuar con libre albedrío. No creo —su voz se endureció— que haya tenido la fortuna de matarlo.

En silencio ella movió la cabeza.

—¿Entonces quién? —Ella no habló; él se inclinó sobre ella y la cogió por los hombros con tal violencia que, por un instante, tuvo miedo del guerrero como nunca lo había tenido del amante—. ¡Gin, dímelo! En nombre de Dios, ¿maté a mi primo Gawaine?

A esto podía ella responder sin vacilación, alegrándose de que hubiese nombrado a Gawaine.

—No, lo juro, a Gawaine no.

—Puede haber sido a cualquiera —dijo él, mirando la espada y estremeciéndose de súbito—. Te lo juro, Gin, ni siquiera sabía que tenía una espada en la mano. Golpeé a Gwydion como si se tratase de un perro, y ya no recuerdo nada más hasta que estuvimos cabalgando —y se arrodilló ante ella, tembloroso—. Nuevamente estoy loco, creo, como lo estuve una vez.

Ella alargó la mano, con salvaje ternura.

—No, no —susurró—. Ah, no, mi amor, yo te he acarreado todo esto, desgracia y exilio.

—Y tú dices eso, —musitó él—, cuando te los he ocasionado yo, apartándote de cuanto significaba algo para ti.

—¡Ojalá lo hubieses hecho antes! —dijo, oprimiéndose contra él.

—Ah, no es demasiado tarde. Soy joven de nuevo, contigo a mi lado, y tú nunca has sido más hermosa, mi amor. —La tendió sobre la capa, riendo de repente con desenfado—. Ah, ahora nadie se interpone entre nosotros, nadie nos interrumpe, mi... Ah, Ginebra, Ginebra.

Cuando se encontró entre sus brazos, recordó el sol naciente y una estancia en el castillo de Meleagrant. Era igual que ahora; y se aferró a él, como si no hubiese nada más en el mundo, nada para ninguno de los dos.

Durmieron un poco, ovillados juntos en la capa, y despertaron aún uno en brazos del otro, dándoles el sol a través de las verdes ramas que estaban sobre ellos. Él sonrió, acariciándole el rostro.

—¿Sabes?, nunca antes desperté en tus brazos sin miedo. Sin embargo, soy dichoso, a pesar de todo... —y rió, con una nota extraña en la risa.

Tenía hojas en el pelo cano y hojas en la barba, y la túnica arrugada; ella levantó los brazos y palpó la hierba y las hojas que quedaban en su propio cabello. No tenía forma de peinarse, pero con las manos fue haciendo una trenza, luego ató la punta con un jirón del borde de su rasgada falda.

—¡Qué par de salvajes pordioseros somos! ¿Quién reconocería a la Reina Suprema y al bravo Lancelot? —dijo, con voz entrecortada por la risa.

—¿Te importa?

—No, mi amor. En absoluto.

Él se quitó las hojas y la hierba de pelo y barba.

—Debo levantarme y coger el caballo —dijo—, tal vez haya una granja cerca donde podamos encontrar un poco de pan o un trago de cerveza. No llevo encima ni una moneda, ni nada que valga dinero, salvo la espada, y esto —tocó un pequeño alfiler de oro de la túnica—. Por el momento, al menos, somos pordioseros, aunque si podemos alcanzar el castillo de Pellinore, conservo allí una casa, donde viví con Elaine, y sirvientes... y oro que nos permita huir. ¿Vendrás conmigo a la Baja Bretaña, Ginebra?

—A cualquier parte —musitó con voz trémula, y en ese momento lo decía de corazón.

A la Baja Bretaña, o a Roma, o al fin del mundo, con sólo que pudiese estar con él para siempre. Lo atrajo de nuevo hacia ella y se olvidó de todo en sus brazos. Sin embargo, cuando horas más tarde, la aupó al caballo y prosiguieron a paso más relajado, ella guardó silencio, atribulada. Sí, sin duda podían dirigirse más allá del mar. Aunque, cuando lo acontecido aquella noche fuese divulgado de un confín al otro del mundo, la vergüenza y el escarnio se abatiría sobre Arturo, de forma que por su honor debería buscarles doquiera huyesen. Y tarde o temprano, Lancelot habría de saber que había matado a su amigo más querido para él, con excepción del mismo Arturo. Lo había hecho en un rapto de locura, pero ella sabía cómo el pesar y la culpa lo consumirían y algún día podría recordar, al mirarla, no que ella era su amor, sino que había matado a su amigo, sin saberlo, por bien de ella, y que por tal había traicionado a Arturo. Si tenía que luchar contra Arturo a causa de ella, la odiaría...

No. Seguiría amándola, pero nunca olvidaría por la sangre que le había costado. Nunca uno u otro —amor u odio—prevalecerían en él, sino que viviría con ambos, desgarrando doblemente su corazón, y algún día harían añicos su mente y se volvería loco de nuevo. Se estrechó contra el calor de su cuerpo, reclinando la cabeza en su espalda, y lloró. Supo, por vez primera, que tenía más fortaleza que él y esto segó su corazón con mortal espada.

Cuando volvieron a detenerse, tenía secos los ojos, aunque sabía que el llanto había llegado hasta el corazón y nunca cesaría de dolerse.

—No cruzaré el mar contigo, Lancelot, ni traeré la discordia entre todos los viejos Caballeros de la Mesa Redonda. Cuando... cuando Mordred medre, todos entrarán en disputa —dijo—, y llegará un día en el cual Arturo necesite a sus amigos. No seré como esa dama de antaño, ¿Helena se llamaba, esa hermosa señora de la epopeya que solías cantarme?, que llevó a todos los reyes y caballeros de su época a pelearse por ella.

—Pero, ¿qué harás? —ella procuró no captar que, tras el desconcierto y el pesar de su voz, había un ápice de alivio.

—Me llevarás a la Isla de Glastonbury —respondió—. Allí está el convento donde fui educada. Allí iremos y les contaré únicamente que malas lenguas levantaron una disputa entre Arturo y tú, por mi causa. Cuando haya pasado algún tiempo, enviaré un mensaje a Arturo para que sepa dónde estoy; y sepa que no estoy contigo. Podrá entonces reanudar su amistad honorablemente.

—¡No! No, no puedo dejarte allí —pero ella entendió, dándole el corazón un vuelco, que no tendría dificultad alguna para persuadirle.

Tal vez, contra todos sus razonamientos, había esperado que luchara por ella, que la llevase a la Baja Bretaña con la pura fuerza de su voluntad y pasión. Mas no fue ése el proceder de Lancelot. Era como era, así y no de otro modo había sido cuando le amó por vez primera, y así era ahora, y así lo amaría durante el resto de su vida. Finalmente, dirigió su caballo hasta la calzada que los llevaría a Glastonbury.

LA LARGA SOMBRA de la iglesia se proyectaba sobre las aguas cuando al fin subieron a la barca que los llevaría a la isla, y las campanas de la iglesia estaban llamando al Ángelus. Ginebra inclinó la cabeza y murmuró una plegaria.

María, Santa Madre de Dios, ten piedad de mí, una mujer pecadora... y entonces tuvo por un instante la impresión de hallarse bajo una gran luz, como lo estuviera el día en el cual el Grial atravesara el salón. Lancelot estaba en la proa del transbordador, con la cabeza baja. No la había tocado desde el momento en que le dijo lo que había decidido, y se alegraba; un solo roce de su mano habría desmoronado su resolución. La niebla cubría el Lago y, por un momento, le pareció ver una sombra, la sombra de una barca, una nave empavesada de negro, con una oscura figura en la proa. Mas no. Era sólo una sombra, una sombra...

La barca se deslizó hasta la orilla. Él la ayudó a bajar.

—Ginebra, ¿estás segura?

—Estoy segura —dijo ella, tratando de aparentar mayor seguridad de la que sentía.

—Entonces te escoltaré hasta las puertas del convento —dijo él, y de súbito se le ocurrió que para él esto requería más valor que toda la matanza que había hecho por ella.

La anciana abadesa reconoció a la Reina Suprema, atónita y sorprendida por su vuelta, mas Ginebra contó la historia que había inventado: Malas lenguas habían forjado una disputa entre Arturo y Lancelot a causa de ella, y había decidido refugiarse allí para resolverla.

La anciana le dio una palmadita en la mejilla como si fuese la pequeña Ginebra instruida allí de niña.

—Sois bienvenida y podéis permanecer aquí tanto como deseéis, hija mía. Para siempre, si os place. A nadie rechazamos en la casa de Dios. Pero aquí no seréis una reina —advirtió—, sólo una de nuestras hermanas.

Ginebra suspiró con extremo alivio. Hasta este momento no había sabido cuán pesada era la carga de ser reina.

—Debo despedirme de mi caballero e instarle a que enmiende la disputa con mi marido.

La abadesa asintió gravemente.

—En estos días, nuestro buen Rey Arturo no puede prescindir de uno solo de sus Caballeros y seguramente no del buen sir Lancelot.

Ginebra entró en la antesala del convento. Lancelot estaba allí, errando inquieto. Le cogió las manos.

—No puedo soportar decirte adiós aquí, Ginebra. Ah, señora mía, mi amor, ¿debe ser así?

—Debe ser así —respondió sin dudar, aunque sabiendo que por vez primera actuaba sin pensar en sí misma—. Tu corazón estuvo siempre con Arturo, querido. A menudo creo que el único pecado que cometimos no fue amarnos, sino que me interpuse en el amor que sentíais mutuamente. Si siempre hubiese podido ser entre los tres como en aquella noche de Beltane con el filtro amoroso de Morgana, pensó, habría habido menos pecado. El pecado no fue que yaciéramos juntos, sino que hubo porfía, y menos amor por tanto. Te devuelvo a Arturo con todo mi corazón; querido. Dile que nunca le amé menos a él.

El rostro de él estaba casi transfigurado.

—Ahora lo sé —repuso—. Y sé, también, que a él nunca le amé menos que a ti, y que te desestimé al amarle a él... —La habría besado, pero no era indicado allí. En vez de ello se inclinó sobre su mano—. Mientras estés en la casa de Dios, reza por mí, señora.

Mi amor por ti es una plegaria, pensó ella. El amor es la única plegaria que conozco. Consideró que jamás le había amado tanto como en aquel momento, cuando oyó cerrarse la puerta del convento, con firmeza, y sintió que los muros la confinaban.

Tan segura, tan protegida la habían hecho sentirse aquellos muros, hacía tanto tiempo... Supo ahora que caminaría entre ellos el resto de su vida. Cuando tuve libertad, meditó, no la deseé, y la temí. Y ahora, cuando he aprendido a amarla y ansiarla, estoy renunciando a ella en nombre del amor. Vagamente sintió que era justo, el presente adecuado y el sacrificio para Dios. Pero mientras caminaba por el claustro de las monjas, miró los muros que la encerraban, que la atrapaban.

Por mi amor. Y por el amor de Dios, pensó, y sintió que una pequeña semilla de consuelo penetraba en ella. Lancelot iría a la iglesia donde había muerto Galahad, y allí oraría. Acaso recordara un día en el cual las nieblas de Avalon se habían aclarado, y ella se halló, perdida, hundida hasta la rodilla en las aguas del Lago. Pensó también en Morgana, con repentino amor y ternura. María, Santa Madre de Dios, sé también de ella y atráela a ti algún día...

Los muros, los muros iban a volverla loca, encerrándola, y nunca sería libre de nuevo... No. Por su amor y por el amor de Dios, incluso aprendería a amarlos otra vez algún día... Uniendo las manos en oración, Ginebra recorrió el claustro hasta la clausura de las hermanas, y entró para siempre.

HABLA MORGANA...

Creía que la Visión estaba fuera de mi alcance; Viviane, siendo más joven que yo había renunciado a ella, eligiendo a otra para ser la Señora en su lugar. Pero no hay nadie para ocupar el lugar de la Señora después de mí, y nadie que se aproxime a la Diosa. Contemplé la muerte de Niniane, y no pude extender mi mano.

Yo había dejado a este monstruo sobre este mundo y di mi consentimiento a la maniobra que le llevaría a abatir al Rey Ciervo. Y vi a gran distancia lo sucedido en la Isla del Dragón, cuando el altar fue derrumbado y cazado el ciervo en el bosque, sin amor, sin desafío, sin apelar a ella que era dadora del ciervo; sólo flechas desde la lejanía y el filo de la lanza, y su pueblo cazado como sus ciervos. Las mareas del mundo estaban cambiando. En ocasiones veía Camelot, igualmente a la deriva en la niebla, y las guerras haciendo estragos en la tierra de nuevo, los hombres del norte, que eran el nuevo enemigo, asolando y quemando... un nuevo mundo y nuevos Dioses.

Ciertamente la Diosa se había apartado, incluso de Avalon; y yo, mortal como era, permanecí allí sola...

Y sin embargo, una noche, algún sueño, algún vislumbre, algún atisbo de la Visión, me condujo, en la hora de la luna oscura, al espejo.

Al principio, sólo vi las guerras devastando la tierra. Nunca supe lo sucedido entre Arturo y Gwydion; aunque, cuando Lancelot huyó con Ginebra, se produjeron enemistades entre los viejos Caballeros, enemistad hasta la muerte declarada entre Gawaine y Lancelot. Más tarde, cuando Gawaine yacía agonizando, aquel hombre de gran corazón rogó a Arturo, con su último aliento, que hiciera la paz con Lancelot y le convocase a Camelot otra vez.

Pero era, demasiado tarde; ni siquiera Lancelot podía reunir a las legiones de Arturo de nuevo, no cuando tantos seguían a Gwydion, quien conducía ahora a la mitad de los hombres de Arturo y a la mayoría de los sajones, y a unos cuantos hombres del norte sublevados contra él. Y en esa hora anterior al alba, el espejo se aclaró, y en una luz sobrenatural vi la imagen de mi hijo, con una espada en la mano, girando en círculo lentamente, en la oscuridad, buscando...

Buscando, como Arturo en su día había buscado, desafiar al Rey Ciervo. Había olvidado la corta estatura de Gwydion, que era como Lancelot. Flecha élfica, habían llamado los sajones a Lancelot; pequeño, moreno y destructivo. Arturo lo habría sobrepasado en más de una cabeza.

¡Ah, en los tiempos de la Diosa, el hombre iba contra el Rey Ciervo en busca de su reinado! Arturo se había contentado con aguardar a la muerte de su padre, pero ahora algo nuevo estaba llegando a estos dominios: enemistad entre padre e hijo, hijos que desafían a su padre por la corona... Me parecía ver una tierra roja por la sangre, donde los hijos no se contentaban con esperar el momento de su coronación. Y ahora, en la envolvente oscuridad, también me parecía distinguir a Arturo, alto, rubio y solo, separado de sus hombres... y Excalibur desnuda en su mano.

A través y alrededor de figuras acechantes, pude ver a Arturo en su tienda, durmiendo inquieto, y a Lancelot guardándole mientras dormía; y en alguna parte, vi a Gwydion dormido entre sus ejércitos. Sin embargo, una parte de ellos acechaba sin reposo por las márgenes del Lago, buscándose en la oscuridad, con las espadas desnudas, el uno al otro.

—¡Arturo! Arturo, haz frente al desafío, ¿o me temes en exceso?

—Ningún hombre puede decir que yo haya rehuido nunca un desafío. —Arturo se volvió cuando Gwydion salió del bosque—. Así pues —dijo—, eres tú, Mordred.

Hasta ahora que te veo con mis propios ojos sólo había creído a medias que te habías vuelto contra mí. Pensaba que quienes tal decían trataban de socavar mi valor anunciándome lo peor que podía acaecerme. ¿Qué he hecho? ¿Por qué te has convertido en mi enemigo? ¿Por qué, hijo mío?

—¿Crees que alguna vez fui otra cosa, padre mío?
—Pronuncio la palabra con la mayor amargura—.
¿Para qué otra cosa fui engendrado y nací, sino para
este momento en el cual te desafío por una causa que
ya no está dentro de los límites de este mundo? Ya no
sé por qué he de desafiarte. Únicamente que en mi
vida no queda otra cosa que este odio.

Arturo repuso con serenidad:

—Sabía que Morgana me odiaba, pero no hasta este
punto. ¿Debes cumplir su voluntad incluso en esto,
Gwydion?

—¿Crees que cumplo su voluntad, necio? —rezongó
Gwydion—. Si algo pudiera inclinarme a perdonarte,
sería que estoy obrando de acuerdo con la voluntad
de Morgana, que ella desea seas derrocado, y no sé a
quién odio más, si a ella o a ti...

Y entonces, avanzando dentro del sueño de ellos, o
visión, o lo que fuese, supe que me hallaba en las orillas del Lago donde se retaban, interponiéndome entre ambos vestida como una sacerdotisa.

—¿Es necesario esto? Os conmino, en nombre de la
Diosa, a que zanjéis vuestra querella. He pecado contra ti, Arturo, y contra ti, Gwydion, mas vuestro odio
debe ser para mí, no del uno para el otro, y en nombre de la Diosa os ruego...

—¿Qué es la Diosa para mí? —Arturo apretó la mano
sobre la empuñadura de Excalibur—. Siempre la veo
en tu faz, pero tú te apartaste, y cuando la Diosa me
rechazó, busqué a otro Dios...

Y Gwydion dijo, mirándome con desprecio:

—Yo no precisaba a la Diosa, sino a la madre que me
dio el ser, y tú me pusiste en manos de una que no tenía temor de Diosa o de Dios.

Intenté gritar «¡No tuve elección! Yo no elegí...», pero
se acometieron con las espadas atravesándome como
si yo fuese aire, y pareció que sus espadas se encontra-

ran en mi cuerpo... y entonces me hallé de nuevo en Avalon, mirando horrorizada el espejo donde no podía ver nada, nada más que una mancha de sangre ensanchándose en las aguas sagradas del Manantial. Tenía la boca seca y el corazón me latía como si mi pecho estuviese hueco, y sentía en los labios el amargo sabor del desastre y la muerte.

¡Había fracasado, fracasado, fracasado! Había fallado a la Diosa, si en verdad había alguna Diosa que no fuese yo misma; fallado a Avalon, fallado a Arturo, fallado a mi hermano, a mi hijo, a mi amado... y cuanto había pretendido estaba en ruinas. Había en el cielo un resplandor pálido que tornábase rojo; en breve, el sol se levantaría, y más allá de las frías nieblas de Avalon, que velaban el cielo, supe que, en alguna parte, aquel día Arturo Y Gwydion se encontrarían por última vez.

Mientras me dirigía a la orilla para convocar a la barca, tuve la impresión de que el pequeño y oscuro pueblo me rodeaba, y que caminaba entre ellos como la sacerdotisa que había sido. Me erguí sola en la barca, aunque sabía que había allí otros conmigo, ataviada y coronada, Morgana la Doncella, que había emplazado a Arturo a correr con los ciervos y a retar al Rey Ciervo, Morgana la Madre que se quebró en dos al nacer Gwydion, Morgana la Reina de Gales del Norte, convocando el eclipse para enviar a Accolon con furia contra Arturo, y la Oscura Reina de Las Hadas... ¿o era la corva muerte quien se hallaba a mi lado? Y cuando la barca se acercaba a la orilla, oí gritar al último de sus seguidores:

—Mira, mira allí, la barca con las cuatro hadas reina al sol naciente, la barca encantada de Avalon...

El yacía allí, con el pelo manchado de sangre, mi Gwydion, mi amado hijo... y a los pies de Gwydion yacía muerto mi hijo, el niño que no llegó a nacer. Me incliné y le cubrí el rostro con mi velo. Supe que era el fin de una época. Antaño, el joven ciervo había abatido al Rey Ciervo, convirtiéndose a su vez en Rey Ciervo; pero habían matado al joven y ya no habría ninguno después de él....

. Y el Rey Ciervo también debía morir. Me arrodillé a su lado.

—La espada, Arturo. Excalibur. Cógela en la mano. Cógela y tírala a las aguas del Lago.

La Sagrada Regalía se había ido de este mundo para siempre; y la última, la espada Excalibur, debía ir con el resto. Mas él musitó, objetando, sujetándola con fuerza.

—No, ha de ser guardada para quienes vengan después, para aunar su causa. La espada de Arturo —miró a Lancelot a los ojos—. Cógela, Galahad, ¿no oyes las trompas de Camelot, llamando a la legión de Arturo? Cógela... para los Caballeros.

—No —le dije apaciblemente—. Ese día ha pasado. Nadie después. de ti debe pretender o reclamar la espada de Arturo. —Solté con suavidad sus dedos de la empuñadura—. Tómala, Lancelot —le indiqué quedamente—, pero arrójala lejos de ti en las aguas del Lago. Que las nieblas de Avalon la engullan para siempre.

Lancelot fue con calma a cumplir mi orden. No sé si me vio, o quién creía que yo era. Y yo acuné a Arturo contra mi pecho. Se le estaba escapando la vida velozmente; lo sabía, pero no me era dado llorar.

—Morgana —musitó. Tenía ojos asombrados y llenos de dolor—. Morgana, ¿ha sido todo para nada, lo que hicimos y lo que intentamos hacer? ¿Por qué hemos fracasado?

Era la misma pregunta que yo me hacía, y no tenía respuesta alguna; mas de alguna parte llegó la respuesta:

—Tú no has fracasado, hermano mío, mi amor, mi hijo. Mantuviste esta tierra en paz durante muchos años, y conseguiste que los sajones no la asolaran. Hiciste retroceder la oscuridad durante toda una generación, hasta que fueron hombres civilizados, con sabiduría, música y fe en Dios, hombres que lucharán para salvar algo de la belleza de los tiempos pasados. De haber caído esta tierra en manos de los sajones cuando Uther murió, toda la belleza y lo bueno habrían perecido por siempre en Bretaña. Y por ello tú no has fracasado, mi amor. Ninguno de nosotros sabe cómo cumplirá ella su designio, sólo que se cumplirá.

Y desconocía, incluso entonces, si lo que decía era cierto o si hablaba para consolarle, con amor, como al niño pequeño que Igraine pusiera en mis brazos cuando yo misma era una niña: «Morgana, me dijo, cuida de tu hermanito», y eso había hecho siempre, eso haría siempre, ahora y más allá de la vida... ¿o era la Diosa quien había puesto a Arturo en mis brazos?

Oprimió sus debilitados dedos contra el gran tajo de su pecho.

—Si tuviera la vaina que tú me hiciste, Morgana, no yacería aquí con la vida escapándoseme lentamente... Morgana, tuve un sueño, y en mi sueño te llamaba, pero no lograba encontrarte...

Lo abracé. Con la primera luz del sol naciente, vi a Lancelot levantando la espada en la mano, arrojándola con todas sus fuerzas. Voló por el aire dando vueltas, destellando al sol como el ala de un pájaro blanco; cayó luego, girando, y nada más vi; mis ojos quedaron nublados por las lágrimas y la creciente luz.

Después escuché a Lancelot:

—Vi una mano que se alzaba desde el Lago, una mano que tomó la espada y la blandió tres veces en el aire, para luego sumergirla en el agua...

Yo nada había visto, sólo el destello de luz en un pez que rompió la superficie del Lago; pero no dudo de que viera lo que dice que vio.

—Morgana—susurró Arturo—, ¿eres tú realmente? No puedo verte, Morgana, esto está tan oscuro. ¿Se está poniendo el sol? Morgana, llévame a Avalon, donde podrás sanarme ésta herida. Llévame a casa, Morgana...

Era grávida su cabeza en mis brazos, grávida como la del niño en mis brazos infantiles, grávida como el Rey Ciervo que llegó a mí triunfante. Morgana, gritó mi madre con impaciencia, ten cuidado del pequeño... y toda la vida le había llevado conmigo. Lo estreché y le enjugué las lágrimas con el velo; él alargó la mano para coger la mía.

—Eres realmente tú —murmuró—, eres tú, Morgana... has vuelto a mí... y eres tan joven y hermosa... siempre veré a la Diosa con tu faz... Morgana, no vas a volver a dejarme, ¿verdad?

—Nunca volveré a dejarte, hermano mío, mi pequeño, mi amor —musité, y le besé los ojos. Murió, en el momento en que las nieblas se alzaron y el sol brilló pleno sobre las orillas de Avalon.

EPÍLOGO

En la primavera del siguiente año, Morgana tuvo un curioso sueño.

Soñó que se hallaba en la antigua capilla de Avalon, erigida en época remota por José de Arimatea venido de Tierra Santa. Y allí, delante del altar donde Galahad había muerto, se encontraba Lancelot con hábito de sacerdote, con gesto solemne y radiante. En el sueño, ella fue, como nunca había hecho en una iglesia cristiana, hasta el pasamanos del altar para compartir el pan y el vino; Lancelot se inclinaba poniéndole la copa en los labios y ella bebía. Entonces le pareció que él se arrodillaba a su vez, y le decía:

—Toma esta copa, tú que has servido a la Diosa. Pues todos los Dioses son un solo Dios, y nosotros somos todos Uno, sirviendo al Único. —Y cuando ella tomó la copa en las manos para llevársela a los labios en su tumo, sacerdote y sacerdotisa, él era joven y apuesto como lo había sido antes, vio que la copa que tenía en las manos era el Grial.

Y Lancelot gritó, como lo hizo cuando Galahad se arrodilló ante él.

—Ah, la luz... la luz... —cayendo hacia adelante y yaciendo sobre las piedras inmóvil; Morgana despertó en su solitaria morada de Avalon con ese grito extasiado resonando en sus oídos. Y estaba sola.

A aquella temprana hora, la niebla era densa en Avalon. Se levantó tranquilamente y se vistió con el oscuro atuendo de una sacerdotisa, mas se anudó el velo en la cabeza para que la media luna tatuada no fuera visible.

Caminó con calma en la quietud del alba, tomando el sendero descendente junto al Manantial Sagrado. A pesar de la quietud, pudo percibir pisadas sin sonido, silenciosas como sombras, detrás de ella. Nunca estaba sola; el pequeño y oscuro pueblo siempre la asistía, aunque pocas veces les veía. Era para ellos su madre, su sacerdotisa, y jamás la abandonarían. Pero cuando se acercó a la sombra de la antigua iglesia cristiana, las pisadas cesaron gradualmente; no la seguirían sobre aquel suelo. Morgana se detuvo en la puerta.

En el interior de la capilla había un destello de luz, la luz que ellos siempre mantenían en su santuario. Durante un momento, tan real era el recuerdo de su sueño que Morgana estuvo tentada de entrar... Apenas podía creer que no iba a ver allí a Lancelot, abatido por el mágico fulgor del Grial... pero no. Nada tenía que hacer en aquel lugar y no molestaría a su Dios; si el Grial estaba allí realmente, había ido más allá de su alcance.

Pero el sueño permanecía en ella. ¿Le había sido enviada una advertencia? Lancelot era más joven... no sabía cuánto tiempo había pasado en el mundo exterior. Avalon, ahora, se había adentrado tanto en la niebla que podía ocurrir como en el país de las hadas. Mientras transcurría un solo año en Avalon, tres o cinco o siete años podían haber pasado en el mundo exterior. Y por ello lo que tenía que hacer debía hacerlo ahora, mientras todavía podía ir y venir entre los mundos.

Se arrodilló ante la Santa Espina, musitando una queda plegaria a la Diosa y pidiendo licencia al árbol; cortó luego un esqueje para plantarlo. No era la primera vez: en estos últimos años, cuando alguien había visitado Avalon, retornando luego al mundo exterior, ya fuera druida errante o sacerdote peregrino... pues únicamente algunos de ellos podían aún venir a la arcana capilla de Avalon... le había dado un esqueje de la Santa Espina, para que pudiera florecer en el mundo exterior. Mas esto debía hacerlo con sus propias manos.

Jamás, salvo en la coronación de Arturo, había pisado la otra isla... excepto, tal vez, aquel día en que las nieblas se abrieron y Ginebra se había extraviado. Pero ahora, deliberadamente, convocó a la barca y, cuando se hallaba en el Lago, la dirigió a las nieblas, de forma que al deslizarse de nuevo a la luz del día, pudo ver la larga sombra de la iglesia en el Lago, y escuchar el suave tañer de una campana. Observó que sus acompañantes se asustaron del sonido y entendió que allí tampoco la seguirían. Tenía que aceptarlo; la última cosa que deseaba era que los sacerdotes de aquella isla miraran con temor y espanto la barca de Avalon. Sin ser vistos se deslizaron hasta la orilla y, sin ser vista, ella desembarcó, observando cómo la barca empavesada de negro tornaba a desvanecerse en la bruma. Y luego, con la cesta en el brazo, como cualquier anciana del mercado o cualquier buhonera llegada en peregrinaje, pensó, subió lentamente por el sendero desde la orilla.

Sólo hace cien años o menos, ciertamente menos en Avalon, que los mundos se han separado; sin embargo, el mundo aquí ya es diferente. Los árboles eran distintos, y también los senderos; se detuvo, atónita, al pie de una pequeña colina, ¿había algo como aquello en Avalon? Siempre había creído que la tierra sería la misma y distintos sólo los edificios, pues al fin, era la misma isla, separadas por una mutación mágica... Pero ahora veía que eran muy distintas.

Y luego divisó, bajando la colina hacia la pequeña iglesia, una procesión de monjes llevando hacia la iglesia un cuerpo en su ataúd.

Así pues, vi en verdad, aunque creí que era un sueño. Se detuvo y, cuando los monjes dejaron el féretro sobre la tierra para descansar antes de entrarlo en la iglesia, se adelantó y apartó el sudario del rostro sin vida.

El rostro de Lancelot estaba macilento y lleno de arrugas, mucho más viejo que cuando se separaron... no quiso calcular cuánto. Pero así lo vio sólo durante un instante; lo que vio luego en su semblante fue únicamente una dulce y maravillosa expresión de paz. Yacía sonriendo, su mirada tan perdida en lontananza que entendió en qué se habían posado sus agonizantes ojos.

—Así pues, al fin encontraste el Grial —musitó.

—¿Le conocías tal vez en el mundo, hermana? le preguntó uno de los monjes, y supo que la creyó una de ellos por el oscuro atavío.

—Era un... un pariente mío.

Primo, amante, amigo... pero eso fue hacía mucho tiempo. Al final fuimos sacerdotisa y sacerdote.

—Tal pensaba —dijo el monje—, pues le llamaban Lancelot en la corte de Arturo, tiempo ha, aunque aquí le llamábamos Galahad. Ha estado con nosotros muchos años y le ordenaron sacerdote hace sólo unos días.

¡Tan lejos has llegado en tu búsqueda de un Dios que no te escarneciera, primo mío!

Los monjes que lo portaban volvieron a levantarlo al hombro. El que había hablado con ella dijo:

—Reza por su alma, hermana —y ella inclinó la cabeza. No podía sentir pena; no ahora, cuando había visto el reflejo de la remota luz en su rostro.

Pero no le seguiría hasta la iglesia. Aquí el velo es tenue. Aquí se arrodilló Galahad y vio la luz del Grial en la otra capilla, la capilla de Avalon, y la alcanzó a través de los mundos, y así murió...

Y aquí vino finalmente Lancelot siguiendo a su hijo.

Morgana caminó despacio por el sendero, casi dispuesta a abandonar lo que había ido a hacer. ¿Qué diferencia supondría ahora? Cuando se detuvo, irresoluta, un viejo jardinero, arrodillado ante uno de los parterres de flores tras el sendero, levantó la cabeza y le habló:

—No te conozco, hermana, no eres una de las que moran aquí —dijo—. ¿Eres una peregrina?

No como el hombre creía; aunque tal era en cierto modo.

—Busco la tumba de mi parienta: Era la Dama del Lago.

—Ah, sí, eso fue hace muchos, muchos años, en el reinado de nuestro buen Rey Arturo —dijo—. Se encuentra allí, donde puedan verla los peregrinos venidos a la isla. Y desde ella, el sendero conduce al convento de las monjas, y si tienes hambre, hermana, te darán algo de comer.

¿He llegado a esto, a parecer una pordiosera? Pero el hombre no había pretendido ofenderla, por lo que le dio las gracias y caminó en la dirección que le había indicado. Arturo había construido para Viviane un noble sepulcro en verdad. Mas lo que yacía allí no era Viviane; nada había sino piedras, regresando lentamente a la tierra de la que habían venido... y todas las cosas al final entregan su cuerpo y espíritu a la custodia de la Señora nuevamente...

¿Por qué había supuesto tanta diferencia para ella? Viviane no estaba allí. Sin embargo, cuando estuvo ante la tumba, inclinó la cabeza y lloró.

Al cabo de un rato, una mujer con oscuro atavío no muy distinto al suyo y un velo blanco sobre la cabeza, se le aproximó.

—¿Por qué lloras, hermana? Quien aquí yace está en paz y en manos de Dios, no necesita de lamentos. ¿Estaba quizás emparentada contigo?

Morgana asintió, procurando disimular las lágrimas.

—Siempre rezamos por ella —dijo la monja—, pues, aunque desconozco su nombre, se dice que fue amiga y benefactora de nuestro buen Rey Arturo en época pasada.

—Agachó la cabeza y murmuró una plegaria, y mientras rezaba, doblaron las campanas y Morgana retrocedió. Así pues, en lugar de las arpas de Avalon, Viviane sólo tenía repiques de campanas y dolientes salmos.

Nunca creí que me hallaría juntó a una de estas monjas cristianas, uniéndome a ella en su plegaria. Pero luego recordó lo que Lancelot le había dicho en el sueño.

Toma esta copa, tú que has servido a la Diosa. Pues todos los Dioses son Uno...

—Sube al claustro conmigo, hermana —dijo la monja, sonriendo y pasándole la mano en el brazo—. Debes estar hambrienta y cansada.

Morgana fue con ella hasta las puertas del claustro, pero no entró.

—No tengo hambre —dijo—, mas si pudiera tomar un poco de agua...

—Desde luego. —La mujer de negro hizo señas y una joven se aproximó con un cántaro de agua, del que llenó una copa. Y ella dijo, cuando Morgana se la llevó a los labios—: Sólo bebemos agua del Pozo del Cáliz. Es un lugar santo, como debes saber.

Era como la voz de Viviane en sus oídos: Las sacerdotisas sólo beben agua del Manantial Sagrado.

La monja y la joven, vestida de negro, se volvieron e inclinaron la cabeza ante una mujer que llegó del claustro, y la monja que la había guiado dijo:

—Esta es nuestra abadesa.

Morgana pensó: La he visto en alguna parte. Mas cuando el pensamiento cruzaba su mente la mujer preguntó:

—¿Morgana, no me reconoces? Te creíamos muerta hace mucho tiempo.

Morgana le sonrió, turbada.

—Lo lamento... no...

—No, no me recuerdas —repuso la abadesa—, aunque te vi, de vez en cuando, en Camelot; yo era bastante más joven. Me llamo Lionors. Estaba desposada con Gareth y vine aquí cuando todos mis hijos crecieron. Para acabar mis días. ¿Has venido al funeral de Lancelot? —sonrió y añadió—: Debería haber dicho del Padre de Galahad, pero es difícil acordarse y ahora que está en el Cielo no le importará —volvió a sonreír—. Ni siquiera sé quién es Rey o si Camelot todavía se mantiene erguido... Hay guerra en la tierra otra vez, y no es como en los tiempos de Arturo. Aquello sucedió hace muchos años —añadió con despego.

—He venido para visitar la tumba de Viviane. Está enterrada aquí, ¿te acuerdas?

—He visto la tumba —respondió la abadesa—, pero eso ocurrió antes incluso de que fuese a Camelot.

—Tengo que pedirte un favor —dijo Morgana y tocó la cesta que llevaba en el brazo—. Esta es la Santa Espina que crece en las colinas de Avalon, donde se dice que José de Arimatea clavó su báculo en la tierra y allí floreció. Quisiera plantar un esqueje de ese árbol espino en su tumba.

—Plántalo si lo deseas —dijo Lionors—. No acierto a ver que nadie pueda oponerse a eso. Me parece justo que esté aquí en el mundo, y no oculto en Avalon. —Miró a Morgana, consternada.

—¡Avalon! ¿Has venido desde una tierra impía?

Morgana pensó: Antes me habría encolerizado con ella.

—No es impía, digan lo que digan los clérigos, Lionors —repuso gentilmente—. Recapacita, ¿habría clavado José su báculo allí si la tierra le hubiera parecido maligna? ¿No está en todas partes el Espíritu Santo?

La mujer agachó la cabeza.

—Tienes razón. Enviaré novicias para que te ayuden a plantarla.

Morgana hubiera preferido quedarse sola, mas sabía que era una amable atención. Las novicias no le parecieron más que muchachas, jóvenes de diecinueve o veinte años, tan jóvenes que se preguntó, olvidando que ella misma fue hecha sacerdotisa a los dieciocho, cómo podían conocer lo bastante sobre las cosas espirituales para elegir vida como ésta. Había creído que las monjas de los conventos cristianos serían tristes y dolientes, siempre atentas a lo que los sacerdotes afirmaban sobre el pecado de haber nacido mujer, pero éstas eran inocentes y alegres como petirrojos, hablando alborozadas con Morgana de la nueva capilla e instándola a dar reposo a sus rodillas mientras ellas cavaban el agujero para el esqueje.

—¿Y es vuestra parienta quien está enterrada en esta tumba? —preguntó una de las muchachas—. ¿Sabéis leer lo que dice aquí? Nunca creí que aprendería a leer, porque mi madre dijo que no era apropiado, mas cuando vine aquí, me indicaron que debía aprender a leer el misal, y ahora sé leer en latín. Mirad —dijo orgullosamente y leyó—: «El Rey Arturo hizo esta tumba para su deuda y benefactora, la Dama del Lago, asesinada a traición en su corte de Camelot». No puedo leer la fecha, pero fue hace mucho tiempo.

—Debe haber sido una mujer muy santa —comentó otra de ellas—, pues Arturo, según dicen, fue el mayor y más cristiano de todos los reyes. ¡Nunca la habría hecho enterrar aquí a menos que fuese una santa!

Morgana sonrió, ya que le recordaban a las muchachas de la Casa de las Doncellas.

—Yo no la llamaría santa, aunque la quise mucho. En sus días, algunos la calificaron de maligna hechicera.

—El Rey Arturo nunca habría hecho enterrar aquí a una perversa hechicera entre gente santa —repuso la joven—. En cuanto a la hechicería... bueno, hay sacerdotes ignorantes y gentes incultas, que están demasiado prestas a gritar hechicería si una mujer es sólo un poco más sabia que ellos. ¿Vais a quedaros y a tomar el velo aquí, Madre? —Inquirió, y Morgana, sorprendida momentáneamente por la palabra, se dio cuenta de que le estaban hablando con la misma deferencia y respeto que cualquiera de las de la Casa de las Doncellas, tal como si fuese una anciana entre ellas.

—He hecho votos en otra parte, hija mía.

—¿Vuestro convento es tan hermoso como éste? La Madre Lionors es una mujer amable—dijo la muchacha— y todas somos muy dichosas aquí. Una vez tuvimos a una mujer entre las hermanas que había sido reina. Y sé que iremos al Cielo todas nosotras —añadió con una sonrisa—, mas si habéis hecho votos en otra parte, estoy segura de que es un buen lugar también. Sólo creí que acaso quisierais quedaros aquí para poder rezar por el ánima de vuestra pariente que aquí yace sepultada. —La muchacha se puso en pie y limpió su oscuro hábito—. Ahora podéis plantar el esqueje. Madre... ¿o queréis que lo ponga yo en la tierra?

—No, yo lo haré —repuso Morgana, y se arrodilló para apretar la blanda tierra en torno a las raíces de la planta. Cuando se levantó, la joven le dijo:

—Si lo deseáis, Madre, os prometo que vendré a decir una plegaria todos los domingos por vuestra deuda.

Por alguna razón, Morgana sintió que las lágrimas afluían a sus ojos.

—La oración es siempre algo bueno. Te estoy agradecida, hija.

—Y vos, en vuestro convento, dondequiera que esté, debéis rezar por nosotras también —contestó con sencillez, cogiendo a Morgana de la mano al levantarse—. Madre, dejadme limpiaros la suciedad del vestido. Ahora tenéis que venir a ver nuestra capilla.

Por un momento, Morgana tuvo intención de objetar. Cuando dejó por última vez la corte de Arturo juró que nunca volvería a entrar en una iglesia cristiana; pero aquella muchacha se parecía tanto a ella cuando era una joven sacerdotisa que no iba a profanar el nombre por el cual conocía a Dios. Dejó que la condujera al interior de la iglesia.

En ese otro mundo, pensó, la iglesia donde los antiguos cristianos rendían culto debe hallarse en este mismo lugar; alguna santidad de Avalon —debe seguramente atravesar los mundos, las nieblas... no se arrodilló ni persignó, sino que inclinó la cabeza delante del alto altar de la iglesia, y luego la muchacha le tiró amablemente de la mano.

—Vamos —dijo—. El gran altar es de Dios y aquí siempre me siento un poco asustada... pero no habéis visto nuestra capilla, la capilla de las hermanas... Venid, Madre.

Morgana siguió a la joven hasta la pequeña capilla lateral. Había flores allí, brazadas de manzanas en flor, ante una estatua de una mujer velada coronada por un halo de luz, que sostenía a un niño en los brazos. Morgana suspiró trémula e hizo una reverencia ante la Diosa.

—Aquí tenemos a la Madre de Cristo, María la Sinpecado —dijo la novicia—. Dios es tan grande y terrible que siempre tengo miedo de su altar, pero aquí, en la capilla de María, nosotras que somos sus devotas vírgenes podemos venir a ella como a nuestra Madre. Y mirad, aquí tenemos pequeñas imágenes de nuestros santos. María, que amó a Jesús y le enjugó los pies con el cabello y Marta, que cocinó para él y reprendió a su hermana por no ayudarle. Me gusta pensar en Jesús cuando era un hombre que haría cualquier cosa por su madre, como cuando transformó el agua en vino en aquella boda, para que no se avergonzaran por no tener bastante vino para todos. Y ésta es una estatua muy antigua que nos regaló nuestro obispo, de su país natal... una de sus santas, se llama Brígida...

Morgana miró la estatua de Brígida y pudo sentir el poder viniendo de ella en grandes ondas que impregnaban la capilla. Inclinó la cabeza.

Sin embargo, Brígida no es una santa cristiana, pensó, aunque lo crea Patricius. Es la Diosa según la veneraban en Irlanda. Lo sé, y aunque piensen de otro modo, estas mujeres conocen el poder de la Inmortal. Aunque traten de apartarla, ella prevalecerá. La Diosa nunca se apartará de la humanidad.

Morgana inclinó la cabeza y murmuró la primera plegaria sincera que había pronunciado en una iglesia cristiana.

—Mirad —dijo la novicia, cuando la condujo al exterior, a la luz del día—, tenemos una Espina Santa también aquí, no la que habéis plantado en la tumba de vuestra pariente.

¿Y creí que podía mediar en eso?, pensó Morgana. Seguramente, la Santa Espina había llegado por sí misma desde Avalon, trasladándose, cuando los consagrados fueron apartados de Avalon, al mundo de los hombres donde se la necesitaba más. Permanecería oculta en Avalon, pero sería igualmente mostrada aquí en el mundo.

—Sí, tenéis la Santa Espina, y en los días venideros, mientras perdure esta tierra, continuará en ella.

—Madre, gracias por vuestra bendición —repuso la joven novicia—. La abadesa os está esperando en la casa de invitados; desayunará con vos. Aunque quizás os gustaría permanecer en la capilla de la Señora y rezar un rato. En ocasiones cuando estás a solas con la Santa Madre, ella puede hacer las cosas claras para ti.

Morgana asintió, incapaz de hablar, y la muchacha continuó:

—Muy bien. Cuando estéis dispuesta, venid a la casa de los invitados. —La señaló, y Morgana regresó a la capilla, inclinó la cabeza y cediendo finalmente, se puso de rodillas.

—Madre —susurró—, perdóname. Creí que debía hacer lo que ahora veo que puedes hacer por ti misma. La Diosa está en nosotros, sí, mas ahora sé que también estás en el mundo, que siempre has estado y siempre estarás como en Avalon y en el corazón de todos los hombres y mujeres. Mora en mí, y guíame, e indícame cuando sólo tengo que esperar para que tu voluntad se cumpla...

Permaneció en silencio, durante mucho tiempo arrodillada, con la cabeza baja; pero luego, como compelida, alzó la mirada y de la misma forma que lo había visto en la vieja capilla de la hermandad de Avalon y cuando lo portó en el salón de Arturo, percibió una luz sobre el altar, y en las manos de la Señora... la sombra, únicamente la sombra, de un cáliz...

Está en Avalon, y está aquí. Está en todas partes. Y quienes tengan necesidad de un signo en este mundo, lo verán siempre.

Había un dulce aroma que no provenía de las flores, y Morgana tuvo la fugaz impresión de que la voz de Igraine le susurraba... pero no pudo captar las palabras... y que las manos de Igraine tocaban su cabeza. Al levantarse, cegada por las lágrimas, cayó sobre ella, repentinamente, algo que era como una gran luz.

No, no fracasamos. Lo que dije para confortar a Arturo en su muerte era del todo cierto. Yo hice la obra de la Madre en Avalon hasta que al fin quienes venían detrás de nosotros pudieron traerla a este mundo. No fracasé. Hice lo que ella me encomendó. No fue ella sino yo en mi orgullo quien creyó que debería hacer más.

Fuera de la capilla, la luz del sol inundaba la tierra y había un fresco olor a primavera en el aire. Donde las manzanas se mecían con la brisa matutina, distinguió los brotes que darían frutos a su tiempo.

Volvió la cabeza hacia la casa de invitados. ¿Debía ir y desayunar con las monjas, hablar quizá de los viejos tiempos en Camelot? Morgana sonrió con cariño. No, sentía la misma ternura por ellas que por los brotes de los manzanos, pero aquel tiempo había pasado. Dio la espalda al convento y bajó al Lago por el viejo sendero que llevaba hasta sus orillas. Allí había un lugar en el cual el velo entre los mundos era tenue. Ya no precisaba convocar a la barca. Sólo cruzar las nieblas por allí y se hallaría en Avalon.

Su obra estaba hecha.